中國

고구려 ➡ 가야 ➡ 백제 ➡ 신라
태동 지는 胎動 地

中國

장편·역사소설
중국

강평원 지음

중국·한국·일본
동조同根·동근同根

ⓑ 인터북스

강평원姜醉 1948

사단법인 : 한국소설가 협회회원   장편소설 14편 ↔ 19권
현재 : 소설가협회 중앙위원   인문 교양집 : 1권
사단법인 : 한국문인협회 회원   소설집 : 2권
한국가요작가협회 회원   시집 : 3권
재야사학자 : 上古史학자   시 선집 : 1권
공상 군경 : 국가유공자   수필집 : 1권

장편소설 : 『애기하사. 꼬마하사 병영일기-전 2권』 1999년. 선경
      신문학 10년 대표소설
      『저승공화국TV특파원-전2권』 2000년. 민미디어
      신문학 100년 대표소설
      『쌍어속의 가야사』 2000년. 생각하는 백성→베스트셀러
      『짬밥별곡-전3권』 2001년. 생각하는 백성
      『늙어가는 고향』 2001년. 생각하는 백성
      『북파공작원-전2권』 2002년. 선영사→베스트셀러
      『지리산 킬링필드』 2003년. 선영사→베스트셀러
      『아리랑 시원지를 찾아서』 2004년. 청어
      『아리랑 시원지를 찾아서』 2005년. 한국문학 : 전자책→베스트셀러
      『임나가야』 2005년. 뿌리→베스트셀러
      『만가輓歌』 2007년. 뿌리
      『눈물보다 서럽게 젖은 그리운 얼굴하나』 2009년. 청어
      『아리랑』 2013년. 학고방→베스트셀러
      『살인 이유』 2015년. 학고방→베스트
      『콜라텍』 2020년. 인터북스

소설집 : 『신들의 재판』 2005년. 뿌리
      『묻지마 관광』 2012년. 선영사→특급셀러 중 단편소설 : 19편

인문 교양집 : 『매력적이다』 2017년. 학고방→베스트셀러

수필집 : 『길』 2015년. 학고방→베스트셀러

시집 : 『잃어버린 첫사랑』 2006년. 선영사
　　　『지독한 그리움이다』 2011. 선영사→베스트셀러
　　　『보고픈 얼굴하나』 2014년. 학고방→베스트

시선집 : 『슬픔을 눈 밑에 그릴뿐』 2018년. 학고방

출간된 책 중

베스트셀러 - Best seller : 9권　　　그로잉셀러 - Growing : 3권
스테디셀러 - Steady seller : 11권　　특급셀러 - 8권
비기닝셀러 - Beginning : 5권　　　신문학 100년 대표소설 : 4권

대중가요 : 97곡 작사 발표→CD제작
　　　　　여자가수 7명
　　　　　남자가수 3명

한국 교육 학술정보원에 저장된 책

『눈물보다 서럽게 젖은 그리운 얼굴 하나』　　　『지리산 킬링필드』
『늙어가는 고향』　　　　　　　　　　　　『아리랑 시원지를 찾아서』
『임나가야』　　　　　　　　　　　　　　『짬밥 별곡 전 3권』
『병영일기 전 2권』　　　　　　　　　　　소설집 『신들의 재판』
『살이 이유』　　　　　　　　　　　　　소설집 『묻지 마 관광』
『북파 공작원 전 2권』　　　　　　　　　시집 『잃어버린 첫사랑』
『만가』　　　　　　　　　　　　　　　시집 『지독한 그리움이다』
『아리랑은』　　　　　　　　　　　　　시집 『보고픈 얼굴하나』

국가지식포털에 저장된 책
역사소설 『아리랑 시원지를 찾아서』
　　　　『쌍어속의 가야사』 역사편찬위원에서 자료로 사용

한국과학 기술원에 저장된 책
신문학 100년 대표소설인
『애기하사 꼬마하사 병영일기 전 2권』
『저승공화국 TV특파원 전 2권』

시집 : 『지독한 그리움이다』

문화체육관광부에서 엄선하여 선정된 책
우수전자 책 우량전자책 특수기획 책으로 만들어둠
출간 된 책 26권 중 19권이 데이터베이스 되었음

책 관련 방송 출연과 언론 특종보도와 특집목록
『KBS 아침마당 30분 출연』
『서울 MBC초대석 30분 출연』
『국군의 방송 문화가 산책 1시간출연』
『교통방송 30분 출연』
『기독방송 30분 출연』
『마산 MBC 사람과 사람 3일간출연』
『2002년 2월 13일 KBS 이주향 책 마을산책 30분 설날특집 방송출연』
『KBS 1TV 정전 60주년 특집 다큐멘터리 4부작 DMZ 2013년 7월 27일
1부 휴전선 고엽제 살포사건 증언자로 출연 저녁 9시 40분 1시간
7월 28일 2부 북파공작원 팀장 증언자로 출연 저녁 9시 40분 1시간』
『마산 MBC행운의 금요일 출연』
『SBS TV 병영일기 소개』
『현대인물 수록』
『2000년 1월호 월간중앙 8페이지 분량 특집』
『주간뉴스매거진 6페이지 분량 특집』
『경남 도민일보특종보도』
『1999년 9월 19일 중앙일보특종보도』
『국방부홍보영화 3부작 휴전선을 말한다』박정희대통령을 죽이려 왔던
남파 공작테러부대 김신조와 같이 1부에 출연
『연합뉴스 인물정보란에 사진과 이력등재』

저자는 법인체 대표이사와 중소기업 등 2개의 기업체를 운영 중이었으나 승용차 급
발진 큰 사고로 인하여 병원에 입원 중 책을 집필하여 언론에 특종과 특집을 비롯하
여 방송출연 등으로 전망 있는 기업을 정리하고 51세 늦은 나이에 문단에 나와 22년
이란 기간에 대한민국에 현존하는 소설가 중 베스트셀러를 가장 많이 집필한 작가임

2021년 1월 현재

……영국의 역사가이고 철학을 확립한 아놀드 토인비는 Arnold Toynbee이 지구가 멸망을 하여 다른 별로 정착하려 인류가 지구를 떠나려면 대한민국 효도孝道 문화를 꼭 가져가야 할 문화라고 했습니다. 토인비가 주창했던 우리의 풍습이 점점 식어가는 요즘의 사회 현상을 보면 핵가족으로 인하여 우리의 아름다운 교육인 밥상머리 교육이 쇠퇴해衰退 가면서 인성교육人性敎育이 마음의 바탕이나 사람의 됨됨이 등의 성품을 함양시키기 위한 교육·이루어지지 않는다는 것입니다. 세계에서 전자기기電子機器, an electronic equipment발달이 최고라는 우리나라의 현실이라고 변명하기엔 참으로 씁쓸합니다. 요즘 청소년을 비롯하여 젊은 층은 스마트폰에 중독되어 있습니다. 비단 이 계층 뿐 아니라 국민 대다수가 그렇습니다. 이로 인하여 나날이 정신이 피폐疲斃해져가고 있습니다. 국민 여러분 잠시라도 스마트폰을 밀쳐두고 책이나 신문을 펼쳐보는 시간을 가져보면 어떨까요? 세종대왕님은 식사 중에도 책을 펴놓고 식사를 했다는 겁니다. 우리의 선조는 자식의 책 읽는 소리가 제일 듣기 좋다고 했습니다. 이와는 반대로……. 자식들에게 물려 줄 최고最高의 선물은 책 읽는 부모의 모습일 것입니다! 일본은 노벨상을 받은 사람이 25명이라는데 그

들 모두가 "책을 많이 읽는다."라고 했습니다. 국내 최고 발행부수인 "조선일보"양상훈 논설 주간은 신문에 "책을 제일 적게 읽는 한국인의 노벨문학상은 희망이다"라고 했습니다. 깨달음은 늘 늦게 찾아오는 것입니다. 행여 "뱁새는 황새를 따라갈 필요가 없다"고 말하는 사람도 있을 겁니다! 그러나 우리의 민족이 일본인보다 뒤떨어진 민족이라고 말하는 사람은 없을 겁니다. 24시간 중 단 30분이라도 책을 읽으면 살아가는데 좋은 도움이 있을 수 있을 것입니다. 거칠어진 심성心性을 정화시키는 씨앗이 될 것입니다! 아래의 글 중……. 부분적으로 본문에 상재 된 내용의 일부를 문맥에 맞추기 위해 상재를 합니다. 중요부분은 두 번 읽었다고 생각하시고 읽어주시길 바랍니다. 나는 책을 읽다가 중요 문맥이 있으면 반복하여 읽습니다. 그렇게 하면 절대 잊어먹지를 않습니다. 한 나라가 탄생하려면……. 영토坐土 국민國民 주권主權 등이 성립 된 후라야만 국가가 형성되는 것입니다. 이에 따라 민중이 창궐하여야하고 국가의 언어가 있어야하며 교육에 필요한 책이 있어야 합니다.

셰익스피어는 "절박한 자를 유혹하지 말라"라고 말했지만……. 다행이도 전국 곳곳에서 책읽기 운동을 벌이고 있습니다. 그간에 학생들에게 독서 시간을 주지 않은 잘못된 교육부와 학교의 책임도 큽니다! 지도층부터 서민까지 국민 대다수가 책 읽기를 싫어하니 사회 각 분야마다 앞날이 불투명하고 국운융성과 문화융성을 기대하기 어렵고 반면에 사회적social cost 비용도 늘어날 것입니다. 책과 신문을 읽는다 해서 집중력이 저절로 생겨나지 않습니다. 나의 지식으로 간직하려면……. 자신만의 훈련이 필요합니다. 책을 읽을 때 집중력인데 집중력集中力은 저절로 생겨나는 것이 아니라? 자신만의 훈련이 필요하다는 겁니다. 책을 읽을 땐 좋은 내용을 누군가에 말해 주고 싶다거나 자신이 꼭 기억을 해서 삶의 일부에 보탬이 될 문맥이라면 밑줄을 긁어 보면서 읽으면……. 줄을 긁는 그 순간에 그 문맥文脈이 자신의 것이 되는 것입니다. 나라의 말을 존중하는 것은 나라말을 배우는 겁니다. 쇼생크 탈출 등 수많은 작품을 집필한 소설가이자a famous author 연설가인a spokeswoman 미국인 스티브 킹은 "눈알이 빠지도록 읽고 손끝에 피가 나도록 글을 써라"그러니까? 자신과 세상의 소통은 책이라는 겁니다. 사랑의 주제든 철학이든 상식이든 이러든 저러든 아무튼 책을 펼치는 순간 상재된 문장과 교류는 자신만의 지식이 되는 것입니다. 문맹에서文盲 탈출脫出 ↔ escape하게 되는 것입니다. 그 지식識이 자신을 증명해 내는proves herself 소통疏通 ↔ 뜻이 서로 통하여 오해가 없음의 테두리가 되고 울림이 될 것입니다. 우리 인류는mankind 책에 의해 발전을 해 왔습니다. 어려서부터 즐겨 읽고 많이 읽어야

지식과 지혜를 터득할 수 있는 것입니다. 책을 가까이하는 습관을 어려서 부터 길들여야 합니다. 책이 너무 비싸서 못 산다는 사람도 있을 겁니다. 그러나 1~2만원에 구입하는 책들의 탄생誕生 과정을 알면 오히려 너무 헐값이라는 생각도 들것입니다. 예를 들자면……. 소설가는 한 권의 책을 쓰기 위해 몇 년 혹은 10년 이상 매일 고통스러운 글쓰기를 하고 있습니다. 피를 찍어서 글을 쓰고 있다고 보면 될 것입니다. 부산 동아대학교 국어국문과 교수는 단편소설 1편을 집필하여 문단에 등단하는데 5년을 걸렸다는 신문기사를 보았습니다. 단편이라면 21여 페이지 정도의 분량입니다. 그렇게 힘들여 등단을 하여 소설가가 되었다는 것입니다. 2016년 조선일보 신춘문예 소설부문 응시자가 720여 명이라는 겁니다. 그중에서 1명만 소설가로 등단하는 것입니다. 대학교수이며 소설가인 선배는 "소설을 집필 한다는 것이 암보다 더 큰 고통이다"라고 하였습니다. 그 소리를 듣고 병상을 찾아간 기자는 "그런 고통을 참으면서 책을 집필한 이유가 무엇입니까."를 묻자 "그러한 고통을 참고 집필한 원고가 책으로 출판되어 서점가판대에 가득 진열되어 있는 것을 보면 일순간에 그 고통이 사라진다."라고 답을 하더라는 것입니다. 작가란 덫을 놓고 무한정 기다리는 사냥꾼이나 농부가 전답에 씨앗을 뿌려놓고 발아가 잘될지 안 될지 기다리는 것입니다. 독자님들의 판단을 기다린다는 겁니다. 그 어려운 관문을 뚫고 등단하였다 해서 완성도 높은 작품을 집필하여 베스트셀러 작가가 되긴 더더욱 어렵기 때문입니다. 작가는 집필하고 싶은 강렬한compelling 충동과 욕구欲求 ↔ urge가 있어야 완성도 높은 책을 집필할 수 있습니다. KBS TV에서 특집방송을 한 인간 수명에 관한 내용인데…… 인간 수명 10단계 중 종교인의 평균 수명이 1위인 70세이고 소설작가가 제일 낮은 57세라는 것입니다. 그러한데도 책을 집필하는 작가들의 노고를 알아주시길 바랍니다. 이러한 것을 알면 책값이 너무 비싸다고 하지를 마시기 바랍니다. 구입할 수 없다면 지역 도서관에 가면 될 것입니다. 책을 읽으면 정신건강正身健康 ↔ mental health에도 좋은 것입니다. 책을 많이 읽으면 생각의 방식方式 ↔ Denkungsartrhksf과 관련이 되는 겁니다. 생각의 방식을 바꾸지 않고서는…… 생각을 통하지 않고서는 다른 사람과 함께 살아갈 수 있는 능력을 어디서도 찾을 수 없다고 봅니다! 그러한 현상이 축적蓄積되면 자신이 무감각한 로봇soulless automatons 같은 사람이 되는 겁니다. 다양한 책을 읽으면 분명 자신이 걸어가야 할 희망의 길이 있을 겁니다. 흐르는 빗물은 길이 없으면 돌아가고 낭떠러지 절벽에서 멈춤 없이 떨어져서 드넓은 바다로 갑니다. 가는 길이 즐거우면 목적지는 그리 중요하지 않습니다. 즐거운 마음으로 책을 읽읍시다.

 인류의 역사에는 인간 생활의 질을 크게 향상시키거나 혹은 시대의 흐름을 결정적決定的으로 바꿔 놓은 발명품들이 있습니다. 예를 들어 증기기관과 내연기관은 인류에게 산업화의 길을 열어 준 획기적劃期的인 발명품들입니다. 요즘의 디지털 세상이 펼쳐진 것은 1940년대 후반부터 등장한 반도체 소자들 덕분입니다. 이처럼 고대에서 현대에 이르기까지 역사에 기록된 수많은 발명품 중 가장 중요한 것 하나를 꼽으라면 그것은 무엇일까요? 발명품에도 명예의 전당이 있다면 제일 높은 자리에는 아마도 '책'이 올라 칭송을 받고 있어야 할 것입니다. 책이야말로 선인들의……. 지식知識과 지혜知慧를 축적蓄積하고 그것을 전수傳受하는 수단으로 오늘의 문명을 이룩하게 한 가장 큰 공로자이기 때문입니다. 인류의 위대한 사상과 중요한 지식은 책이라는 발명품 속에 기록되고 보존되어 왔습니다. 전 세계적 베스트셀러인 성경과 경전을 비롯하여 코란 등 세계 각국의 헌법들은 대개 책으로 반포되었고 공자의 유교 사상과 뉴턴의 이론도 책으로 전해져 왔습니다. 찰스 디킨스의 흥미진진한 소설과 모차르트의 아름다운 음악도 책이 있어 즐길 수 있었습니다. 선남선녀에게 청아한 즐거움을 주고 사회적으로 정신문화의 중추적인 역할을 해 온 책의 소중함을 알아야합니다. 선진 국가들의 초超 부가가치는 문학에서 발생할 것이라고 예견하고 있습니다. 양질의 고품격 문화를 생산하고 향유할 줄 아는 능력이 곧 국가경쟁력으로 직결될 것이기 때문입니다. 대한민국 사회에서 문화와 예술은 삶의 질質 뿐 아니라 국가 경쟁력과 직결된 문제라는 인식을 공유할 때입니다. 국민들의 삶을 풍요롭게 하고……. 창의력을 기르기 위해선 문화와 예술을 제쳐놓고는 상상할 수 없습니다. 그래서 세계는 21세기를 문화의 세기로 규정하고 있습니다. 나라의 번영을 기약하는 근원적인 힘은 그 민족의 문화적·예술적 창의력에 달려 있습니다. 문화적 바탕이 튼튼해야만 정신적인 일체감을 이룰 수 있을 뿐만 아니라 물질적인 발전도 가능하기 때문입니다. 진정 문화의 세기를 맞으려면 문학文學↔冊을 살려서 준비를 해야 합니다. 문학이 모든 문화예술文化藝術의 핵심이기 때문입니다. 문학이 없이는 아무리 문화 예술을 발전시키려고 해도 발전되지 않는 법입니다. 그것은 문학은 새로운 문화를 창조하고 역사를 앞서 이기 때문입니다. 볼테르나 루소의 작품은 프랑스 대혁명의 도화선이 되었으며……. 톨스토이나 투르게네프의 소설이 제정 러시아에 커다란 충격을 주었고 입센의 『인형의 집』이 여성운동의 서막이 되었고 스토 부인의 『엉클 톰스 캐빈』이 미국남북전쟁의 한 발화점이 되었으며 작가로선 최초로 미국의 최고의 훈장인 『대통령 자유의 메달』을 받은 스타인 백의 『분노의 포도』가 미국의 대 경제공황을 극복하게 만든 계기가 됐듯이 말입니다. 신채호나 이광수와 홍명희는 당대의 사상가였고 천재天才 들이었습니다. 그들이 소설을 택한 것은 민중을 깨우치고 구국독립救國獨立을 위한 방법이 문학文學 이라고 생각했던 것입니다. 그들이 그들의 천재성을 발휘하여 권력을 탐냈더라면 권력의 수장자리 한 자리는 했을 것입니다. 다른 한편으로 경제적 부를 욕심냈더라면 아마도 대재벌大財閥이 되었을 것입니다! 그러나 그분들은 인류의 참된 가치를 권력이나 부에 두지 않고 진실 된 인생의 추구나 올바른 세계의 건설 같은 보다 근원적인 것에 두었던 것입니다. 그런 그분들의 관점은 옳았고 그런 점에서 문학이 지니는 위대성偉大成은 영원한 것입니다.

　이러한 것을 보더라도 예술의 꽃이라는 문학이 살려면 우선 시장이 건전해야 하는 전제가 있는데⋯⋯. 옛 부터 폭군暴君은 무신武臣을 가까이 했고 성군聖君은 문신文臣을 가까이 했음을 모르는 모양입니다. 문화대국이라고 우쭐대는 프랑스 정치인들의 자랑이란⋯⋯. 2차 대전 후 5공화국이 시작된 이래 역대 프랑스 대통령들은 저마다 예술 문화 애호가임을 과시했습니다. 1944년 해방된 파리로 돌아온 샤를 드골은Gaulle "조국의 영광"을 되찾기 위해 폴 발레리

Valery 같은 작가들을 먼저 찾았습니다. 프랑수아 미테랑은 Mitterrand 러시아 대 문호인大文豪 도스토예프스키의Dostove-vsky 작품을 탐독했고 자크 시라크Chirac는 10대 시절 시인 푸슈킨Pushkin의 작품을 번역했다고 자랑했습니다. 사진과 그림은 느낌으로 끝나지만 노래와 책은 자신이 사연 속으로 들어가기도 하고 주인공이 되기도 합니다. 예술에서는 문학이 그만큼 중요하다는 얘기입니다. 그래서인가! 국내 유명인들의 언론에 보도된 모습의 사진뒷면의 배경을 보면 책이 가득 꽂혀 있는 책장입니다. 책을 많이 읽어서 나는 지식이 풍부하다는 광고 효과를 노리고 사용한 것입니다. 문화예술이 미래에 밥을 먹여 줄 정신적 토양이라는 "슬로 컬처로slow culture"의 인식 전환이 시급합니다. 문화를 통해 세계인들과 교류하고 협력하여 문화선진 대국의 위상을 확보해 "디스카운트 코리아Discount Korea"에서 "프리미엄 코리아로Premium Korea"거듭나야 합니다.

 ……2017년에 출간한? "꽃을 든 남자보다 책과 신문을 든 남자가 더……. 매력적이다"이 책을 읽은 부산대학교 양산병원 소아정신과 의사인 유은라 교수님이 읽고 "전 국민이 보아야 할 책이다"라고 하였습니다. 저를 만나 "완성도 높은 책이다"라고 하였습니다. 왜? 책을 든 남자가 더 매력적일까요? 지식이 풍부할 것입니다. 지식이 풍부하다는 것은 그분의 앞

으로의 삶이 풍요로울 것이기 때문입니다! 몇 년 전 초등학생이 방송에서 어른들과 겨루어 거금 4,000만원 상금을 타는 것을 보았습니다. 그 학생은 하루에 1권의 책을 읽었다는 것입니다. 2020년 수능시험 만점을 받은 신지우군은 "매일 아침 1시간의 독서가 도움이 됐다"고 하였습니다. 그래서 문학은 인간의 삶에 필요하기 때문에 만들어진 발명품입니다. 그런데? 우리나라 국민의 독서시간은 하루 평균 6분이고 성인 독서 율은 24년 사이에 63~76%라는 것입니다. 독서는 우리나라 미래의 성장률과 경쟁력競爭力에 직결이 됩니다. 미국과 일본처럼 읽기운동을 해야 합니다. 책을 안 읽는 한국은 미래도 못 읽을 겁니다! 독서할 때는 다양한 뇌 부위가 진화되고 기억과 사고의 창의력이 좋아지는 겁니다. 책과 신문을 안 읽는 사회에서는 인간도 퇴화됩니다. 국제 여론조사 기관nop 월드가 세계 30개국 3만 명을 대상으로 조사 결과 한국은 주당 3시간 6분으로 꼴지라는 것입니다. 전자기기 세계 1위 한국 민으로 씁쓸합니다. 매력적이다. 이 책은 출간 7일 만에 베스트셀러가 되었습니다. 그간 저는 27권의 책을 집필하여 9권이 베스트셀러가 되었습니다. 현재 우리나라문인 중에 베스트셀러를 가장 많이 집필한 작가입니다. 또한 신문학 100년 대표소설이 4권입니다. 제가 집필한 책은 문화체육관광부 우수전

자 책·우량전자 책·특수기획 전자 책·19권이 데이터베이스
되어 있습니다. 글을 쓰다 보니 제 자랑을 한 것 같습니다.
이 글을 쓴 이유는?

……저는 1966년에 동내 형들의 입영 환송식에 따라 갔다
가 논산훈련소까지 동행하여 그 자리에서 덜컥 자원입대를
했습니다. 28연대장님과 면담에서 "너무 어리니 3년 더 젖을
먹고 오라"며 집으로 가라고 했는데? 군번116786850이 나와 있
어 귀향조치를 못하였습니다. 연대장님이 인솔해간 내무반장
에게 "이 아이 군장은 내무반장이 가지고 가서 훈련장에서
받아 훈련을 하라"는 명령에 의하여 무사히 훈련을 마치고
휴전선 경계부대 행정반에서 2.4종계 업무를 받아 근무 중
당시에 미군과 우리나라 군인과 월남에서 전쟁을 하였습니
다. 작전이 시작이 되면 적의 저격수가 제일 먼저 분대 지휘
자인 분대장을 사살합니다. 당시 월남전에 참가한 미군의 소
대장의 수명이 16분이라는 미군의 보고서였다는 것입니다.
지휘자가 없으면 그 부하들의 목숨은……. 그래서 정작 휴전
선을 지키는 분대장들이 월남으로 일부는 강제로 차출이 되
어 정작 휴전선을 지키는 경계부대에 분대장이 없는 것입니
다. 이에 서종철 1군 사령관이 고등학교에 재학 중인 학력을
가진 병사를 원주에 있는 1군하사관학교에 무조건 입학하라

는 명령에 나도 차출이 되어 4개월간 교육을 받고 하사가
되었습니다. 당시 1군하사관 학교는 장기복무자7년을 의무복
무를 하고 전역을 하거나 정년까지 복무하는 계급 학교입니다. 저
는 일반하사3년 근무 후 전역 군번 80074223 일반 하사로 학
교 창설 후 제일 어린 나이 하사관이 되었습니다. 다시 차
출된 부대가 아닌 타 부대 전입 되어 휴전선 경계부대 소대
분대장으로 근무 중 그간에 못간 휴가를 갔는데? 1968년
2월 21일 북한 테러부대 31명이 박정희 대통령을 암살하려
서울까지 내려왔는데……. 발각되어 우리 군경에 의해 사
살이 되고 김신조만 사로 잡혔습니다. 이에 화가 난 박대통
령은 북한과 전쟁을 하려고 했습니다. 이에 북한 동태를 살
피려는 81명이 탄 미국 정보 함 푸에블로를 북한 대동강으
로 납치를 해 가는 중에 민간이 1명이 죽고 또한 비무장
헬기가 격추당하여 30여명이 죽었지만……. 미국은 전쟁을
포기 했습니다. 지금도 전시 작전권한이 미국에 있습니다.
두개의 전쟁을 동시에 할 수가 없다는 것입니다. 나는 휴가
를 반도 채우지 못하고 소대장의 귀대전보를 받고 귀대하
여 경계근무에 들어갔습니다. 2월 6일 소대장이 기관총 토
치카에 모여라 하여 모였는데 "2월 8일 새벽에 일본에 주
둔하고 있는 미군 전폭기 2개편대가 우리지역에 출동을 하
면 강 하사는 화기 중대에서 파견 나온 기관총 2개조가 오

니 김일성고지를 괴멸 시키고 스탈린 고지로 오라는 것입니다"그 명령과 함께 "직격처분권이 내려왔다"는 것입니다. 이 명령을 작전을 할 때 부하가 명령을 듣지를 않으면 현장에서 부하 3명까지 사살할 수 있는 권한입니다. 전쟁이 벌어지면 어깨에 푸른 견장을 하는 지휘자가 할 수 있는 무시무시한 권한입니다. 전쟁은 결국 미국의 반대로…… 이에 화가 난 대통령은 김신조가 속해있는 부대처럼 우리도 그런 만들어 김일성이 목을 가져오라는 명령과 155마일 휴전선에 토끼 한 마리 넘어갈 수 없게 울타리를 『시계 불량제거작전視界不良制擧作戰』 만들라는 명령과……. 북파공작원인? 세상에서 제일 악질 테러부대에 강제로 차출되어 5개월간 인간병기가 되는 훈련을 끝냈습니다. 80명 훈련을 받아 38명이 중도에서 퇴출되는 힘든 훈련입니다. 북파공작원 책에 훈련이야기가 자세히 상재되어 있습니다. 훈련이 끝나고 내가 침투조인 1조 팀장이 되어 8명의 부하를 이끌고 북한 개성을 지나 평산 까지 갔는데……. 전쟁이 벌어지면 미군과 우리 군이 월남전에 허덕이니 그만 두자는 주변 권고에! 갑자기 철수를 하라는 것입니다. 철수를 하면서 적의 경계 내무반에 침투를 하여 괴멸시키고 왔습니다. 지금도 후회하는 것은 그때 비밀번호를 난수표 못 들은 척 하고 작전을 했다면……. 악질 가족 김일성 혈육은 지구상에서 사라졌을 텐데 하곤 열을 받습니다. 1번의 침투로 임무가 끝나지만 나보다 6개월 앞에 입영한 형님이 강장원 3사단 18연대 휴전선 근무 중 김신조와 같은 부대처럼 남침하는 적이 토치카에 숨어 있다가 갑자기 튀어나와 총격을 하는 바람에 오른팔에 따발총 5발을 맞고 광주광역시 77병원에서 공상군경 유공자로 전역을 했습니다. "공산당이 싫어요"했다고 남파된 공비가 칼로 입을 찢어 죽인 반공 소년 이승복 사건과 우리의 뒤 팀이 실패를 하여 4명의 부하가 죽는 일로 인해 내가 다시 자원 하여 적의 중대본부와 경계부대 막사에 침투하여 괴멸시키고 돌아 왔습니다. 당시에 북한은 월남전에 허덕이는 우리의 사정을 알고 있어……. 휴전선 경계부대에 침투를 하여 화염방사기로 불태워 죽이는 일을 수없이 했습니다. 직접 목격한 사건인데? 우리 대대본부에 12명이 침투를 하여 살상을 저질렀습니다. 21사단장이 와서 경계에 실패를 했다면서 대대장인 중령 계급장을 직접 뜯어버리는 것을 보았습니다. 작전에 실패한 지휘관은 용서하지만 경계에 실패한 지휘관은 용서를 하지 안하는 것입니다. 6.25 때 남침을 하여 유엔군이 참전을 하는 바람에 적화 통일을 못한 것이라며! 북침을 유도하기 위해 남해안까지 무장공비를 침투시키기도 했습니다. 당시는 군사정권이어서 언론에 일체 보도를 못하게 하였습니다. 전우신문에도…… 그 때의 일로 트라우마에 걸려 하루에 신경 안정제인 아티반로라제팜 2알과 수면제 4알을 먹고 잠이 듭니다. 2017년 12월 4일 오후 8시 뉴스를 보는데 미국에서 세상에서 최고로 성능이 좋은 비행기 4개종이 우리나라에 온다는 말과…… 비행기 4개종 사진이 화면에 나타나는 것을 보는 순간 집이 무너지는 느낌과 토악질이 나올 것 같으며 어지러움이 나서 병원응급실에 실려 갔는데 CT 촬영과 혈압을 검사를 한 결과 혈압이 177이라는 결과가 나와 응급처치 주사를 맞고 1주일분의 약을 가지고 퇴원을 하였습니다. 그것만이 아닙니다. 12월 22일 저녁뉴스를 보는데 김정은 참수 부대 1,000명을 창설하여 훈련에 들어간다는 뉴스를 보고 혈압이 올라 병원에 실려가 MRI를 찍고 입원을 하였습니다. 김정은이 바보입니까? 철두철미하게 방어 준비를 하겠지요! 제가 앞서 이야기를 했지만 아무도 모르게 비밀로 하여 순간적으로 제거를 해야 합니다. 그 이야기는 2015년에 출간한 「살인 이유」 책에 상재되어있습니다.

그때 집중 치료실에서 3일간 있었습니다. 성기에 호수를 꼽아서 사각 비닐 봉지에 소변을 받게 하였습니다. 그곳에 들어가면 팬티를 벗기고 기저귀를 채웁니다. 그리고 하루에 2번씩 바꾸어 줍니다. 그것도 여성 간호조무사들이…… 그곳에 있는 환자들은 목구멍을 뚫거나 아니면 배를 뚫어서 호수를 연결하여 미숫가루나 우유를…… 나는 멀쩡한데 그때 많이 느꼈습니다. 죽으면 아무소용도 없는데 그간에 저를 알고 있는 문인들과 김해시 문인이며 시 의원이 나에 대하여 책을 집필하고 싶다고 하였습니다. 공수래공수거空輸來空輸去 인걸……. 그래서 죽어서 관에 들어갈 때 입는 수의는 주머니가 없습니다. 이 한 세상 태어나 머묾만큼 머물었으니 훌훌 털어버리고 가면 좋으련만 그게 어찌 인간의 마음이겠습니까! 마음속에 포기하지 못한 마음을 가지고 있는 것이 아닌 가 쉽습니다. 누구나 터무니없는 꿈일 것입니다. 환골탈퇴換骨奪胎 누군들 한번은 뼛속까지 바뀌길 원하기도 하지만 세상사 원한 만큼 되지 않은 걸 살아오면서 깨달았습니다. 위험스런 병을 가지고 있어 살고 싶다는 욕망에서 멀어진 마음이지만 인간이라서 욕망에서 초탈해질 수는 없었습니다. 떠남이 있으면 머묾이 있고 상처의 뒷면엔 치유가 있었으며…… 그게 나의 삶이었습니다. 인간에겐 삶은 무엇을 손에 쥐고 있는가가 아닙니다. 혼자 있을 땐 자기 마음의 흐름을 떠올리고 집단 안에 있을 때는 말과 행동을 살피며 살았습니다. 이 세상에 생물은 언젠가 꼭 죽는다는 사실은 새로운 사실이 아니라는 것을 알기에 살아간다는 게 살아가는 이유를 하나씩 줄여간다는 게 얼마나 쓸쓸한 이유인가를 이제야 알았습니다. 늘 그 자리에 있을 줄 알았던 것들이 없어진 이별의 마당엔……. 하루해는 길었다고 생각을 했는데 계절의 변화에서 인가! 세월의 빠름을 말해주듯 주변의 색깔들을 보니 농부의 풍요로운 마음이 펼쳐져있습니다. 가을이 된 농부의 급해짐 마음보다 더 급해진 마음이 되었습니다.

"……."

이 책을 집필을 하면서 고민이 많았습니다. 사실은 김해 『삼방 파』조폭두목이 부하 2명과 술집 주인 등 3명에게 죽임을 당하는 사건이 발생했습니다. 그 사건에 관한 내용 책을 집필 하려고 했으나? 코로나 때문에……. 나는 고혈압·당뇨·허혈성심장질환·등 질병을 가지고 있습니다. 코로나에 걸리면……. 북파 공작원 생활을 하면서 휴전선에 뿌린 고엽제에 노출되어 심장에 혈관 확장용 관상동맥 스텐트 3개와 풍선 1개를 시술을 하였으며 하루에 6개과에서 처방을 받은 36개의 알약을 먹고 있습니다. 그래서……. 기저질환자로? 집필 중 코로나에 걸리면 유고집이 될까봐! 1년간 집필을 중단을 하였는데? 월간 한국소설에 매월 30~35명의 책 출간을 보고 2005년에 집필을 하다가 중단을 한 이 책을 마무리 하게 되었습니다. 2004년에 출간한 《아리랑 시원 지를 찾아서》 상재된 원고가 표절 시비가 났었습니다. 당시 나는 한국 상고사학회

24

회원이었는데? 율곤 : 이중재회장의 원고를 사용하면서 원고 사용처를 책 원문에 상재 하였으나? 출판사에서 편집과정에 실수로 삭제를 하여 문제가 발생을 했습니다. 당시 한민족대학에 입학하라고 했으나 김해서 서울까지 가기가 너무 어려워 그만 두었는데……. 이중재 회장이 그곳에도 관련이 있어! 나는 12세 때 史書·論語·孟子·中庸·大學·책을 배웠습니다. 지금도 대학 서문을 외우고 있습니다. 그래서 이중재회장과 연결이 되어 같이 중국고전 산해 경을 번역을 하는데 일부를 보조를 했었습니다. 그러한데 껄끄러운 일로 이 책을 중단을 했었습니다. 이중재회장과는 해결이 잘되어 개정판인 아리랑은 이란 장편 역사소설도 출간하였습니다. 고대 역사소설을 집필하기란 일반 소설보다 훨씬 어렵습니다. 묵혀둘 수는 없고 하여 출판을 하기로 결심하고 시작을 했는데……. 나를 아는 사람들은 집필을 그만두라고 합니다. 특히 담당의사 선생님들이……. 우리각시는 27권을 집필 했는데 그만 두라고 말립니다. 그만두자니? 할일이 없습니다. 그간에 대중가요와 가곡도 10곡을 작사를 했습니다. 그러나 본 직업인 소설과 시·수필을 그만둘 수 없어 반 쯤 집필했던 이 책을 마무리하게 되었습니다. 역사소설집필 하는 데는……. 특히 상고사는 자료가 국내자료가 빈약하여 해외서 찾을 수밖에 없습니다. 우리나라

고대사는 멸실 되었고 남아있는 사료들은 작가들의 곡필로 외곡 되어! 믿을 수가 없어 해외서 구하지 않으면 집필 할 수가 없었기 때문입니다. 중국과 일본이 우리나라사료를 더 많이 가지고 있는 것은 왜 일까요? 이유는 우리나라는 전쟁과 역병으로 또는 종교 때문에 사료가 멸실 되어버렸습니다. 우리나라 십대사료 멸실滅失을 찾아보면 이해할 수 있습니다. 우리나라는 외세의 침입을 수도 없이 많이 당하여 그때마다. 귀중한 역사 자료들이 없어 졌습니다. 우리나라 사료가 없어진 것은? 사료멸실史料滅失 첫째? 이유는 정치적으로 통치자에 의해 사료의 사라진 것은? 전쟁에 의한 방화·탈취 등이요. 둘째는 종교적 외세에 의한 핍박이었습니다. 그 첫째 이유인 정치적 외세에 의한 사료의 타격은 줄잡아도 수십 건이 될 것입니다! 그러한 수난의 틈바구니에서 조금 남아있던 사료마저도 종교적인 편견 때문에 사대적 곡필로 기록 되어버렸습니다. 또한? 유교적→기독교적→불교적·등의 통치자가 바뀔 때마다. 통치자의 이념에 맞지 않는 사서는 모두 불 태워버린 것입니다. 그래서 우리나라 고대사는 증발 해버린 것입니다. 한편으로는 세균이 발견되기 전에는 역병으로 인하여 씨족집단이 또는 마을전체나 고을전체가 멸종되기도 했습니다. 구전口傳으로 또는 문서로 보관되어온 빈약한 자료들마저 그시기에 모두 사라져 버린 것입니다. 지금으로부터 100년 전만

하여도 전쟁보다 더 무서운 것이 역병이었습니다. 그러니까? 상고시대 때는 씨족이나 부족집단 사회이었기 때문에 괴질 병으로 집단이 멸망되어버림으로 역사가 증발增發 해버린 것으로 볼 수 있습니다. 전쟁은 끝나면 다시 되돌 와서 살 수 있었지만……. 당시 역병이 돌면 거의 멸종되었고 일부 살아있는 사람들은 삶의 터전을 떠나야했을 것입니다! 100년 전만 하여도 역병은 귀신이나 하늘에서 내린 병으로 알았을 것입니다! 역병은 장티프스·발진티프스·콜레라·같이 열이 나는 병을 말합니다. 염병이라고 하는 병이 얼마나 무서운 병인가? 염병에 걸리면 1개월동안 아팠다고 합니다. 1821년 8월 31일《순조 왕 21년》괴질 병이 돌아 열흘 만에 1천여 명이 설사와 구토 손발이 뒤틀어져 순식간에 죽었다는 기록이 있습니다. 또한 평안도와 의주에서 10만여 명이 죽었다는 기록도 있습니다. 열이 많이 나는 이 병 이름을 호열자虎列刺 라고 했습니다. 호랑이에게 뜻 겨 먹히는 것 같은 고통이 있는 것입니다. 하여 호열자라는 병명으로 된 것입니다. 콜레라는 외국에서 들어온 수입 병입니다. 호열자 병에 걸리면 약도 없었습니다. 당시 콜레라가 창궐하면 희생자가 엄청 났다고 합니다. 기록에 의하면 1821년 순조 때 10만 명이 죽었으며 1895년 고종 32년 평안북도에서 6만여 명이 1900년 광무 때 16,157명이 죽었다는 기록이 있습니다. 순조 때 한양 인구가 30여만 명이었으니까. 3분의 1이 죽은 것입니다! 당시 속수무책으로 당하고만 있었다는 것입니다. 조정에서는 병의 정체를 모르고 있었습니다. 호열자는 원한에 사무친 원귀들이 일으키는 역병으로 알고 있었다는 것입니다. 순식간에 마을 전체를 휩쓸었으며 걸렸다하면 살아남지 못 하였다는 것입니다. 조정에서는 원한을 가진 자들이 우물에 독을 풀었다는 소문을 믿기도 하였다고 합니다. 호열자 병이 어떤 병인지 어떻게 생기는지 모르고 있었으니 그랬을 겁니다. 요즘에야 나쁜 병균이 있어 병을 퍼트린다는 것을 누구나 알고 있지만……. 아니? 21세기 첨단 의료가발전을 이룩한 지금 코로나 19때문에 전 세계가……. 100년 전만하여도 그런 것을 알 리가 없었기 때문입니다. 허기야 세균이 발견되기 전에는 서양에서도 하늘에다 대고 대포를 쏘았다고 합니다. 100년 전 조선의 민중들은 어떻게 대체하였을까요? 전염병을 역귀의 소행으로 생각해서 점염 병이 나돌면지금도 남아 있는 금줄을 쳤다고 합니다. 왼손 새끼를 꼬아집 대문에 숯과 고추와 한지를 끼웠고……. 빼놓을 수 없는것은 부적이었습니다. 역병마다 특효가 있는 부적이 따로 있었는데? 주로 악귀가 무서워하는 호랑이나 도깨비 그림수준이었다는 것입니다. 역병이 돈다는 소문이 들리면 마을차원에서 대책을 세우기도 했다는 것입니다. 돈을 거두어 마을 입구에 장승을 세웠는데 동서남북으로 축 위 대장군을 세우고 마을입구와 대문밖에 황토 흙을 뿌려서 마을과 집안으로 들어오지 못하도록 하였다고 합니다. 그러나 병마는 이들의 소박한 처방을 무시했습니다. 그래서 남은 방법은 하나. 도망만이 상책이었다는 것입니다. 역병이 한번 돌면 살아남기 힘든 그때 살아남기 위해 피난을 선택했을 것입니다! 마을은 텅텅 비었고 수령으로 임명된 관리가 임지에 가지 않고 도망을 갔다고 합니다. 버려진 마을에는 매장하지 않은 시체가 즐비했다는 것입니다. 순조 실록 기록에 서울 장안에 하도 죽은 사람이 많아서 장래를 치르지 못해 나쁜 말로말해 시체 썩은 냄새가 장안에 가득했다는 기록이 있습니다. 그 정도로 많이 죽었다는 것입니다. 조정에서 대책이란 별수 없어……. 병을 퍼트리는 즉? 원혼을 달래는 제사를 지내는 정도였다는 것입니다. 조선시대에서는 그것밖에 할 수 없었습니다. 백성들에게 정신적의 위안이 되기 때문입니다. 느닷없이 찾아와서 순식간에 마을 전체를 휩쓸고 갔습니다. 그 당시로는 귀신의 소행으로 생각할 수밖에 없었기 때문입니다. 1902한국 최초의학 유학생 김익남이 귀국하여 콜레라균을 보여 주었습니다. 1885년 미국의사 알랜이 근대식 광혜원을 세웠다는 것입니다. 염병다음으로 당시 가장 크게 유행했고 사람들을 오래 동안 괴롭혔던 역병은 두창으로 【마마↔두창→천연두】불리었습니다. 이병은 살아 있을 때 걸리지 않았다면 죽은 뒤 무덤 속에서도 걸린다는 병이라는 것입니다. 엄청난 피해주웠던 이 병에 걸리면 살아난다. 해도 다리를 절거나 눈이 멀고⋯⋯. 얼굴에 곰보 흉터가 남았습니다. 지석영 씨가 일본서 종두 시술법을 배워와 시술하기 전에는 공포에 떨어야했습니다. 조선시대만 30번이나 크게 번졌다는 것입니다. 지나간 수세기 동안 공포의 대상으로 군림했던 두 창은 1959년에 정복되었고 세계적으로는 1976년에 정복되었습니다. 인간의 힘으로 하나의 질병을 정복한 것은 유사일 처음 있는 일이었습니다. 위와 같이 우리고대사는 전쟁과 역병 또는 천재지변으로 귀중한 자료들이 거의 멸실되어 버린 것입니다. 지금으로부터 1,400~500년 전의 우리 고대사古代史는 신화神話와 설화說話를 전통계승傳統繼承하여 승화昇華시키려한 이유 때문에 더 많은 문제를 야기 시켰습니다. 위와 같은 역사의 실체失體를 모르면서 역사책을 집필하는 것은 작가의 양식부족입니다. 기존 사학계史學繼에서는 역사를 뒤집기는 어려울 것입니다. 독자들도 우리나라 사료가 멸실된 실체를 알고 읽으면 많은 도움이 되리라 믿습니다.

저자 강평원

30

역사歷史는 과거過去와 현재現在의 대화對話다

역사란 인류가 어디서 생성되어 사랑과 먹을 것을 찾아 이동하고 정착하면서 소멸해 가는 인간의 일들을 기록한 것을 역사라 한다. 한편으론 역사는 과거에 있었던 일들을 말하는 게 아니란 뜻도 된다. 어제가 없었으면 어떻게 오늘이 있고 어제와 오늘이 없었다면 어떻게 내일이 있겠는가. 나는 역주에 수많은 어려움이 있어도 잘못 기록된 역사를 재정립하려고 우리의 고대사에 흥미를 갖고 역사의 진실이 뭔지 유추類推하고 캐어내려 노력한 끝에 김해시의 역전사업인 가야국 김수로왕의 부인 허황옥 가계의 이동경로를 찾을 수가 있었다. 역사란 과학적인 학문이다. 사실史實이 아니면? 그만이다는 소설가의 상상의 자유로운 예술적 공간이라고 역사는 함부로 잘못 기록에 남길 일이 아니다! 중국 대 성인 공자가 춘추시대의 역사서인 춘추春秋를 기록하고 나서 "후대에 나를 칭찬할 것도 춘추일 것이고 비난 할 것도 춘추일 것이다"라며 훗날에…… 어느 누구도 한 글자 한 획도 더 보태고 빼지도 못하리라. 했다는 기록이다. 그만큼 역사기술이 객관적이고 정확해야 하며 또 한편으로 거짓으로 번역해서는 안 된다는 말이다. 그래서 역사서 기록할 때나 번역 시 "만약……"이란 용어는 통하지 않는 것이다. 이러한 이유 때문에 나는 수많은 자료를 구하여 전후를 연결해보고 틀리면 가차 없이 삭제를 하였다. 우리나라 상고사를 살펴보면 거의 멸실 되어버렸다. 그 동안 사학계와 또는 재야 사학계 등에서 나름대로 짜깁기 한 책들이 일부 출간되어 나왔지만 혼란만 더욱 가증 시켰다! 한시대의 사학자는 그 시대의 거울이다.

한반도엔 가야국성립이 없다.

중국대륙에 성립된 가야국 김수로왕 후손들이 전쟁으로 가야국이 패망하자 멸족을 면하기 위하여 경남 김해까지 피난을 와서 부모님들은 김해에 정착 후後에 금관→가야국을 세우고 장손들 일부는 산간으로 들어가 숨어 살고 고령 대가야 젊은이들은 배타고 일본으로 건너가 선주민先主民↔기귀저를 차고 다니는 민족을 통치하고 부모님이 계신 경남김해를 잊지 못하여 임나가야任那加耶↔어머니와 아버지가 더불어 계신 나라로 불렀다. 김수로왕이 158세를 살았다는 기록은 잘못된 역사해석이다. 인간이 158세를 살수 없기 때문이다. 대륙의 지배집단가야국 왕의 후손들이 피난을 와서 김해 선주민의先住民 우두머리가 되어 158년 동안 가칭後 가야국을 세워 통치하던 중? 전쟁이나 역병으로 씨족이 멸족되어 기록이 없어 졌을 것이다. 그 소용돌이 속에서 일부 살아남은 후손들이 다시 모여 정착하여 살면서 1대 왕의 묘를 가묘家廟→선조의 묘↔시체가 없는 묘를 일명? 무구장·관리 했을 것이라는 나의 생각이다. 그 이유는 1대 왕과 왕비묘는 잘 보존하여 관리해 왔지만……. 후대 왕들과 왕비의 묘가 없기 때문이다. 어느 씨족이던 간에 5대조이상의 묘는 잘 관리를 하지 않기 때문이다. 그래서 경남 김해 수로왕 묘는 후後 가야국에서 선대왕의 묘를 조성하여 관리 한 것이라고……. 이해하는 것이

옳을 것이다. 수로왕이 158년 동안 살았다함은 삼국사기를 편찬한 김부식이 의도적으로 자기 조상을 미화시키려 한 것으로 보아야 한다. 158년 동안 후 가야국을 세우고 통치하고 하였다고 해야 이치에 타당하다. 수로왕이 20세에 결혼하여 아들을 봤다면 아버지가 죽어야 왕권을 받을 수 있기 때문에 아들은 138세가 된다. 조선왕조가 500여 년 동안 27명의 왕이 통치하였는데 가야는 10명의 왕이 491년을 통치하였다는 것은 말이 안 된다. 아버지가 죽어야 왕의 자리를 계승을 하는데……. 예를 들어 아버지가 결혼하여 20세에 아들을 두었다면? 아버지가 40년을 통치하고 60세에 죽는다면 아들이 40세에 왕의 자리에 오르게 된다. 아들이 60세를 살고 또 아들에게 왕의를 물려준다면 부자간의 통치기간은 평균 20년이다. 491년을 통치를 했다면 ……. 가야국 왕들의 평균 통치 년대는 49년이 된다. 그래서 통치 년대도 맞지 않는다. 당시의 나라 통치는 건국에서 패망하면 그 국호는 없어진다. 그러한대도 어느 어리바리한 홍익대 김태식 교수는 가야국이 700년을 존속했다는 책을 출간 했다. 1대당 평균 70년의 통치다. 우리가 유치원이나 초등학교에 들어가면 하나·둘·셋·넷·하며 숫자 개념을 배우는데 말이다. 참으로 한심한 자輩다. 여기서 한 가지 덧붙이고 싶은 말은 삼국사기는 사대주의 모화사상가인 자칭 신라의 후예 인 김부식은 유학자였으며 존화尊華 사대주의자였기 때문에 고구려·신라·백제의 역사를…….지금은 모두 사라져버린 『구 삼국사』나 『고기』같은 삼국시대의 집필과 중국의 사서를 참고하여 편찬하면서 중국 대국의 비위를 건드리지 않으려 하다 보니! 정작 자기조상의 가야국 역사는 실종된 것이다. 한편으로 후대 사학자의 잘못 기록이나 번역을 잘못한 것이 아닌가한다! 그 동안 잘못된 역사인식과 역사의식을 바로 잡지 못한 국내 사학자들의 잘못도 크다. 나는 야사인 삼국유사三國遺事를 잘못 번역된 것이 수정되지 않고 수많은 작가들이 그대로 윤색賢色하는 바람에 가야사가 왜곡 된 것이 아닌가 한다! 그 한 예를 들자면 구약성서의 시·기도 등이 처음 시작한 때는 기원전 1,000년이었는데……. 그 방대한 기록이 계속 쌓여서 기원전 100년경에 마지막 권이 쓰여 졌고·세계 2천개 이상의 언어로 번역되었으며 지금도 번역 중이라고 한다. 19세기까지 성경은 기독교의 역사책이기도 하지만 과학 책으로 여겨지기도 했는데……. 창조 속의 성경이야기를『세상과 세상의 모든 것을 하나님이 엿새 만에 창조하셨다 "영국성공회 신부 80%는 믿지 않는다."고 했다』믿고 있었는데 ……. 찰스 다윈의 진화론과 모든 생물은 환경에 적응하면서 서서히 변해 왔다는 학설과 그 증거를 들고 나오자? 종교계에서 큰 소동이 난 것이다. 성경학자들이 반박 성명을 냈고 많은 작가들을 동원하여 책을 써서 신의 창조를 거듭 주장하였고 성경을 번역하기에 열을 올렸다. 세계도처에서 성경이 마구 번역되면서 번역이 잘못되어 많은 실수를 저지르기도 했다. 그 한 예로? 킹 제임스 영역성서King James Version의 영국제임스 1세의 명령을 받아 편집 발행한 영역성경·1612년 판에서는 시편 119장 161절의 권세가들이Princes 나를 까닭 없이 박해하오나로 잘못 번역하여……. 인쇄하는 엄청난 실수를 저질렀고 1631년 판에서는 십계명에서 not이란 단어를 빠뜨리는 바람에 일 곱 번째 계명이 "너희는 간음해야 한다. 로Thous Haltcommit Adultery 바뀌었으며 1966년 판에서도 시편 122장 6절 "예루살렘에 평화가 깃들도록 기도Pray하라"는 내용에서 r이 빠지는 바람에 예루살렘에 평화가 깃들도록 대가Pay를 치러야 한다는 뜻으로 번역되기도 하였다. 이렇듯 왕의 명령을 받고 편찬한 작가라도 실수를 하기마련이다. 한문 번역도 어렵다. 해박한 지식이 없이 번역을 했다간? 한때 TV서 노자도덕경老子道德經을 명 강의로 이름을 날리던 모 대학 김용옥金容沃 교수가 강의하는 것을 시청을 했던 경남 창원시 가정주부가 "엉터리로 번역하여 강의를 한다"면서……. 자신이 도덕경을 번역하여 출간하였다. 그 책이 베스트셀러가 되었다. 김 교수는 "깨갱"꼬리를 내리고 TV화면 밖으로 어느 날 사라졌다. 원래 도덕경은 오천글자五千字로 상·하권이다. 십계경十戒經과 차설십사지신지품次設十四指身之品을 합하여 3권으로 이루어져 있다. 노자도덕경이 발견된 것은 당나라唐 AD. 618~684년 때 돈황燉煌에서 발견되어 당나라가 국보로 지정해 내려오다가……. 장개석蔣介石이 모택동毛澤東에 의해 대만으로 쫓겨 갈 때 국보급 사서를史書 모두 가지고 갔는데……. 노자의 친필親筆인 진본眞本이 1985년에 발견되어 영인본으로 세상에 빛을 보게 되었던 것이다. 아무리 유명한 교수라도 한문번역을 잘못하면 그런 창피猖披를 당한다. 내가 집필한 책도 몇 십 년씩 교정에 종사한 편집부 직원도 실수를 하여 애를 먹은 적이 있다. "아리랑 시원 지를 찾아서"집필 때 내가 속해 있는 한국 상고사학회 이중재 회장의 "가야사와 삼국열전"책에서 아리랑 1절의 원문일부를 차용하면서 본문에 차용사유를 밝히고 집필 했는데……. 출판사의 교정 실수로 빼먹어 많은 질책을

36

받았다. 원래 책 뒤쪽에 참고 문헌과 자료출처를 상재하는데? 본문 안에 출처기록이 실수였다! 디스켓으로 인쇄가 들어가면 실수가 없을 것인데! 지금도 컴퓨터에서 디스켓을 사용하고 있다. 당시엔 육필 작업을 하여 컴퓨터 작업은 남에게 맡겨서 출판사에 원고를 출력하여 보냈다. 집필자의 마지막교정 후 OK하면 매킨토시전자타자기 작업의 실수에 의해 벌어진다고 했다. 2003년 5월에 노무현 대통령 장인 권오석 씨가 빨치산이 아니라 것을 추적하여 집필한 실화 다큐소설 『지리산 킬링필드』책 표지 영문자 「KILLING FIELDS」를 「KILLING FILEDS」로 잘못되고 서문에 집필자의 이름도 강평원을 강편원으로 잘못 기록된 것이다. 책이 출판 계약이 되면 작가의 말을 집필하여 팩스로 보내는데 편집 담당이 상재를 하면서 잘못하여 오타가 나온 것이다. 책 재킷을 담당자에게서 사과는 받았지만……. 이미 초판 5,000부가 나간 뒤에 알았다. 노무현 전 대통령과 권양숙 영부인께도 보냈던 책이다. 이 책은 2003년 6월 30일에 출간 되었는데? 6월 17일 날 연합뉴스 신지홍 기자가 아침 7시경에 전화가 와서 인터뷰를 했다. 지금도 다음에 들어가 "연합뉴스 신지홍 기자 지리산킬링필드"를 검색을 하면 자세히 나와 있다. 지리산 양민학살사건을 비롯하여 제주 4.3사건 등과 식량이 떨어져 인육을 먹은 내용, 노무현대통령 장인 권오석씨 사건 등이 상재되었으며……. 경남과 전북 경남지역의 국민보도연맹 학살사건을 비롯하여 제주 4.3사건과 거제포로수용소 등을 다룬 책이다. 그 보도 후 아침 8시경에 김해경찰서 형사과에서 청와대에서 연락이 왔다면서 김해 예총사무실에서 만나자하여 "몇 권을 출판을 했느냐?" 질문에 "초판 5,000부를 출판을 했다"는 출판사사장과 전화가 이루어졌다. 문제는? 나에게 책이 오기 전에 청와대에 먼저 들어갔다는 것이다! 출판사에서 3곳의 중앙지 신문에 5단 칼라 전면광고를 몇 개월을 하였다. 이 책 출간 후 10월에 노무현 대통령이 제주 4.3사건에 관한 용서를 빌었다는 기사를 보았다. 이 책 332페이지에 노무현대통령 퇴임 후 내가 바라는 이야기가 상재 되어 있으며…… 노무현 대통령 장인 권오석씨의 재판기록도 상재되어있다. 이 글을 읽고 고향에 내려온 것 같다! 그 책의 편집은 출판사의 실수도 독자는 저자의 잘못으로 생각한다. 출판 계약서에 꼭 있는 약정은 "글의 내용은 저자의 책임이다"라고 기록된다. 법적 책임은 "출판사의 책임이 없다"란 말이다. 21세기 첨단 기계 컴퓨터도 사용자 잘못으로 기록되는데…… 고대에는 뜻글자 한문에서 소리글 한글 번역은 수 없는 오역을 했을 것이다.

『지리산킬링필드』책 표지엔 "노무현 대통령과 권양숙 여사의 시대적 아픈 상처"란 글이 상재되어 있고 332페이지엔…….

『그리고 무엇보다도 필자는 노무현 대통령께서 퇴임 후 유모차에 어린 손자를 태워 김해시 연지공원 산책로에서 필자와 서로 만났으면 한다. 또한 서울뿐만 아니라 대도시 공원 같은 번잡한 곳에서 경호원 없이 노부부가 다정히 손을 잡고 산책을 다니는 모습을 보았으면 한다. 우리나라 역대 통치자는 통치기간에 무슨 죄를 그리도 많이 지었기로서니 퇴임할 즈음 담장을 높이고 경비를 강화하며 외출 시 경호원과 대동하는가! 통치자는 통치 기간이 끝나면 우리와 같은 평범한 시민이 되어야 하지 않겠는가!』

위의 글을 읽고 노무현대통령이 고향으로 내려왔나!

"……."

옛날 단군조선에서는 신지고글神誌高契이 편수한 배달유기 제3세 가륵 3년 신축倍達留記가 있었다는 것이 【단군세기】에 기록되어 있고 고구려에서는 유기留記 백 권이 있었고……. 그 후 신라에는 신라본기新羅本記 백제에 백제본기百濟本記 등이 있었다는 것이 일본의 정사인 일본서기日本書紀와 우리의 여러 고문헌에 기록이 되어있다. 우리나라 국조國祖도 번역에도 실수를 저질렀다. 상고 때에 우리민족의 생활을 지배하던 기본적인 내용은 원시 신앙이었다. 태초에 인간의 생활은 동물과 크게 다를 바 없었으나! 신석기 시대에 접어들 무렵에는 신앙적 요소가 그들의 생활에 짙게 깔려 있었다. 신앙의 대상은 다신 적인 "자연신" 즉 만물이 영혼을 가진다는 애니미즘Animism이었고 그 외에도 주술Magic 금기Taboo 토테미즘Totemism 등이다. 우리의 건국신화인 단군신화 곰熊 토테미즘 신앙이다. 단군신화檀君神話와 밀접한 관련이 있는 곰 토템에 관해서는 이설이異說 있기는 하지만……. 그 당시 북방씨족의 토템 동물 중에 곰 숭배가 가장 넓게 행해지고 있었다. 신석기 시대의 시베리아 종족의 곰 숭배 사상으로 미루어 단군 고조선도 예와가 될 수는 없다. 원시 시대의 천신 숭배와 만물 정령관은 선한신과 악한신의 관념을 낳게 했고 마침내 신의新祝 의식을 가지게 하였다. 제정일치祭政一致 시대에는 정치적 지도자가 의식儀式의 장으로 행동함으로써 그 권위가 더욱 가중되었다. 제정일치 시대에서는 제사장도무당과 점쟁이 통치자가 되었다. 지금의 성직자와! 같은 굽이다. 우리나라 국조 단군檀君 이전의 단군壇君이 단군 1기이다. 이들의 통치기간이 1908년 동안 통치하였다. 단壇 제단단자에 군君 임금군자를 쓴 단군 제사장들의 통치기간 당시 군주들이 제사를 주관하였다 합계가 1908년인데 한문 역주를 하였던 어리바리한 역사학자들은 단군 나이라고 잘못 번역한 것이다. 어찌 사람이 1908년을 살 수 있겠는가? 또한 곰과 호랑이한테 마늘과 쑥을 주어 견디어낸 곰하고 결혼하였다고 하였으나. 곰이 사람이 될 수 없는 것이다. 곰을 믿는 부족국가 여자와 결혼하여 탄생한 남자아이가 박달나무 단檀자를 쓴 단군 2기다. 바로 단군 2기가 고조선의 최초시조인 것이다. 단군은 천군天君으로서 신정사회神政事會에서는 신사神事→현시대로 말하면 성직자들의 설교를 믿는 주술사의 권능도 가졌다. 단군은 군주로서의 고유 직분뿐만 아니라 평범한 인간의 선을 넘어 샤만Shama의 직분까지 주재主宰한 것이다. 단군은 천군天君으로서 우리 민족은 광명을 높이 숭상하여 제정일치 시대의 천군 또는 제사장으로 하늘에 제사하는 신앙을 가지고 있었다. 당시의 각 씨족사회는 상이한 토테미즘 신앙이었다. 이상한 이질적 요소 때문에 씨족간은 단절된 사회가 되었고 다툼이 일어나 전쟁이 벌어지기 시작한 근원이 된 것이다. 그런데? 현존하는 우리의 유일한 고사古史인 삼국사기는 사대성이 강한 유학자 김부식金富軾의 지휘아래에 쓰여 졌고……. 삼국유사는 독실한 불승인 보각국사 일연一然에 의해 쓰여 졌던 것이 그 단적인 예이다. 앞서 이야기한바와 같이 애국적인 민족사학자들이 이구동성으로丹齋 ↔ 신채호 등 말했듯이 삼국유사는 불교적으로 윤색潤色이 되었고……. 삼국사기는 존화尊化 주유적으로 윤색이 되었다. 이렇듯 우리의 민족사론은 외래종교에 의해 한없이 천대와 삭탈 내지 박멸 당하는 그런 비극적인 운명이 적어도 외래교세의 유입 이후로 지금까지 약 1,600여 년간을 계속되었다. 특히 상고사 분야는 위패조차 없는 무주고혼格無住孤魂이 되어 버리고 만셈이다! 그런 와중에도 토속신앙 형태로 겨우 남아 있는 잔혼을 도리어 적반하장 격으로 외래신앙들이 밀어닥치면서 "미신迷信"이라는 딱지를 붙여 천시하게 되었다. 하기야 "한쪽 눈을 가진 세상에世上 가면 두 눈 가진 사람이 장애인"이라는 소리를 듣기 마련이란 말이 있다. 주인 신앙은 미신이고 밖에서 들어온 나그네 신앙은 정신적으로 주인이 되어버린 것이 오늘날 우리 주변의 신앙관인 것이다. 불교나 기독교는 알다시피 수입신앙이다. 우리의 사서들이 위에서 말한 바와 같은 이유로 거의 전부가 소각 당했거나 탈취되었거나 아니면 약간의 잔존물殘存物이 있었던 것 마저 후환미신 ↔ 迷信 혹은 사문난적斯文亂敵이 두려워서 아주 깊숙이 은장隱長 될 도리밖에 없었던 것이 과거의 역사적 현실이다. 그러나 우리 민족과 더불어 고대로부터 원시경전이 오늘에까지 보전되었으니……. 거기에 담겨진 사상을 추출하고 그 가치를 규명하는 데에 의미가 있다. 고대 사서로 삼국사기·삼국유사·제왕운기·등 몇몇 사료뿐이어서 중국의 사서에서 찾을 수밖에 없는 현실이다. 한서漢書 위서魏書 후한서後漢書 진서晉書 송서宋書 남제서南劑書 양서梁書 주서周書 수서隨書 당서唐書와 인류 최고의 경전인 산해 경山海經 등에서 찾아보면 우리의 상고대사의 실체를 정확이 알 수가 있다. 사서는 신화이거나 전설이 아닌 반면에 모든 고전은 일단 설화나 신화로 규정되며 문인들의 번역은 그 설화에 덧씌워진 이데올로기적ideology 권위와 우상을 제거하는 것이다. 공자도 예수도 석가도 우리의 고대 건국신화에 나오는 국조國祖인 조상도 예외가 될 수 없다. 신화화 되어버린 역사적 인물들의 실상에 대한 통찰이 그 인물을 깎아 내리기 위한 것은 절대로 아니다. 문인들이 쓴 글자 하나하나는 책임 있는 것이 되어야 하기 때문이다. 특히 역사를 기록하는 사람이나 역사를 번역하여 편찬하는 사람은 후대에 길이 빛날 수 있는 문헌이 될 수 있도록 노력해야 할 것이다. 나는 자랑스러운 한국의 한 시대를 살았던 문인이었다고 당당히 말할 수 있는 좋은 작품을 남겨야 하기 때문이다. 러시아의 혁명 때 볼세비키에 동조했다가 불란서로 망명해서 쓴 "니콜라이 베르자예프"의 『현대에 있어서의 인간의 운명』이란 책에 "지금까지는 역사가 인간을 심판 했지만! 이제부터는 인간이 역사를 심판해야한다"라는 내용이 있다. 그의 말이 옳다고 본다. 역사란 이름 때문에 개인이 얼마나 짓밟혔나를 보면 안다. 역사······. 이러면 "악"소리도 못하고 참아야 했다. 역사에 저항하면 죄인이 되거나 목숨도 잃었다. 이때의 인간은 개인으로서의 인간이었다. 역歷은 글자그대로 지나가는 것이다. 지나가는 것은 과거의 일이다. 사는史 기록이다. 기록하는 것은 사람인 것이다. 역사는 사실로 있었던 것을 기록하는 것이다. 사람이 기록한다는 것은 주관적이다. 기록하는 사람의 관점에 따라서 사실이 달라지기도 한다. 그러니까 역사는 모순의 개념이다. 그러니 쉽게 말하자면 역사는 없다! 학교교과서에나 있다는 것이다. 어떤 사실의 단편들이 기록으로 남아 있는 것이다. 지금 우리가 역사라고 하는 것은 강자의 역사이다. 정권이 바뀔 때마다 교과서는 바뀐다. 역사는 없고 강자와 힘센 사람의 기록한 사실만 남을 뿐이다. 삼국사기 열전편列傳編에 보면……. 김유신金庾信은 고려 제 27대 충숙 왕 때 보다 681년이나 앞선 년대 사람이다. 김유신은 지금의 중국 옛 서경西京인 서안西安에서 자랐으며, 그러기에 왕경인야王京人也라고 했다. 김유신의 12대 조상은 수로왕首露王이라고 되어있다. 기원 후 25년경 귀봉龜峰에 올라 가락駕洛의 구촌九村을 바라보고 그곳에 이르러 가야加耶란 이름으로 나라를 세웠다. 후에 금관국金官國이라고 고치고 9대 구해왕仇亥王은 구차후仇次休라고 고쳤고 김유신에겐 증조할아버지이다. 여기서 가락의 구촌이 있는 귀봉은 지금의 중국 강서성江西省 구강 시九江市에 있는 곳이 옛 금관국이며……. 그 남쪽으로 산이 있는 곳이 바로 지금의 중국 노산盧山이다. 그러니까 가야국은 한국 땅에 없었고 중국에서 성립 되어 멸망 했으며 그 후손들이 멸문滅門 면하기 위해 육로를 거쳤거나 중국 산동 반도를 거쳐 배를 타고 우리나라에 유입 된 것으로 역사서에서는 말하고 있다.

김유신은 가야국의 먼 후손이다

삼국사기 권41 열전 제1편을 살펴보기로 한다. 김유신 왕경인야王京人也라고 되어 있다. 김유신은 왕이 살던 서울 사람이란 뜻이다. 그럼 김유신이 살았다는 서울은 어딘지를 찾아보면 김유신은 신라 28대 진덕왕眞德王 때 사람이다. 진덕왕은 진평왕 어머니의 동생이다. 진덕왕은 봉작을 받은 낙랑군왕이다. 낙랑군 왕이라면 낙랑군이다. 중국고금지명대사전 1,168페이지에는? 옛날 조선朝鮮이 평양平壤이라 했다. 이곳은 고구려가 도읍했던 곳이다. 낙랑군은 한漢나라와 고구려가 도읍했던 서경西京 즉? 서안西安이다. 서안은 진秦나라 한漢나라 고구려 등이 도읍한 왕의 도읍지이다. 김유신은 김수로왕의 12세손이다. 그럼 김수로왕으로부터 11대로 내려온 후손인지 아니면 12대인지는 확실하지 않으나 김수로왕의 후손이다. 삼국사기와 삼국유사 그리고 김수로왕의 비문에는 황제黃帝 아들 소호금천 씨가 시조로 되어 있다. 김수로왕의 실제 시조는 아들 창의昌意의 소생인 고양씨의 아들 곤이다. 곤鯀 ↔ 鯤은 하우의夏禹 ↔ 하나라 우임금 아버지가 된다. 부지하허인야不知何許人耶라고 했다. …… 허락한 사람인지도 모른다고 했다. 후한後漢 건무建武 18년 임 인년壬寅 즉? 기원후 43년에 김수로왕이 나라를 세운 것이다. 이때 구봉龜峯에 올라 아홉 촌 가락을 바라보면서 그 땅에서 나라를 개국

44

하게 되었는데? 나라 이름은 가야加耶로 했다. 후일 나라 이름을 고쳐 금관국金官國이라 했다는 기록이다. 그 자손들이 끊이지 않고 이어오면서 아홉 명의 왕으로 계승되었다. 9세손인 구해는 혹은 구차휴라고도 했는데 김유신의 증조부다. 신라 사람들은 자기 스스로 황제 아들인 소호금천 씨의 후손이라고들 했다. 그러므로 김씨의 성을 써왔다. 김유신 비문에 의하면 헌원軒轅, 黃帝 칭호의 아들 소호少昊의 자손들이라 했다. 남쪽 가야의 시조인 수로 왕도 신라와 같은 성 씨다. 앞서 말한 구지봉이라는 구봉은 중국고금지명대사전 1,274페이지에 절강성浙江省 구현衢縣으로 되어있다. 특히 본문에서 남쪽 가야라 했으니 김수로왕은 절강성 구봉龜峯 산에서 가야국을 개국하기로 결정된 것이다. 김유신의 조상은 신라新羅의 장군이었다. 신라 땅이 된 신주新州의 도행군총관道行軍摠管이며 백제의 왕과 군사를 사로잡고 장수 4명도 함께 포로로 잡았던 장군이다. 특히 백제의 군사 1만여 명을 참수시켰던 명장이었다. 김유신의 아버지는 서현舒玄이다. 서현은 가락국 10대 왕인 구해왕의 손자이다. 구해왕의 아들이 무력이고 무력의 아들이 김유신의 아버지이다. 가락국은 10세인 즉? 열 번째 왕인 구해왕이 망할 때까지 횟수로 491년이다. 그렇게 따져본다면 김유신은 김수로 왕으로부터 13대 손자孫이다. 김유신의 12대 조부가 김수로 왕이다. 가락국 10대 왕인 구해왕의 아들 무력은 구해왕이 신라에게 항복한 후 신라의 땅 신주의 군사 총책임자였다. 김유신의 할아버지는 가락국이 망하자 신라의 신주에서 군사의 책임자가 되었던 것이다. 그럼 김유신의 할아버지가 있었다는 신주가 어디인지를 찾아보니, 신주는 중국고금지명대사전 1,008페이지 기록이다. 남조南朝 때 양나라가 현을 두었던 곳이다. 당나라가 복귀시키고 이름을 고쳐 신흥군이라 했다. 그 후 원나라는 옛 이름대로 신주라 했다. 대륙 광동성 신흥현에서 다스렸다. 양나라 말기에는 호북성 경산현이었으나 폐지시키고 사천성 삼태현에서 다스렸다. 그 후 수나라가 폐지시킨후 사천성 삼태현을 두었으나 당나라 말 때 송나라가 다시 폐지시킨 후 직예성지금의→河北省 탁록현에 두었다는 기록이다. 신주가 있었던 것은 남조南朝 때 양나라 했으니 호북성 경산현이었을 것이다. 그러나 삼국사기 열전 김유신 편을 보면 김유신의 아버지 서현은 만노군萬弩郡 태수太守로 있었다. 이때는 김유신이 태어나기 전이다. 김서현의 아버지는 가야국 마지막 왕이었던 구해왕의 아들인 무력이다. 그때 신주의 군사 총책임자로 있었다면……. 아들 서현은 함께 같은 지역에 있어야만 이치에 맞는다. 무력이 죽은 후 서현이 성장하여 청년 시절을 만노군의 태수로 있었다면 결혼하기 전이므로 큰 벼슬을 하고 있었던 것이다. 무력이 호북성 경산현인 신주에서 군사 총책임자로 있을 때……. 김유신의 아버지 서현은 총각으로 만노군이었던 진주鎭州에서 태수 자리에 있었다는 것이다. 서현이 진주에서 하북성 정정현 태수로 있었다면 아버지 무력도 역시 호북성이 아닌 하북성에 있었다. 그러므로 김유신의 아버지 서현이 정정현 태수로 봉직을 하고 있을 당시라면 그때는 장가도 가지 않은 총각이었으니 아버지 무력과는 멀리 떨어져 있지 않은 하북성 탁록현이다! 무력이 있었던 신주는 하북성 탁록현이다. 이렇든 저렇든 아무튼 대륙에 있었음이 분명하다. 뒤에 중국

지명사전에 나와 있는 지역을 보면 알 수 있다. 신주가 대륙 남쪽인 광동성에 있었던 호북성이든 그리고 하북성이든 간에 신라가 두었던 신주는 한반도가 아니다. 다만 삼국사기 열전 김유신 편에서……. 김유신은 가야국 김수로 왕의 후손임은 두말할 필요가 없다. 김유신의 아버지 김서현은金舒玄 하북성河北省 정정현正定縣이었던 진주의 태수였다고 정사의正史 기록이다. 위와 같이 김유신의 할아버지 무력은 신라 땅인 신주에서 군사 총책임자로 있으면서 백제의 대군을 섬멸한 공을 세웠다. 김유신의 아버지 김서현은 소판蘇判 ↔ 판서의 서열 벼슬을 했다. 이와 같은 공로로 대양주大梁州의 군사 총책임자로 임명되었다. 여기서 양주梁州를 찾아보면? 김유신의 아버지 서현이 양주의 군사 책임자로 임명되었으니……. 바로 역사의 실체를 밝힐 수 있기 때문이다. 중국고금지명대사전 814페이지에 양주가 있다. 대륙 전체를 하나라 우임금 때 아홉 주로九州 나누었다. 양주는 아홉 주 중 하나이다. 섬서성과 사천성을 합한 것이다. 응교가 말한 바에 의하면 금金나라가 강성했을 때 서방西方으로도 포함된다고 하였다. 또한 한나라 때는 양산이라 했다. 양산은 사천성 양산현이다. 이때 양주梁州와 옹주雍州를 통합을 했다. 삼국이 촉한 때 양주를 설치했다. 한나라 때는 섬서성 남정현 동쪽 2 리다. 진晋나라 때 특히 동진의 왕비였던 대흥 때 양양에 두었으며, 그것은 섬서성 안강현 서북이다. 한나라 건원 초에는 섬서성이라 했다. 섬서성 안강현 역시 서북이다. 그 후 오나라 태원太元· 초기에 다시 진鎭나라를 두어 양양襄陽이라 했다. 동진東晋 의희義熙 초에 위나라가 부흥하자 지금의 섬서성 보성현 동남 10 리였다.

남조 송나라 초기에 남성南城이라 하고 섬서성 보성현에서 다스렸다. 옛날 진晉 나라인 서진西秦 때는 감숙성 농서현 동쪽 5 리였다. 그러나 진나라 말에는 사천성 소화현 동남 50 리였다가 성한 때에는 사천성 면양현에서 다스렸다. 그 후 원나라 초에는 흥원부라고 했다는 것이다.

본문에서 양주는 처음부터 감숙성이었다가 후일에 와서 섬서성에 있다가 사천성으로 지명이 옮긴 것이다. 그렇다면 김유신의 아버지 서현이 있을 당시의 양주는 어디일까?

서현은 신라 25대 진지 왕眞智王 때 사람이므로 연대를 보면 양나라 후기 때다. 이때의 양주는 서성이었으니 섬서성 보성현 동남 10 리에 해당된다. 당시엔 김유신의 아버지 서현은 섬서성 보성현인 양주의 도독안무란 군사 총책임자였다. 보성현은 안강현 서쪽이며 서안의 서남이다. 이곳은 사천성과 섬서성 그리고 감숙성과 가까운 접경지대다. 양주는 최초의 감숙성이었지만······. 김유신의 아버지 서현은 양주에서 도독안무란 막강한 군사 총책임자였다는 것을 지명을 보면 알 수가 있다. 그래서 김유신은 한반도 한국 땅에 있을 이유가 없는 것이다. 김유신 왕경인야金庾信王京人也라는 말 뜻은 김유신은 서울이었던 서안西安 사람임을 쉽게 이해할 수 있을 것이다. 아버지 서현이 양주에서 도독안무란 막강한 군사책임자로 있었다면 김유신은 아버지 고향이자 자기의 고향에 있었을 것이라는 말은 삼척동자라도 알 수 있을 것이다! 김유신과 아버지의 고향이 대륙이라면 신라도 대륙에 있었던 것이 합당한 말이다. 신라가 한반도 한국 땅에 있었다고 한다면 대륙에서 태어난 김유신이 한국 땅에 있다가 신라로 왔을 리가 없다. 김유신은 신라의 대 공신으로 신라 29대 태종 무열 왕太宗武烈王과 같이 넓은 대륙을 장악했던 것이다. 역사가의 안按에 의하면 김유신의 비문에서 소판蘇判 ↔ 판서인 김소연金逍衍과 김유신의 아버지 서현과는 알지 못하는 사이라고 했지만……. 서현의 이름이 야耶 임으로 소연逍衍이란 이름이 아닌 자字는 호가 아닌지! 두 가지가 확실하지 않다고 하였다. 김유신의 아버지 서현은 노견路見이었던 갈문왕葛文王의 종손자다. 갈문왕의 아들이었던 숙흘종肅訖宗의 딸인 만명萬明과 서로 오고가면서 보고 마음이 통하여 중매도 없이 둘이서 살짝 눈이 맞았다. 이때 김유신의 아버지인 서현은 만노군 태수였다. 만노군은 진주였으므로 하북성 정정현이다. 정정현은 북경의 서남이다. 이곳은 산서성 접경지대이다. 서현은 그 당시 장수의 직위를 갖추고 있었다. 김유신의 어머니였던 만명 부인의 아버지 숙흘종은 딸이 외간 남자와 눈이 맞은 것을 알고 병을 앓고 있다면서 별체에 가두어 버렸다. 그리고 시종들을 시켜 지키게 했다. 그때 난데없는 뇌성벽력雷聲霹靂이 치면서 만명을 가둔 방문이 열리자 지키는 사람은 놀라서 달아나 버렸다. 이때를 놓칠세라 만명은 뚫어진 구멍을 박차고 달아나기 시작했다. 만명은 서현이 태수로 부임하고 있는 만노군으로 달려가 만났다. 서현과 만난 첫날밤이었다. 서현은 경진일庚辰日 밤 꿈에 두 별이 내려 영롱한 빛이 몸에 감돌았다. 만명의 꿈을 꾼 것도 경진 일이었다.

하늘에서 금으로 된 갑옷을 입은 동자가 구름을 타고 내려와 집 안으로 들어오는 꿈이었다. 그 후 만명은 임신한 지 10개월 후 유신庾信을 낳았다. 부인이 말하기를 나 역시 경진날 밤에 꿈을 꾼 길몽으로 아들을 얻었으니 "마땅한 이름으로 생년월일에 맞추어 지어야 하지 않겠느냐?"고 했다. 그러자 서현은 "경庚자와 유庾자가 비슷하게 같고! 진辰자는 신信자와 소리가 가깝고 같으므로 고대로 내려오는 현인처럼 유명한 이름이 될 것이다. 그리고 수명도 좋고 유신은 이름을 떨칠 것이다"라고 했다는 기록이다. 이때가 신라 26대 진평왕인眞平王 건복建福 12년이다. 수隋 문제文帝 개황 15년 을묘년乙卯年이다. 만노군은 그 당시 진주이며 처음 "김유신을 잉태했다"고 하여 태장산胎藏山이라 했다. 이 산은 높은 산이었기에 영을 받아 잉태했다는 뜻에서 태령산胎靈山이라 한다고 주석을 달고 있다. 가야국 김수로왕 탄강을 간접 표절 같은 느낌이다. 같은 혈족이니까! 삼국사기 권 41열전 제 1편 김유신 편을 간략하게 살펴보았다. 김유신은 따지고 보면 신라의 후손이기도 하겠지만……. 엄밀히 따지면 가야국의 후손이자 혈손이다. 김유신의 아버지 서현은 가야국 마지막 왕이었던 구해왕의 아들인 무력의 아들이다. 무력은 분명히 가야국의 혈손이며 무력의 아들인 서현 또한 가야국 사람이라고 보아야 한다. 그렇다면 김유신은 가야국의 혈통으로 비록 가야국은 망했지만 가야국을 빛낸 가야국의 혈통이다. 김유신은 만노군에서 생명의 씨를 받은 대륙 사람이다. 지금의 하북성 정정 현正定縣은 알고 보면 김유신의 정신적 고향이다. 어머니 만명이 처녀의 몸으로 탈출하여 혼자 만노군을 찾아가 서현과 해후한 것은 그 시대에 있어 어려운 결단이었다. 동서고금東西古今을 막론하고 사랑은 위대하다는 것을 다시 한 번 느끼게 하는 대목이다. 한편 유신의 어머니가 20개월 만에 유신을 낳았다고 했는데 그것은 정말 믿을 수 없는 일이다. 내가 고대사를 연구하면서 느끼는 것은 요즘 사람들이 상상할 수도 없는 사실이 많이 나타난다는 것이다. 그럴 때마다 나는 짧은 지식에 곤욕을 치를 때가 한두 번이 아니다. 그러나 냉정한 입장에서 학문적으로 살펴보면 충분히 그럴만한 이유가 있었던 것이다. 가야국이 건국될 때 "알이 여섯 개 있었다."던지…… 여자가 "큰 알을 낳았다"거나……. 또 노자老子가 80년 만에 어머니 뱃속에서 태어났다는 것은 옛 사람들의 지혜가 번뜩이는 대목들이다. 8개월을 잘못기록이다! 특히 삼국유사의 곰과 호랑이 이야기 등도 마찬가지이다. 또 산해경에서도 뱀과 꿩 등 동물이 수없이 등장하는 것을 볼 수 있다. 고대인들의 해박하고 지혜로운 지식을 동원하여 해학적으로 역사를 저술한 지혜로움이 번득이는 것을 알 수 있다. 고대사에 나오는 짐승은 진짜 짐승이 아니라 부족국가의 상징이었다. 현대사회에서도 짐승을 많이 인용하고 있는 것을 볼 수 있다. 예를 들면 88올림픽 마스코트인 호돌이는 호랑이이다. 또한 청룡부대와 사자부대 등이다.

김유신의 어머니 만명은 20개월 만에 아이를 낳았다고 했는데 그 말은? 10개월은 기도했거나! 아이를 갖기 위해 소망을 빌었던 달수까지를 계산한 것이 아닌가 생각된다! 태령산胎靈山에서 아이를 잉태했다는 것을 보면 10개월 동안 천지신명에게 빌었다고 볼 수 있을 것이다! 그리고 노자를 80년 만에 낳았다던가 또는 뱃속에서 80년 지난 후에 아이를 낳았다는 것은 어디까지나 거짓말인 것이다. 만약 80년 만에 아이가 나왔다고 한다면 노자의 아버지 나이가 80세 때 아들을 낳은 것으로 생각할 수도 있을 것이다! 아내가 결혼 한지 8년 만에 아이를 출산을 했다는 것을 실수로 잘 못 기록 했을 것이다! 앞서 성경 기록의 잘못처럼! 지금 세상에도 늦은 나이에 출산을 하고 8개월 만에 조산早産을 하기도 한다. 이상과 같이 고대사회는 모든 책 속에 해학적인 기록을 한 것으로 보아서 김유신의 어머니 만명은 김유신을 낳기 위해 특히 아들을 갖기 위해 정성어린 기도로……. 소원을 빌었다는 것을 느낄 수 있다. 한마디로 김유신은 하늘이 내린 위대한 인물임에 틀림없다. 그리고 경진 일에 영롱한 빛이 몸에 감도는 꿈을 꾼 서현과 하늘에서 동자가 내려오는 꿈을 꾼 만명 부인은 정말 훌륭한 왕통의 가문이었다. 따라서 김유신은 신라의 장군이었지만 따지고 보면 가야의 왕족으로서 길이길이 가야국을 빛낸 것으로 보아야 한다. 지금 북한의 김일성 가계가 백두산이라고 하듯!

    ……삼국사기 권32 잡지 1악樂편의 가야금 조에서는 가야국 왕이 가실왕이라고는 기록이다. 이런 것으로 보아 고대 김수로 왕의 가야국이 망한 이후에도 가야국이 있었다는 것이다. 그런데 김수로 왕이 건국한 연대는 가야국 가실 왕이 건국한 연대에 비해 약 500년이 앞선다. 가실 왕보다 500년 앞서 김수로 왕은 가야국을 건국한 것으로 되어있다. 그렇다면 가야국 왕이란 가실 왕은 500여년 후 가야국의 제후 왕이라고 보아야 한다.
    가야국이 망한 연대는 신라 24대 진흥 왕眞興王 12년인 기원후 549년으로 10대 왕은 구형 왕이다. 구해 왕이라고도 한다. 앞에서 이야기를 했듯이 구해 왕은 진흥 왕 12년. 세 아들을 데리고 항복했다는 기록이 삼국사기 권 4의 신라본기 4편에 있었다. 그렇다면.

신라 진흥 왕 때 가야국 가실 왕이 있었고! 따라서 우륵이 국난國亂을 피해 진흥왕이 있던 신라 땅으로 거문고를 휴대하고 항복해 왔다고 할 수 있다. 위와 같이 가야국이 망할 무렵 가실 왕이 있었다면...... 가실 왕은 귀주 성이 있던 곳에 가야의 제후국이 있었던 것이다. 가실 왕은 악사에게 명령하여 가야금을 우륵에게 만들라고 했다. 우륵이 가야금을 만들 당시 국난이 일어나 신라로 도망간 것으로 본다면 그 당시의?

『가야국은 귀주성과 안휘성·운남성·광서성·광동성·호남성·강서성·복건성·절강성·강소성·호북성·섬서성의 남쪽인 하남성 남부지방 등 광범위한 지역의 영토를 보유한 것이다』

......백제의 강역 안에 가야국이 있었으므로 따지고 보면 백제의 통치하에 있었다. 그렇기 때문에 강역이 넓은 백제의 땅을 가야국이 부분적으로 통치하고 있었던 것이다. 신라 진흥 왕 때라면 백제는 27대 위덕왕威德王 때이다. 백제가 멸망하기 83년 전이다. 이때는 백제의 국운이 쇠퇴해 가던 시기이다. 그러나 신라는 진흥왕 때부터 국운을 타고 서서히 일어나려는 시기이다. 당唐나라 고조高祖 이연李淵은 기원후 618년에 사천 성四川省 → 지금의 쓰촨성에서 태어나 산서성 태원에서 군병을 일으켜 남으로 이주를 한 것이다. 낙양에서 도읍한 당나라는 신라 26대 진평 왕眞平王과 연합을 하여 하남성에 있던 백제를 침략하려 한다. 이때 신라는 섬서 성서안西安인 서경西京 바로 위쪽인 북쪽 순화 현인 경주慶州에 도읍하고 있었다. 그 당시 당나라는 호시탐탐 기회를 엿보다가 신라 29대 태종무열 왕太宗武烈王 때 신라와 연합작전으로 백제를 공략하였다. 이 전쟁으로 인하여 백제는 기원후 660년에 망하는 불운을 맞이하게 된다. 신라가 부흥할 수 있는 기틀을 잡은 시기가 진흥왕 때인데

.... 백제는 이때부터 국운이 점점 약해져갔다. 이때 가야국도 백제와 운명을 같이해 왔지만....... 가야국은 백제의 변방국으로 국내의 반란에 의해 망해 갔다고 볼 수 있다. 신라 진흥왕 때 가야국 왕이었던 가실왕의 국난으로 인해 우륵은 신라로 도망갔다는 기록이다. 신라로 도망가면서 가야국의 국보라 할 수 있는 가야금....... 즉? 거문고를 가지고 신라 진흥왕에게 항복했다는 것은 가야국의 국운은 변방에서부터 쇠하고 있었던 것을 의미한다. 백제와 함께 가야국은 백제가 망하기 83년 전에 서둘러 항복했던 것이다. 가야국에서 도망 온 우륵을 신라 진흥왕은 신라에서 편안하게 살 수 있도록 관원들에게 지시를 하였다는 것이다. 진흥왕은 파견사를 보내 우륵을 대나마주지大奈麻注知로 모시기로 한 것이다. 대나마주지란 가야금의 학자이자 악성樂聖, 악기의 성인이므로 거문고에 대한 최고의 칭호로 대우한다는 뜻에서 붙여준 관직명이자 칭호이다. 대나마주지는 가야금에 대해서는 더 이상 아는 자가 없으므로 최고로 아는 자가 지도하고....... 가야금을 만드는 총책임자로서의 관직으로 주어진 호칭이다. 그리고 우륵과 계고階古 그리고 만덕萬德 세 사람이 12곡을 전수할 수 있도록 신라 안에서 살 수 있게 배려했다는 기록이다. 이들 세 사람은 진흥왕의 특별 배려로 서로가 서로를 격려하고 먹고 마시며 놀면서 거문고에 열중했다고 한다. 이들은 비록 먹고 마시고 음탕한 짓을 하더라도 진흥왕의 특명에 의해 악성으로서 소명을 다할 수 있도록 하였다. 계고와 만덕 두 사람이 말하기를 번잡하고 음탕한 곡은 불가하지만 바르게 만들어 보자고 하여 다섯 곡五曲을 만들었다. 그때 우륵이 처음에는 소문을 듣고 많은 화를 냈다고 한다. 그러나 우륵은 다섯 곡을 들어보더니 감탄하여 눈물을 흘렸다는 것이다. 가락은 변하지 않는구나! 그러나 슬프면서도 슬프지 않는구나! 가히 바르고 바른 악樂→가락이로다. 라며 칭찬했다. 그리하여 왕의 앞에서 연주하기로 했다. 왕은 가락을 듣고 크게 기뻐하였다. 이때 신하들이 말하기를 과연 가야국을

망하게 할 수 있는 가락이로다. 라고 했다. 그러나 좀 부족하지 않을 수 없다고 진흥 왕은 이렇게 말하였다. 가야 왕이 스스로 자멸을 자초하게 되었지만....... 악기와 가락을 즐기는 것이 죄가 될 수 있겠나! 고대 성인들도 모두 가락을 좋아했고 인연이 있는 사람들과 정절이 있는 사람들도 다 좋아했지만. 이성을 가졌기에 국난은 당하지 아니했다. 단지 음률의 조화로움이 없었을 뿐이다. 그 후 국악으로 악기와 가락은 대 성업을 이루었다. 가야금은 두 음률을 통해 조화를 이루게 된다. 마치 하나의 강물이 합 강해서 두 물머리가 되어 흘러가는 듯. 자연의 조화와 같다는 뜻이다. 연약하고 예쁘고 어린 대나무순 두 개가 자라면서 조화로움을 이루듯이 하는 것을 뜻한다.

허황옥 인도 도래설이 허구라고 주장한 김병모 박사

나는 재야 사학자이고 한국 상고사上古史 학자다·역사를 다루는 집필이 얼마나 힘이 든다는 것을 잘 알고 있다. 아래의 글을 읽어 보면 역사책을 쓴다는 것이 얼마나 힘든가를 알 수 있을 것이다!

『한국 고대사와 김씨의 원류를 찾아서』라는 책을 출간하였고 1999년 4월에『김수로왕 혼인길』책 속에 김병모 박사 역시 처음 출간한 책에서는?

"허황옥이 인도 아요디아에서 국제결혼을 하기 위하여 돌배를 타고 부산시 강서구 용원 앞바다 망산도에 도착 한 것 같이 논술하였으나 그 이후 잘못된 것을 알고 제자들에게 고고古考 문文物 고고학보考古學報 등을 모두 들춰보게 한 결과....... 1950년대 초부터 지금까지 나온 모든 보고서와 논문을 살펴 본 기록들은 허황옥이 인도에서 온 것이 아니라 중국사천성 성도 시 보주寶州 안악 현에서 온 것으로 알게 됐다"는 기록이다. 그는 "중국에서 보주라는 땅과 쌍어문양을 찾게 된 것이 무척 기쁘면서도! 바보처럼 자료를 인도에서만 찾느라고 시간을 낭비한 자신이 원망스러웠다. 하지만 일이 어렵게 해결되었기 때문에 기쁨 또한 컸다"라고 상재되어 있다. 아래 글은 김해 김 씨 후손인 김병모 박사가 집필한 책에서 "허황옥이 인도에서 도래渡來 한 것이 아니고 중국에서 왔다"

※ 아래 글은 김병모 박사가 잘못을 인정한 글이다.

"그 동안 허황옥에 대한 연구를 대강 정리하여 허황옥의 출자出 自라고 제목을 달아 논문을 발표하였다. 연구를 진행하는 과정에서는 자료와 증거가 분명하다고 생각되어 글을 써서 발표했는데. 인쇄된 논문을 읽어보니 만족스럽지가 않았다. 사실 논문이든 연구서든 활자화된 자신의 글을 독자의 입장에서 읽는다는 것은. 가슴이 설래 이면서도 한편으로는 딸을 키워서 시집보내는 부모의 심정처럼 불안한 면도 있다. 허황옥의 출자를 읽어가면서 나는 기쁨은커녕 오히려 불만 이었다 그 논문의 자료를 구하고 증명하는데 노력에 비하여 논문의 구성이 간략하게 할 수가 없었다. 뿐만 아니라 논리의 전개도 너무나 비약돼 있었다. 지나치게 자신한 나머지 증거의 해석을 간단하게 처리한 것이 결정적인 약점이었다. 나는 그 책에서 내 논문만 빼내 가지고 모두 불살라 버리고 싶은 생각뿐이었다. 그러나 그럴 수 는 없는 일이었다. 일단 인쇄된 글에 대하여는 글쓴이가 책임져야 한다는 것은 고금古今의 상식이다. 허황옥이 아유타국 공주라면 아유타국이있던 인도의 아요디아에서 태어났어야 마땅하다. 그런데 논문에서는 중국의 보주 출신이라고 주장하고 있으면서도 왜 보주국普州國공주라고 하지 않고 아유타국 공주라고 했느냐? 하는 점이 명확하게 설명 되어 있지 않았다. 이점을 조금 연구한 다음에 논문을 발표했어야 하는데 너무 성급하게 활자화해

버렸으니 힘든 연구가 결국 미완성 작품으로 끝난 기분이었다. 후회 막심한 일이었다. 다 된 죽에 콧물을 떨어뜨린 심정이었다. 인쇄 또한 마음에 들지 않았다. 인도와 파키스탄까지 가서 힘들게 찍어 온 사진들을 제대로 알아볼 수가 없었다. 그 연구를 오랫동안 도와 준 조교들에게 한없이 부끄러웠다.”

　김병모 박사는 개정판에서 고고학 교수답게 솔직한 잘못 기록을 고백을 했다. 그는 쌍어문양에 대하여 많은 지면을 활용했다. 그러나 쌍어 문양은 세계 각처에서 사용하고 있다. 중국사천 성 관내 허 씨 집성촌을 찾은 노력은 인정하나 책 내용은 쌍어 문양만 찾으려 다닌 기행문 이었다! 그는 내가 주장한 중국 사천 성 성도 시 안악 현에 다녀 온 사람이다. 그 곳에서 내게 보내온 허황옥에 대한 학술 세미나 자료에 그의 행적이 기록되어 있다. 그곳에는 수로 왕의 부부의 동상을 세우고 사적지를 만들어 두었다. 내가 집필 출간한 “아리랑 시원 지를 찾아서” 뒤표지에 그곳에서 보내온 약도가 실려 있다. 한때 김해시장에 출마한 「송윤한 한중문화협회 김해지회장」이 그곳에 학생사절단을 데리고 갔다 와서 경남 신문에 안악 현성도 시 방문 기행문을 실었다. 안악 현에선 김해시에 있는 스님들의 방문을 기록을 담은 2시간짜리 영상 테이프도 내게 보내주어 지금 내가 보관하고 있고……. 허황옥이의 관련 세미나자료 2부를 보내왔다. 2013년 학고방 출판사에서 출판한 『아리랑은』 책에 악악 현에서 허황옥이에 대한 4회 세미나 자료를 내가 번역해서 상재를 했다. 그 세미나에 김병모 박사가 참석을 했다는 것이다. 김병모 박사는 교수이고 역사가이다. 자기 잘못을 인정 안하면 역사가 되었을 것이다. 국내 사학은 대학 교수의 글과 말을 신용하기 때문이다. 이렇듯 작가가 잘못 기록하면 야사野史가 정사定史로 굳어지는 수가 있다. 그래서 김해아리랑 원류가 실종 된 것이다. 세계 속의 아리랑이 되고 민족의 가슴에 살아 숨 쉬는 아리랑이 되려면 지금부터 아리랑의 시원지를 정확하게 찾아 재정립해야 할 것이다! 유네스코에 인류무형유산으로 등재된 아리랑은 경남 김해시의 것이다. 허황옥은 인도와 중국 접경지역인 아유타국에서당시는 중국 전란을 피해 실크로드길인 중국 신장성을 떠나 청 해를 거쳐 사천성 성도까지 육로로 온 것이다. 그곳에서 일부는 정착하고 민란으로 다시 한반도로 돌배를 타고 온 것이 아니라 돌을 실어 나르는 배를장강에 홍수가나서 축대를 쌓기 위해 증발된 배타고서 중국 장강을 타고 서해안에중국표기동해 상륙을 하였거나! 중국산동성에서 배를 타고 왔거나! 아니면 육로인 사천·협서나 호북을 경유 하남을 거쳐 산동 반도에서 배로 서해안에 도착 김해에 왔다고 해야 이치에 맞다. 앞서 말하였지만……. 보주태후晉州太后란 택호宅號 ↔ 태어난 고향를 일컬은 말이다. 보주태후라는 말은 중국사천성 보주에서 왔다는 뜻이다. 인도는 한문을 쓰지 않는다. 그래서 인도가 아니다. 여기서 허황옥의 오빠 허보옥이장유화상 최초로 가야에 불교를 들여왔다고 하는데……. 불교의 유입경로와 김병모 박사가 찾아다녔고·이종기 씨가 주장한 쌍어의 실체 알고 나면 허황옥이가 인도에서 왔느냐? 중천축국中天竺國인 중국대륙에서 왔는가를 알 수 있기 때문이다. 통전에通典 나와 있는 천축 국을天竺國 읽어보면 후한시대부터 불교 발상지가 천축 국으로 통용되어 왔다는 기록이 보인다. 전한시대에는 신독 국이며 장건이 서역을 개척하러 갔을 때는 대하라는 大夏-하나라, 김해 김씨 원시조 鯀의 아들→禹임금 제후국이 있었다는 기록이다. 김해시 수로 왕릉 납 능문에 쌍어의두 마리 물고기가 마주보고 있는 그림 실체는 가야국의 성립과 관계가 있어 책 후미에 정확한 내용을 상재 했다.

2021년 3월 15일 김해시보 6면의 글이다.

김해시 국제 자매도시 알아보기라는 기사다.

『김해시 국제자매도시 두 번째 도시로 인도 아요디아시에 대해서 알아보자. 김해시와 인도와의 인연은 2,000년 전으로 거슬러 올라간다. 삼국유사 가락국기에 따르면 서기 48년 아유타국의 공주 허황옥은 16세의 나이로 아유타국 국왕의 명을 받아 풍랑을 잠재우는 파사석탑을 실은 배를 타고 망망대해를 건너 김해로 왔다. 이 후 김수로왕과 혼인 후 10남 2녀를 두고 한국 최대 성씨인 김해 김씨와 허씨. 인천 이씨. 시조모가 되었다. 왕후의 오빠인 장유화상은 인도의 남방 불교를 최초로 전파하고 허황옥이 가져온 장군차는 한국차문화의 시조로 높이 평가받고 있다. 아유타국의 위치는 현재 인도 우타르라데시주김해시 국제우호협력도시 페자바드시 아요디아지 역으로 추정된다. 아요디아시는 1999년 4월 28일 마쉬라 왕손내외가 한국을 방문한 것을 계기로 2000년 2월 28일 김해시와 자매결연을 맺었다. 마쉬라 왕조의 후손인 마쉬라 씨는 김해 김씨의 후손들과 조우학고 김해시와 인연을 맺고 있었다. 김수로왕의 후손들인 가락중앙종친뢰김해 김씨 종친회는 지난 2000년 한국의 대리석으로 만든 허황후 유허비遺墟碑를 아요디아로 가져갔다. 인도 정부는 아요디아의 사류saryu 강변에 유허비를 세우고 가락공원이라 이름지었다. 가락 종친회원들은 매년 공연단과 함께 이곳을 방문해 우호를 다지고 있다. 2018년 11월 나렌드라 모디 인도 총리의 초청으로 김정숙 여사와 허성곤 김해시장이 아요디아를 방문하여 허황후 기념공원 착공식에 참석했다. 정부의 신남방 정책으로 아요디아가 한국과. 인도 김해와 인도 교류의 중심지로 거듭나고 있다. 아요디아시는 코살라왕국의 초기수도로 인도에서는 힌두교 라마신의 발상지로 힌두교 7대 성지 중 하나이다. 기원전 6~5세기에는 100여 개의 사원이 늘어선 불교 중심지이기도 했다. 매년 10월 중순부터 11월 중순까지 인도의3대 페스티발 중 하나인 빛의 축제 디왈리diwali 축제를 열어 5일 동안 아요디아 전역은 빛의 도시로 변한다. 기회가 된다면 한국과 2,000년의 인연을 간직한 아요디아 시를 방문하여 역사·종교·빛의 아름다움을 느껴보자.』

서기 48년이면 1세기인데? 6~5세기에 불교가 들어 왔으며 북방불교 인데 남방불교가 들어 왔다는 것이다. 14세에 고향을 떠났는데? 16세에 떠났다는 것이다. 얼마나 모순이 있는가! 김해시 정치인이 내가 집필한 김해 상고사 책 4권 중 1권만 읽었어도 이러한 엉터리 역사 인식은 없을 텐데!!!

허황옥이가 지은 시詩의 아리랑·태동을 알아보려면 김해지역의 불교계의 남방 불교냐? 북방 불교냐? 알아봐야한다. 김해 지역에 현존하는 사찰 불상의 가사袈裟 복식을 살펴보면 알 수 있을 것이다. 소위말해 가사袈裟란 불교승려들……. 즉 부처와 그 제자들이 착용한 세 가지 옷을 가리키는 것이다. 그 의복과 이름이 언제부터 불리어 졌느냐? 초창기 인도와 중국 접경지역인 돈황 지방이다. 중천축국中天竺國, 지금의 인도↔印度이다. 당시불교가 동쪽으로 전래

60

되고 불경佛經이 중국말로 번역되면서 한문 불적漢文佛籍과 한문기록 등漢文記錄에 의복의 이름이 불러지게 되었다고 한다. 가사라는 말은 산스크리트어. 범어梵語 ↔ Kasaya가 기원으로…… 한문으로 가사예迦沙曳 혹은 가사로加沙野 음역音譯이 되며 불정不正으로 의역意譯이 된다. 이는 부처와 제자들인 승려들이 착용한 가사의 색깔이 청색·적색·백색·등 순수한 색깔이 아닌 여러 가지 색깔을 사용하여 옷을 염색하였기 때문에…… 불정으로不正, 즉 ↔ 순수하지 않음 의역 된 것이다. 국가적으로나 지역적으로 서로 다른 종류의 염료를 사용하였기에 때문에 의복의 빛깔과 광택 또한 약간의 차이가 있다. 문헌 기록에 의하면 천축국은지금의 인도건 타색乾陀色을 이용하였으며 중국은 목란 꽃 색이며 일본은 다갈색茶褐色을 이용하였다고 한다. 가사란 혹은 그 겉으로 드러난 형상의 특징은 가르치는 것이기도 하다. 왜야하면 가사의 형상이 장방 향長方形이기 때문에 한문으로 기록 할 때는 침구 또는 부구敷具로 번역되기도 한다. 이는 가사의 모습이 이불이나 요와 같은 침구와 유사하다는 것을 지적한 것이다. 가사의 다른 이름은 아주 많은데. 예를 들어 출세복出世服 이진복離塵服 자비慈悲服 간색복間色服 이염복離染服 도복道服 등이 있다. 이상의 여러 이름들은 가사가 종교적인 뜻을 포함하고 있음을 설명하고 있는 것이다. 가사는 세 가지로 대大·중中·소小로 소는 안타회安陀會로 한역韓譯이며 한편으로는 오조五條로 칭해지기도 한다. 중은울다나 승爛多羅僧 또는 칠조七條로 불려지며……. 대는 승가리僧伽梨 혹은 구조九條로 칭한다. 대·중·소·세 가지 옷은 승려가 서로 다른 의식에 임할 때 착용한 이다. 승려로써 필히 갖추어야 할 물건이었던 가사는 중국에서 기원하였지만……. 다른 국가나 다른 지역으로 전래된 경로를 따라 변형 된 것으로 보인다. 김해지역 불상의 가사는 어느 시기에 전래되었는가를 알아보면……. 고대인도 불상자료에서 보이는 가사나 승려들이 사용하였던 가사는 없다. 불상가사유형佛像袈裟類型을 보면 일반적으로 다음과 같은 몇 가지 종류로 나눌 수 있다. 통견식通肩式 우단식右袒式 사피낙액식斜被洛腋式 편삼식偏杉式 수령식垂領式 포의박대식褒衣搏帶式 구뉴식鉤紐式 등이다. 통견식·우단식·사피낙액식은? 인도에서 기원한 것이며 편삼식·수령식·포의박대식·구뉴식은 중국에서 변형 발전된 형식 가사다. 전형적인 가사 양식으로는 통견식과 우단식이다 통견식이란? 가사를 착용한 방식이 두 어깨를 모두 덮은 모습을 한 형식을 말한다. 국내 통견가사 불상 중에서 가사가 오른쪽 겨드랑이를 휘감은 뒤 다시 왼쪽 어깨를 덮고 있는 것도 있다. 승려들을 보면 걸친 가사가 목 부분을 감고 있지 못하여 속내의가 밖으로 드러나 가슴 앞쪽에서 승기지僧祇支가 보여 추한 모습을 본적이 있다. 이러한 옷을 입은 인도의 간디를 보고?

『제국주의자이며 백인 우월주의자였던 윈스턴 처칠은 인도총독 궁전 계단을 누더기 옷을 입고 반쯤 벌거벗은 몸으로 올라가는 간디를 보고 경악스럽고 역겹다고 했다』

※ 이 책에 간디의 추잡함이 뒤에 상재되어 있다.

인도에 서있는 불상들이 통견식이다. 이러한 착의 법을着衣法 통견총복식通肩總覆式의 변이형식인데....... 이러한 형태는 동북아시아 지역에서 유행한 수령식 가사와 관계가 있는 것이다. 우단식은 오른쪽 어깨를 드러나게 가사를 착용하는 것을 말하는데, 인도 승려들이 실제 일상적으로 입고 활동할 때의 복장이다. 이러한 모습은 고대 불교 조각에서도 가장 광범위하게 보이는 복장착용 모습을 볼 수 있다. 사피낙액 식 가사 착용복식을 보면 가사의 한쪽 끝을 왼쪽 어깨에 대각선으로 걸치며....... 다른 한 끝을 복부를 휘 감은 뒤 오른쪽 겨드랑이 아래를 지나 몸 뒤쪽으로 겹쳐서 보내고 있다. 현존하고 있는 불상가운데 중국 대륙 감숙성甘肅省 주천시酒泉市 문수산文殊山 석굴石窟 앞 벽에 서 있는 불상이 이러한 형태다. 한식漢式 가사형식은 위에서 이야기 한 것처럼....... 여러 가사의 변형된 형식으로 한식 복장을 그대로 이입한 형식으로 보면된다. 편삼식의 전체적인 특징은 우단식과 비슷하나. 다만 나체로 드러난 오른쪽 어깨를 약간 덮었다는 차이가 있다. 즉? 오른쪽 어깨를 약간 덮은 편삼이 출현한 것이다. 결국 편삼식은 우단식의 변형된 복식으로 본다. 편삼식 가사 출현의 원인과 연대에 대하여 문헌 기록은 모두 일률적으로 북위北魏 시대부터 시작됐다고 기록 되어있다. 승려가 궁전에 출입할 때 오른쪽 어깨를 드러낸다는 것이 우아한 일이 아니기 때문에 오른쪽어깨를 약간 덮었던 연유에 편삼 복장이 생겨났다는 것이다. 편삼식 불상이 나타난 시기는 서진西秦 시기인 건홍원建弘元年 ↔ 420년 전 후 시기에 속한 것이다. 구뉴식鉤紐式은 가사 위쪽에 구뉴를 첨가한 형식으로 율전律典에 근거하여 첨가시켰다. 원래 승려들의 가사는 어깨를 휘감아 덮고 있는데 혹여 가사가 미끄러져 몸이 드러나는 누추한 형상을 보이게 되는 것을 두려워하였다. 흔히 왼쪽 어깨 부분에 니사단尼師檀으로 무구巫具 옷을 덧붙였는데....... 외도道, 다른 종교들의 비난을 받게 되었다. 이에 석가釋는 가사위쪽에 다시 구뉴를 증가시켜 대의大衣를 고정시키게 하였다. 이처럼 대뉴帶紐를 첨가하여 입은 형태는 통견총복식通肩總覆式과 유사하다. 문헌기록에 근거하면 인도 승려 가사에 원래 구뉴가 있었음을 알 수 있다. 인도 승려들은 가사 구뉴를 어깨 뒤쪽으로 넘겨 입었기 때문에 우리나라불교 유물그림에서는 구뉴 그림을 찾아보기 아주 힘들다. 그러나 중국에서는 많이 있다고 한다. 수대隋代 ↔ 수나라 때에 우리나라와 지리적으로 근접한 산동반도 타산석굴駝山石窟과 운문산석굴雲門山石窟 용문석굴龍門石窟과 병령사석굴炳靈寺石窟에 구뉴 그림이 많이 보존 되어 있다고 한다. 당나라 이후에는 흔히 불상과 나한상羅漢像 고승상高僧像 유물그림에서 볼 수 있다고 한다. 산동 제남濟南 신통사神通寺 천불애千佛崖 ↔ 당나라 초기 때 만든 불상이 많이 있다면 이러한 가사가 계속 유행하여 오吳·송宋·원元·명明·청淸 다섯 나라까지 구뉴식인 가사가 한국과 일본에 전래되었다는 것이다. 우리나라와 일본의 불상 복식에 여러 가지 가사가 등장한 시기는 당대당나라 유물에 많이 나타남 때 출현한 것이거나! 고고학자들은 당대 이전 북조北朝 만기에晩期 이미 출현했다고 보는 학자들이 있다. 허황옥 오빠 장유화상 후손들에 의해 우리나라에 최초로 김해지역불교가 들어 왔다면....... 인도와 중국 국경지역인 아유타 국에서 신강 성·장 성·사천성·성도까지 와서 잠시 머물다가 산동 반도를 거처 해로를 타고 서해안을 거처 김해로 왔던 간에...... 신강에서 감숙성 사천성 성도 밑 안악현 아리 지방에서 머물다가 산동반도를 거치지 않고 육로로 왔던 간에.......

『부산대고고학박사 신경철 교수 부여족 주장과 김해 인제대가야 문제연구소장 이영식 역사학 교수 육로유입 주장이다』

당나라 때 편삼 식 가사그림이 문헌상에 있다는 것은 허황옥 일행이 돌배를 타고 인도에서 김해로 왔다는 설은 다시는 거론하지 말아야할 것이다. 김해지역에서 인도의 당시 불교유물은 한 점 도 발굴되지 않았다. 우리나라에서 믿는 것이 남방불교인 소승불교小

乘佛教가 아니고 중국 대륙을 거쳐 육로로 내려와 씨앗을 뿌린 대승불교大乘佛教가 확실하다면 그 당시 인도 본토에서는 전통불교인지 금까지 교리가 안 바뀐·소승불교이다. 소승불교는? 스리랑카·미얀마·태국·본산지 인도 등이 믿는 남방불교라 하는데……. 그때만 하여도 해상 교통이 발달 하지 못하였기 때문에 소승불교의 본산인 인도에서 아유타국의 허황옥이가 배를 타고 동행한 장유화상 이야기 등은 모두가 역사학자들이 삼국사기나 삼국유사에 있는 가락국기의 기록을 보고 허황옥이 인도의 불교국가 아유타국에서 왔다고 하는 번역물이 판을 치고 있는 모양이다. 편삼식·수령식·포의박대식·구뉴식 등이 중국식 복식이라면……. 통견식通肩式이 인도식이다 통견식이 변형되어 우단식右袒式으로 변형됐다. 그 이유는 인도는 무더운 나라여서 한쪽어깨를 드러낸 것이 아닌가한다.

최고운은 우리의 『고유도맥속』에 이미 삼교인 『유교·불교·도교』 요소가 함유含有되어 있다고 했다. 「한」사상이 중국 측으로 유통에의 가능성과는 달리 지역적으로 아주 격리된 인도국과의 사상 교류란 매우 상상하기조차 어렵다고에 했다. 그의 주장이 맞는 다면 고대에 우리 문화권 속에 불교적 요소 내지 그 불교와 유사한 형식들이 있었던 건만은 확실하다고 할 것이다. 그것은 제반의 기록들이 이를 입증해주고 있기 때문이다. 다시 말하면 인도의 불교가 동쪽으로 유입되기 전에 이미 동방에서는 불교가 선재先在 했었다는 것을 말하고 있기 때문이다. 또 불교가 인도에서 동으로 전파되기 전에 이미 한漢 나라에 범서梵書와 불탑佛塔이 있었다는 것을 말해 주고 있다. 요동성육왕탑遼東城 育王塔에 관한 기록에서 포도浦圖

와 휴도休屠는 제천금인帝天金과 간련이 지어지면서 한漢 나라에 있었다고 하니…… 또 불학대사전佛學大辭典 ↔ 중권1057페이지의 한서각거병전漢書却去炳傳에서 말하는 휴도에서 말하는 제천금인祭天金人이 금불상金佛像이다"라고 말하였고 또 한무제漢武帝의 고사古事에서는 "그 제사에 소와 양을 쓰지 않고 오직 향만 사르고 예배하였다."라고 하였는가 하면…… 위략의 서이전魏略西夷傳에서는 "애제哀帝, 362~364 원년에 대월 씨大月氏 국으로부터 휴도경休屠經을 전래돼 왔는데 이것이 지금의 불경佛經이다."라는 것이다. 여기서는 역시 휴도休圖와 부도浮屠와의 상통함을 시사하고 있는가 하면 불교가 후한後漢 때 들어 온줄 아는데 전한시대前漢時代에 불교가 있었다는 것은 모를 일이다. "그 처음에는 휴도라 하고 그 뒤에 부도라 하니 혹칭 불도佛圖 불타佛陀란 모두가 같은 말이다."라고 말하여 휴도와 부도와 불도와 불타라는 단어가 동일한 의미를 지닌……. 음동의 동의音同意同 같은 용어라는 데에 주의 깊게 살필 필요가 없지 않다고 본다. 그런데 이런 명사가 이미 불교가 인도에서 오기 이전에 있었다는 것이다. 우리 재래의 상고 재천上古祭天 의식에서 수두소도 ↔ 蘇塗라고 일컫는 말이 서역西域의 부도와 같다고 한 점 등은 불과 「한」의 연관성을 다룰 수가 있어 좋은 현상이다! 다시 말해서 "휴도·소도·부도·포도·불도·불타"이러한 낱말의 연관성이 많은 생각을 하게 하는 것이다! 그런데 금강산기金剛山記에는 "금상 52불이·金像 52佛·있어 서기 4년漢平四年에 절을 세웠다." 「동국여지승람 권47 참고」또 "불법이 동류한 것은 서기 65년 후에 중국에 불교가 비롯했다" AD.527 양무제 대통원년梁武帝大通元年

기록이다. 우리나라의 불교 유입 경로는 대략 중원대륙을 거쳐서 들어온 것으로 아는데⋯⋯. 중원보다 62년 전이다. 고구려 소수림왕 2년 보다 369년 전에 이 땅에 불교가 있었다는 기록들은 무엇을 의미하는 것일까? 또 "해중유처海中有處인 금강산에는 예로부터 모든 보살이 살고 있었다. 지금도 법기法紀라는 보살이 천이백千二百 권속을 거느리고 항상 법法을 말하고 있다."라고 한 것은 화엄경에 있는 말이다. 이 말은 석가모니불이 화엄경을 말할 당시에 우리의 동쪽바다 금강산에 법기法起라는 보살이 1,200대중을 거느리고 불법을 말하고 있었다고 한다. "옛 부터 있었다."는 것이다. 그 이전에 이미 해동금강산에 보살 1,200이 있었다는 것이다. 이것 역시 석가 이전에 우리나라에 불교가 있었다는 것이다. 이 말은 석가불 스스로가 증언한 말이라고 보아야 할 것이다! 위의 사료해석을 볼 때 인도에서 불교가 동쪽으로 전래된 것이 아니라 중국 본토에서 먼저 성립되어 육로로 전래된 것이다. 불교는 인도와 중국 접경지역에서 발생된 것이다. 그래서 허황옥은 중국서 육로로 왔다.

아래 글은 경남신문 2007년 8월 3일자 '촉석루' 실린 글로 한때 김해시장으로 출마 했던 송윤한 가야문화 사절단장의 글이다.

『가야문화의 흔적이 곳곳에 남아있는 곳, 경남은 가야의 정신이 숨 쉬고 있다. 가야문화의 중심은 다름 아닌 경남 중에 김해라 할 수 있다. 필자는 지난 7월 초 김해시 후원으로 '김해시 청소년 가야문화홍보사절단'을 이끌고 중국에 다녀왔다. 3박4일의 일정으로 중국 사천 성 성도 시를 방문하였던 것이다. 한국과 중국 청소년 간 문화

· 체육 방면 교류에 참여한 초등학생 중학생들은 "중국서부 내륙의 성도 시는 우리보다 못사는 곳이 아니며, 그곳 학생들도 결코 우리보다 교육수준이 떨어지지 않는다"라고 한다. 특히 흥미로운 것은 사천 성 성도 시에 인접한 안악현 당국자들은 안악현에서당시 보주 허황옥이 즉? 김수로왕비가 한국의 김해로 갔다고 주장하는 것이다. 일부 국내 역사학자들도 같은 주장을 하고 있다. 2,000년 전의 역사적 사실에 대한 진위 여부는 논외로 하고 어쨌든지 김수로 왕비 허황옥은 인도 아니면 중국이 아니 외국에서 왔다는 사실은 분명하다. 가락국의 시조인 김수로왕이 국제결혼을 하였고 그 당시 유물을 통해서도 분명 가야는 국제교류국가였음이 분명하다. 아마 그 당시 가야인들은 자신의 우수한 경쟁력을 바탕으로 중국·인·왜·등과 국제교류를 활발히 추진하였을 것이다. 가야의 우월성이 허황옥을 외국에서 오게 했는지 모른다. 다민족을 포용하는 문화적 다양성이 찬란한 가야문화를 만들었으리라 생각된다.』

-하략-

　여기서 잠시 조선일보가 기획물로 실은 실크로드 천산天山편을 보자. 조선일보 2000년 12월 7일자 31면에 실린 박종인 기자의 글을 옮긴다.

　『천산을 가려면 북경에서 열차를 타고 서안·난주·우루무치·천산까지 갈 수 있다고 한다. 주벌에는 앞서 기록처럼 고비 사막과 타클라마칸 사막이 있다. 실크로드에 천산 산맥을 넘으며……. 아침 8시 5분 투르판을 출발한 열차는 13시간을 달려 쿠차로 갔다. 건조하다 못해 소금기를 하얗게 드러낸 사막 "태양은 묘지 위에 붉게 타오르고"라는 노래 "아침이슬"대목이 떠올랐다. 그래 저걸 바로 붉게 타오르는 묘지라 하는 거야. 아무런 인적이 없는 그 막막한 사막에 비석 세운 무덤이 앉아 있는 것이다. 투르판에서 카쉬가르까지 천산산맥과 타글라마캉Tak-lamakan 살아 돌아 올 수 없는 "땅"이라는 뜻이다. 사막과 사막 사이에 놓인 이 길을 천산남로天山南路라한다. 열차는 서서히 방향을 틀어 산맥을 기어올랐다. 열차는 지그재그로 산기슭을 올랐다. 천산을 오르기 위해 기계 역시 우왕좌왕하는 것이다. 기계가 이 정도이거늘 옛사람들은 얼마나 힘들었을까! 하여 이름도 살아서 돌아 올 수 없는 땅이었다. 천산과 살아돌아 올 수 없는 땅 사이에 뚫린 선로도 놀랍거니와 그 선로를 뚫어낸 중국 인민해방군의 노력도 놀라웠다. 열차는 해발 1,450m 성원星原역을 지나 고국광역을 지났다. 해발 1,780m 고갯마루를 끝으로 상승은 끝났다. 개도하開都河라는 강에 맑은 물이 흘렀다. 기차역시 엔진을 세우고 휴식하였다. 우리는 거짓말처럼 반짝이는 사막과 거짓말처럼 새하얀 만년설 틈을 지나온 것이다』

위의 글에서 우리는 허황옥의 피난길을 상상할 수 있다. 죽음의 땅인 이곳을 어린 여자의 몸으로 지나갔다는 것을 현대에 살고 있는 우리는 이해할 수 있을 것이다. 사막이 더운 지방이라는 것을 우리는 알고 있다. 사람과 식물들이 살기엔 너무나 열악한 곳이지만……. 조선일보 박종인 기자의 답사에서 보듯이 풀 한 포기 없는 천산산맥 눈이 덮여 그 녹은 물이 사막의 작은 강을 만들어 지나가는 사람과 동물에게 생명수를 제공하고 있다는 것을…….

엉터리 가야사를 꾸미고 있는 김해시 정치인들인 이 글을 읽는다면 어떤 방응을 보일지! 문재인 정부의 100대 국정과제에 가야사 복원을 위해 1조원의 국민의 세금이……. 또한 문재인 각시는 자기가 김해 김 씨라고 허황옥이 태어난 고향을 찾는다고 대통령 휘장을 단체 인도로 대통령 전용기를 타고 갔다고 언론에서……. 김해시엔 가야왕도라는 글이 난무하다. 독자님들은 이 책에 상재된 글을 읽고 나면 어떠한 반응을 보일지! 궁금하다.

어떤 역사는 우리 의식 속에 잠들어 있다. 잠들어 있다는 것은? 언젠가 깨어난 것이다. 그것은? 시대의 증인이며 이 땅의 최후의 양심에 보루인 우리 같은 작가에 의해서다.

나는 2004년 집필 출간한 『아리랑 시원 지를 찾아서』의 책속에 허황옥이許黃玉 아유타국 아리지방에서 피난을 가면서 지은 시詩가 아리랑이라고 하였다. 이는 상고사 학회 이중재 회장이 이미 밝힌 것을 인용 하여 김수로 왕비 허황옥이 피난을 떠난 루트를 찾아 재구성을 하여 출간을 하였다. 이중재회장은 경기아리랑 1절을 허황옥이가 지은 시라고 간략하게 발표 했지만! 나는 2절과 허황옥의 실체를 중국사천성에서 보내온 자료와 모든 사서를 번역하여 그 실체를 구체적으로 밝혀 출간을 하였다. 그 후 2005년에 출간한 『임나가야任 那加耶』에도 상재하여 출간 하였다. 출간 후 "임나가야"와 "아리랑 시원 지를 찾아서"는 「베스트셀러」가 된 책이다. 또한 임나가야는 『국가전자도서관 · 한국교육학술정보원』에 "쌍어속의 가야사"와 "아리랑 시원 지를 찾아서"는 『국가 지식포털』에 데이터베이스로 구축되어 있다. "아리랑 시원 지를 찾아서"는 집필 중 정보가 새어나가 주간지와 신문에 특종 보도 되었고 MBC 라디오에서 하루 30분씩 3일에 걸쳐 방송을 하였다. 이 책 을 다 읽으면…….아阿 ↔ 언덕 아, 리里 ↔ 마을 리, 랑娘 ↔ 아가씨 낭 → 랑 어원을 추적하여 집필한 뜻을 어느 누구라도 이해하리라 생각된다. 아리랑은 아유타국이 전란으로 인하여 패망 직전에……. 허황옥 공주와 오빠인 장유화상許寶玉 ↔ 長遊和尚과 수많은 백성을 데리고 멸문지화를 피하기 위해 4,000여 리 먼~길인 중국 사천성四川省 ↔ 지금의 씍촨성 성도시成都市 안악현安岳縣으로 피난을 오면서 다시는 못 볼 고국산천과 부모형제를 그리워하며 지은 시詩가 우리말로 아리랑노래가 시가 됐다는 이 글을 읽으면 이해가 갈 것이다.

......2011년 6월 중국 최고의 국가행정기관인 국무원에서 발표한 제3차 국가무형문화유산에 우리나라 제 2의 국가國歌 격인 「아리랑」이 포함 되었다. 또한 중국은 이미 조선족의 전통풍습과 농악무 등을 자국의 국가무형문화재로 지정한 상태에서 최근에는 아리랑을 비롯하여 가야금과 결혼 60주년을 기념하는 회혼례와 씨름 등을 추가했다. 지금도 중국의 유명관광지인 장가계를 가보면? 그곳 소수민족 합창단이 아리랑을 불려주고 있다. 중국이 아리랑을 소수민족 문화유산으로 등재했다하여 우리나라 사학계가 술 취한 똥개의 꼬리에 불붙은 것처럼! 난리법석을 떨며 열불을 냈고...... 언론에선 크게 다뤘다. 다행이도? 2012년 12월 5일한국 시간 6일 새벽 프랑스 파리에서 열린 국제연합UN 전문기구인 유네스코의UNESCO 제7차 무형유산위원회는 "인류무형유산"에 아리랑을 등재하기로 확정했다. 우리국민 대다수가 경기민요 본조라고 알고 있는 아리랑을...... 2012년 12월 29일 KBS 국악대상 시상식에서 이춘희 씨가 부른 아리랑노래를...... 유네스코에서 확정된 후 그 현장에서 불러 많은 박수갈채를 받았다. 아리랑은 우리나라의 많은 지역에서 여러 세대를 거쳐 다양한 가락과 변형된 가사로 전승됐다는 점이 높은 점수를 받아 등재된 것이라고 한다. 이 글을 읽으면서 불편한 진실이 있을 것이다! 열불 낼 일이 아니다? 같이 살았던 마누라도 이혼하면 내 마누라가 아니다. 첫 사랑인 남녀가 남남으로 갈라져 결혼했는데...... 첫사랑을 했던 여자 남편을 찾아가서 "내가 첫 배관공사

했으니 내 마누라다" 첫 배관 공사를 해준 남자의 마누라를 찾아가서
"내 거시기에 첫 배관공사 했으니 내 남편이다"라고 못하듯이······ 조상대
대로 살아오던 집을 팔면 내 집이 아니다. 법적으로 등기부 등재된
사람의 것이다. 이혼한 마누라를 내 아내라고 할 수 있는가? 돈도
내 호주머니 안에 있을 때 내 돈이지 써버리면 남의 돈이 된다.
내가하는 말은 법적 효력을 말하는 것이다. 아리랑은 인류 무형유
산에 등재된 것은······ 세계가 인정하였으므로 우리민족의 것이다.
기록이 없으면 결국 역사가 없는 민족이 되는 것이다. 구술사의口述
史 역사도 재대로 잘 못 정리하여 엉터리란 말을 듣는다! 중국의
고구려사도 동북 공정이라 하여 사학계는 연일 분통을 터트리고
있지만! 따지고 보면 중국의 억지 주장 뒤엔 불편한 진실이 너무나
많이 있다. 기존 사학계는대학교수 반성과 더불어 더 연구를 하여야
한다. 그들은 시대의 거울이다! 2004년 내가『아리랑 시원지始原地
를 찾아서』를 집필 중 정보가 새어나가 신문과 주간지에 3번이나
특종보도 되고 MBC라디오 방송에서 3일간 걸쳐 방송을 할 때 학계
에서 관심을 기우렸으면 하는 아쉬움이 있다. 위의 글을 줄여 말하
면 유물은 민족의 이동사移動史라는 것이다. 가야사는 유물의 역사
란 말이 있듯······ 세계 속의 아리랑이 되고 민족의 가슴에 살아
숨 쉬는 아리랑이 되려면 지금부터 아리랑의 시원 지를 정확하게
찾아 재정립해야 할 것이다! 유네스코에 인류무형유산으로 등재된
아리랑은 경남 김해시의 것이다.

아리랑阿里娘 탄생

　서기 47년 인도와 중국의 접경 지역에선 수많은 크고 작은 소수 민족 국가들이 세를 불리기에 한창인 시기였다. 그 중 아유타국阿踰佗國 허씨許氏 ↔ 왕조도 그러한 시류에 휩싸이게 된 것이다. 당시는 국경도 애매모호하여 딱히 "내 나라다."라고 경계선을 주장한 국가는 없었다. 당시는 수 없는 국가 간에 또는 소수의 집단 간에 분쟁이 일어나 짧은 기간에 멸망과 더불어 신생국이 태어났다! 그러한 시대적 배경에 『중 천축국아유타국』도 이웃의 강력한 힘에 의해 멸망의 길에 들어서게 된 것이다. 고금을 통해서 부모는 자손들의 번성을 원했다. 국왕은 아들인 허보옥과 딸인 허황옥을 불러 놓고…….

> "더 이상 나가가 지탱하기가 어려우니 보옥이 너는 동생을 데리고 야밤을
> 통해 멀리 떠나가 잘살길 바란다."

　마지막 유언을 남긴다. 상고 시대는 전쟁에서 패하면 삼족三族을 멸滅하였다. 후손을 위해서 국왕은 자식에게 피난길을 재촉하였다. 허보옥은 아버지의 허약한 몸으로 같이 피난을 떠날 수 없다는 것을 알고…… 변汴장군將軍과 군졸을 비롯한 시종과 수 백 명의 백성을 이끌고 아유타국을 뒤로하고 앞날을 알 수 없는 피난길을 나

선 것이다! ……땅위의 뭇 생명이 몸 불리기를 중단하는 계절인 늦가을이라 사막의 피난길은 밤이면 온 몸에 한기가 들어 밤이면 불을 지피지 않으면 견디기 어려웠다. 계곡으로 숨어들어 밤을 보내거나……. 또는 적을 피하는 수단으로 때로는 밤에 잦은 이동으로 모두가 심신이 쇠 약해져 갔다. 사막을 하루 종일 걷거나 수천 미터 높은 산을 이동을 하면서 떨어져 나가는 사람이 점점 늘어났다. 식량이 바닥이 나면 민가를 찾아가 구걸을 하면서 연명 했다. 주변국은 당시엔 불교국가들이었다. 다섯 천축국인天竺國→동 서·남·북·중·5국 시대였기 때문에 어느 국가나 어느 마을에 가더라도 시주를 받을 수 있었고 공양도 할 수 있어서 그나마 다행이었다. 1개월여가 지난 어느 날 밤 허황옥이가 끙끙 앓은 것이다. 밤새 아픔에 눈을 뜬 허황옥이는 자신의 발을 보고 깜짝 놀랐다. 발목이 시퍼렇게 멍이든 상태로 퉁퉁 부어오른 것이다. 한 발자국도 내디딤이 불편 하였다. 아마 밤사이 사막의 뱀이나 전갈에 물렸는지도 모른다! 그곳에서 잠시 머무르기로 하였다. 급히 피난길에 오르느라 구급약을 가져 올 리 없다. 오빠 허보옥은 어린동생의 아픔에 딱히 어떻게 처방을 할 수가 없었다. 허허벌판사막과 고산지대여서 민가도 없었다. 일행을 피난을 책임진 변 장군이 사방을 둘러보니 멀리 산이 보였다. 병졸 몇 명을 데리고 산속으로 들어가 나무 잎을 따와서 돌로 짓이겨 상처부위에 크게 붙이고 천으로 동여맸다. 하루 날과 밤이 지나자……. 통증도 이내 사라졌고 상처도 점점 나아 졌다. 이에 감동한 변장군은 남아있는 나무 잎으로 추위에 떨고 있는 황옥에게 차를 끓여 먹였다. 그러한 광경을 목격한 사람들이 산으로 우르르 몰려가 그 나무 잎을 따서 지니고 열매를 주워 지니게 되었다. 군락을 이루고 있는 나무 밑에는 초겨울 입구라 열매가 많았다. 이 나무가 먼 ~ 훗날 세계 명차 대상을 받은 김해 시의 『장군 차^{將軍茶}』가 된 것이다! 그날 자그마한 암자로 피난처를 옮긴 허황옥은 오빠에게 지필묵^{紙筆墨}을 구해 달라하여 아리랑 시^詩를 지었다.

아리랑^{阿里娘} 아리랑^{阿里娘} 아라리요^{阿羅遼遼}
아리랑^{阿里娘} 아리랑^{高皆路} 엶어간다^{念御看跢}
나아할^{奈我割} 발리고^{發離苦} 가시난임^{可視難任}
십리도목가서^{十里到鶩可徐} 발병난다^{勃病爛多}

「阿언덕 아」「里마을 리」「娘아가시→낭자도 되고 ↔ 아가씨 랑도 됨」「羅새그
물 라」「遼멀 요」「阿언덕 아」「里마을 리」「娘아가시 랑」「高높을 고」「皆다
개」「路길 로」「念생각할 염」「御어거할 어」「看볼 간」「跢어린아이 걸음 다」
「奈어찌 나」「我나 아」「割나눌 할」「發떠나다 발」「離떼놓을 리」「苦괴롭다
고」「可옳을 가」「視볼 시」「難어려울 난」「任맡길 임」「到이를 도」「鶩집오리
목」「徐천천할 서」「勃갑자기 발」「病병 병」「爛다치어헐다 난」「多많을 다」

아리랑/ 아리랑/ 아라리요/ 아리랑 고개로 넘어간다/ 청천하눌에
잔별도 많고/ 이내 가심애 수심도 많다

아리랑^{阿里娘} 아리랑^{阿里娘} 아라리요^{阿羅里遼}
아리랑^{阿里娘} 고개로^{高皆路} 엶어간다^{念御看跢}
청천^{晴天} 하눌에^{蝦抐暀} 잔별도^{輆別途} 만고^{萬侉}
이내^{離耐} 가심애^{嫁心愛} 수심도^{愁小咷} 만다^{憛爹}

※ 일절 1~2연과 동일

「晴갤 청」「天하늘 천」「碬클 하」「捗촘촘히 박히다 눌」「曀구름낄 에」「輚
수레 잔」「別나눌 별」「途길 도」「萬일만 만」「佬생각할 고」「離떼놓을 이」「耐
견딜 내」「嫁시집갈 가」「心마음 심」「愛사랑 애」「愁시름 수」「心마음 심」「咷
울 도」「憴잊을 만」「爹아비 다」

　자신의 처지와 다시 못 볼 부모와 고국산천을 그리며 지은 것이
다. 시詩의 글자를 파자破字 ↔ 분리해보면……. 言말씀 언과 寺절 사란
글자다. 이를 합하면……. 言＋寺＝詩 글자가 된다. 절에서 하는
말이다. 절에서는 상소리를 하지 않는다. 그러니까 시는 세상의 거
친 언어를 융화 시키고 응축시켜 아름다운 말을 만든 것이다! 허황
옥은 절에서 아름다운 글을 써서 노래를 만들어 부르게 했던 것이
다. 그들의 일행은 아리랑 노래를 읊으며 피난길을 재촉하였다. 일
행을 안전을 책임진 변장군도 형제들의 병듦과 지침으로 무리에서
떨어져 갔다. 변장군은 지금의 중국 하남성河南省, 인근 장가계 지역
에 남아 그곳의 소수민족이 되었고……. 그 후손들이 아리랑을 부
르며 헤어진 민족을 생각하면 살고 있다. 또한 다른 일행은 곳곳의
도적 때들의 출몰과 산짐승의 습격에 도망을 치느라 흩어져 길을
잃고 티베트로 이동 했으며 일부는 불교국가인 태국 국경과 마주
한 라오스로 가서 그곳에 정착하여 소수민족이 되었으며……. 중국
과 네팔이 이웃이면서 불교국가인 티베트에 정착하여 따망족이 된
일부 피난민은 해발 표고 3,000~5,000미터 이상 분지 안의 아리라
는 투리슐리 고개를 넘나드는 대상大商 ↔ 차마고도 마방 KBS 특집방송-
최불암 해설이 되어 아리랑 노래를 부르며 다닌다.

76

아리랑이란 아리가 고향인 젊은 여자란 뜻이다. 아리랑이라고 두 번 반복한 것은 고국인 아리 고향을 떠나는 아가씨의 애틋함을 강조하는 뜻에서 지어진 것으로 보인다. 아라리요. 하는 것은 멀어져 가는 고향땅인 아리를 보면서 떠나는 아가씨가 독백하는 시구詩構 →구슬픈 가락의 뜻으로 지어진 것이다. 그리고 반복하여 "아리랑"이라고 덧붙인 것은 애타게 아리 낭자를 사모하는 뜻에서 강조된 내용이며……. 고개로는 가파른 언덕진 고원의 여러 갈래길이라는 뜻이다. 염어가다念御看多는 아버지를 애틋하게 생각하면서 후일에 다시 모실 것을 기원한다는 뜻이다. 나아할奈我割이란 내신세가 어찌 이 지경이 되도록 불행해졌는가? 라는 뜻이다. 발리고發離苦라는 말은 공주로서 부모형제. 고국산천을 두고 고생길로 떠난다는 말이며……. 가시난임可視難任이란 말은 언제 임생각할→恁은 사랑하는 모든 사람을 다시 보고 만날 수 있을까라는 뜻이다. 십리도 목가서十里到鶩可徐라는 말은 십리 길도 도달 못하고 라는 뜻이다. 이 말은 아장아장 걷는 집오리가 멀리 갈 수 없는 것처럼 나이 어린 공주가 힘든 길을 갈 수 없다는 뜻이다. 발병난다勃病爛多는 험준한 고산지대를 도망쳐가느라고 아파서 병이 날 것이라는 애절한 가사다. 왕의 딸이 더구나 어린 몸으로 멀리 피난길을 떠나는 모습이 구구절절이 함축되어 있는 노래 가사다.

2절은 맑은 하늘 큰 원안에 촘촘히 박힌 별들 무리 중에 밝은 빛을 내고 사라지는 별똥별을 보니 부모형제와 이별을 하고 수레를 타고 고향산천을 떠나는 자신의 처지와 같아 많은 생각이 난다는 뜻이고 아버지 명령에 어쩔 수 없어 이별의 아픔을 견디고 사랑하는 이를 찾아 시집가는 길에 기뻐하지 않고 우는 것은 너무나 힘든 고생길이여서 포기하고 싶어도 수로왕에게 시집가라고 달라던 아버지 말씀이 많이 생각나 걱정은 되지만 참고 간다는 뜻이다. 위와 같이 고국산천 부모형제 그리운 고향 사랑이별 애환 등, 삶의 보편적 가치가 함축되어 있다. 우리들의 애환이 서린 노래로 불러지고 있으나 정작 아리랑노래 가사의 역사적인 애환의 의미는 모르고 그동안 불러 왔다. 현재 우리나라에는 아리阿里라는 지명이 없고 아라阿羅의 땅이름도 없다. 분명한 사실은 허황옥의 고향이 아유타국 아리며…… 아유타국 공주인 허황옥이 아리가 고향이다. 어린 나이에 부모를 두고 고국산천을 떠나면서 슬픔을 노래한 가사다. 아리랑 이라고 하는 것은 젊디젊은 어린 여자가 고향인 아리 지방을 떠난다는 슬프고 슬픈 사연이 담긴 한문글자 특유의 깊은 사상이 내포되어 있는 것이다. 전국에서 불리어지고 있는 아리랑 노랫말 뜻을 보면 보편적 삶이 내재된 민중의 소리다!

음악은 우리가 원하든 원하지 안하든 우리의 삶의 배경에서 흐르는 것이다. 슬플 때나 기쁠 때 꼭 필요한 것이 노래다. 한국전쟁 6.25 때 내일을 알 수 없는 병사들에게 아리랑은 고향을 생각게 하는 것이었다. 미국 가수들에 의해 불리어지기도 했다. 전쟁 중 마리린먼로가영화배우 의문공연을 와서 아리랑을 듣고 아리랑이 가수들에 의해 작곡을 하여 이어져 오고 있는 것이다. 미육군 군악대가 아리랑을 연주하고 부르고 있다. 우리나라 어린이가 미군에 불러준 아리랑 노래를 잊지 못하고 불러 이어지고 있는 것이다. 아리랑은 한국인의 영혼이고. 누구는 한이라고 한다는 것이다. 타향에서 민족의 설움을 달래는 노래라는 것이다. 그렇다면 아리랑이 어찌 하여 중앙아시아 까지 갔을까? 어찌하여 국경을 넘었을까? 연해주 고려인의 노래가 독일까지 갔을까? 고향을 버리고 온 고려인들의 뿌리임을 표현한 노래다. 기쁠 때 희망의 노래. 그리움의 노래 사할 린 카자흐스탄 "고려인들의 아픈 역사"고려아리랑은 아픈 역사를 딛 고 일어선 역사다. "아리랑은 작별을 표현하는 노래"이다. 앞집에 처녀는 시집을 가는데 뒷집 총각은 목매려 간다. 이별의 작별이 함축된 노래다. 그러니까? 아리랑은 눈물과 함께 그들과 있는 것이 다. 우리국민의 감성이 가장 많이 표현한 노래다. 2020년 12월 26 일. kbs 송년음악회 국악한마당 음악회 때도 아리랑을 불렀다.

허황옥이 지은 시詩가 노래가사로 작곡이 되어 제2의 애국가 격 인 민족의 노래다.

※ 허황 다섯 천축 국 중 천축 국에서·중국 사천 성 성도 안악 현에서 생을 마감을 하고? 그 후손들이 육로를 통해 김해로 온 것이다. 아리랑 가사를 보면 알 수 있다. 강원도 아리랑이 나 성주 아리랑 가사에 아리 아리 쓰리 쓰리란 가사가 있다. 쓰리는 완 투 쓰리 고향이 세 곳이란 뜻이다. 아리랑이 3곳을 걸쳤다는 뜻이다. 중 천축국·중국 사천성·대한민국가야 ↔ 김 해 이다.

2000여 년 전 설화이지만……. 가야국 태동 때 구간들이 수로왕

을 맞아들이는 마당에서 구지가를 지어 노래를 부른 것은? 문학적
으로 시와 대중가요가 생겨난 것이기에 김해는 당시에 문화 예술
이 제일 왕성하게 처음으로 발전한 곳이다. 허나 문학관 하나 없으
며 김해시를 대표 할 대중 가요제도 없다. 노래는 슬플 때나 기쁠
때든 또한 우리가 원하든 원하지 안 해도 우리들의 삶의 배경에
흐르는 것이다. 사진과 그림은 느낌으로 끝나지만 음악은 사연 속
으로 들어가기도 하고 자신이 주인공이 되기도 한다. 나는 그간에
대중가요인 김해연가를 작사를 하여 금영노래방기기에 등재되었
고 김해 아리랑을 작사하였다. 대중가요는 이성호 kbs 관현악단장
이 작곡하여 가수 천태문이 불렀고·가곡은 백승태 교수가 작곡하
여 김해시립합창단과 청소년합창단이 문화의 전당에서 공연을 하
였으며 2019년엔 4개의 합창단이 공연을 했다. 가야금병창은 강정
숙교수가 작곡을 하여 김해시립가야금 연주단이 창단20주년 기념
연주회를 서울국립국악원 우면당에서 공연을 하였다. 나는 작사가
로 필히 초대되어 관람을 했다. 전국 각 대다수 지역에 아리랑이
있다. 그러나 김해아리랑은 대중가요·가곡·가야금병창 3가지 곡
으로 작곡이 된 아리랑은 전국에서 김해아리랑 뿐이다. 곧 민요로
도 작곡이 될 것이다!

아리랑리란 어원^{語原}의 뜻

나는 그간에 아리랑에 관한 책 "아리랑 시원지를 찾아서2004년 출간"집필 때 국내학자들 20여명에게 아리랑이란 어원^{語原}을 물어보았고 노래가사를 지은 작사가 비롯하여 작곡자와 가수에게 "아리랑"이란 단어가 무슨 뜻이냐고 물었지만 단 한사람도 답을 못했다. 무슨 뜻인지도 모르고 있다니 한심하지 않을 수 없다. 2013년 1월 6일 KBS 희망음악회 특집 방송을 아리랑의 인류무형유산등재의 기념을 뜻하는 방송을 하였다. 이춘희 경기명창을 비롯하여 바리톤 김동규·김덕수 사물놀이패·가수 조영남 등이 출연하여 갖은 폼을 내며 열창을 하였다. 그들에게 아리랑이란 글자 뜻을 물어본다면 알고 있을까? 문자는 소통이다. 그 뜻을 모르고 부른다면…….가수가 아니다!

허황옥^{許黃玉} 출생지

허황옥은 아유타국^{阿踰陀國} 공주로서 어떻게 하여 김해까지 왔을까? 아유타국의 정확한 위치를 조사해 보면 허황옥의 행로를 짐작할 수 있을 것이다. 그리고 역사적 실체를 알아낼 수 있을 것이다. 동한^{東漢} 광무제^{光武帝} AD. 25~56년 때 중천축국^{中天竺國} 주위에는 작은 제후국들이 신강성과 감숙성·청해성·서장성을 중심으로 난립해 있었다. 중화서국中華書局에서 발행한 『왕오천축국전往五天竺國傳』을 보면 아유타국은 대승불교의 전통적인 국가였다고 기록되어 있다. 그러나 일부에서는 소승불교를 택한 때도 있었지만 대승불교를 택하기 위해 소승불교를 버렸다고 기록되어 있다. 아유타국은 중천축국 제후국우방국으로 소승불교에서 대승불교로 개종한 것을 보아 전통적인 불교국가였음을 볼 수 있다. 특히 아유타국은 수십년 동안 많은 시행착오를 겪으면서 국가의 기강을 대승불교의 기틀 아래 성장해 갔던 것으로 기록하고 있다. 대당서역기大唐西域記 제5권에 아유타국이 기록되어 있는 것으로 보아 그 당시 아유타국은 서장 성 아리阿里 지방이 있다. 아리라면 인도印度와 중국과 경계선인 북부지방이다. 정확하게 말하자면 중천축국의 제후국으로서는 제일 남쪽에 위치한 곳이다. 이곳은 『희마랍아산맥喜馬拉雅山脈 ↔ 희말리아산맥』의 바로 북부지방으로 신강성 남쪽에 하하夏夏와 혁길革吉 개칙·강탁·노곡·정고·이산·강약·등 작은 지방이 즐비한 곳이기도 하다. 곤륜산崑崙山 줄기 남쪽과 희말리아 산맥의 중간 지점으로 대단히 높고 건조한 고원지대에 자리하고 있지만 강이 많고 호수가 많아 사람이 살기에는 낙원지대라고 보아야 한다. 그러나 후한後漢 때는 나라 간에 변란이 심해 천축국 간에도 알력이 끊일 사이가 없었던 관계로 백성들은 어디론가 이주하지 않으면 안되었던 것이다. 특히 중천축국은 전통적인 대승불교의 본산지로 감숙성과 신강성 남부 서장성 일대에 걸친 광범위한 지역에 위치한 불교의 집산지였다. 당시는 같은 천축 국이면서도 바라문교와 불교 간의 분쟁이 끊일 사이 없이 일어나는 시대였다. 우리나라도 근간에 불교 세력들 간의 다툼으로 인하여 경찰이 출동되어 분쟁을 해결하려 했으나……. 그 당시의 불교는 국가를 지탱해 주며 백성들의 구심점이었다. 아유타국은 인도 항하북부지역까지 강역에 미치고 있지만……. 아유타국 본산지는 서장성 서북부인도와 접경지역이다. 아라阿羅 또는 아리阿里 지역이다. 아유타국에서 태어난 허황옥 공주의 고향은 바로 아리 지방이다. 이곳에서 후한의 강력한 힘에 밀려 전란과 반란 등으로 인해 백성들과 함께 동쪽동이족↔東夷族으로 이주해 온 것으로 보인다. 중천축국이 동남쪽인 서장성으로부터 인도 항하 유역까지 뻗어 있을 때 감숙성 서쪽으로는 소월국小月氏 국이 강성해지면서 서역으로 바라문교를 휩쓸고 대월 국大月氏 국으로 강성해 갔다. 후한 때 흉노匈奴를 멸망시키면서 인도의 항하 유역까지 침략하였다. 한편 서역 쪽으로는 아프가니스탄河富汗 동부까지 점령하는 등 크나큰 전란이 일어났던 시대이다. 그로 인하여 천축국은 세력의 약화로 서쪽은 서이 족西夷族 또는 동쪽은 동이족東夷族 밀려나면서 쇠퇴해 갔다. 이러한 시대적 전환점에서 아유타국은 스스로 몰락의 위기를 맞게 되는 비운에 놓이게 되었던 것으로 볼 수 있다. 이때부터 아유타국의 공주였던 허황옥은 살길을 찾아 동으로 고행의 피난길을 택한 것이다. 김수로 왕비 허황옥은 기원후 32년생이나 이때는 신라 3대왕 유리이사금 9년이다. 동한東漢과 후한後漢으로는 광무제 8년이다. 허황옥이 12살 때 아유타국을 떠난 것으로 되어 있다. 아유타국 공주로서 고향을 떠날 때 눈물겨운 사연의 노래詩가 만들어진 때가 이때인 것이다. 허황옥 고향은 아리 지방이다. 아리 지방은 중국 대륙 내륙지방인 서장 성 서북부다. 이곳은 보통 6,000m 이상의 고원지대이며 서북으로 높은 산이 두 곳 있다. 서쪽에 있는 산은 6,596m 앙용강 일昻龍崗日이고 북쪽에 있는 산은 사다강일査多崗日로서 6,148m의 고봉이다. 서북으로 높은 산이 둘려져 있는 중앙은 보통 2,000~3,000m의 고원지대지만 곳곳에 샛강 사이로 큰 호수와 연못을 비롯하여 분지가 있어 사람들이 정착하여 살기 좋은 곳이다. 인도국경을 따라 신강 성 남쪽으로 서장 성을 경계로 하여 길게 곤륜산 맥이 감숙 성의 맥을 잇고 남으로는 희말리아 산맥의 고산 준령들이 여러 갈래로 뻗어 있어 아리는 마치 지상의 낙원처럼 살기 좋은 곳으로 되어 있지만……. 벼농사를 지을 수 없는 천박한 모래땅과 돌과 바위투성이여서 옥수수 정도의 농작물경작이 가능한 지역이다. 그나마 모래땅이 있어 감자 같은 작물을 재배할 수 있는 곳도 있으나 그리 많지 않아 풍족한 식생활을 해결하기는 다소 어려운 지역이다. 그러나 소금·철·광석·옥·금· 같은 광석이 많아 고대사회 때는 물물 교환으로 풍족한 것은 아니지만 어려운 편은 아니었다. 간혹 토질이 좋은 곳에서는 뽕나무를 심어 누에치기를 하여 비단을 생산하였다. 소금과 철·광석·옥·금과 비단 등으로 신강 성과 인도 등 서역과 무역이 활발하였던 지역이다. 아리阿里 지역은 신라新羅, 실라 ↔ 실의 비단이라는 뜻으로. 실은 비단실을 말함. 실크로드가 지나는 길의 영역으로 신라는 감숙 성 지금의 난주이며 옛날에는 금성金城으로 이곳에서 신라는 진秦나라 후예로서 비단길 실크로드? 실크는 누에고추에서 뽑은 실로 짠 천의 이름을 처음 개설한 나라이다. 비단길을 연 후부터 서역 지방 일대는 비단 생산으로 유명했던 곳이다. 이러한 고향을 등지고 전란으로 멸족滅族을 피하기 위하여 어린 나이로 고국산천을 떠나올 때의 부모형제 이웃친구들과 헤어지면서 지은 시가 지금 우리가 부르는 아리랑 가사로 변형된 노래가사다. 아유타국에서 피난을 와서 사천 성 성도에 잠시 정착하였다. 실크로드란Silk Road ↔ 비단의 길 뜻이다. 길이 얼마나 아름다우면 비단의 길이라고 했겠는가? 그러나 그와는 정 반대이다. "실크로드"란 비단을 싣고 동쪽과 서쪽인 즉 아시아와 중앙아시아에서 유럽을 연결한 교역을 했던 곳이라 해서 붙인 이름이지 길이 비단 같아서 붙인 이름은 아니다. 오히려 20세기 오늘날 이 지구상에서 가장 문명이나 문화의 혜택을 받지 않은 험난한 고원 사막지대가 바로 실크로드라 부르는 곳이다. 이른바 실크로드는 중국의 장안長安 ↔ 지금의 시안에서부터 란주蘭州 ↔ 란저우 장액·주천·가욕관·돈황敦煌으로 이어지는 하서회랑 길과……. 그곳에서 투르판Turfa-n 쿠차Kucha ↔ 龜茲 카슈가르Kashgar 파미르에Pamir 이르는 길이다. 그리고 돈황에서 니야Niya ↔ 尼壤 첼첸Cherchin 호탄和田 타슈쿠르칸 파미르 등에 이르는 두 갈래 큰길을 말하는데……. 이 길들은 어느 쪽을 택하든지 험난한 산을 넘어야만 가능하다. 하서회랑 서쪽을 동양에서는 서역西域이라 한다. 하서회랑은 길이 5천여 리의 고비 사막과 기련 산맥 사이의 오아시스 도시를 연결하는 고원지대이지만? 하미나Hami 돈황에서 이른바 천산 남쪽의 길이나 천산 북쪽의 길들은 그 어느 쪽을 택하더라도 다클라마칸 Taklamakan 대 사막을 횡단해야 하고 북쪽에는 천산 산맥·남쪽에는 곤륜산맥을 넘어야 현재 중국의 국경에 이를 수가 있다. 이곳에서 다시 파미르고원과 카라코름 산맥 그리고 히말라야를 넘어야 인도 등 나라에 갈 수가 있다. 그런데 이들 산맥들은 대개가 6천~8천여 미터의 세계의 고봉들이고……. 산맥 길이도 보통 4천~5천여 리 이상이 되는 긴 산맥이며 타림분지의 다클라마칸 사막은 길이가 5천여 리가 되는 거대한 사막이다. 따라서 동쪽과 서쪽의 문화가 오간 이 길은 사실 "길이 아닌 길"이며 "뚫리지 않은 길"아니 뚫을 수 없는 길인 것이다. 이곳을 옛 사람들은 기원 전후부터 몇 년 몇 달을 걸려서 낙타에 의지하며 사막을 횡단하였던 것이다, 이 길은 20세기 오늘날도 산맥의 좁은 협곡을 이용해서 도로가 겨우 한 가닥 뚫려 있고……. 사막 위에는 오아시스 도시 사이를 연결하는 오직 하나의 도로가 있을 뿐이다. 역사가들은 흔히 실크로드를 "스텝 루트"또는 "오아시스 루트"등으로 부른다. 스텝루트는 북방 유라시아의 초원지대천산 산맥 북쪽를 북위 50도 가까이를 가로지르는 길로…… 산맥을 넘어 유목민들이 많이 사는 아랄Aral 바다로 해서 흑에 연안에 이르는 길이다. 또 하나 오아시스 루트는 중앙아시아 다클라마칸 사막의 오아시스 나라들 을 가로지르는 북위 40도~30도 사이의 사막의 길이다. 이 길은 다클라마칸 사막 4천여 리를 지나 파미르고원을 넘어야 한다. 흔히 스텝 루트에 속하는, 교역 길을 천산 산맥의 북쪽 초원의 길이라 하기도 하는데……. 일반적으로는 투르판에서 코르라·쿠차·카슈가르 등 천산산맥의 남쪽 길을 가리켜 천산북로天山北路 → 또는 → 西域北道라 하고 옥문관이나 돈황에서 첼첸·니야·호탄·타슈쿠르칸·등 다클라마칸 사막 남쪽 길을 천산남로라天山南路 ↔ 西域南道 한다. 이것은 천산 산맥을 중심으로 일컫는 말로서 천산 남쪽 길은 사실 곤륜산맥의 북쪽 길이라 하는 편이 낫다. 그런데 이들 천산 북로나 천산남로는 다 같이 산맥에서 물이 땅 속으로 숨어들어서 나오는 오아시스 도시를 연결하는 길들로써. 오아시스가 때로는 2~3백여 킬로만에 나타나기도 하고…… 모래바람이나 흑 풍이 하늘을 덮는 일이 많아 거의 생명을 걸고 건너지 않으면 안 되는 땅이다. 이러한 실크로드는 아시아와 중앙아시아에서 유럽을 잇는 사이의 무역 왕래의 길만이 아니라 자연히 민속이나 신앙을 비롯한 풍속 등 문화의 전파를 촉진하였다. 특히 기원 3~4세기 이후 급격히 불교의 교역이 확산되어 많은 고승들이 인도에서 중국에 왕래하게 되었다. 이들은 곧 파미르고원과 히말라야산맥을 거쳐 다클라마칸 사막의 길을 지나 천산 줄기를 넘어 고비 사막의 하서회랑 길로 들어서서 장안에 종교적 전도를 하게 되었으니……. 고승들이 인도에 오가게 되는 주된 도로가 바로 이 실크로드였던 것이다. 여기에 실크로드와 경전을 탐구하는 고승들의 길은 하나가 된다. 곧 불타의 법을 탐구하는 수도자들의 그 고행의 길이 바로 사막의 길이요. 험준한 산 준령의 길이기에 실크로드는 단순히 상인들이나 대상들의 비단이나 옥·주단·보화·등 금은만 실어 나르는 무역의 길인 경제의 길만이 아니라 종교 전도의 길이며 수도의 길이 되기도 한다. 따라서 실크로드「비단의 길」은 비단도 오갔지만 "불타의 진리"나 경전이 오간 지리의 길이기도 하다. 그리고 대상들이나 상인들만의 길이 아니라 진리를 탐구하는 수행자들의 길이요. "말씀"이나 도道를 구하고……. 전하기 위하여 왕래한 "탐구의 길"이요. "구도의 길"이었다.

이들은 비단을 실은 대상들이 사막이나 고산에서 갖은 고생을 한 것처럼 똑같은 고난을 겪었다. 아니 도리어 상인들은 낙타를 탔지만 수도자들의 대부분은 걸어서 사막을 횡단하였었다. 실크로드는 그 이름 "비단의 길"과는 달리 얼마나 험하고 위험한 길인가! 장안에서 난주·무위·가욕관·돈황으로 이어지는 "서회랑"길도 5천여 리가 넘는 고비 사막 길이며. 오아시스 도시를 연결하는 좁은 길이다. 난주나 장액·무위·주천·돈황·등은 평균 2천~4천 미터의 고지대이며. 진나라 시황제가 만리장성을 이곳에까지 쌓아 서쪽의 흉노를 막은 곳이다. 그리고 다클라마칸 사막을 둘러싼 타림분지는 태초 인류 역사 이래 진입이 불가능한 대 사막지대로서 "다클라마칸 사막"이란 말은 위글어로 "죽음의 사막"이란 뜻이다. 사막의 넓이만도 60만 평방 킬로나 되며 현재 신강성 위 글 자치구 는 중국 전 영토의 1/6이고 일본의 4.4배이며 우리나라 약 6배에 가까운 넓고 큰 면적이다. 이것이 황무지 사막이다. 비는 년 평균 15mm~20mm가 넘지 않으며 주위에는 북쪽에 길이가 동서로 5~6천여 리며 폭이 4백여 리의 천산 산맥이 있고 남쪽에는 동서로 천하에 험한 산 7천여 리의 곤륜산맥이 있으며 서쪽에는 피미르 고원을 비롯한 카라코롬 산맥 등…… 세계의 지붕이 도사리고 있다. 그리고 이들 산맥들은 대개가 6천~8천여 미터의 고산준령이고 서로 이어져 있어서 다클라마칸 사막은 이들 산맥이 하늘을 가리고 섰기에 비가 올 수가 없는 불모지가 되어 버린 것이다. 타림분지인 즉 다클라마칸 사막은 동서의 직선거리가 약 천 이백 킬로이고 남북이 약 육백여 킬로 총 면적은 53만여 평방 킬로나 되어 세계에서 두 번째 큰 사막이며 중국에서 가장 넓은 사막이다. 이밖에도 신강 위글 자치구 안에는 준갈 분지가 있으며 굴반듄귤 사막은 하서회 랑의 기련의 보고다. 알타이·아르돈·쿠르크다크 산맥 등이 가로 세로 길을 막고 있으며 하서회랑 서쪽에는 청해 사막과 자이담 분지가 있다. 그래서 티베트 고원이 하늘을 가린다. 따라서 이들 실크로드는 그 어느 길을 택하더라도 거의 삶과 죽음을 걸고 나서지 않으면 용이하게 살아 갈 수가 없는 험난한 길이다. 오늘날은 사막의 도시 여기저기에 비행기가 날아다니고 또한 오아시스 도시는 한 줄기 도로가 뚫려 있기 때문에 일 이주일 정도면 차로 돌 수가 있다. 이들 다클라마칸 사막의 천산남로나 서역남도 등 도시들은 순전히 비가 안고 물이 없기 때문에 천산이나 고륜·파미르·카라코름·산맥 등 7천m 이상에 있는 빙설이 여름에 녹아 사막 속으로 흘러 들어가 혹 여기저기에 솟아나는 곳이 있기 때문에 그곳에 오아시스 도시로서 유지하는 것이다. 땅속에 물줄기가 바뀌면 언제나 이들 오아시스 도시는 폐허가 되고 물이 나오는 다른 곳으로 옮겨가야만 하는 운명 속에 있다. 이러한 험난한 길을 전쟁으로 인하여 고국산천과 정든 고향 버리고 살길을 찾아 동으로 이동한 피난 길12세 어린 공주의 고행은 끝없이 이어졌을 것이다. 위의 글에서 우리는 허황옥의 피난길을 상상할 수 있다. 죽음의 땅인 이곳을 어린 여자의 몸으로 지나갔다는 것을 현대에 살고 있는 우리는 이해할 수 있을 것이다. 사막이 더운 지방이라는 것을 우리는 알고 있다. 사람과 식물들이 살기엔 너무나 열악한 곳이 풀 한포기 없는 천산 산맥 눈이 덮여 그 녹은 물이 사막의 작은 강을 만들어

지나가는 사람과 동물에게 생명수를 제공하고 있다. 비단길 중개무역은 소그드라는 민족 몫이었다. 이들은 희소성을 유지하기 위해 철저하게 비단길동서 민족에게 양쪽의 존재를 숨기고 무역을 독점했다. 이들이 소비자를 유혹하는 감언이 워낙 좋아 당나라 책에는 "아들이 태어나면 입에 꿀을 발라 준다"라고 했을 정도였다. 소그드인들은 장사 비밀을 철저하게 지켰기에 로마 땅 어디에서도 비단과 유리잔의 출처를 제대로 알지 못했다고 한다. 페르시아에서 유리 귀고리가 유행하면 6개월 뒤 신라 귀족 여성이 그 귀고리를 귀에 걸었을 정도로 발 빠른 상인들이었다. 천산은 우리 건국신화의 단군과도 연결된다. 고대 환인씨桓仁氏 BC. 8936년가 군중 3,000여 명을 거느리고 곤륜산에서 감숙성 돈황燉煌까지 걸어서 약 1만여 리 길을 갔다는 사서의 기록이 있다. 옛 곤륜산맥에 있는 우전于闐은 평지처럼 되어 있는 끝없는 고원지대 사막길이라고 한다. 허황옥이 일행들과 함께 서장성 고원지대를 낙타를 타고 갔는지 걸어갔는지는 모르나 몇 년이 걸려 사천성 성도에 인근에 있는 보주인 안악 현까지 갔을 것으로 보인다! 서장성에서 강을 타고 사천성까지는 갈 수 없다. 서장성에서 흘러내리는 모든 강줄기는 사천성을 지나지 않는다. 서장성에서 흘러내리는 강줄기는 모두 태국과 미얀마 국경지대를 거쳐 해남도가 있는 남해로 가기 때문이다. 허황옥은 12세 남짓하여 아유타국阿踰陀國 아리阿里의 고향을 떠났을 것으로 보인다. 육지로 걸어왔거나 낙타를 타고 왔어도 1~2년은 걸려야 보주까지 올 수 있기 때문이다. 오는 도중에 쉬기도 하고 지치면 한동안 머물렀다 가야 하기 때문에 오랜 시간이 걸렸을 것으로 보인다. 중천축국^{中天竺國} 남쪽인 서장성 아리 지방에 아유타국이 있었으므로 고향인 아리에서 출발하여 보주인 사천성 안악현까지 왔을 것이다.

위와 같은 사연을 찾으려면? 고구려사를 보면 된다.

"……"

고구려 역사가 삼국사기에는 기원전 37년으로 되어있다. 그러나 위서^{魏書}에는 기원전 394년이라는 기록이다. 북한 학자들은 고구려사를 기원전 277년으로 보고 있는데 반해? 우리나라에서는 삼국사기에 기록된 되로 기원전 37년으로 보고 있으니……. 역사 정립이 서로 간에 엇박자이다. 독자들도 우리나라 사료 실체를 알고 읽으면 많은 도움이 되리라 믿는다. 우리의 정사라고 하는 삼국사기 원본 기록을 번역을 해 보면 1대 주몽왕·2대 유리명왕·3대 대무신왕·4대 문중왕·5대 모본왕·6대 태조왕·7대 차대왕·8대 신대왕·9대 고국천왕·10대 신상왕·11대 동천왕·12대 중천왕·13대 시천왕·14대 봉상왕·15대 미천왕·16대 고국원왕·17대 소수림왕·18대 고국양왕·19대 광개토대왕·20대 장수왕·21대 문자명왕·22대 안장왕·23대 안원왕·24대 양원왕·25대 평원왕·26대 영양왕·27대 영류왕·28대 보장왕등 묘는 한국 땅에 단 한기도 없다. 또한 모두 중원 대륙에 표기된 지역에서 활동 하였다. 나는 삼국사기가 잘못 기록인지! 우리가 역사를 왜곡하고 있는지! 그것을 알기 위해 삼국사기에 나타난 기록을 역주와 각종사서를 종합 한 것을 비롯하여 학계서 주장하고 있는 고구려사 문제를 총체적으로 원고를 정리했다. 세상에는 이해하지 못할 일이 너무나도 많다. 분명 상식적으로는 합당하지 못한 일임에도 불구하고 돈과 권력만 있으면 얼마든지 합당한 것으로 대우받을 수 있었다! 예전부터 왜곡되어 온 일본국의 독도 영유권 주장 문제나 역사교과서 왜곡 문제 또한 같은 억지 주장에서 이해될 수 있을 것이다. 우리 정부는 시시각각 일어나고 있는 역사왜곡 실태에도 불구하고 일본의 강력한 경제력이나 우리경제에 미치는 영향력 때문에 제대로 된 반대의 목소리 한번 내지 못하고 있는 실정이다! 이러한 우리나라를 얕잡아 보았던 것일까! 이제는 중국까지도 고구려 역사를 자기네 역사라고 우기고 나섰다. 일반인 생각은 도저히 말도 안 되는 일이지만! 엄연한 현실이다. 너무나 당연한 듯 벌어지고 있는 주변 국가들의 역사왜곡 문제. 어쩌면 이 모든 문제의 원인은 우리 모두의 역사 무관심에서 비롯된 것일 수도 있다. 앞으로 벌어질 수 있을 더 많은 역사 왜곡 문제에 대비하기 위해서라도 우리는 이 문제에 대해 좀 더 자세히 알아야 할 필요가 있다. 2004년 7월 1일 마침내 북한 지역에 있는 고구려 고분벽화와 중국 동북지방에 널려 있는 고구려 유적과 유물들이 유네스코에 의해 세계문화유산으로 지정됐다. 고구려의 찬란한 역사와 문화가 세계인의 주목을 받게 되었다. 참으로 자부심을 가질 일이다! 하지만? 뜻하지 않았던 사건으로 우리는 사태를 착잡한 마음으로 바라보게 되었고 오히려 심한 우려마저 숨길 수 없게 되었다.

그것은 바로 중국이 고구려 역사를 자기네 역사라고 우기고 나선 것이다. 최근 중국은 고구려 유적들까지 동원 "고구려는 중국사의 일부"란 그릇된 역사를 선전하는 데 열을 올리고 있다. 또한 자국 대학 역사교재의 고구려사를 왜곡하는 등 전 방위적 공세를 강화하고 있는 실정이다. 또한 외교부 홈페이지 상의 왜곡된 고구려사를 시정해 달라는 우리 측의 요구에 중국 측은 아예 외교부 홈페이지에서 우리나라의 48년 이전의 역사를 모두 삭제해 버렸다. 그런가 하면……? 이번 사건과 관련해 중국을 방문 하려는 우리 측 국회의원들의 비자발급을 거부하는 등 안하무인격의 행동을 보이고 있다.

지금도? 고구려사가 한국사냐? 중국사냐? 하는 논쟁이 끝이 없는데! 중국이 주장하는 억지 주장이라고 하는 데는 불편不便한 진실眞實이 숨어있다. 광개토 왕이 죽은 후 뒤를 이어 즉위한 장수왕은 재위 15년427년 수도를 만주의 국내성에서 현 평양으로 옮겼으니 한국사다. 그 이유는? 토지의 등기 등본을 보면 맨 끝의 보유자가 주인이기 때문이다.

"……."

2011년 6월 중국 최고의 국가행정기관인 국무원에서 발표한 제3차 국가무형문화유산에 우리나라 제2의 국가國歌 격인 「아리랑」이 포함 되었다. 또한 중국은 이미 조선족의 전통풍습과 농악무 등을 자국의 국가무형문화재로 지정한 상태에서 최근에는 아리랑을 비롯하여 가야금과 결혼 60주년을 기념하는 회혼례와 씨름 등을 추가했다. 지금도 중국의 유명관광지인 장가계를 가보면 그곳 소수민족 합창단이 아리랑을 불려주고 있다. 중국이 아리랑을 소수민족 문화유산으로 등재했다하여 우리나라 사학계가 술 취한 똥개의 꼬리에 불붙은 것처럼……. 난리법석을 떨며 열불을 냈고! 언론에선 크게 다뤘다. 다행이도 2012년 12월 5일한국 시간 6일 새벽 프랑스 파리에서 열린 국제연합UN 전문기구인 유네스코UNESCO의 제7차 무형유산위원회는 "인류무형유산"에 아리랑을 등재하기로 확정했다. 우리국민 대다수가 경기민요 본조라고 알고 있는 아리랑을 ……. 2012년 12월 29일 KBS 국악대상 시상식에서 이춘희 씨가 부른 아리랑노래를……. 유네스코에서 확정된 후 그 현장에서 불러 많은 박수갈채를 받았다. 아리랑은 우리나라의 많은 지역에서 여러 세대를 거쳐 다양한 가락과 변형된 가사로 전승됐다는 점이 높은 점수를 받아 등재된 것이라고 한다. 기록이 없으면 결국 역사가 없는 민족이 되는 것이다. 구술사口述史의 역사도 재대로 잘 못 정리하여 엉터리란 말을 듣는다! 중국의 고구려사도 동북 공정이라 하여 사학계는 연일 분통을 터트리고 있지만? 따지고 보면 중국의 억지 주장 뒤엔 불편한 진실이 너무나 많이 있다. 기존 사학계대학 교수는 반성과 더불어 더 연구를 하여야한다. 그들은 시대의 거울이다! 앞서 이야기를 했지만? 2004년 내가 『아리랑 시원지始原地를 찾아서』 집필 중 정보가 새어나가 신문과 주간지에 3번이나 특종 보도 되고 MBC라디오 방송에서 3일간 걸쳐 방송을 할 때 학계에서 관심을 기우렸으면 하는 아쉬움이 있다. 위의 글을 줄여 말하면 유물은 민족의 이동사移動史다 가야사는 유물의 역사란 말이 있듯……. 세계 속의 아리랑이 되고 민족의 가슴에 살아 숨 쉬는 아리랑이 되려면 지금부터 아리랑의 시원 지를 정확하게 찾아 재정립해야 할 것이다! 유네스코에 인류무형유산으로 등재된 아리랑은 대한민국의 노래다.

그렇다면 대체 중국은 어떠한 논리로 고구려 역사를 자국의 역사라고 주장하는 것일까. 먼저 출발은 1980년대에 발표된 일사이용설一事兩用說이었다. 일사양용설이란? 곧 한 가지 사건을 두 가지로 수용할 수 있다는 논리다. 다시 말해 고구려사는 한국 역사로 볼 수도 있지만……. 또 다른 관점으로 보면 중국 역사일 수도 있다는 것이다. 갈수록 가관이라고? 2020년 들어 김치도 중국의 원조라 하여 말썽이다. 중국의 『파오치 ↔ 김치』는 식초 같은 것을 끓여서 담가 피클에 절인 것 같아 훨씬 맛이 덜하고 우리나라 김치는 발효를 유도해서 그 발효를 잘 시켜서 먹는 게 특징이다. 그래서 몇 년을 두고 먹는 동안계속 맛이 바뀐다는 것이 중국의 파오치와 다른 것이다. 결국? 파오치도 사람에 성향에 따라 고추 가루를 넣어 먹으면 우리의 김치와 같을 것이다! 56개의 소수민족이 있는 중국 후난성 장가계에선 우리나라 관광객이가면 환영으로 아리랑노래를 불러준다. 아리랑이라고 하지만? 그들의 억양이 우리와는……. 우리나라보다 먼저 아리랑을 부른 것이다. 중국 정치인들은 1994년 부터는 아예 고구려는 중국의 변방정권이었으므로 당연히 중국사에 포함되어야 한다고 주장하기 시작했다. 아울러 고구려 민족은 중국의 소수민족이므로 소수민족少數民族의 역사에 포함되어야 한다는 논리를 펼치기도 했다. 그러다가 2,000년부터는 고구려사 연구자를 양성하는 사업을 벌여 100여명의 학자가 자료수집 또는 유적발굴에 참여했다. 이들 학자는 고구려의 역사를 국내성을 수도로 정한 시기는 중국사는 평양 천도 이후는 한국사에 포함된다고 주장했다. 다시 말해 고구려 첫 도읍인 오녀 산성과 두 번째 도읍지인 국내산 성에서 현재 진안·광개토대 왕 사후 즉위한 장수 왕이 재위 15년27년 수도를 만주의 국내성에서 평양으로 옮겼으니 그 후로의 평양에서의 집권은 중국에서의 통치기간보다 짧으니 중국사라는 논리다. 그러나 내가 내린 결론은? 앞서 이야기 했지만 ·중국 측의 주장은 같이 살던 마누라가 이혼을 하여 다른 사람과 살고 있는데……. 본첫 마누라 부인이니까 내 마누라라고 우기는 것이나 같은 논리고 우리 측에서는 처음엔 당신 부인이었지만……. 내 호적에 올라 있으니 내 마누라라고 주장하는 것이다. 우리나라의 재산상 모든 등기부 등본에 기재되어 있는 마지막 소유자가 주인이므로……. 평양은 현재 한국 땅이기 때문에 고구려사는 한국사라는 것이다. 그렇다면 중국은 억지 주장을 하고 있는 것이다. 그러한 한국 법을 모르고 그들이 우기는 것은 참으로 말도 안 되는 논리가 아닐 수 없다! 중국 측이 이러한 실체를 무시하고 고구려를 자국사로 공식화하려는 역사인식은 대략 5가지 정도 꼽을 수 있다.

첫째, 고구려의 시조인 주몽朱蒙이 중국의 고대 역사에 등장하는 고이 족과 고양 씨高陽氏의 후손이라는 것이다.
둘째, 고구려왕들이 중국에 조공朝貢을 하고 책봉을 받았기 때문에 고 구려는 중국의 속국이라는 것이다.

셋째, 고구려가 벌인 수나라와 당나라의 전쟁이 국가 간에 전쟁
　　이아니라 중앙 정부와 지방정부가 벌인 통일전쟁이라는
　　것이다.

넷째, 구려가 멸망한 뒤 그 유민들이 대다수가 당나라로 끌려가
　　버려 한반도에서는 고구려의 혈연적 계승성이 완전히 단
　　절되었다는 따위의 주장이다.

다섯째, 고구려의 왕족은 고씨이고 고려의 왕족은 왕씨여서 혈연
　　적 계승성이 단절되었다는 따위의 주장이다. 아무것도 모
　　른 채 들으면 그럴 듯 수도 있는 주장이다. 하지만 이들의
　　주장이 얼마나 허무맹랑한 것인가는 역사를 들여다봐도
　　쉽게 알 수 있다.

위의 다섯 가지 주장을 차례로 반박해 보자.

첫째, 그들이 주장하는 고이족과 고양씨는 중국의 역사학자들도
　　그 실체를 인정하지 않은 전설의 인물이다. 하물며 고구려
　　왕실이 고씨성을 가졌다 할지라도 고양씨 시대와는 2,000
　　여 년이나 차이가 나는데도 혈연관계라고 주장하는 것은
　　참으로 어이가 없다.

두 번째, 조공 문제는 더욱 허무맹랑하다. 옛 중국 제국은 명분을
　　중시하여 스스로 천자국이라 표방하고 주변 국가에게 조
　　공을 하게 했다. 조공은 하나의 중화주의적 외교 관련이요,
　　당시의 무역 교류이였다. 이를 거절하면 교류를 단절하고
　　때로는 군사로 징벌을 하기도 했다. 따라서 조공은 명분을

주는 외교형식이었던 것이다. 당시 일본·유구「오키나와」·태국·베트남·등이 중국에 조공 을 바쳤다고 모두 중국의 속국은 아니지 않는가?

세 번째, 주장은 또 어떠한가? 고구려는 엄연히 정부 차원이 아닌 독립국 가로서 견고한 국가 방어망을 구축하고 요동 일대의 영유권을 위해 장성長城 쌓고 대항했다. 옛 사료를 조금만 뒤져봐 도 알 수 있는 이런 사실을 왜곡 하려는 중국의 속셈은 참으로 손바닥으로 하늘을 가리려는 것으로 밖엔 보이지 않는다.

넷째, 고구려 유민들이 중국관내로 끌려가 혈연적 계승성이 단절되었다 는 것은 더욱 억지에 지나지 않는다. 유민들은 신라로 넘어오기도 했으나 대부분 고구려 영토 안에서 그대로 안주했다가 발해를 건 국 했던 것이다.

다섯째, 고려 왕실의 성씨가 왕 씨여서 혈연적 계승이 단절되었다는 것 은 더욱 언어도단이다. 중국이 역대 왕조에서 혈연적 계승을 이 룩 한 경우는 전한·후한·촉한·또는 북송·남송 등을 두어 그 경우에만 해당된다. 중화 인민국을 이룩한 손문은 멸 청 흥한滅淸興漢을 내걸고 이민족왕조인 청나라 타도에 나섰다. ……그 전통성을 혈연에 두었다는 것은 말이 안 된다. 고려 는 엄연히 민족사적 전통성을 내세우고 고구려를 계승한다고 표방했다. 따라서 동북공정의 기본 설정은 모조리 허구일 뿐이다. 중국의 근대사학은 까마득한 고대사를 거의 부정하고 은殷나라 왕조부터 고대역사 실체로 인정하고 있다. 또 중국의 역사에서 조공을 받아 드린 주변국을 오랑캐나라로 인식을 했다. 더욱이 지금까지 고구려가 벌인 수나라와 당나라 간에 전쟁을 국제전쟁으로 기술해왔던 중국은 고구려사를 중국사의 일부로 만들기 위 해 지난 역사기록 또는 방법론을 모두 부정하고 말도 안 되는 억지를 부리고 있다. 이 기준대로라면 중화인민공화국이 탄생한 뒤 체계적이고 과학적 역사방법론으로 쓰여 졌다는 중국역사는 모조리 거짓 역사가 되어 버린다. 지금 중국이 주장하고 있는 것 들 중 옛 고구려 영역이 현제 중국 관내에 있다는 사실 말고는 모 두다 그들이 꾸며낸 거짓이다. 이렇게 자국의 역사를 모두 부정해 가며 고구려를 자국의 역사로 만들려는 중국의 의도는 과연 무엇일까.

앞서 이야기 한 대로 고구려사가 한국사라는 것은 어찌 보면 매우 자명하고 또한 논쟁거리가 못 된다! 그럼에도 불구하고 현재 중국이 말도 안 되는 억지를 부리고 있는 것은 그만큼 커다란 무엇인가를 바라는 것이라고 밖에 볼 수가 없다. 우리는 고구려사 왜곡 본질을 학문적 논쟁의 차원이 아니라 의도적인 정치행위로 받아들여야 한다. 1980년대 중반 이전까지도 중국은 학계를 비롯해 각급 학교 역사교과서 등을 통해 공식적으로 고구려사는 한국사라는 관점을 유지했다. 그러다 갑자기 후반부터 입장이 바뀐 것이다. 과연 무엇 때문일까. 이에 대해 윤휘탁 고구려연구재단 연구위원은 논문에서……

「중국은 국민 통합과 영토 통합을 강화하려는 정치적 목적에서 1980
년대 후반부터 고구려사를 중국사로 보기 시작했다」

다시 말하자면? 중국의 고구려사 왜곡은 조선족을 포함해 티베
트와 내몽고 등 소수민족 이탈의 도미노 현상을 방지하려는 차원
이라는 말이다.
한편, 이러한 중국의 역사 침략과 관련해 사학자 이덕일 씨는?

『중국의 동북공정은 고구려뿐만 아니라 고조선까지 중국사에 포
함시키려는 시도이며, 이엔 단군조선을 무시해 온 한국 사학계의
책임이 크다』

지적 했다. 또한 중국의 의도는 우리의 상상을 훨씬 뛰어 넘는
것일지도 모른다고 경고하고 있다. 만약 중국이 한국의 고구려사
를 중국사로 편입시키는 것만이 목적이라면 그 기존이 되는 영토
는 대동강 북부로 지정해도 충분했을 것이다. 중국의 역사관은?
현제 중국의 영토 내에서 일어난 모든 역사는 중국의 역사다. 라는 그
들만의 역사관을 가지고 있기 때문이다. 하지만? 지금 중국은 그
기준을 한강 이북으로 못 박고 있다. 그렇게 따지고 보면 현재북한
영토 전체가 예전엔 중국의 것이었던 셈이다. 중국이 북한 체제가
앞으로 그리 오래 유지되지 않을 것으로 파악했다면? 동북공정이란

작업을 통해 통일 이후 미국을 상대로 북한 영토에 대한 영유권을 주장할 계산이 깔려 있는지도 모른다는 설명이다. 만에 하나 그런 음모가 숨어 있다면 참으로 소름끼치는 이야기가 아닐 수 없다! 더 나아가 이덕일 씨는 중국이 이처럼 터무니없는 공작을 추진하게 된 데는? 도를 넘어서는 한국 역사학계의 자기비하 탓도 크다고 주장했다. 국내 사학계의 단군조선에 대한 경시가 중국에 빌미를 줬다는 것이다. 보통 고조선이라면 시대 순으로 단군조선기자조선 위만조선을 말한다. 그런데 이 중에 한국 역사학계가 인정하는 것은 기자조선부터이다. 여기서 상당히 복잡한 문제가 발생한다. 기자箕子는 은나라 말기의 중국인으로 아우러지고 있기 때문이다. 또한 기자조선을 연결하는 위만조선의 건국자인 위만 역시 연나라 출신이다. 이렇게 되면 고조선은 중국인이 세운 나라가 되고 이를 연결하여 고구려 역시 도맷값으로 넘어가게 된다는 것이다! 같은 맥락에서 볼 때……. 한국 사학계의 고조선에 대한 인식엔 문제가 많다. 우선 단군조선을 믿지 않는다. 그런데 드러 내놓고 단군조선은 없다고 하면 아마도 저항이 거셀 게 당연하기 때문에 그렇게는 하지 못하고 한국의 청동기가 시작된 것은 BC 10기부터이다. 라고 발표했다. 고조선이란 기자조선과 위만조선을 칭하는 것이다. 만약 중국이 기자조선과 위만조선은 중국에서 건너간 사람들이니 고조선도 중국사에 포함 시키겠다고 해도 현재의 한국 사학계로서는 할 말이 없게 되는 셈이다! 그러므로 고구려사 문제는 감정적으로 대처할 일이 아니다. 우선 감정을 가라앉히고 학문적 논리를 바탕으로 차분하고 이성적으로 대처해야 한다. 우리 역사를 제대로 알리기 위해

<u>스스</u>로 국사 교육을 강화할 필요가 있다. 고구려사 문제는 충분한 예산이 확보되지 않았고 실제로 고구려에 대한 연구자나 전문가도 부족하고 모든 유물이 북쪽과 중국에 있어 우리가 접근하기 어려운 점이 많다. 정부는 일이 터지고 나서야 갑자기 대처한다고 급하게 서두르는 모습을 보였는데……. 그렇게 아니라 차분하게 고구려사를 연구하고 중국과 북측에 있는 자료를 구하여 축적할 필요가 있다. 서양에서 자국의 역사가 타국에 의해 왜곡됐을 경우 취한 대처에 대해 모범 사례를 찾아 참고 하는 것도 도움이 될 것이다. 중국의 패권주의를 극복하기 위해서는 국제적 연대도 중요하다. 『패권주의覇權主義』란 강대한 군사력에 의하여 세계를 지배하려는 강대국의 제국주의적 대외정책을 말한다. 고구려사 역사왜곡이 중국의 이런 패권주의에서 나왔음은 두말할 나위도 없을 것이다. 이대로 한국과 중국 간에 갈등구도로 가면 역사문제는 정체되고 말 것이다. 북한과 일본이 연대함으로써 한국과 중국 두 나라간 대립구도에 제 3자를 개입시켜 중국을 외교적으로 압박해야 한다. 다른 한편으로 학계는 중국 인접 국가 학자들과 꾸준한 연계학술 활동을 통해 중국의 고구려사 왜곡사례를 지적할 수 있는 연구 성과를 발표해야 할 것이다. 하지만 애석하게도 제일 먼저 나서 이 문제를 해결해야 할 점부는 중국의 눈치 보기에만 바쁠 뿐이다. 중국이 실컷 정부 차원에서 지원을 다 해놓고 한국에서 정부는 빠지고 민간에 맡기자고 하니 우리 외교부는 대뜸 "정부가 해결할 부분이 아니다."라며 중국 정부 편을 들었다. 일본의 경우 출판사 하나가 만든 교과서를 두고도 그렇게 시끄러웠으면서 중국이 국가차원에

서 역사를 왜곡하고 있는데도 정부는 눈치만 볼 뿐 별다른 말을 하지 못하는 것이다. 정치권 쪽에서도 여·야 모두 중국의 고구려사 왜곡에 대해 강력히 반발하고 나섰지만…… 이것은 눈앞에서 우리의 역사가 뺏기려는 판에 가만히 보고 있는 것으로 밖에 보이지 않는다. 대체 이 문제에 대한 우리정부의 입장은 무엇인가? 외교 마찰을 감수하고서라도 문제 해결을 위해 노력해야 할 정부는 말로만 강력 대응을 운운할 뿐 아직 이렇다 할 아무런 움직임도 보이지 않고 있다. 일본의 독도 영유권 주장 때에도 그렇고 중국의 고구려사 왜곡까지 지금껏 정부가 도대체 문제의 해결을 위해 그어떤 노력을 했는지 의심스러울 뿐이다.

『이 나라의 청년들이 혈혈누누血血漏漏 하는 것은 오로지 역사 교육이다』

민족 사학자 단재 신체호 선생님이 하신 말씀이다. 혈혈 누란? 피를 흘리며 싸우는 것을 의미한다. 일제 치하 속에서 나라와 민족의 독립을 위해서 청년들이 애국심과 투쟁심을 표출시키는 방법은 오로지 역사 교육 뿐이라는 말이다. 이제껏 배워왔던 우리의 유구한 5천년의 역사가 중국에 의해 2천년의 짧은 역사로 변 할 위기에 처해 있다. 학교 수업에도 국사 시간이 점점 죽고 있고…… 공무원 시험에서조차 국사과목이 폐지 될 것이라는 보도가 나오는 실정이다. 우리가 먼저 이렇게 우리 역사를 배척하고 멀리 하는데 어느 나라가 우리 역사를 보호해 주겠는가. 자국의 역사를 부끄러워하는 민족에게 더 나은 미래는 없다. 『과거에 대한 배움과 비판 없이는 더 나은 현실도 없다』는 말을 우리는 가슴 깊이 새겨야 할 것이다. 현재 중요 사서에는 고구려 건국은 중국사로 오해 받을 수 있게 기록되어 있어 중국 측에서 자국사라고 주장 하고 있다. 나는 각종 사서에 나타난 기록을 정리하고 그 해답을 독자에게 구하려고 고구려사를 집필 했다. 다만 앞서 밝힌바와 같이 중국과 우리정부가 끝없는 논쟁을 하더라도 고구려사는 한국사라는 것이다. 그 이유는 광개토대 왕이 죽고 아들 장수 왕이 재위 15년²⁷년 수도를 중국 만주의 국내 성에서 평양으로 옮겼으니 한국사라는 것임을 중국은 부인해서는 안 될 일이다. 그렇다면 고구려의 건국에 대한 비밀을 삼국사기를 모태로 하여 각종 정사를 통해 밝혀낸 한국 상고사 학회 이중재 회장이 밝혀내서 출간한 책속의 원문 일부를 그대로 삽입 하겠다. 이글을 읽어보면 고구려 신라 백제 가야국은 한국에서 태동 되지 않았다는 것을 독자들은 이해할 것이다. 고구려사는 9차 학술회까지 열었다.

……먼저 양서梁書는 당唐 나라 때 요사렴이 지은 것으로 기원후 629년에 기록한 사서이다. 동이東夷 나라는 조선 때까지가 크게 득세함으로써 얻어진 이름이다. 조선은 기자가 쓰는 그릇 등과 예절을 비롯한 가무歌舞 그리고 악기 등도 같았다. 위魏 나라 때 조선은 동쪽에 있었다. 마한과 진한에 속해 있었다. 조선은 큰 대륙의 중간에 속해 서로 통하고 있어 진晉 나라를 지나 바다 같은 강을 흘러가면……. 동쪽으로 고구려와 백제가 있다. 이 당시 송宋 나라와 제齊나라 사이에서 항상 물건을 주고받고 서로 교류를 했다. 이 시기에 양梁 나라가 일어나면서 통상이 더욱 활발하게 진행되어 가고 있었다고 기록되어있다. 이 당시의 고구려와 백제가 어디에 있었

는지를 살펴볼 필요가 있는 것이다. 진나라에서 바다 같은 강을 따라 흘러가면 고구려와 백제가 있었다. 하였으니……. 진나라 동쪽에 고구려가 있었다는 것이다. 그렇다면『중국고금지명대사전 기록』진나라의 도읍지가 어디인지를 찾아보니? 양서의 기록엔 고구려·백제가 송나라와 제나라 사이에 있었다는 기록이니 그 당시의 진나라 도읍지는 섬서성 서안인 장안성이었다. 진나라의 첫 도읍지는 낙양洛陽이었으나 진나라 민제愍帝 때는 도읍을 장안長安으로 옮겼다. 섬서성 → 장안현 → 서북 13 리로 옮긴 것으로 중국고금지명대사전에 기록되어 있다. 그렇다면 고구려, 백제는 큰 바다와 같은 강물을 따라가 동으로 가면 낙양이다. 낙양은 고구려가 도읍했으며 후일에 백제도 하남성인 위례성慰禮城에 도읍해 있었으므로 양서의 기록은 맞아 떨어지는 것이다. 기원후 313년에서 317년 사이이므로 이때 송나라는 하남성상구현에 ↔ 商丘縣 도읍하고 있었으며 후일 강소성蘇省 ↔ 동산현 → 銅山縣 서쪽 땅에 있다가 강소성 ↔ 강영현江寧縣으로 → 옮기게 되었다. 그러니까 송나라는 남쪽으로 도읍지를 바꾸었다가 다시 하남성 ↔ 개봉현開封縣으로 → 도읍지를 정하게 되었다. 아무튼 고구려·백제의 남쪽에 송나라가 있는 셈이다. 또 제나라는 산동성 ↔ 임치현臨淄縣에 → 도읍하였다. 후일 산동성 ↔ 박흥현博興縣 → 동북 15리 박고성에薄姑城 다시 도읍하게 되었다. 양서본문에서 보는 바와 같이 송나라와 제나라 사이에 있었다. 이때 송나라는 남쪽에 있었고 제나라는 산동성 북쪽이며 하남성이다. 삼국사기 백제본기 제1 본문에서 백제의 도읍지인 하남 위례성이河南慰禮城 하남성河南省 땅에 있다는 기록이다. 유차하남지지惟此河南之址란 하남성 땅이다. 한국에 있는 사학자나 고고학자들이 KBS와 공동으로 한국 땅 강남 즉? 한강河南이남 일대로 하남위례성을 수년간 찾아 헤매다 결국 실패했다. 앞에서 이야기한 봐와 같이 하남이란 강남이나 한강 이남을 말하는 것이 아님은 정사의 기록이다. 사서는 섬서장안성陝西長安省 하남위례성 산서우옥현山西右玉縣이라고 한다. 산성성 위례성 → 섬서성 ↔ 장안성이라고 성자를 이중으로 쓰지 않는다. 밑 성城자나 현縣 자가 있기 때문에 산동성이라 하여 성省자에 별도로 쓰지 않는 것이다. 양서의 본문을 연결하여 번역을 한다. 고구려의 선조가 태어난 것은 스스로 동명東明이라 했다. 동명은 북쪽에 있던 북이北夷인 고리왕藁離王의 아들이다. 고리왕이 출생한 후 고리왕의 시녀였던 계집아이가 아이를 가졌으므로 고리왕이 돌아와 죽이려고 했다. 그러자 시녀가 말하기를 나는 천상에서 기운을 느꼈다는 것이다. 그 후 하늘에서 닭 벼슬한 자가 내려와 나는 기운에 의해 임신을 했다는 것이다. 시녀가 그 후 아들을 낳자 왕은 가두어 버렸다. 그리고 그 아이를 돼지우리에 넣어주었다. 그때 돼지우리에 있던 돼지는 헛구역질을 하면서 먹지 않고 피했다. 그 아이가 죽지 않으므로 왕은 신의 뜻임을 알고 그만두었다. 시녀는 이 말을 듣고 아이를 거두어 길렀다. 아이는 너무도 용맹하고 활을 잘 쏘므로 명궁名弓의 칭호인 선사善射라 불렀다. 왕은 두려워 다시 죽일 것을 결심했다. 동명은 눈치를 채고 남쪽으로 달아났다. 갑자기 앞에 험하고 넓은 커다란 강이 나타났다. 엄체 수淹滯水였다. 일명 개사수蓋斯水라 한다. 개사수란 압록鴨錄 동북이므로 이곳이 임현任縣이다. 임현은 지금의 중국 하남성 심양心陽이며 낙양의 동북쪽이다.

"······."

한나라 원봉元封 4년에 조선이 망한 후 현도군을 설치했다. 그래서 현도 군은 고구려의 현縣에 속하게 되었다. 그곳은 맨 처음 구려句驪의 땅이며 사방 2,000여 리 이였다. 그곳은 요산遼山의 요遼나라의 수도首都이였다. 환도丸都의 아래는 큰 산들이 첩첩으로 있어 깊은 계곡이 많았다. 이곳은 넓은 들판이 없었으며 연못이 있어 백성들은 연못의 물을 위주로 살아갔다고 기록이다.

현도군이 어디인지를 살펴보니? 고구려와 구려 그리고 부여의 강역이 어디인지 밝혀질 것이다. 그리고 한나라와 위나라가 있던 시기라 했다는 것은? 현재 한국 땅이 아니고 대륙임을 사서의 기록이다. 그렇다면 그 당시의 현도군은 어디에 붙어 있는지 찾아보면······. 한漢 나라가 있을 때 현도군은 지금의 섬서성 장안성長安城 옛 성故城을 개명하여 현도군이라 했다고 중국고금지명대사전 기록이다. 지명사전은 역사를 조작하기 위해 한무제漢武帝가 조선을 멸망을 시킨 후 조선의 함경도와 길림吉林 남쪽의 경계선이라는 것이다. 한나라 소제昭帝 때 현도군은 진번군辰番郡이며 이곳에 고구려가 있는 곳이다. 이곳이 옥저의 땅이며 옥저성에서 다스린 것으로 되어있다.『장안지 ↔ 長安志』기록엔 장안고 성長安故城 현도 군으로 개명되었음을 기록된 것으로 볼 때 고구려는 대륙 서안에 있던 장안성 현도 군에 있었다는 사서의 기록이다. 고구려의 몇 가지 건국 비밀을 사서에서 발견할 수 있다. 양서 기록에서 보았듯 첫째, 고리국왕의 시녀가 아이를 낳아 동명이라고 작명을 한 것이 하나이다. 둘째, 『위서 ↔ 魏書』에 있다. 위서는 기원전 338년 등연鄧淵 집필한 것으로 그 후 약 100년 동안 최호崔浩 고윤속高允續이 편찬을 하여 집필한 것으로 되어있다. 그 밖에 위수魏收와 이표李彪 최윤삼崔允參 등도 함께 위서를 집필을 했다고 위서 기록이다. 위서 본문에는? 고구려는 부여에서 건국되었다. 부여는 주몽朱蒙의 선조이다. 주몽의 어머니는 하백녀河伯女이다. 하백이란 환인 씨 때부터 풍백風伯 우사雨師 운사雲師의 삼정승 벼슬이다. 요즘 같으면 입법 행정 사법의 삼권분립과도 같은 제도다. 하백은 풍백의 후손이다. 풍백의 후손이 하백으로 법을 다스리는 기관의 후손인 셈이다.

부여왕은 궁실에 하백녀를 숨기다시피 가두어 벼렸다. 도망갈 수 없도록 하기 위해서다. 햇살이 드는 곳은 몸을 피하다시피 했다. 그늘진 곳을 따랐다. 이 말은 하백녀가 부여 왕이 하는 대로 남녀가 서로 관계를 하는 장면의 표현이다. 하백녀의 몸 위로 부여 왕이 올라왔으므로 햇빛이 가리워 졌다는 말이다. 얼마 후 임신했는데 닷 되나五升되는 큰 알을 낳았다는 것은 아기가 아기 보를 쓰고 태어낫다는 뜻이다. 이 세상에 어떤 동물이든 닷 되나 되는 알을 낳을 수는 없다. 더구나 처녀 몸으로 닷 되나 되는 알을 낳을 수 없다. 처녀뿐만 아니라 여자가 닷 되나 되는 알을 낳을 수 없다는 것은 우리 인간의 상식이다. 고대사회는 해학적으로 사서를 기록했기 때문에 알이라고 표현했다. 아기보자기태반를 둘러싸고 태어 났으므로 알이라는 표현이 가능했을 것이다! 만약 아기보자기를 둘러쓰고 태어나면 특히 푸른색을 띤 아기보자기라면 역적이 된다는 이유로 무조건 죽이는 고대사회의 풍속이 있었던 것이다. 부여 왕은 개가 있는 곳에 버리도록 하였다.

『영화 십계에 모세출생 기록과 흡사 하다』

그러나 개는 먹지를 안했다. 다음은 돼지에게 버렸으나 돼지도 먹지를 안했다. 그 후 길거리에 버렸지만 소와 말도 피하였다는 것이다. 하는 수 없어 들에 버렸다. 그러나 수많은 새들이 서로서로 날개의 깃털로 감싸주었다. 부여왕은 화가 나서 깨어버리려 했다. 하지만 깨어지지 아니했다. 아이 어머니인 하백녀는 아이를 가지고 돌아왔다. 아이를 포대기에 감싸고 돌아와 따뜻한 곳에 두었다. 얼마 후 사내아이가 껍질을 깨고 나왔다. 점차 커지면서 자字를 주몽朱蒙이라고 지었다고 한다. 여기서 자란 아명이란 말이다. 아명이란 이름 대신 부르는 별명이다. 옛날 유명인의 출생에는 알에서 출생을 했다는 것이다. 일반인에서 출생을 하면? 천박한 사람으로 대접을 받기에……!

위서와 같이 기록한 사서는 당태종 때 이세민의 중관어사中官御史가 집필한 북사北史가 있다. 삼국지三國志는 진晉나라 때 안한安漢 진수陳壽가 집필한 것이다. 당나라 때 이세민의 중관어사가 지은 남사와 북사는 같은 시기에 저술된 책이지만……. 고구려 초기 주몽에 대한 건국의 비밀이 다름을 볼 수 있다. 북사가 위서와 똑같은 기록이라면 남사는 후한서의 기록하는 것처럼 하고 있다는 점이다. 그렇다면 당태종 때 이세민의 중관어사가 같은 사람이 아닌

다른 사람임을 알 수 있다. 삼국지와 당서·신당서의 기록행태가 대체로 같지만……. 특히 고구려에 대해 당서에서 잘 나타나 있다. 고려라고 표기한 것은 고구려이다. 백제와 신라가 있을 당시에 고려라고 표기된 것은 모두 고구려라는 것이다. 고구려는 사람은 부여와는 다른 부족이다. 씨가 다르다는 뜻이다. 고구려의 동쪽 땅에는 바다에 막혀 연결된 신라가 있다. 『지동과해거신라地東跨海距新羅』라는 글 뜻을 잘못 해석한 나머지 바다 건너에 신라가 있는 줄 알고……. 서쪽에 신라가 있고 동쪽에 신라가 있는 것으로 해석을 했다. 그러다보니 동쪽 신라·서쪽 신라라고 떠들고 있는 웃지 못할 일들이 벌어지고 있었던 것이다. 당서에서 기록은 동쪽에 바다와 신라가 있다는 것은 17세기 이전은 지금의 황해가 아닌 동해로 지도에 나타나 있기 때문에 동쪽 바다라는 사서 기록이다.

고구려 동쪽에 막혀 연결되어 있는 신라가 있었다면 한국 땅에 신라가 없었음을 이야기하는 것이다. 현재는 한국 땅에는 서쪽에 고구려가 있고 동쪽에 있었던 기록이 없으며……. 있을 곳도 없기 때문이다. 당서에 표기된 것을 보면 고구려는 서쪽이었으니 지금의 중국 서안에 고구려가 있었던 것이다. 신라는 동쪽 바다에 막혀 동쪽 바다에 연결되어 있었다고 하니까 지금의 중국 산동 성과 강소 성에 있었던 것이다. 당서엔…….

삼국사기 고구려 기록에는? 남쪽 바다 멀리 바다와 연결되어 있는 백제가 있었다. 이때 남쪽 바다는 현재 중국 남부에 있는 남해를 말한다. 백제는 광동성廣東省 광서성廣西省 운남성雲南省에 있었다. 백제가 처음 도읍한 곳은 하남성에 있는 위례성慰禮城이다. 후일 당나라와 신라에 밀려서 내려온 곳이 광동성과 광서성·운남성이다. 당서의 기록은 밀려 내려온 것이다. 서북을 지나면 요수遼水와 같이 걸쳐 있는 영주營州가 인접하고 있다. 여기서 영주를 찾아보면 영주는 순舜 임금 때 청주이며靑州 동북의 요동 땅이라고 되어있다.

이곳이 중국 요녕성遼寧省 요령遼寧이며 조선의 땅이다. 후에 하북성 천안현遷安縣 서쪽이며 지금의 열하熱河 조양현朝陽縣에서 다스렸다. 영주는 하북성 영평부永平府라 했으니 영평 부는 명나라 때 부를 두었다가 청나라에 속해 있었지만 중화민국 때 폐지시켰던 곳인 직예성直隸省 노룡현盧龍縣이다. 노룡현은 하북성과 요녕성 경계지역이다. 북경의 동북 화용진和龍鎭이다. 이곳은 지금 발해만의 북쪽이며 현재 만주와 하북성의 경계지점이다. 백제는 멀리 남해에 접해 있는 광동성·광서성·운남성으로 부터 호남성·귀주성·호북성·사천성·하남성에까지…… 또 산성서·하북성·동북 영주지역까지다. 백제가 강성했던 시기의 넓은 지역을 말한다.『당서』본문에는 북쪽은 말갈이 있었다. 이때 말갈은 하북성·산서성·북쪽 지방이다. 남 몽고를 동서로 길게 뻗쳐 있었다. 고구려는 임금과 함께 평양성에 살고 있었다. 평양성은 역시 장안성이다. 당시의 장안 성은 지금 중국의 서안이다. 한나라가 낙랑군을 두었던 곳이다. 당시엔 고구려는 평양성을 기준한 장안성에서 하북성 하간현河間縣 영주 바깥성外城과 연결되어 있었다. 남쪽은 패수浿水이였다. 패수는 서안에서 낙양으로 흘러가 지금의 중국 하남성 개봉 현까지의 넓은 강으로 이름을 대동강이라 한다. 중국고금지명대사전에 고구려는 왕의 성을 좌측으로 튼튼히 쌓았다. 삼국사기에 보면……. 고구려 24대 양원왕陽原王 8년에 축장안성築長安城이라고 되어있다. 양원 왕 때 지금으로부터 1,500년 전에 서안인 평양성을 쌓았다는 기록이다. 평양성을 후일 장안성이라 했다. 그리고 고구려왕 25대 평원왕平原王 28년에는 장안성을 쌓은 후 옮겼다는 기록이다.

고구려는 장안성을 쌓은 후 계속해서 나라 안에 성을 쌓았는데 성의 이름을 한성漢城이라고 고친 후 도읍했다. 이곳은 멀리 큰 강줄기와 멀지 않은 곳에 작은 강이 있었다. 멀리 큰물이 흘러가는 곳은 말갈의 서쪽 남산이었다. 이때 남산은 감숙성甘肅省과 청해성의靑海省 경계가 산맥으로 연결되어 있는 곳이다. 그 당시엔 남쪽은 안시 성安市城이 있었다. 안시 성은 지금의 서안西安이며 당나라가 있을 때는 서경西京이다. 당나라 이전은 서안이 동경東京이었다. 동경은 처음에는 서안이었다가 낙양으로 바뀌었다. 세 번째는 일시적으로 개봉開封이었지만……. 곧 북경北京으로 옮겼다. 그 후 옛 봉천奉天이며 현재는 심양瀋陽으로 옮겼다 없어진 후 일본 동경으로 이름을 바꾸었다. 서안에 있던 안시성 남쪽에는 멀리 있는 작은 물줄기가 돌아 흐른다. 땅에 있는 물은 밖으로 빠지지 못하고 막혀 버린다. 그러나 막힌 물도 조금씩 서쪽으로 흘러 물이 합해진다. 말들이 먹을 물은 말갈이 있는 백산白山에서 흘러나온다. 여기서 백산이란? 신강성新疆省에 있는 천산天山을 말한다. 천산의 옛날 이름이 백산이다. 백산에서 흘러오는 물은 마치 오리 머리털처럼 녹색을 띤 청록색의 물이라 하여 압록수鴨淥水라 한다. 고구려의 서쪽 성에서 소금기가 있는 물과 합해진다. 이 물은 멀리 서쪽에서 남으

112

로 안시성이 있는 쪽으로 흐른다. 그리하여 바다로 들어간다. 평양의 에서 녹색의 압록 수는 동해지금의 황해와 동해로 지도에 표시됨의 남쪽으로 흘러간다. 그곳은 큰 배가 드나들 수 있고 사람들도 드나드는 곳이었다. 급류에 의해 마침내 구덩이가 파지고 깊어진 것이다. 삼국지 고구려전은 부여와 인접해 있던 도읍지가 환도丸都라는 기록이다. 환도의 도읍지 밑으로는 두루 2,000리라고 되어있다. 여기서 환도가 어디인지 찾아보면? 환도는 옛 고구려의 고도故都라고 되어있다. 고도란 첫 도읍지란 말이다. 환도 아래 산으로는 비류수沸流水가 동으로 흘러간다고 했으며 환도는 옛날 고구려의 왕도王都라는 말이다. 왕이 도읍한 곳이다. 그렇다면? 고구려의 환도는 평양성이며 지금의 장안성이다.

삼국사기 고구려기록에 시조 동명성왕의 성씨는 고씨高氏이다. 죽은 후의 호를 주몽朱蒙이라 했다. 다른 이름으로는 추모鄒牟이며 또 다른 이름은 중해衆解이다. 선조인 부여 왕 해부루解夫婁가 늙어 아들이 없었다. 그리하여 산천에 제사지내면서 대를 잇게 해달라고 빌었다. 어느 날 부여 왕이 제사지내던 그곳에 갔더니 왕이 탄 말이 연못가에 이르자 물고기알 같은 것이 있었다. 그곳에 있는 큰 돌 옆에서 눈물을 흘리면서 무언가 울고 있었다. 왕은 이상하게 여겨 신하에게 돌을 굴려보라고 했다. 그랬더니 개구리 같은 금색을 한 어린아이가 있었다. 한편 하나의 개구리와도 같고 달팽이 같기도 했다! 그때 왕은 너무나 기뻐했다. 이것은 하늘이 나에게 내려준 씨앗이라고 감탄했다. 그 아이를 왕실로 데려와 길렀다. 이름은 금와金蛙라고 했다. 아이가 점점 장성하자 왕의 대를 이를 태자太子로 삼았다. 그 후 아란불阿蘭弗이 말하기를 하늘이 나에게 내려 준 자식이다. 라고 했다. 장차 훌륭한 신하가 되어 나의 자손이 나라를 세워갈 것이다. 현재 중국 하남성 양현梁縣으로 피신하였다. 동해東海 17세기 이전 황해가 아닌 동해이다. 바다 물가에 적당한 지역을 자리 잡아 그곳의 호號를 가섭원迦葉原이라 했다. 토질은 기름지고 모든 곡식이 잘되었다. 그리하여 가히 도읍지로서 손색이 없었다. 아란불이 왕에게 권하기를 왕의 도읍지로는 적당하지 못하므로 옮기자고 하였다. 그리하여 나라 이름을 동부東扶여라 했다. 옛 도읍지解慕漱라 했다. 기름진 옥토가 마음에 들어 도읍을 정한 것이다. 그 후 해부루는 죽고 금와가 왕위에 올랐다. 그때 태백산 남쪽 발수渤水 근처에서 여자를 만났다. 그 여자가 말하기를 나는 하백河伯의 여자이다. 라고 말했다. 그녀는 동생과 함께 놀러 나왔다가 때마침 한 남자를 만났다. 그 남자는 자청하여 말하기를 천자의 아들 해모수라고 했다. 해모수는 엉큼한 마음으로 유화柳花를 유혹하여 산 아래로 내려와 압록변에 있는 자기 집으로 데려왔다. 그러므로 유화는 돌아갈 수 없었다. 부모에게 책망을 듣지 않으려고 사람을 시켜 유화가 있음을 알렸다. 부모는 압록수가 어느 집에 있음을 알고 심하게 꾸중했다. 유화를 유인한 사람은 금와가 아니라고 했다. 다시 말해 변명을 한 것이다. 유화가 갇혀 있는 방안은 햇볕이 잘 들었다. 유화는 끌리듯이 몸을 피했다. 그늘이 있는 곳으로 갔지만 역시 햇볕이 있었다. 그리하여 아이를 임신했는데 알하나를 낳았다. 알은 닷 되나 족히 된다는 기록이다.

※ 이러한 이야기는? 가야사를 다루는 집필자가 가야국 수로왕이 하늘에서 줄을 타고 내려 온 금합속의 알에서 태어났다는 설화를 표절을 한 것 같다!

삼국사기 고구려 본문에서 보면 아주 상세하고 정확하게 묘사되어 있고 너무나? 적나라赤裸裸하게 표현된 것을 알 수 있다. 부여왕이 산천에 제사지내는 곳에서 연못이 있었다는 것이 이상하다. 그리고 왜 이제 갓 낳은 핏덩어리 아이를 제사지내는 사당에까지 갖다 두었는지 이상하다! 말이 연못에 다다랐을 때 큰 바윗돌을 바라보며 눈물을 흘렸다. 왕이 이상해서 사인을 시켜 돌을 굴려보니 개구리와 같은 모양을 한 어린애가 있었다는 것은 무언가 숨겨진 비밀이 있다. 동명왕의 고구려 건국에 대한 비밀이 숨겨져 있다. 위서에서는 고구려가 부여에서 나온 것으로 되어있다. 그러나 당서는 부여와는 다른 종족으로 기록돼 있고⋯⋯. 양서에서는 고리국왕의 시녀가 하늘의 기운을 받아 아이를 잉태하여 낳은 것으로 되어있다. 고리국의 건국 시기는 이상에서 보는 것처럼 대체로 몇 가지로 요약할 수 있다. 그러나 고구려왕을 죽이려고 한 것을 보면 고구려 왕은 시녀 몸에서 아니면 서자庶子인 듯하다! 그랬다면⋯⋯. 고구려왕은 정말 시녀 몸에서 태어났는지 서자인지를 알아야 한다. 고구려 건국의 비밀은 여기서부터 실마리를 풀어야 하지 않을까 생각된다. 정사正史 들에는 모두가 같은 기법이다. 하지만? 판이하게 다른 것은 부여에서 고구려왕이 생긴 것인지! 아니면 부여와는 다른 종족인지! 고리왕의 시녀 몸에서 태어난 것인지 몇 가지 중

하나를 확실하게 찾지 않으면 안 된다. 그래야만 고구려 건국의 비밀이 밝혀질 것이며 따라서 어느 때·어느 곳에서 고구려의 건국이 시작되었는지를 알 수가 있다. 또 한 가지는 【송서】기록에 있는 고구려왕의 비밀이다. 송서는 기원후 487년 남조南朝 때 제齊 나라 무제武帝시 양심약梁沈約이 지은 것으로 되어 있다. 동이는 고구려다. 다시 말하면? 고구려는 동이의 나라이다. 그 때가 한漢나라가 전 대륙을 다스리던 때이다. 그때 고구려는 요동군遼東郡 안제安帝 이름은 사마덕종馬德宗 시호 장으로 고익高翼이 붉은 옷을 입고 백마白馬를 바치러 왔다. 그 당시 고련은 사절단의 총 사령관 직책으로 영주營州에 있었다. 전 군사의 총책임자로 정동장군征東將軍이란 관명官名으로 고구려 왕은 낙랑공樂浪公이라 했다고 송서의 기록이다. 양서에도 있다. 동이 고구려 국왕이 낙랑공의 칭호를 함께 갖고 있었으며…… 벼슬 직급으로 정동장군으로 모든 권한을 갖고 있었다. 고구려국의 국왕이 고련이며 영주에 있었다는 기록이다. 앞서 이야기한 바와 같이 영주는 하북 성과 요년 성 즉 만주와 경계선에 있다. 기원후 진나라 안제 때 기록이므로 고구려 20대 장수왕 신련壽王↔臣璉 때다. 고구려왕 고련은 진나라 안제 때 사람이므로 고구려 연대와 같기 때문이다. 그러나 신련臣璉은 고련高璉이 아니다. 더구나 장수왕의 이름은 고련이 아닌 신련이다. 진나라 안제 때 고련이 고구려왕이라는 것이다. 진나라 안제 때 고구려왕은 장수왕이었던 신련임을 알 수 있다. 그러니까? 고련은 장수왕이 아니다. 고구려는 고신씨苦辛氏의 후손이므로 성이 고씨高氏라고 되어 있으며 『진서』기록이다. 고구려의 혈통은 요왕검의 아버지 고신씨

116

가 선조라는 기록이다. 주나라 무왕은 제곡고신 씨의 아들 직稷의 후손이다. 주나라 강왕康王이 쇠열제釗烈帝이다. 세조世祖 때 쇠釗의 증손자가 여달閭達이다. 여달은 고구려 주몽이다. 쇠열제가 죽은 후에 휘호가 세조이다. 세조의 증손자가 련璉이다. 련은? 고련高璉을 말한다. 고련은 그 당시 정동장군征東將軍 군사 총사령관이며 동이 군사의 총책임자다. 그리고 중랑장군中郞將軍의 직책과 도독요해都督遼海, 요동의 바다 경비를 책임진 벼슬의 라는 군사 책임도 함께 갖고 있었다.

주서周書 이역 전異域傳 49권 본문에 보면 고구려의 시조는 부여이다. 주몽은 하백녀의 몸에서 태어났다. 성장하면서 재략이 뛰어났다.

삼국사기엔 금와는 아들 7명을 두었다. 제일 큰아들은 대소帶素이다. 주몽은 하백녀의 몸에서 태어났으니 서자이다. 금와의 장남인 대소는 유화 몸에서 태어난 주몽을 죽이려 했다. 주몽은 어머니의 귀띔으로 엄사수로 도망갔다. 엄사수는 일명 개사수蓋斯水이며 그 당시 압록의 동북에 있다고 삼국사기는 기록하고 있다. 한편 양서는 동명이 엄체수淹滯水로 망단 것으로 되어있다. 여기서 엄사수는 백천하白泉河이다. 개사수는 압록의 동북이므로 하남성 임현縣이다. 하남성 임현은 지금 하남성 심양心陽이 있는 곳이다. 낙양의 바로 동북부이다. 이곳이 압록수가 흐르고 있는 낙양의 동북부에 있는 강의 줄기이다.

고구려왕 주몽은 낙양 땅으로 도망간 것으로 사서의 기록이다. 그렇다면 고구려의 첫 왕이 주몽이라는 사서도 있고 또 동명이라는 것이다. 또한 고련이라는 기록에도 있다. 고구려왕은 누구인지 분간하기가 어렵다. 더구나 『후한서』 고구려기록을 보면 한나라 때 요서遼西에 있던 대윤大尹과 전담田譚을 추격해서 죽인다. 왕망은 명령을 내려 엄우嚴尤까지 따라가서 죽였다. 구려의 연방국 왕이었던 추鄒를 참수斬首하여 장안까지 가지고 간 것이다. 왕망은 구려의 이름을 고친 후 고구려라 했다. 요즘 사서에는 왕망이 세운 나라가 신新이라고 되어 있으나 실제는 고구려라고 후한서의 기록이다. 그리고 왕망은 그 후 자기의 이름을 동명東明으로 쳤다. 주몽도 동명이고 왕망도 동명이라면 도대체 누가 진짜 동명이며 누가 진짜 고구려 왕인지! 헷갈린다. 왕망이 고구려라고 이름을 고친 것은 후한後漢 즉? 동한東漢의 광무제光武帝 이름은 → 유수劉秀 호는 → 건무建武 8년경이라고 후한서 기록이다.

앞에서 기록처럼 고구려왕의 출생과 국가 건국의 시기 등이 서로가 다르다. 여기서 고구려 주몽에 대한 정리를 사서를 통해서 알아야한다.

『위서』는 BC 338년 처음으로 등연에 의해 집필되었다. 그 후 약 750여 년이나 내려오면서 수정하여 편집된 정사 중의 사서다. 특히 고구려와 백제에 대한 기록은 위서가 처음이다. 여기서 각종 사서의 연대를 볼 필요가 있다.

1. 위서魏書 BC 338년
2. 삼국지三國志 AD 453년
3. 구오대사舊五代史 AD 424년

4. 후한서後漢書 AD 445년

5. 남제宋書 AD 487년

7. 수서隋書 AD 581년

8. 북사北史 AD 627년

9. 남사南史 AD 627년

10. 양서梁書 AD 629년

11. 요사遼史 AD 1003년

12. 당서唐書 AD 936년

13. 자치통감資治通鑑 AD 1019년

14. 주서周書 AD 1023년

15. 신당서新唐書 AD 1044년

16. 삼국사기三國史記 AD 1141년

17. 삼국유사三國遺事 AD 1287년

18. 원사元史 AD 1368년

19. 만주원류고滿州源流考 AD 1739년 등이다.

이상 몇몇 정사들만 찾아보았다. 여기서 정사의 연대를 살펴보면 중요한 단서가 포착된다. 가장 많이 그리고 정확하게 인용된 사서가 바로 위서이다. 삼국사기도 위서를 철저하게 고증하려 한 흔적들이 많이 보인다! 그러나 삼국사기는 위서에서는 가장 중요한 부분이 보이지를 않는다. 다름 아닌 주몽의 혈통 순위이다. 그러므로 고구려 건국의 비밀은 위서에서 찾아내는 것이 가장 정확하다. 그리고 사서의 기록은 확실하고! 집필 연대도 제일 오래 된 것이다.

다른 사서에서는 찾아볼 수 없는 기록들이 있기 때문이다. 위서를 기준으로 하여 고구려 국가의 비밀을 하나하나 찾아보면……. 고구려는 부여에서 생겼다. 전라북도 부여가! 아닌? 주몽의 선조가 세운 부여다. 부여 왕이 하백녀를 밀폐된 방안에 가두었다. 위일소조爲日所照란? 햇빛이 환하게 비쳤다는 뜻이다. 인신피지引身避之란 몸이 끌리는 곳으로 피했다는 말이다. 일영우축日影又逐이란 해 그늘진 곳으로 쫓아 뒤따라갔다는 말이다. 위일소조·인신피·일영우축의 세 단어를 풀이해면. 글자 그대로 해석하면 앞에서 번역을 한 그대로이다. 위의 세 단어에서 무언가 깊은 비밀이 들어 있음을 말하고 있다. 밀폐된 방안에 갇혀 있는 하백녀인 유화가 방안에서 해를 이리저리 피했다는 것은 말이 되지 않는다. 그리고 해 그늘을 쫓아 다투듯이 뒤따랐다는 것에 이해가 간다. 앞 세 문장을 번역을 한 글이다.

『위일소조라는 말은? 해가 환히 비쳤다는 것으로 이 말은 부여 왕이 유화 앞에 나타났다는 뜻이다. 밀폐된 방안은 햇빛이 있을 리 없다. 그러므로 황금색을 입은 용포는 햇빛처럼 밝은 것을 뜻한다. 상감이 방안에 들어서자 햇빛처럼 환하였기에 위일소조란 말은 해학적으로 사용한 것으로 보인다』

『인신피지란? 몸이 끌리는 곳으로 피했다는 것으로 부여 왕이 하백녀인 유화를 가까이 당기려 하자 몸을 움츠리며 약간 피하는 듯한 행위를 해학적으로 기술한 문장이라고 보아야 한다. 해 그늘진 곳으로 쫓아 뒤따랐다는 뜻으로 다름 아닌 부여 왕의 몸 안으로 달라붙는 문장이다』

위의 글을 설명을 하자면? ……그늘이란 뜻은 부여왕의 품속으로 들어간 것을 의미하며 우축又遂이란 부여 왕이 하자는 대로 뒤따랐다는 것이다.

그 후 하백녀인 유화는 임신을 하여 닷 되나 되는 큰 알을 하나 낳았다고 했다. 앞서 이야기 한 바와 같이 알이란 태아가 아기 보를 쓰고 나왔기에 닷 되나 되는 알이라고 표현한 것이다. 앞 문장을 보면 부여 왕이 하백녀인 유화를 맞이하여 서자인 주몽을 낳은 것으로 되어서 주몽은 서자로 태어났기에 갖은 고통과 시련을 겪은 것으로 볼 수 있다. 위서본문 기록엔 주몽의 어머니는 하백녀라고 기록되어있다. 이때 부여왕은 금와다. 처음 부여 왕 해부루가 죽고 금 와가 왕위에 올라 부여 왕이 된 것이다. 그러므로 주몽의 아버지는 금와다. 그리고 주몽은 부여왕 해부루의 혈통이다. 주몽이 태어나 성장하면서 너무나 똑똑하고 용맹하여 활을 잘 쏘므로 부여의 신하가 죽이려고 모의를 하기 시작했다. 서자 출신인 주몽이 만약 부여 왕이 된다면 큰일이기 때문에 부여의 신하는 주몽을 죽일 것을 모의했다. 이때 주몽의 어머니인 하백녀였던 유화가 이 사실을 알아차리고 주몽에게 도망갈 것을 간곡히 말했다. 그때 주몽의 어머니는 다음과 같이 얘기 했다.

『국장해여國將害汝 · 이여재략以汝才略 · 의원적사방宜遠適四方』이라고 했다.

이 말은? 나라에 있는 장수가 너를 해치려 한다. 너를 죽이려고 하니 재량껏해서 어느 곳이든 좋으니 멀리 도망을 가라고 하였다는 위서의 기록이다. 이 말을 듣고 주몽은 오인烏引과 오위烏違 두 사람을 데리고 부여를 버린 채 동남으로 달아났다. 중간에 달아나다 우연히도 큰물을 만났다. 다리가 없어 건널 수 없었다. 뒤에서 부여 사람이 급히 쫓아오는데 주몽은 다급해졌다. 그때 주몽은 큰물을 향해 말했다.

"나는 하백의 외손자이다. 나는 지금 도망가고 있다. 뒤에서는 부여 군사 들이 추격해 오는데 큰물을 건너야 한다"

외쳤다. 이때 난데없이 강에서 고기가 자라 떼들이 떠올랐다. 그리하여 주몽이 다리를 건너고 난 후 고기와 자라의 등은 간 곳 없이 사라져 부여 군사는 더 이상 추격할 수 없었다고 위서는 기록하고 있다. 주몽은 큰 강물을 건너 다다른 곳이 보술수普述水다. 여기서 우연히 세 사람을 만났다. 한 사람은 삼베옷을 입고 있었고 또 한 사람은 실을 엮어 만든 옷을 입고 있었다. 마지막 사람은 물가에 자라는 풀로 옷을 만들어 입고 있었다. 삼국사기에서는? 오이烏伊 마리摩離 협부陜父 세 사람을 친구로 하여 주몽이 도망을 간 것이다. 그水藻衣 세 사람을 만났다고 했다. 그러나 위서에서는 주몽이 탈출 할 때 분명히 두 사람을 데리고 탈출한 것으로 되어있다. 한 사람은 이야기한 바와 같이 오인이고 다른 한 사람은 오위이다. 이 두 사람은 글자로 보아서 형제인 듯하다. 주몽은 두 사람과 함

께 탈출했으므로 주몽과 합해 모두 세 사람인데 반해 삼국사기에
는 네 사람으로 기록하고 있다. 주몽이 고기·자라 등의 도움으로
세 사람이 큰 강을 건너 보술 수에 이르렀을 때 또 세 사람을 만났
다는 기록이다. 그렇다면 위서에서 보는 것처럼 큰 강을 건널 때
과연⋯⋯ 고기와 자라 떼들이 물 위로 떠올라 다리를 놓아 주었겠
는가라고 생각해 볼 필요가 있다. 한 사람이라면 혹시 자라나 거북
이가 물 위로 떠올라 다리처럼 건너게 해 줄 수 있을 것이다. 그러
나 세 사람을 고기와 자라가 물 위로 떠올라 강을 건너게 했다는
것은 상식 밖이다. 아무리 큰 고기라 하더라도 그리고 큰 자라라
해도 큰 강물 위로 떠올라 세 사람을 건너게 할 수는 없는 일이다.
바로 여기에 고대사서의 묘법妙法이 숨어 있음을 알아야 한다. 고
구려 건국의 결정적인 비밀은 바로 위서의 내용 속에 있음을 알
수 있다.

⋯⋯큰 강에서 고기와 자라가 떠오른 것은 결코 아니다. 고기와
자라가 떠오르는 것 같았을 것이다. 왜냐하면 주몽과 오인·오위를
구해준 사람은 바로 세 사람이다. 세 사람이 보술 수라는 물가까지
왔을 때 삼베옷 입은 사람과 실로 더덕더덕 기운 옷을 입은 사람,
그리고 물가에서 자라는 풀잎으로 옷을 만들어 입은 세 사람을 만
났다고 위서 기록이다. 그렇다면 바로 이 세 사람이 주몽의 일행을
강으로 달려와 구해 주었다고 보아야 한다. 이 세 사람은 강이나
물가에서 살던 하백의 후손들일 수도 있다. 주몽이 다급해서 강을
보고 "나는 하백의 외손이다"라고 부르짖은 것으로 보아 하백의
후예들인 이 세 사람이 주몽과 오인·오위 세 사람을 고기와 자라

처럼 강 위로 떠올라 헤엄쳐 강을 건너게 해 준 것으로 풀이해야 하지 않을까 생각한다. 만약 이 세 사람이 구해 주었다고 한다면 삼국사기의 기록은 잘못된 점이 있는 것으로 보아진다. 왜냐하면 삼국사기는 주몽과 친구 세 사람이므로 모두 네 사람이다. 세 사람이 네 사람을 구할 수 없는 것이다. 위서에는 분명히 주몽과 함께 두 사람인 오인과 오위와 함께 도망쳤다고 되어 있다. 그리고 보술 수까지 왔을 때 세 사람을 만난 것으로 보아 헤엄쳐 보술 수까지 와서 주몽과 대면한 것으로 보인다. 그도 그럴 곳이 강에서 헤엄칠 때는 얼굴을 볼 수 없기 때문이다. 강을 건너와 보술 수라는 물가에 다다랐을 때 비로소 세 사람과 마주할 수 있었으리라는 것이다. 그러기에 세 사람이 세 사람을 구할 수 있지 않았나! 하는 판단을 위서는 글로 말해 주고 있는 것이다. 그리하여 주몽 일행은 세 사람과 함께 동행하여 다다른 곳이 흘승골 성訖升骨城이라 했다. 이곳에서 살면서 고구려를 건국했다. 처음 고구려는 위씨爲氏에서 이은 것이라고 상재되어있다. 그렇다면 위씨는 어디서 유래되었을까가! 문제이다. 처음 위씨의 성은 규씨嬀氏 성씨에서 이은 것으로 되어있다. 규씨는 물 이름 규嬀 자로서 본시 하백의 후손이다. 규씨의 성을 가진 것은 요 왕검의 외가에서 이은 것이라고 한다. 구려의 본래 조상이 제곡고신씨이므로 고구려는 외가 쪽 성을 따랐다는 기록이다. 요 왕검의 아버지인 제곡고신씨의 성은 희씨姬氏이다. 그런데? 요 임금의 성은 이씨伊氏를 보아도 알 수 있다. 또 순 왕검의 오대조상五代祖이 전욱고양씨이다. 전욱고양씨의 성은 희씨姬氏 성이다. 그러한데 순임금의 성은 요씨姚氏이다. 전욱고양씨는 희씨 성

인도 오세손인 순임금은 요씨의 성을 가진 것을 보아도 알 수가 있다. 앞서 이야기 했지만? 고대사회는 선을 통해 왕위에 오르면 나라의 이름도 왕의 성씨도 마음대로 바꾸는 것을 시비를 않게 된 것이다.

위서에 문제가 되는 것은 주몽이 동남으로 도망을 와서 고구려의 터전을 잡은 곳이 흘승골성이라 했다는 부분이다. 그렇다면 흘승골성은 어디일까? 처음부터 부여의 옛 땅이 한^韓의 땅이다. 한은 현재 중국 하북 성 북경 남쪽에 있는 영주^{嬴州}에 있다. 이곳은 땅 이름이 바뀌어 하간 현^{河間縣}이다. 하간 현이 한의 고향이자 고리국이 있던 곳이며……. 고리국이 부여의 처음 땅이다. 주몽은 이곳에서 동남으로 도망을 쳤으므로 지금 중국의 하남성 개봉현^{開封縣} 지역이다. 이곳에 왔다가 점차로 옮겨가 낙양으로 갔는지 그도 아니면 백천하^{白泉河}가 있는 개사수^{蓋斯水}로 건너 낙양으로 와서 도읍을 했는지는 알 수는 없다. 흘승골성이라는 성의 이름이 없고 지명을 찾을 수 없으나 동남으로 도망쳐 정착을 한 후 도읍을 정한 것은 확실하다. 하지만? 개사 수는 현재 중국에 있는 백천하 이므로 이곳은 낙양의 동북 20~30리 거리에 있는 임현이나 심양일 것 같다!

삼국사기에 보면 고구려 주몽 11살 때 기록에서 어렴풋이 지역의 위치를 알 수 있다.

『십일년갑신세야 사방문지 내부자중 기지련말갈부락 공침도위해라^{十一年甲申歲也 四方聞之 來附者衆 其地連靺鞨部落 恐侵盜爲害}』 상재되어 있다. 주몽이 11살 때는 갑신년^{甲申年}이다. 사방에서 물어왔다. 그리하여 많은 무리들이 찾아왔다. 그 땅은 말갈 부락과 연결되어 도적

125

들이 침입해와 피해를 주므로 두려웠다는 기록이 보인다. 그렇다면 고구려는 한국 땅에 있었던 사실이 아니다. 또 고구려본기 주몽 6년의 기록에는 6년 가을인 8월이다. 참새처럼 아담하고 예쁜 궁전을 지으려했다. 그해 10월이다. 왕은 명령을 오이伊에게 내렸다. 부여의 노예들이 어지럽게 흩어져 있는 것을 정벌하고 태백산 동남에 있던 행荇씨의 사람들이 세운 행인 국荇人國을 빼앗아 그곳에 있는 성城과 읍邑을 가졌다.

본문에선 한국의 태백산에는 옛날 행인 국이 없었다. 그리고 부여의 노예들도 없었다. 한국 땅 이름은 태조 왕건이 세운 고려 이후부터 지명을 옮겼기 때문에 삼국사기의 기록은 현재 중국 섬서성 서안 남쪽에 있는 태백산이다. 위와 같이 주몽은 하남 성 임현이 있는 심양 부근에 도읍을 처음 정한 것이다. 그리하고 나서 변방과 서쪽 서안 쪽으로 강역을 넓혀 나간 기록이 삼국사기 고구려전 기록이다.

삼국사기 고구려 24대 양원왕AD 496년 8년에 축장안성築長安城 이라고 되어있다. 이 말은 장안성을 쌓았다는 것이다. 고구려 25대 평원왕 28년에는 이도장안성移都長安城이라 했다. 이 말은 8년에 장안성을 쌓은 후 28년에 장안성을 옮겨 이사했다는 것이다. 도읍지를 장안성으로 옮긴 것이다. 26대 영양왕 때 삼국사기의 기록에는……. 영양왕 18년 황문시랑黃門侍郞 ↔ 임금님을 직접 모시고 있는 신하인 배구裵矩가 임금에게 설명하는 글이다. 다음多飮 나라도 함께 군君과 현縣을 두고 있었던 곳이다. 이곳은 지금 신하들이 도저히 믿을 수 없을 것이다. 더구나 그 지역들은 다른 지역이나 다른 땅이라 여길 것이다. 그러나 앞에 있던 제왕들은 욕심을 내어 그곳을 다시 함락을 하고 싶은 마음을 오래도록 가지고 있었을 것이다.

"......."

지금의 중국의 땅에 기자箕子가 도읍하고 있었다. 그래서 기자조선箕子朝鮮이라 한다. 고구려의 제일 처음 조상은 황제黃帝이다.

중국의 황제가 고구려의 시조였던 제곡고신씨의 증조부이다. 왜냐하면? 고구려 처음 시조가 제곡고신 씨이므로 황제의 증손자가 제곡고신 씨이기 때문이다. 그러기에 삼국사기의 기록과 위서의 기록은 정확한 것이다.

주몽이 죽자 주몽의 아들인 여달閭達이 2대를 이었다. 3대는 여율如栗이며 4대는 막래莫來로 이어졌다고 위서에 상재되어있다. 막래가 왕위에 오르자 곧 부여를 침략을 하여 부여국을 크게 패하게 하였다. 그리하여 고구려에 속하게 했다는 것이다. 위서 본문 내용은 고구려 건국과 매우 밀접하면서도 중요하기 때문이다. 막래가 왕위에 오르자 이내 부여를 정벌하고……. 부여국은 크게 패했으므로 고구려에 통합시켰다는 것이다. 본문에 부여국은 고구려와 인접해 있었던 것을 알 수 있다. 한국에는 부여국이 없다는 증거다. 부여가 한국 땅에 있어야만 고구려가 한국에 있었다는 것이 성립될 수 있다. 그러나 위서 본문에는 고구려와 가깝게 있었기 때문에 부여국을 침략을 하여 고구려에 통합한 것이다. 주몽이 처음 도망쳐서 하남성 개봉현 아니면? 낙양 동북 임현이나 심양에서 도읍을 하고 있었더라도 후일에 섬서성 서안인 서경으로 도읍을 옮긴 것이다. 위서의 기록도 『삼국유사』 낙랑국 편에 보면? 평양성 『현한지낙랑군야平壤城玄漢之樂浪郡也』라고 되어 있다. 이 말의 뜻은 아래와 같다. 평양성은 옛날 한나라가 있던 낙랑군에 있었다는 기록이다.

신당서를 인용하고 있으므로 『당서』와 신당서의 내용을 엿보기로 한다. 본문이 너무 길기 때문에 간략하게 몇 문맥만 번역 한다.

『북말갈기군거평양성역위장안성한낙랑군야北靺鞨其君居平壤城亦謂長安城漢樂浪郡也』라고 되어있다. 말갈이 북쪽에 살고 있었다. 군君 즉? 고구려가 살고 있던 곳은 평양성이며 평양성은 역시 장안성이다. 한나라가 주둔한 낙랑군이 평양성이자 장안성이다. 이와 같이 고구려 건국은 대체로 밝혀진 것이다. 여러 정사를 종합해 보면 크게 나누어 몇 가지 알아보면 된다. 그러나 모든 사서는 제일 오래 된 위서를 인용한 경우가 많다. 본문대로 변역을 해 보면 주몽은 부여와 다른 종족이 아니고 부여 왕의 서자다. 그리고 주몽의 어머니가 하백녀인 유화가 틀림없다는 사실은 여러 정사에서도 밝혀졌다. 한 가지 문제되고 의문이 남아 있는 것은 유독 삼국사기에만이 금와에 대한 출생 비밀이 밝혀졌다는 것이다. 다른 사서에는 기록되지 않은 부여왕 해부루가 자식이 없다는 것이다. 또한 금와에 대한 출생을 상재한 것으로 보아……. 고구려 건국에 대한 주몽의 비밀도 함께 연관된 것이 아닌가! 생각된다. 금와에 대한 출생 비밀 관계는 다른 정사에서는 찾아볼 수 없다. 주몽이 하백녀인 유화의 몸에서 서자로 태어났다는 것이다. 이것이 모든 정사의 기록들이다. 그리고 위서와 『수서』 그리고 『주서』에는 주몽을 부여의 혈통으로 기록

128

하고 있다. 그런데? 유독 『양서』만은 동명을 북 고리 국 왕 때 시녀가 아이를 밴 후 낳았다는 기록이다. 양서보다 위서가 약 1,000년이나 전의 사서다. 사서는 대다수가 대동소이大同小異 한 기법인데 어찌 다르게 집필을 할 수 있을까 생각해 보지 않을 수 없다. 또한 삼국사기를 보더라도 고구려 본기의 기록에는 너무나 상세하게 되어있다. 위서에 없는 부여왕 해부루의 이름과 해부루왕이 늙어서 아들이 없어 산천에 기도드리다 금와를 얻었다는 얘기는 그냥 넘길 수 없는 이야기로 정사에서 볼 수 있는 숨겨진 비밀이다.

위와 같이 위서의 기록은 주몽이 부여의 왕자로 되어있고 양서에서는 『북고리 국왕의』 왕자인 양 기록이다. 그러나 삼국사기는 금와의 아들이 주몽인 것으로 상재되어 있어 이 세 가지 기록에서는 숨겨진 고구려 건국 찾아야 할 것 같다! 어떤 사서를 기준으로 할 것이 가하는 문제는 있지만……. 위서·양서·삼국사기의 기록은 세 가지 모두 중요한 역사적 고구려의 건국 비밀이 숨겨져 있어 관심을 끌게 하는 부분이다.

구려의 비화가 약 4가지 설로 되어 있어 복잡하고 풀기 어려운 숙제였다. 고구려 건국에 대한 비밀을 확실하게 풀지 못하면 영영 고구려 역사는 알쏭달쏭한! 미궁에 빠질 가능성이 있기 때문이다. 이에 따라 잘못 변역을 하면 고구려 역사는 신화 설 속에 잠겨 버릴 가능성이 많기 때문이다! 고구려의 건국 비사를 확실하게 풀어서 바른 고구려의 역사를 정립하고자 하는 것이다.

삼국사기의 기록대로라면 부여 왕이 늙어서 자식이 없어 산천에 제사지냈다. 그 자리에서 말이 연못가에 갔을 때 큰 돌을 바라보며 눈물을 흘렸다고 되어있다. 신하를 시켜 돌을 굴려보니 어린애가 개구리 모양으로 금색을 띠고 있었다고 했다. 과연 이 말이 사실인지가 의문이다. 고대사회는 내혼제에서 외혼제로 바뀌는 과정에서 점차로 내혼제의 폐습이 없어져 갔다. 부여왕 해부루가 뜻밖에도 어린아이를 누군가 버려둔 것을 거두어 왔는지 아니면 남모르게 부여 왕 해부루가 어느 여자와의 관계에서 아이를 낳아 서로 의논하녀 그곳에 아이를 갖다놓게 했는지는 아무도 알 수 없는 일이다. 다만 부여왕인 해부루가 늙어서 자식이 없어 산천에 기도한 것만은 본문을 보아서 사실인 듯하다. 그렇지 않으면 삼국사기의 기록이 거짓일 수도 있다. 어떤 책을 보고 기록을 했다는 근거가 없기 때문이다. 삼국사기를 쓸 때 21권의 책을 고증했지만……. 고구려 본기 주몽 편은 어떤책을 고증했는지가 없기 때문이다. 하지만? 금와가 부여왕을 이어받은 후 압록수변에서 하백녀인 유화를 만나 주몽을 얻었다는 기록은 모든 정사에 의해 자세히 실록이 되어있다. 하지만? 삼국사기만은 믿어지지 않을 정도로 정확하게 그리고 특별하게 부여왕에 대하여 잘 기록되어 있으므로 믿지 않을 수 없다. 그렇다면 삼국사기의 기록대로라면 주몽은 아닐 수도 있고! 다르게 보면 부여왕의 혈통일 수도 있다. 부여왕이 금와를 데려와 키웠으므로 부여왕의 혈통이 아닐 수도 있다. 하지만 부여왕을 대신하여 아들로 즉 태자로서 부여왕이 죽은 후 금와가 대신 부여왕이 되었으므로 부여왕의 혈통인 것으로 보아야한다. 그러기에 정사는 제각기 다른 주장하고 있는 것 같다! 부여와는 별종이다 라든지 아니라든지 하는 것은 모두 그런 이유 때문인 것 같다! 하지만?

여기서 한 가지 중요한 사실은 삼국사기 보다 위서가 1,193년이나 앞에 집필이 되었기에 더욱 정확하리라 본다! 물론 오래 되었고 정확하고 중요한 사서라고는 할 수 없으나! 사서의 확실한 집필된 내용이 위서를 따를 수 있는 사서는 없기 때문이다. 위서에 금와 기록은 없다. 다만 금와가 부여왕으로 오르고 난 후를 기록한 것인지 확인할 수가 없다. 부여왕이 하백녀인 유화를 만나 주몽을 얻은 것으로 보아서 주몽은 서자임이 분명하다. 만약 부여왕이 금와 라면 본처에서 아들 7명이 있음을 삼국사기 기록에 상재되어 있기 때문이다. 주몽이 동남으로 도망을 가지 않을 수 없는 이유도 부여왕이 본처 아들 대소에 의한 것인지! 아니면? 부여의 장군이 한 짓인지는 알 수가 없으나 누군가가 죽이려고 했으므로 도망을 갔을 것이다! 그리고 멀리 동남인 하남성 땅에 가서 고구려를 건국한 것이다. 후일에 강대국이 되어서 서경인 평양성을 쌓고 도읍한 것이다. 그래서 고구려 건국의 비밀은 주몽이 서자이어서 그렇게 됐다는 것이다. 이러한 이유로 고대사회는 친권자의 권력 암투가 얼마나 치열했는가를 현시대의 역사 드라마에서도 줄거리가 되어 재미가 있는 것이다.

앞에서 번역을 해서 알겠지만! 주몽이 도망가 강가에서 주몽·오인·오위·세 사람을 구해 준 것은 다름이 아닌 고기와 거북 등이 아니라 보술 수 물가에서 만났다는 세 사람이다. 그렇게 본다면 신화설이 될 수 없다. 강가에서 강물에 막혀 부여 병사가 추격해 올 때 주몽은 "나는 하백의 외손자다"라고 외쳤다는 기록이 있다. 바로 이 대목이 눈길을 끈다. 왜냐하면? 하백이란 대대로 강을 타고 내려온 귀족의 군주들이다. 그러기에 주몽의 외침을 받고 달려온 세 사람이 주몽 일행 세 사람을 등에 태우고 헤엄쳐 구출해 준 것이 아닌가! 고기와 자라가 얼마나 떠올랐기에 다리가 되어 건널 수 있었을까가 의문이다. 알고 보면 정말 허무맹랑한 거짓말 같고 설화인 것이다. 이와 같은 엉터리 말을 역사가는 믿고 역사를 가르친다면 정말 한심하고 또 한심한 짓이다. 하지만? 정사의 기록은 절대 신화설로 엮어진 것이 아니다. 다만 해학적諧謔的으로 당시의 역사가들은 즐겨 써왔다는 것이다. 고대 역사가들은 모두 도를 통해서 열지 않으면 역사가로서는 자격이 없었다는 것이다. 그러므로 고도의 문장과 인격을 겸하지 않으면 자격을 주지 아니했다는 것이다. 일반 사림이 역사서를 썼다면 귀향이나 사형에 처할 정도였으니 역사는 그 누구도 함부로 쓰지 못하게 한 것이다. 만약 기록을 잘못 남기면 역사적으로 두고두고 역적의 누명을 쓰게 돼 있기 때문에 사서의 기록은 국가적으로 아주 중요시 되어 왔던 것이다. 그러므로 정사들을 보면 개인이 썼을 경우 국자적인 승인이나 사서관의 칭호가 없이는 집필하지 못했다. 만약 개인이 사서를 집필을 할 때는 자기의 이름을 밝히지 않았다. 바로 **규원사화揆園史話**이다.

간단하게 고구려 건국에 대한 비밀에 대하여 결론을 맺는다면 사서의 기법에 의한 변형일 뿐이다. 따지고 보면 주몽은 서자로 태어나 갖은 고생을 하면서 고구려를 건설할 수 있게 기반을 닦아 준 위대한 인물이다. 서자가 천대받던 시대여서 능력이 있으면 죽임을 당하는 시대였다. 그러나 상황을 극복하고 동남으로 피신하여 떳떳하고 당당하게 고구려를 건국했다는 것은 동서고금을 막론하고 능력 있는 자가 승리한다는 교훈을 남겨 준 역사라고 보아야 할 것이다. 고대사에서 가장 중요한 부분은 한나라와 고구려의 관계이다. 한나라는 현재 중국에 있었고 고구려는 현 한국 땅과 만주에 걸쳐 있는 것으로 잘못되어 있다. 청나라와 명나라 이전의 원전은 모두가 고구려도 중국대륙에 있었던 것으로 기록되어있다. 그런데 근래에 와서 고구려·백제·신라가 한반도에 있는 것으로 변형되어있다. 그 이유는 어디에서 기인하였을 생각해 볼 필요가 있다. 역사책이 없어지거나 망가진 것은 오래 전부터 시작되어 왔다. 기원전 치우와 황제 때 인류의 대 전쟁으로 인하여 많은 손실苦夷을 한다. 고생 고생하여 강을 건너 육지로 갔다고 해서 고이라 이름 하였다. 그곳이 지금의 화태華太이다. 일본말로는 카라후도 이다. 오늘날 일본말로 오시요 하는 말로 통용되고 있는 것이 고이苦夷이다. 고생하여 건너간 고이들은 화태에 많은 옛 문헌을 쌓아두었다고 하여 고혈국庫頁國이란 소국을 세우게 된 것이다. 고혈국이란 책을 창고에 쌓아두었다는 말에서 지어진 이름이다. 얼마나 많은 책들을 쌓아두었으면 고이가 고혈국이 되었을까! 라는 생각이다. 이 책들은 비밀리에 일본 본토에 있는 동경에 보관되었다고 한다. 지금 일본 천황이 있는 창고에는 한민족의 훌륭한 고서古書들이 많이 소장되어 있는 것으로 알려진 것도 그러한 연유 때문이다. 물론 1592년『임진왜란壬辰倭戰』이 일어난 후에도 일본인들은 많은 고서와 원전들을 수탈해 간 것도 사실이다. 그 후로도 일본은 1910년을 전후하여 많은 고전과 보물급들을 무조건 착취 또는 수탈해 간 것은 다 아는 사실이다. 장계석도 대만으로 도망을 갈 때 수많은 고서와 보물을 가지고 갔다는 것을 알고 있다. 춘추전국시대 때는 진시황제의 분서갱유 사건 때도 많은 원전은 불태워지거나 없어졌다. 그리고 한나라와 고구려·신라·백제·당나라 때도 극심한 전란으로 인하여 엄청난 고서들이 소실 또는 분실되었다. 사람들은 전쟁에 시달려 조상이 간직했던 책들도 미처 간직하지 못하고 떠나야 했다. 특히 주나라 말기 2,000개의 작은 나라가 들어서면서 제각기 조상들의 뿌리를 갖고자 했지만 진·한·위·연·초·조나라들의 피나는 전쟁으로 인하여 뿔뿔이 흩어지는 과정에서도 귀중한 고전을 챙길 여유도 없이 이주해 가거나 달아나야만 했다. 그때 잡혀간 사람은 멀리 일본 땅 구주九州에 노예로 팔려가곤 했다. 주나라 말기에 구주에 왜노倭奴의 나라가 생긴 것으로 보아도 알 것이다. 이때 잡혀서 일본 구주로 끌려간 사람들은 고전 한 권 갖지 못하고 끌려가야만 했다. 그 후 여 나라 때 노관盧綰의 반란으로 인하여 조선왕만朝鮮王滿이었던 기자箕子 마지막 41대 왕인 준왕準王은 쫓겨서 남쪽으로 피난가면서 선조들이 간직하고 있던 서책들을 버리고 도망가야 했다.

그 당시 많은 역서 책들은 어디론가 없어졌다. 그 후 한나라가 건국됐지만 여전히 많은 원전은 수난당한 것이다. 오늘날까지 수많은 전란과 수탈과 수난 속에서도 그래도 살아남은 몇몇 사서들은 청나라 건륭乾隆 때 다시 난도질당했다. 지금 남아 있는 서책들은 겨우 사고전서四庫全書와 이십오사二十五史 그리고 얼마 되지 않는 고전들이다. 그나마 제대로 남아 있는 고서들은 일본과 대만 그리고 현재 중국의 몇 군데 소장되어 있는 것으로 알려져 있으나…… 그것마저 완전히 밝혀지지 않고 있는 실정이다. 이번에 대만과 북경에서 출간되고 있는 사고총서四庫叢書는 전 세계에 흩어져 있는 사고전서 이외 나머지를 총망라해 출판하고 있다는 소식이다. 그러나 현재까지 나온 사서 중 유일하게 한나라의 실체를 밝히고 있는 책은 그나마 사기·한서·후한서와 삼국사기 그리고 일부 서책뿐이다. 그럼 한나라가 고구려인가를 여러 사서들을 통해 밝혀 보려고 한다. 후한서 고구려기록이다.

후한서 본문에는 왕망은 고구려 병사를 일으켰다. 왕망은 흉노를 공격을 했지만…… 욕심대로 되지 않았다. 드넓은 지역으로 군사들을 모아 파견했다. 국민을 괴롭히는 불량한 사람들을 모두 소탕시켰다. 또한 요서遼西에 있는 대윤大尹과 전담田譚을 추격해 죽였다. 왕망은 명령을 내려 엄우嚴尤를 추격했다. 구려의 제후들을 유인하여 변방에서 참살시켰다. 그리하여 죽인 자의 목을 장안長安은 장안성 지금의 서안으로 이송했다. 왕망이…… 이름을 바꾸어 고구려 왕 밑에 구려句驪를 후국侯國으로 둔다고 하였다. 후국이란 우방국을 말한다. 왕망이 고구려라고 이름을 바꾸었다면 한나라 마지막 왕 때이다. 한나라는 글자만 한나라였을 뿐 사실상 고구려였음을 알 수가 있다. 다시 말해 한나라였던 것을 고구려라고 이름을 바꾸었기 때문이다. 왕망은 한나라를 격파한 후 신新나라를 세웠다고 엉터리로 외국 사학자가 기록하고 있다. 신이라는 나라는 사실상 고구려이다. 역사의 실체가 밝혀질까 봐! 있지도 않는 엉뚱한 신자를 넣어 신나라라고 표기했을 뿐이다. 그러나 역사는 진리이므로 반드시 밝혀지게 되어 있는 것이다. 또한 역사의 진실은 언제든 밝혀지는 것이다.

　왕망은 한나라를 격파하고 고구려를 세웠다면 한나라 자신이 고구려의 본체임을 뜻하는 것이다. 그렇다면 한나라가 고구려이자 고구려가 한나라라는 사실을 증명하는 글은 삼국사기다.

　고구려 24대 양원 왕 8년에 지금의 중국 서안에 장안성을 쌓은 기록이 있다. 이때만 하더라도 제齊나라 명제命齊 때다. 남조南朝와 북조北朝가 있던 시대이다. 남북조가 강하게 버티고 있을 때다. 왕망은 고구려로서 당당히 지금의 서안에 장안성을 쌓았다는 기록이 삼국사기에 있다. 그리고 고구려 25대 평원왕 8년 장안성을 쌓은 후 도읍지를 장안성으로 옮겨온 기록이다. 고구려 26대 영양왕 때 다음과 같은 기록에 있다. 한민족사 후편 506쪽 기록……. 임금을 직접 모시는 신하인 배구가 상감에게 아뢰기를 군郡과 현縣이다. 지금의 신하는 믿지 않을 것이다. 그곳은 지금에 와서 보면 별천지로 보일 것이다. 다시 말해 남의 나라 땅으로 보일 것이다. 그렇지만 우리 선조들의 왕은 오래도록 그곳을 다시 찾고자 하는 마음을 갖고 있었을 것이라는 기록이다. 여기서 이해를 할 것은? 고구려는 기자가 도읍했던 조선의 땅인 대륙이라는 점이다. 그리고 한나라와 진나라가 함께 군과 현을 두고 있었다는 것이다. 이곳을 되찾고자 우리 조상의 왕들은 오래도록 고심했을 것이라는 글이다. 삼국사기 고구려 편에는……. 고구려 마지막 28대 보장 왕 27년 기록이다. 삼국사기 고구려 보장왕 편에 실려 있는 본문이다. 고구려의 비밀 기록에 의하면……. 고구려 역사가 900년은 조금 미치지 못한다. 고구려가 망할 당시 고구려 장수 80명이 떼죽음을 당했다. 고구려는 한漢 나라가 있을 때이고 한나라가 고구려이다. 한나라는 고구려라고 했다. 고구려가 있을 때 한나라가 있었으며 한나라는 스스로 고구려라고 했다. 부연 설명을 하자면 고구려가 한나라의 분신이며 한나라가 고구려임을 나타낸 기록이다. 고구려는 900년의 역사다. 현재 한국은 고구려 역사를 기원전 37년으로 보고 있다. 나는 고구려 역사를 조사해 본 결과 삼국사기 본문기록에서는 약 900년이라 했으므로 기원전 231년이라야 맞는 것이다!

"……"

지금 북한 사학자들은 고구려의 역사를 기원전 277년으로 보고 있다. 기원전 277년이면 주나라 마지막 왕이었던 난 시대이다. 주나라 말기 진나라와 한나라 조나라 위나라 초나라 연나라 제나라들이 있기 이전의 역사다. 기원전 37년의 고구려 역사는 삼국사기 본문에 기록과는 같이 맞지 않음을 알 수가 있다. 삼국사기 본문을 번역을 하면……. 당나라 이적李勣 장군은 천남건泉男建에게 상으로 봉작직책을 주었다. 우방국왕과 버금가는 상을 주어 금주로 가게 했다. 여기서 금주 지역을 변역하면? 중국고금지명대사전 1,258쪽에 다음과 같은 금주에 대한 기록이다. 금주는 북주 때 두었는데……. 수나라 때는 금안군金安郡이라 했고. 당나라 때 다시 금주라 했다. 금주는 지금의 사천성 팽수현彭水縣에 있다고 기록되어있다. 구려는 5부部를 두었다. 그리고 176개의 성이 있었고 69만 여 호 기록이다. 도읍지와 같은 총사령관격의 부처를 아홉 부九府 두었다. 또 42개의 주州가 있었다. 주는 한 지역을 말한다. 그 넓이가 사방 수백 리 이다. 익주益州라고 하면? 사천성 성도 지역 일대를 말한다. 서주徐州와 청주靑州를 말하면 한 주는 2~3백여 리 거리다. 그렇다면 42주일 경우 고구려가 망할 당시의 강역이 얼마나 넓었는가를 짐작할 수가 있다. 현縣은 100군데다. 안동도호부가 있던 곳은 평양에서 모두 관리를 했다. 그 당시엔 안동도호부가 있던 평양은 지금의 심양瀋陽이다. 심양은 옛날 봉천이다. 당나라 고종高宗 무진년戊辰年 원년이다. 이때 고구려는 기원후 668년에 망할 때 연대이다. 당나라 총장 2년은 기사년己巳年이다. 2년 2월이다. 당나라 총장의 서자인 안승安勝이 400여 호와 군졸을 거느리고 신라에 투항해 왔다. 그해 여름 음력 4월이다. 당나라 고종 때 있었던 38,300여 호의 백성들이 강회江淮의 남쪽 지방과 산이 있는 곳으로 옮겨왔다. 이곳은 남경의 서쪽으로 많은 주州 고을들이 넓고 넓은 공지空地에 옮겨와 살았다.

『중략』

강회江淮라 했으므로 장강을 기준하여 안휘성과 하남성·강소성·호북성을 경계한 넓은 지역을 회남淮南이라 한다. 강회란 황하와 장강의 중간지대로 넓고 넓은 곳이며 하천을 끼고 넓은 평야지대를 이루고 있는 곳이다. 본문 기록을 보면 현도玄菟와 낙랑樂浪은 태초 조선의 땅이다. 조선의 땅은 기자가 백성을 가르친 곳이다. 그리고 예절과 인간의 참됨을 가르쳐 교화시킨 곳이다. 인성교육

138

인 밥상머리 육을 말한다. 농사도 짓게 하고 길쌈도 했으며 누에도 치고 평화롭게 살던 땅이다.

여기서 기자가 있다. 기자조선의 마지막 준왕準王은 41세이다. 연燕 나라 때 노관盧綰의 반란으로 도망간 곳이 한지韓地이다. 한지란 한韓 나라 땅이다. 한나라 때 낙랑 땅은 지금의 서안이다. 한나라 이전은 서안을 서경이라 불렀다. 당시에는 연나라는 지금의 하북성 북경지방이다. 이곳에서 멀리 바다와 같은 패수浿水를 건너 한지인 조선 땅으로 도망가서 서경에 있었다는 기록이다. 서경은 그 당시 평양이며 평양은 조선의 땅이라고 중국고금지명대사전의 기록이다. 지금 역사가 잘못 기록이 된 상황에서 간혹 중국고금지명대사전에서 지금의 한국인 조선 땅에 있는 것처럼 하는 기록도 있다. 가령 함경도에 있다든지 또는 평안도에 있는 것처럼 기록되어 있는 것을 보면 잘못된 역사관에서 고의로 또는 의도적으로 조작한 것이다.

『1931년에 장여화臧勵龢가 집필했던 중국고금지명대사전은 1982년 중국 공산당 때 다시 수정작업을 거치면서 상당히 왜곡된 부분이 많아졌기 때문이다』

지명사전은 홍콩에서 발행된 책이지만…… 내용면에서 보면 잘되어 있으면서도 간혹 엉뚱하게 왜곡된 부분이 있다. 하지만 나는 철저한 역사의 원전을 바탕으로 번역을 하기 때문에 잘못된 것을 바로 잡으면서 지명사전을 참고로 번역을 했기에 독자들은 알아주

길 바란다. 또한 잘못 번역도 있을 것이다! 기자가 도망간 곳은 한나라 땅이며 마한 땅이라 했다. 기자준 왕箕子準王은 기자 41세 때이며 애왕哀王이다. 애왕이 바로 위만조선의 왕만王滿이다. 라고 사서에 기록이다. 애왕은 남으로 내려가 마한 왕이 된다. 애왕은 남으로 내려가 마한 땅에 도읍지로 정하고 애왕이 죽을 때 도읍을 한 곳이 평양이다. 라고『기자조선 성적 사箕子朝鮮聖蹟史』에 상재되어 있다. 애왕이 죽은 후 강왕康王은 2년 무신년에 재위했다고 되어 있다. 마한 왕인 애왕이 한나라 고조 유방劉邦으로 이름을 무슨 이유로 바꾸어 등극했는지는 의문이다. 다만? 애왕인 마한왕이 죽을 당시의 도읍지가 평양이라고 한 것을 보면 기원전 206년에서 195년 사이에 한나라의 도읍지가 바로 평양이었다. 지금의 대륙 섬서성 서안이며 상고시대는 서안이 동경東京이었다.『경도 80도 기준』그리고 춘추전국시대는 요동遼東 요서遼西의 개념이 서안 동쪽 경도 110도를 기준으로 하다 보니 동경이었던 서안은 서경이 되었다. 고려시대 이후 오호십국五胡十國이 난립한 후 요서인 요동의 개념은 바뀌고 고려가 망하고 명나라가 들어서면서 경도 120도가 요서와 요동의 기준으로 언제인지 모르게 굳어져 갔다.

이상하게도 마한 왕인 애왕이 기원전 206년경에 지금의 중국 섬서성 서안인 평양에 도읍했으며……. 한나라 고조 유방도 조선 땅이었던 평양의 서안에 도읍한 시대와 연대가 똑같은 것으로 보아 한나라 고조인 유방과 기자조선 마지막 준왕, 즉 왕만王滿과는 같은 사람이 아닌가! 만약 같은 사람이라면 애왕이 이름을 바꾸었을 것 같다!

140

애왕의 대를 이은 강왕을 보면? 한나라 혜제 2년 무신년이 재위한 지 4년이라는 기록이니 같은 시대에 같은 장소에서 함께 있었는지가 의문이다. 기자가 도읍한 조선의 현도와 낙랑 땅에서 한나라와 함께 같은 연대에 같이 있었다는 것이 참으로 이상하다. 그렇다면 기자의 마지막 왕이었던 애왕哀王 ↔ 準王은 한나라를 마한 땅인 섬서성 서안인·서경에서 세웠다는 것이다. 왜냐하면? 한나라도 섬서성·서안인·장안성·옛 평양성에서 도읍했으며……. 기자의 마지막 왕이었던 애왕도 기원전 206년에 섬서성 장안이었던 조선의 낙랑 땅에 같은 시대 같은 연대에 도읍한 것으로 보아서 마한 땅이었던 섬서성 서안은 조선의 땅이었음을 정사들 기록이다. 당나라 말기에 와서 고려왕 왕건이 대를 이어 고구려·당나라가 있던 서안의 땅을 합병시켰다. 이곳은 옛날 신라와 백제가 살고 있던 땅이다. 고구려만 상세히 밝혀도 백제·신라는 자동적으로 함께 공존공사共存共死했기 때문에 광활한 대륙에서 한민족의 뿌리가 깊이 있게 생사고락을 같이했다는 사실이 밝혀질 수가 있다. 여기서 한 가지 더 강조하고자 하는 것은 고구려·백제·신라왕의 무덤의 위치를 밝히는 것은 중요한 의미를 지니고 있기 때문이다. 고구려본기에서 보는 것처럼 고구려의 진짜 왕의 이름은 없고 죽고 난 후의 휘호를 써서…….

【두곡동원豆谷東原·대수촌원大樹村原·모본원慕本原·고국천원故國川原·시원柴原·중천지원中川之原·서천지원西川之原·봉상지원烽上之原·미천지원美川之原·고국지원故國之原】

이런 식으로 왕의 이름을 거명했다는 얘기다. 다시 말해 무슨! 무슨 들이나 산에 묘지를 썼다고 하여 무슨 들 산상 왕山上王 이런 식의 왕의 이름이라는 것이다. 진나라 시 왕처럼 뚜렷이 왕의 묘가 있는 것도 아니다. 고구려왕의 묘지나 백제 왕의 묘지나 신라 왕의 묘지나 고구려 왕의 묘지도 한반도에는 실제로 있는 것이 하나도 없다.

『백제 무녕 왕의 묘지가 하나 발견되었다고 KBS · MBC 등 각 언론사에서 얼마나 떠들어 댔는가!』

그러나 가짜 묘지임이 밝혀져도 가짜라고 방송도 하지 않는다. 한 가지 예를 들어 30여명의 백제왕들 중에서 무령왕의 묘만 충남 공주에 있다는 것을 이해할 수 없을 것이다. 또한 삼국사기에 기록 되어 있는 60여 개의 백제의 성城들은 어디에 있는가? 우리나라에 는 추측만가는 3~4개의 성이 있다. 삼국사기에 기록 되어있는 성 들은 어디에 있는가? 『중국고금지명대사전中國古今地名大史典 참고』 · 중국대륙 광동성省 지방주변에 60여 개의 성城들이 모두 있다. 무 령왕의 묘를 3번을 가보았다. 우리 각시 집에서 도보로 20여분 거 리다. 아래 글을 읽고 곰곰이 생각을 해보길 바란다.

우리나라에 가야 · 고구려 · 신라 · 백제의 후손들이 전부 이민을 가지 않았다면 왕들의 묘는 우리나라에 잘 보존되었어야 이치에 맞는다. 그렇다면 우리나라 고대사는 어떻게 된 것인가? 1971년 충남공주에 있는 무령왕이 발굴되어 고고학 사상 위대한 발굴이라고 떠들었다. 놀랄 만큼 정교한 불꽃 무늬의 섬세하게 오려낸 왕과 왕비의 귀금속 금 관등의 공예품 유물은 당시의 뛰어난 세공기술을 말해 주는 것이며 화려한 백제 미를 보여 주고 있다고. 고고학계나 사학계서 호들갑을 떨었다. 나는 귀걸이 금관 등 섬세 한 유물 때문에 무령왕능은 가짜라고 단정 지었다. 여러 가지 이유가 있다.

『낙화암 3,000 궁녀 이야기도 모두가 거짓말이다』

첫째, 위에서 말한 삼국사기에 기록된 60여 개의 백제성百濟城은 모두 중국광동성城에 현존하고 있다. 2002년 7월4일 방영 한……

『KBS1TV 네트워크 특집다큐멘터리 중국에도 전주가 있다』

프로를 보면 백제의 간판을 부착하고 백제와 전주를 오가는 버스가 다니고 있으며 전주백화점·전주고 등 학교·백제발전소 등 우리나라전라북도전주에 있는 지명이 거의 현존하고 있었다. 언어만 틀리지 우리나라 60년대 도농都農과 너무나 똑같다.

둘째, 충남공주에서 발굴된 왕과 왕비의 묘라고 쓴 지석誌石의 글자다 귀이와 왕관의 정교한 세공 기술에 비교하여 지석에 글씨를 보면 굳지 않은 시멘트 위에 낙서를 해놓은 모습이다. 왕의 묘라는 기록의 음각 된 글씨의 조잡함을 보면…… 당시의 최고 석각기술자 작업 하지 않았다는 뜻이다. 부장품 섬세한 세공 기술과 지석에 쓰여 있는 글씨 음각기술이 너무 차이가 난다.

셋째, 유물들이 잘 보관되었는데 왕과 왕비 두 분의 유골이 없다 시체를 보관한 나무 관이 1,400년 동안 썩지 않고 있었다. 면 유골이 남아 있어야 한다.

넷째, 무덤 안은 한반도에서 볼 수 없는 남조 때 양 나라 수도 남경에서 발굴된 무덤 양식과 똑 같으며 축조한 무덤내부 벽돌모양도 우리나라에 없는 연꽃무늬가 들어있다

다섯 번째, 무덤 안에서 나온 백자유물은 모두 중국 것이다. 우리나라에서는 제작한 적이 없다.

여섯 번째, 발굴당시 무덤입구를 막은 벽돌 이 너무 허술하게 축조된 모습 이었다. 이것은 무얼 의하느냐? 사람이 출입 했다는 증거다. 필자의 견해는 조상을 모시는 신당神堂으로 본다. 그 이유는 등잔이 6개가 있기 때문이다. 무덤 속에 불이 필요 없다. 등잔에는 심지가 있었으며 그을린 흔적이 있는 것은 제사를 후손들 이 지내다가 전쟁이나 역병이 돌아 갑자기 피난을 가면서 묘지 입구를 허술하게 막고 떠난 것이 아닌가 한다!

다만 내가 종합한 결론 일 뿐이니 독자들의 이해를 바란다.

【중국 광동 성 전주와 백제거리】

제목의 방송을 보신 분이 있다면 나의 주장을 동조할 것이다! 백제는 중국에서 성립된 것이다. 방송내용은 한반도에서 백제가

성립되어 중국까지 통치했다는 내용이지만 엉터리다. 중국 대륙에서 성립되어 패망에 이르자 그 후손들이 멸문지화를 면하기 위하여 서해 물길을 타고 전라북도 전주지방에 까지 와서 자기들의 나라……. 백제 향 거리를 그대로 재현시켜 지명을 붙이고 살아온 것인가! KBS미디어에 부탁하여 복사테이프를 수차례 보았다 그곳에 어린아이는 어머니를 엄마라고 불렀으며……. 아버지도 우리처럼 아빠라고 불렀다. 배추김치 담그는 법이며 이엉을 엮어 지붕을 덮는 법 디딜방아 맷돌 등을 비롯하여 솟대신앙까지 우리와 똑 같았다. 우리나라 50~60년대 모습을 재현시켜도 그렇게 재현시킬 수 없을 정도로 너무나 똑같아 나는 타임캡슐을 타고 과거 여행을 하고 있는 것 같은 착각에 빠져들었다. 바로 그 곳이 백제가 성립되었던 장소다. 그 곳에는 전주 초등학교에서부터 고등학교까지 전주 이름이고 전주 백화점 있고 완산을 비롯하여 전주 금산사를 비롯한 백제 향을 오고가는 노선버스 앞 유리판에 백제百濟 표지판을 부착하고 백제 발전소를 운행 중이었다.

방송 원고…….

▌음력 팔월 한가위 보름달 아래 곱게 단장한 부녀자들이 수십 명씩 모여들기 시작했다. 원형으로 늘어서 손을 잡고 하나의 흐름을 이루며 모두 함께 강강술래를 외친다.
백제의 옛 땅엔 마한에 존재한 원무가 강강술래로 이어진다. 이 춤이 삼천 킬로미터 떨어진 이국 땅 중국에서 행해지고 있다. 원형으로 늘어선 남녀가 손을 잡고 리듬에 맞춰 흐름을 이룬다.

시간과 공간을 초월한 한국과 중국에 나타나는 같은 유형의 춤, 이것은 과연 무엇을 의미할까.

▌세상에는 닮은꼴이 참 많습니다. 사람과 사람의 생김새부터 크게는 국가 간의 문화와 역사에서 그 닮음을 찾아 볼 수 있습니다. 이렇듯 국외에서 다양한 민족이 함께 모여 살고 있는데요. 이곳에서 닮은꼴을 찾아낸다는 것은 결코 쉬운 일이 아니죠. 그러나 우리는 종종 살아가는 모습에서 또 지나온 역사를 통해서 서로의 비슷함을 알게 됩니다. 우리 땅의 모습을 한 번 살펴볼까요? 지금은 비록 행정구역상 15도의 경계로 이렇게 나뉘어져 있지만 지역 간에 나타난 비슷한 문화유산과 전통은 그 지역들이 동일시대 역사의 길을 걸어왔음을 말해줍니다. 전라북도 이곳 전주, 이곳은 백제의 왕조이자 조선 왕조의 발상지로 뿌리 깊은 역사를 간직한 애향의 도시입니다. 더 이상 전주가 우리의 역사와 문화에서 차지하는 위치를 새삼 강조할 필요는 없을 것 같습니다. 그런데 전주가 또 다른 곳에 있다. 들어 보셨습니까? 놀랍게도 그 전주가 바로 여기 광활한 대륙 중국 땅에 있습니다. 분명 우리와 똑같은 지명의 전주입니다. 여기쯤이 될 것 같네요. 중국 계림지 동북부에 위치한 곳입니다. 운전한 전 고을 주 지명의 한자까지도 같은 모양을 하고 있습니다. 더욱 놀라운 것은 100년 전까지만 하더라도 이 땅의 이름은 아예 호남전주로 불리었다는 사실이죠. 우연일까요? 여기에는 왠지 특별한 사연이 있는 것 같습니다. 오늘 우리는 이 두 지역의 관계를 새롭게 조명해 보려고 합니다. 과연 전라북도 전주와 중국의 전주가 정말

관련이 있는 것인지 또 그렇다면 어떤 관계로 연결이 되어있는지 먼저 중국 땅에서 전주를 만나 봅니다.

▍중국 전주가 위치한 곳은 광서 장족 자치구 계림시다. 분명 우리의 전라북도와 지명의 한자까지 동일한 전주다. 중국 전주는 옛날부터 묘족과 요족 등의 소수민족 등이 많이 사는 광서 장족 자치구의 최북단 도시다. 이국땅이지만 결코 낯설게만 느껴지지 않는 것은 거리 곳곳에서 볼 수 있는 전주라는 지명이 있기 때문이다. 왜 중국 땅에 전주라는 지명이 있는 것일까?

중국의 전주 역시 장대한 역사를 간직한 고도다. 풍부한 토지와 자원을 바탕으로 끊임없이 발전하고 있는 인구 78만의 도시다. 또한 교통의 요충지로 강을 끼고 있는 해상교통의 요지다. 그래서 한 때 이 땅을 차지하기 위한 다툼이 끊이지 않던 곳이기도 하다. 이런 전주가 끊임없이 변모하고 있다. 오늘의 전주가 있기까지 많은 사람들의 노력이 있었고 그 결실이 역사의 한 페이지를 장식해 왔다. 그 결과 오늘의 전주를 있게 했다. 이곳에도 전주고등학교가 있다. 전주에서 가장 긴 역사를 갖고 있는 유서 깊은 학교다. 학교 안의 모습 역시 우리와 별반 다르지 않다.

▍중국 현지에 근무하는 전주고등학교 황도휘 교사. 전주고등학교는 1919년에 개교해 지금까지 83년의 역사를 간직하고 있습니다. 총 125개의 교실이 있으며 현재는 38개 반과 3,500명 정도의 학생 그리고 153명의 교직원으로 구성되어 있습니다.

▍전라북도 전주와 중국의 전주와는 어떤 관계가 있는 것일까? 먼저 전라북도 옛 전주의 이름이었던 완산을 중국 전주에서 찾았다. 중국 전주의 완산은 세 강의 물줄기가 한데 모이는 합 강 주변에 솟아 있다. 시민들의 휴식처로 각광받는 곳으로 정상에서는 완산을 명소로 만들기 위한 공사가 한창이다. 전라북도 전주의 완산은 완전한 땅이라는 의미를 갖는다. 그렇다면 중국 완산의 지명은 무엇을 의미하는 것일까?

▍전국전주 곽옥계 62세 주민. 이 강은 세 개의 강이 서로 만나 합쳐지는 곳으로 그 입구에 전주가 있습니다. 이 뒤에 잇는 산은 역사이래로 완산完山이라고 불리어 왔는데 산의 모습이 완전한 형태를 갖추고 있다고 해서 완산完山입니다.

▍오십 미터 쯤 앞 도시를 한눈에 내려다보는 산, 그 완전한 땅인 완산이 전북과 중국에 나란히 존재하고 있다. 서쪽에 완산이 있다면 동쪽엔 성스러운 기린산의 기린 봉이 있다. 기린 봉 역시 두 나라에 함께 나타난 동일 지명으로 중국 전주의 기린봉은 한 때 하늘에 제사를 지내던 신령스러운 산으로 전해진다. 그 정상에 진상 탑이 서있다. 진상 탑은 한 때 천문관측은 물론 마을수호까지 여러 가지 기능을 수행했던 곳이다.
중국 전주주민. 기린봉은 옛 부터 홍수 등 재난이 일어나면 적게는 수천 개·많게는 수만 명의 주민들이 이곳에 찾아와 하늘에 제사를 지내던 신성한 땅입니다.

▌높은 구름과 하늘이 펼쳐지고 아래로는 새로운 세상과 마주한다. 탑이 세워지기 시작한 것은 1778년부터라고 한다. 진상 탑의 높이는 30미터 총 7층이다. 아치형문을 통해 안으로 들어서니 또 다른 세상이 있다. 매 층마다 여덟 개의 아치형문이 밖으로 나있고 강줄기와 도시가 그 앞으로 펼쳐진다. 사람들은 이 문을 통해 무엇을 보려 했던 것일까? 진상 탑 맨 꼭대기 정상부에 오르니 주로 사찰 탑에서 볼 수 있는 팔각 형태를 띠고 있다. 팔각 형태는 불교에서 특별한 의미를 담고 있는데 그것은 후세에 완전세계를 이미지화한 것이라고 한다. 중국의 기린봉은 이렇게 도심 동쪽에서 완산과 전주의 도심을 지켜보고 있다. 이것마저 우리와 흡사하다.

▌한국 전라도 전통문화연구소 송화섭 소장. 전주에서 기림이 있다고 하는 것은 다른 지역에서 찾아보기 어려운 하나의 풍수지리적인 사령체계입니다. 그런데 이 기린봉은 전주사람들이 주말이면 가장 많이 찾는 산중의 하나입니다. 그래서 이 기린 봉에 올라가서 바라보면 전주 시내가 한 눈에 들여다보이고 그래서 전주사람들은 기린 봉을 항상 마음속에 담고 있는데 이러한 전통은 역사적으로 상당히 오래 되었다고 봅니다. 그래서 기린봉과 전주의 황신 사이에는 기린봉 아래에 있는 성황사가 있습니다. 성황사에는 전주를 지켜주는 수호신이 위치하고 있고 그 수호신을 전주사람들은 항상 제사를 봉양하고 봉양한 뒤에는 기린봉에 올라가서 자기 마음의 소원을 빌고 오는 이런 관행이 전주

에서 오랫동안 있었던 것으로 보입니다.

▍정말 놀라운 일입니다. 중국 전주와 전라북도 전주 사이에서는 지명뿐 아니라 그 의미의 유사성까지도 확인할 수 있었는데요. 확인된 지역들을 다시 한 번 볼까요? 기린봉·완산·태평·안덕·고산·화산·등 이렇게 지금까지 확인된 눈에 띈 지명들이 이 정도라면 확인하지 못할 아주 작은 단위의 마을에서도 같은 지명이 더 있을 것으로 보입니다. 한두 곳도 아니고 어떻게 이런 일이 있을 수 있을까요? 여기서 우리는 지명의 유사성을 통해서 두 지역의 또 다른 연관성을 찾아봅니다. 지금 제 옆으로 펼쳐져 있는 것이 전라북도 전주8경입니다. 전주8경은 기린 봉에서부터 남구 사까지 전주 일원에 여덟 가지 명소들이 펼쳐진 각각의 경관을 묘사해 놓았는데요, 함께 감상해 보실까요? 기림 토원·한벽·평영·동포·기검·이봉·폭포·덕진·체형·다가·사후·비비·나간·남고·무중·그 중에서도 한벽·청연은 어디에서 내려다 보는 안개와 그윽한 풍경을 얘기했고 덕진 체형은 덕진 호반 연꽃 밭에서 연꽃 따는 풍경을 그리고 남고 무종은 남고 산 남고 사에서 은은하게 퍼지는 저녁종소리를 말합니다. 이런 전주 8경이 언제 생겼는지 정확한 연대는 알 수 없지만 옛 부터 전주를 대표하는 명승경관이었음은 틀림없는 사실입니다. 그런데 중국 전주에도 8경이 있습니다. 단순히 여덟 가지 경관이라는 점도 같지만 경관을 묘사하는 방식과 대상이 매우 닮아 있습니다. 아 달이 좋군요. 산과 조화를 이루는 달의 풍경을 노래한 기림토월과 중국류 산에 걸려있는 아름다운 달을 노래한 류산춘월이 그

랬고 장대한 폭포수의 귀경을 얘기한 귀경폭포 중국의 용암폭포에서 떨어지는 장대한 푹포수 귀경을 얘기한 용암 기 폭등이 그렇습니다. 그렇다면 과연 지명의 공통점만으로 두 지역의 관계를 설명할 수 있을까요? 여전히 우리는 중국 전주를 전라북도 전주와 이름이 같은 도시로 밖에 설명할 없습니다. 그러나 취재과정에서 만난 사람들을 통해서 새로운 연결고리를 찾았습니다. 그들의 말소리를 잘 들어 보세요. 등에 업힌 아이는 엄마라고 발음하고 있습니다. 이곳에는 아빠 역시 아빠라 부릅니다. 이것은 언어라는 가장 기본적이 문화적 연관성으로 보아지는 데요 문화의 연관성은 바로 살아가는 과정에서 생겨나게 마련입니다. 그것은 곧바로 그 안에 또 다른 무언가가 존재한다는 얘기가 되죠. 과연 무엇이 존재하는 것일까요?

▎중국 전주에 있는 동산 향은 중국의 다양한 소수민족 중 요족이 모여 사는 작은 농촌이다. 애잔하면서도 향수를 불러일으킬 것 같은 마을 모습이 우리의 옛 시골풍경과 크게 다르지 않다. 빗물에 야채를 씻어내는 모습은 우리네 농촌에서 비 오는 날이면 흔히 볼 수 있는 풍경이다. 동산 향에서 잊혀져가고 있는 우리 생활의 옛 흔적들을 찾아보자. 곡식을 갈아 가루로 만들 때 쓰고 있던 우리 맷돌을 여전히 사용하고 있다. 특히 맷돌 아래에 홈이 파져있는 모양은 전라도에만 나타나는 독특한 양식이다.
중국 동산 향 주민. 어머니한테 물려받아 사용해 온 것입니다. 아주 오래 전부터 써 온 것이라고 들었으며 언제부터 있었는지는 잘 모르겠습니다.

▎할머니는 맷돌을 돌리고 그 옆에서 할아버지는 방아를 찧는다. 흔히 디딜방아라고 불리는 이 기구는 외다리방아다. 디딜방아는 그 형태가 지역마다 조금씩 달리 나타나는데 한 사람이 찧는 외다리방아와 두 사람이 찧는 양다리 방아가 있다. 놀라운 것은 이곳에 나타나는 외다리방아는 전라도 일대에만 있는 독특한 양식이라는 점이다.
중국 동산 향 반래용 82세 주민. 이런 방식으로 고춧가루를 빻아서 김치와 무채도 버무리고, 고추장을 담그는 데도 사용합니다.

▎어머니에게서 물려받았다는 맷돌과 주로 고추를 빻는다는 외다리방아 모두 전라도 일대에서 전승되는 독특한 양식이라는 점이 눈길을 끈다. 머나먼 이국 땅 중국에서 한반도와 동일한 물건을 발견했다. 과연 우연일까?
계속해서 흔적들을 찾아보기로 했다. 이번에는 놀랍게도 박물관에서나 볼 수 있음직한 연자방아를 동산 향 한가운데서 발견했다. 연자방아는 한꺼번에 많은 곡식을 찧거나 빻을 때 말과 소의 힘을 이용하던 것이다. 지금까지 확인된 농기구들이 개인도구라면 연자방아는 한마디로 집단 도구가 된다. 연자방아의 출현은 초기 맷돌을 그 시작으로 본다. 윗돌이 점점 커지면서 연자방아 형태로 바뀌었고 규모가 커지면서 집단적으로 설치가 되기 시작했다. 중국 전주에서는 이렇게 지명 뿐 아니라 우리 농경생활과 밀착되어 있는 생활의 흔적을 찾아 볼 수 있다. 특히 전라도 지역에서만 나타나는 독특한 양식의 것들이 대부분이라는 점은 전라북도 전주와 중국 전주의 관계를 규명하는 데에 있어서 문화적인 연관성을 시사해 준다. 초가는 우리네 조상의 가장 서민적이 삶을 담고 있다. 그 정체를 이국 땅 중국에서 만났다. 농경생활이 주를 이루던 시절, 추수가 끝나고 이엉을 엮어 얹는 것은 일상생활의 한 부분이었다. 이엉을 엮는 방법에서부터 지붕에 올리기까지 우리와 유사한 방식을 그대로 따르고 있다. 그러나 이제 중국 땅에서도 그 모습이 차츰 사라지고 있는 실정이다. 중국 전주에서 찾은 것은 우리와 동일한 생활양식뿐만 아니다. 민속신앙에서도 우리의 흔적을 찾아볼 수 있다.

중국 동산 향 봉련 암 47세 주민 : 우리 조상들은 이곳에다 조왕신에게 제사를 지내고 만복을 기원했습니다.

중국 전주 사람들의 생활은 곧 우리 생활사의 행복이라는 모습을 고스란히 옮겨 놓은 듯하다. 식생활 역시 마찬가지다. 소금에 절여 김치를 담그고 독에 넣어두어서 장기간 먹을 수 있도록 보관한다. 김치는 우리 발효음식을 대표하는 것으로 우리 조상들의 지혜의 산물이며 오랫동안 우리의 입맛을 지배해 왔다. 고추에 버무린 채소·간장을 넣어 만든 장아찌·이런 발효음식들이 본격적으로 생겨난 것은 우리의 삼국시대였다. 소금배추가 처음 만들어졌고 채소에 소금과 식초 또는 간장을 넣은 장아찌가 등장했다. 식생활만큼 지역과 환경·풍토·기후 등 여러 요인이 작용해 이루어지는 것이 또 있을까? 요족마을의 축제날이다. 축제에서 빠질 수 없는 것이 바로 음악과 춤 마을 사람들이 전통춤으로 한바탕 판을 벌였다. 단순한 동작 안에 절제된 표현을 느낄수 있다. 이 춤은 요족의 혼례무로 여러 가지 의미를 포함한다. 비록 결혼식의 축하용으로 행해지는 춤이지만! 특별한 날에는 춤을 빌어 남녀를 연결 해주는 중매자 역할을 한다. 요족의 전통춤은 즉석 연주곡에 장단을 맞추는데 그때 사용하는 악기가 우리의 전통악기와 비슷하다. 소리 역시 우리와 다르지 않다. 또 다른 형태의 춤이 시작되었다. 둥근 원을 그려서 서로 손을 잡고 박자에 맞추어 춤을 춘다. 동작이 우리의 강강술래와 비슷하다. 중국전주 동산 향 이육매 33세 주민. 이 춤과 노래는 요족들의 전통적이 풍습입니다. 정월 대보름과 삼월 삼짇날에는 남녀가 서로 마주보면서 노래하고 자유롭게 연애를 할 수가 있었는데요. 마음이 맞으면 결혼을 할 수도 있었습니다. 특히 결혼 피로연 때는 친족이나 친지들이 이 춤을 추면서 신랑신부를 축하해줍니다.

이 춤은 중국의 역사책 삼국지 위지동이전 마한 편에 기록된 우리의 원무와 흡사하다. "오월 달에 파종이 끝나면 신에게 제사를 지내는데, 무리가 모여서 밤낮으로 쉬지 않고 노래하고 춤추며 술을 마신다. 그 춤은 수십 인이 함께 열을 맞추어 춤을 추는데……. 땅에 앉았다 일어났다 하면서 손과 발이 그에 따라 함께 움직였다."
여기서 그 춤의 형식과 차례에 대해 구체적으로 풀어 자세히 설명하고 있다. 요족의 전통춤은 대규모의 춤이라는 점과 형식의 유사성에서 강강술래의 시원으로 알려진 마한시대 원무와 깊은 관련을 갖는다.

▌한가지 씩 새로이 확인 될 때마다. 점점 더 흥미로워 집니다. 지금은 사라지고 흔적만 남아 있는 그들의 생활사에서 우리와 관련된 많은 것들이 공존하고 있었던 것입니다. 그 중 마을에 세웠다는 긴 장대는 바로 우리의 솟대신앙을 얘기하는 듯합니다. 알고 계신 것처럼 솟대는 나무 장대나 돌기둥에 신을 한 것으로 마을에서 모셔지는 신앙대상물인데요. 우리 땅에서 둘러지는 토착문화 가운데 가장 한국적인 모습을 간직한 전통으로 민속신앙으로써 그 의미가 매우 큽니다. 우리는 이 곳 전주에서 얼마 떨어지지 않은 기린박물관에서 잊어져 가고 있는 그 지역 솟대 원형을 확인할 수 있었습니다. 안으로 한 번 들어가 볼까요? 이 솟대는 중국 요족들이 특별한 날에 마을의 번영과 안녕을 기원하며 마을에 세운 것으로 기록돼 있습니다. 우리는 솟대 없이 지역에 따라 모양과 이름을 달리 하지만 보시는 것처럼 긴 나무 장대 위에 새 한 마리가 앉아 있는 모습, 영락없이 우리네 솟대를 닮아 있습니다. 자세히 한 번 살펴볼까요? 먼저 장대를 지탱하고 있는 받침대는 여러 가지 문양들이 새겨져 있군요. 그 위에 세운 장대는 하늘과 땅을 수직적으로 연결하는 기능을 갖는데 이 것 나무 장대는 밑 부분에는 성황이라는 악기들이 둘러져 있고 그 위로 용트림이 되어 있습니다. 용트림 역시 우리 민속신앙

에 나타나는 형태로 용이 하늘로 잘 올라가야 기氣가 순조롭다는 것입니다.

그리고 장대 윗부분에는 하늘과 땅을 왕래하는 매개자가 됩니다. 이 솟대의 매개자로 수탉 한 마리가 앉아 있습니다. 그리고 보니 솟대 주변에는 화려하게 치장한 사람들이 둘러 서 있네요. 자세히 보니 악기를 들고 있습니다. 악기는 물론? 그들의 치장되어 있는 새와 물고기 문양이 매우 이채롭습니다. 수탉과 장대를 감싼 용, 그리고 악기로 이루러진 이 솟대는 민간신앙을 뛰어넘는 고대사의 또 다른 의미를 제시합니다. 우리의 민속 문화는 한정된 특수계층의 문화와는 달리 서민이나 평민계층까지 오랜 시간을 거쳐서 내려온 문화현상으로 말할 수 있습니다. 그래서 우리 민속 문화는 대부분 통속적이면서 신앙적인 의미를 갖고 거기다 성스러운 의미를 부여합니다. 중국 전주에서 만난 민속 문화 역시 우리와 같은 맥락으로 보여 집니다. 민간신앙이 같은 맥락이라면 혹시 고대 신앙에서도 공통점을 찾을 수 있지 않을 까요? 그래서 이번에 고대신앙에 주목을 했습니다. 먼저 전라북도에서 출발합니다.

▌전라북도 무학산 남쪽자락 그 곳에 유서 깊은 금산사가 있다. 금산사는 전라북도의 대표적인 고대 신앙 지 이자 우리나라 미륵신앙의 근본 고향이다. 미륵신앙은 삼국시대 백제 말기, 크게 일어나 지금까지 이어져 왔는데 미래의 부처를 염원함으로써 민중들에게는 희망의 신앙으로 불렸다. 불교의 신앙 가운데 가장

민중적인 요소가 강한 호남 미륵신앙의 터전이 바로 이곳 금산사다. 금당 미륵전이 금산사를 상징한다. 삼층 목조 건물로 각층마다 다른 이름이 붙어 있다. 미륵 전·용화지회·대자보존 그것은 모두 미륵불의 세계를 의미한다. 그 미륵불이 자애로운 표정으로 오늘 우리를 내려다본다. 이런 금산사는 전주의 대표적인 사찰인 것이다. 미륵불이 우리에게 준 메시지는 지금까지도 미래의 희망으로 남아 있다.

전라북도 소재 금산사 일화스님. 금산사는 미륵성지 금산사로 소개를 하고 있습니다. 미륵 부처님은 미래에서 오실 부처님을 이야기합니다. 지금 현재 부처님은 석가모니 부처님이신데 이 세계를 악함이 가득한 세계라고 한다면 미륵부처님의 세계는 선함이 가득한 세계를 미륵불의 세계라고 합니다.

▌취재팀은 중국 고지도에서 금산에 금산사가 있다는 사실을 확인하고 그 곳 사람들에게 조차도 잊혀 진 금산사로 향했다. 얼마나 달렸을까 금산이 모습을 드러냈다. 완만하면서도 수려한 산새는 고양이 들어서기 좋은 조건을 갖추고 있다. 금산사 입구에 도착하니 사찰의 경계와 입구를 표시하는 석장승이 서 있다. 우리나라 사찰에서도 볼 수 있는 형태로 금산사의 사 석장승인 듯하다. 여기부터가 금산사다. 주변으로 넓은 터가 펼쳐있는데 금산사가 소유했음직한 넓은 농장이다. 이곳이 바로 중국 전주 금산사다. 고지도에서 나타난 지명에서만 이곳이 금산사임을 알려줄 뿐 어느 곳에도 금산사의 기록은 남아 있지 않다. 먼저 크고 영향력이

있던 사찰에만 딸리는 입구 포장 석에서 그 당시 금산사가 큰 사찰이었음을 알려준다. 과연 어떤 절이었을까? 이문을 지나 안으로 들어서면 본전의 모습을 볼 수 있었다. 그러나 그 자리엔 터만 남은 채 비석하나가 유일하게 남아 금당 터를 지키고 있다. 이 비석은 사원전장 기록서이다. 전장기록석이란 그 당시 시주 내용과 사찰의 재산을 자세히 기록해 놓은 것으로 사찰의 매우 귀중한 자료가 된다. 가로, 세로가 반듯한 금당 터에는 비석과 함께 주초 석들이 남아 있다. 최근까지 금산사는 마을의 학교와 병원으로 사용됐다. 안팎으로 건물들이 새로 지어졌고 마을 사람들은 금산사를 생활터전의 일부로 사용해 왔다. 그 과정에서 금산사는 많은 훼손이 가해졌다. 건물 벽에 사용한 돌들은 다름 아닌 절의 비석들이다. 주변의 비석들을 쪼개 건물을 만드는데 사용했다. 특별히 어느 곳이라 지적할 필요가 없을 정도로 이곳 저 곳에서 깨어진 비석 조각들이 보인다. 금산사의 귀중한 자료들이 건물 속에 파묻히면서 장대한 역사도 함께 그 안에 묻어져버린 것은 아닐까. 이렇게 사용한 비석조각들의 양만으로도 중국 전주 금산사에 서 있던 비석의 엄청난 양을 짐작할 수 있다. 귀중한 비문이 발견됐다. 금산사의 중건을 알리는 표양 공덕비로 사찰에서 가장 중요한 비석이다.

중국현지 절 안에 살고 있는 금산사주민. 이 곳 금산사에서 53년 동안 종지기로 일했습니다. 금산사는 화재로 소실됐던 것을 후당 때 다시 세웠다고 들었는데요. 이곳이 금산의 역사와 내력을 적은 비석이 있던 자리입니다. 이 비석은 후당 때 세워진 것으로 금산사의 역사와 이 일대의 산과 봉우리들의 내력이 적혀 있었습니다.

▎중국 금산사의 역사를 조금이라도 더 알아낼 수 있는 방법으로 취재팀은 남아 있는 비석의 비문을 확인하기로 했다. 비석과 비석 조각들을 가져다 마을 사람들이 만들어 사용한 식탁이다. 위부분의 비석은 이미 많이 달아 없어진 상태여서 아래쪽에 있는 비석의 비문을 확인하기로 했다. 다행히 아래쪽 비석의 비문은 남아 있어 판독이 가능했다. 그러나 특별한 내용은 찾지 못했다. 비석 위에 물을 뿌려 닦아 내니 비문의 글자가 좀 전보다 선명하게 드러났다. 대개의 비석에는 금산사에 시주했던 수많은 사람들의 이름과 내역이 기록되어 있다. 그 기록들은 당시 금산사가 대규모의 사찰이었음을 말해준다. 드디어 비문에서 중요한 단서를 찾았다. 금산사의 장대한 역사를 뒷받침해 줄 문구를 발견한 것이다. 천재후지千載後之 천년 후에까지 연결될 것이다. 이 내용은 후당시대 이전의 금산사가 지어졌음을 말하고 있다. 금산사 뒤편으로 두 개의 부도 탑이 남아있다. 모두 도굴이 됐고 훼손자체가 심해서 누구의 것인지 알 수 없다. 그러던 중 한 쪽에 있는 부도 뒤쪽에서 그와 관련된 비슷한 비석이 발견됐다. 비문에 기록되어 있는 부도의 주인공은 바로 이 곳 금산사 37대 주지였던 금산비일화상이다.

서울 우석대사학과 조법종 교수. 이곳 비문을 보면 인제 종정 제37대 삼은 금산 권 하 균이 노화상이라는 내용입니다. 재미있는 것은 여기에 금산 총림이라고 해가지고 이 법문의 맥을 언급하는 사도들의 이름이 계속 나오는데 여기서 30대서부터 31대 2대 3대 4대 7대까지 나오고 있습니다. 이 내용은 금산사가 잠깐 언급될 수는 존재가 아니라 적어도 100년 이상 또는 200년까지도 소급될 수 있는 그런 연륜을 이 비석에 써 있는 글로 확인될 수 있고 조금 전 파괴된 비문에서 1000년 후까지도 연결될 거라는 그런 표현이라든지 그런 내용을 감안해 보았을 때 단지 금산사가 최근세에 형성된 사찰이라기보다는 상당히 장구한 기간 동안 이 일대에서 중요한 문제 중 중심의 정통학맥의 사찰이 아닌가 싶습니다.

▎비로소 중국 금산사는 지금은 비록 폐철이 된 절로 남아 있지만은 상당한 위엄과 규모를 가지고 있었음은 분명한 사실이다. 또한 임제종과 금산총림이 밀접한 관련이 있는 것으로 중국 전주 금산사는 전라북도 금산사의 신앙인 미륵신앙에서 나타나는 지형, 즉 금산 용산 사자도암이 유사한 형태를 이룬다.

▎지금까지 우리는 전라북도 전주와 중국의 전주의 관계를 단계적으로 확인해 보았습니다. 지명에서 출발한 두 지역의 전주는 삶의 방식과 형태로 이어졌고 민간신앙과 고대신앙까지 너무나 닮아 있습니다. 왜 이렇게 비슷한 모습을 하고 있는 걸까요. 공통적으로 나타나는 삶의 모습이나 지명들이 근래에 생긴 것이라면 단순히 해석할 수도 있겠지만 전주라는 지명이 생긴 것도 흔적

만 남아 있는 민간신앙이나 그들의 생활을 확인한 결과 너무 오래 전의 일입니다. 여기는 우리가 모르는 어떤 사연이 있는 듯합니다. 그 사연을 계속해서 찾아보아야 할 것 같습니다. 낯선 거리입니다. 이렇게 낯선 거리에서 초행길이면 대개 주위 간판을 보면서 그 지역의 지명을 알 수 있는데요. 이곳은 아마 학교인 것 같습니다. 간판을 보니까 백제 초급중학 이렇게 쓰여 있네요. 저쪽에도 또 간판이 보이는데 함께 가서 확인해 보겠습니다. 백제 재정 소 그 옆에도 백제란 단어가 보입니다. 백제 향 위원회, 이렇듯 백제라는 단어가 간판에서 많이 보이는 걸 보니까 이곳이 백제와 관련이 있는 곳인 모양입니다. 이곳에 또 정류장 표시판이 보이는군요. 백제, 분명히 백제라고 쓰여 있습니다. 백제·백제라 그러고 보니 앞서서 우리가 확인한 지명과 신앙의 그 흔적까지도 우리의 백제문화와 연관이 있는 듯싶습니다. 이곳은 곳이 지역이 백제와 밀접한 관련이 있다는 새로운 사실을 말해주는데요. 그렇다면 그 당시 어떻게 이국 땅 중국에 백제문화가 자리를 잡을 수 있었을까요. 아직도 백제라는 지명을 쓰고 있는 이곳에서 그 실마리를 풀어 보겠습니다.

▌광서 장족 자치구 남영 시 백제 향·아직도 백제라는 우리의 옛 지명을 그대로 사용하고 있는 것이다. 우리의 읍이나 면의 지역 따위의 명칭이다. 백제 향은 여전히 중국 땅 어디에서나 볼 수 있는 옹벽 한 시골 마을이다. 마을의 시장조차 한가롭다. 시장에 자리를 펴고 있는 이들이 백제향의 주민들이다. 이들은 장족이

라 불리는 소수민족으로 백제향의 맥을 이어온 사람들이다. 이들은 백제와 무슨 관련이 있는 것일까.

중국 백제 향 육영린 86세 주민. 900년 이상 된 예 지도에 백제라는 지명이 있었습니다. 그것을 보면 백제의 역사가 천여 년이 넘는다는 것을 알 수 있습니다.

▌중국역사 역사 지명 대사전에는 백제 향을 백제 허百濟墟로 이렇게 기록하고 있다. 백제 허 광동 성 흠 현의 서북방면 백팔십 리에 위치한다. 동으로는 영산현과 경계를 접하고 있다. 허는 오래된 성을 말한다. 성이 무너지면 허라고 부르는데 백제 허라고 불러지는 지역엔 실제로 백제 사람들이 살았을 것이다. 백제향의 중심마을은 백제 허 한자로 허는 유적지 유허 지를 뜻으로 것으로 그 뜻대로라면 마을 자체가 백제의 유적지가 되는 것이다. 천년이 훨씬 지난 지금도 이곳은 아직도 백제라는 지명을 사용하고 있다. 지명은 물론 백제의 문화와 풍습이 면면히 살이 있다. 특히 외다리방아는 전라도 일대에서 전승되어 온 것으로 백제 허 사람들은 백제생활 문화의 흔적을 갖고 있다. 그들은 그들이 살고 있는 그 땅을 대 백제라 한다. 어떻게 백제문화가 이 곳 중국 땅에 정착할 수 있었던 것일까.

중국 중앙민족대학 황유복 교수. 백제 인들이 그 때 삼국 가운데서 항해술이 가장 발달했던 나라이고요! 또 사실상 남해지역에서 가장 패권을 잡았던 나라로 볼 수 있는데, 백제 인들이 중국 황해를 지나서 중국의 남해지역까지 진출했을 때 자기들의 식민

지로 만들 수 있다는 그 곳이? 예를 들어서 광주 동쪽 지역은
그 때 중국인들이 많이 개발된 지역 아닙니까. 그러나 이쪽은
아직 미개발지역으로 볼 수 있죠. 그러면 중국인들과 마찰도 없
이, 또 어떤 의미에서 중국인들이 백제 인들이 왔던 이 지역을
개발하는데 별로 신경을 쓸 필요가 없던 적지가 아니었겠나 싶
습니다.

▌그렇다면 중국대륙 어딘가에 백제의 영토가 있어야하는데 중국
정사인 송서宋書가 그것과 관련된 기록을 전한다.

> "백제국은 본래 고구려와 함께 용동의 동쪽 천 여리에 있었는데?
> 후에 고구려는 요동을 장악하였고 백제는 요서를 장악하였다. 그리
> 고 백제가 다스렸던 곳은 진평 군 진평 현이다."

송서에서는 백제가 중국대륙의 진평 군 진평 현을 보았다는 것
을 직접적으로 밝히고 있다. 그렇다면 송서에서 말하는 백제의 진
평현은 어느 곳일까. 중국고금지명대사전에서 진평 현을 찾았다.
진평 현晉平縣 남조시대 송나라가 설치했다. 남제가 그것을 계승했
는데 현재의 광서지역이다.

〈진평현〉

남조시대 송나라가 설치하였다. 남제가 그것을 계승하였는데 현
재의 광서지역이다. 이때 광서지역은 백제 향을 말한다.

백제는 중국이 여러 왕조가 흥망을 거듭하면서 혼란한 시기에

진평의 두 개의 땅을 뺏어 다스리면서 그 곳에다 백제군을 설치했다. 백제의 영토로 알려진 진평군이 지금의 백제향 일대가 된다. 이강·주강·용성강은 전주와 백제 땅을 잇고 있다. 광서 장족 자치구에 해당하는 중국의 백제현과 전주는 물길로 이어져 있다. 이강과 주강이 만나 다시 용성강으로 흘러들어 두 도시의 왕래를 가능하게 하고 있다. 백제향은 백제가 진출해 있던 흔적이 지명과 풍습…… 문헌으로 남아 있다는 점, 그리고 중국 전주는 전라북도 전주가 왕도였던 후백제와 유사한 점이 많은 지역이라는 점에서 백제 향과 전주는 백제와 밀접한 관련을 맺는다. 후백제가 공개된 3년 후인 939년 중국 전주는 그 이름을 갖기 시작한다. 시대적인 상황으로 보았을 때 오월과 후당 지역은 전북 전주가 왕도였던 후백제와 깊은 연관성을 갖는다. 과연 후백제 왕도에서 이렇게 먼 곳까지 집단적인 이동이 가능했을까.

동국대학교 사학과 윤명철 교수. 전라북도 전주지역에서 출항하였을 경우에 만경강과 금강하구가 만나는 지역을 통과해서 황해 중부 횡단항로 내지는 황해 남부 서단항로를 사용했을 경우에 오늘날 양자강 하구에 도착할 수 있습니다. 거기서 물길을 거슬러 올라 가면은 다시 남경시를 거쳐서 다시 거슬러 올라가면 무안을 거쳐서 역시 오늘날 중국의 전주까지는 물길로 연결될 수가 있겠습니다. 중국 지역은 남선북마라고 해서 먼 거리라고 할지라도 배를 통해서 쉽게 연결되는 그런 특징을 가지고 있습니다.

▌후백제는 해상교통을 통한 국제 해류활동이 활발한 나라이다.

오월과 후당으로 사신을 보내 교류하면서 중국 땅에 후백제의 거점지역을 마련하려고 하였을 것이다. 후백제는 900년에부터 오월에 몇 차례 사신을 보냈고 936년 후백제가 붕괴되는 해에도 후당에 사신을 파견한 기록이 남아있다.

중국 중앙민족대학교 황유복 교수. 후백제가 멸망한 3년 후에 이름을 전주라고 하는 곳이 있고 거기에는 금산사라던가 혹은 완 산이라던가 전주에서 이름을 옮겨온 것이 상당히 많이 있는 이런 것을 종합적으로 보면 광서에 있는 전주가 한국에 있는 전 주와 아주 깊은 연관이 있겠다는 생각을 할 수 있습니다.

▌역사는 언제 어디서든 새로운 증거가 발견되면 또 다른 모습으로 확장하고 재구성되기 마련이다. 한반도라는 좁은 틀 안에 우리 스스로 가두지 않는다면 중국대륙에 백제 진출에 모든 가능성을 바라 볼 수 있다. 중국 광서 자치구의 전주와 백제 향 주민들의 삶 속에서 그리고 되풀이되는 풍습 속에서 역사를 바라보는 사람만이 그 거대한 세계로 들어가는 연결의 고리를 찾을 수 있을 것이다.

▌백제는 많은 평야를 차지하고 고 곳에서 생산되는 풍부한 물산을 토대로 일본, 중국과 교역함으로써 탄탄한 경제력을 쌓아 번영하는 나라였습니다. 그러나 그 역사의 많은 부분이 절대적인 사료가 부족하고 하나의 의혹으로만 남아있었습니다. 백제의 해외 진출 문제 역시 그 중의 하나였죠. 중국 전주는 동쪽과 서쪽

으로 뱃길이 닿는 해상교통의 요충지였습니다. 지금은 교통의 발달로 그 비중이 작아지긴 했지만 한 때 전주는 반드시 이곳을 거쳐야만 사방으로 나갈 수 있는 교통 중심의 요충지였습니다. 우리는 오늘 중국 땅에 우리와 같은 문화를 가지고 있는 전주가 있음을 확인했습니다. 그 것은 우연도 단순한 발견도 아닙니다. 중국의 거대한 백제세력이 있었다는 증거는 물론 지금까지 미궁 속에 있던 백제의 중국대륙 진출을 규명할 수 있는 중요한 역사적인 단서를 마련하게 된 것입니다. 이제 시작입니다. 실질적인 자료들이 발굴되어야하고 관련유물을 찾아내는 일이 과제로 남아있습니다. 그 옛날 함께 호흡하고 함께 움직이던 곳 천년이 넘는 거대한 역사를 품고 부활을 꿈꾸는 그 땅은 고대사의 미스터리를 푸는 키워드였습니다. 그 중심에 전주가 있습니다.

방송원고 마지막부분 현 중국 중앙 민족대학교 황유복 교수의 말을 역으로 생각하면 나의 집필 의도를 쉽게 알 수 있을 것이다.

백제가 멸망한 후부터 3년간 지배계층 집단이 배를 타고 전북 만경강과 금강 하구 쪽으로 도착하여 현 전주지역에 선주민을 동화시켜 통치하고 후백제 거점을 만들었으며 일부 계층이 일본 구주에 상륙하여 일본을 통치한 것이다. 본문 내용에 기록했듯이 일본도래 인渡來人이 많았던 시기가 고구려와 백제의 멸망시기인 660년 전후에 현저했다는 기록이다. 가야멸망시기 때도 일본도래 인이 많았던 것도 국가가 붕괴되면 멸문지화를 면하기 위하여 피난길에 오르는 것은 상고 때나 현대 전쟁 후유증과 똑같은 것이다.

KBS TV도 역사적으로 큰 이슈를 제기했지만! 역사의 객관성을 흐리게 처리해버린 꼴이 됐다. 전라북도 전주지역 주민이 내륙 전주를 성립시킨 것으로 처리했기 때문이다. 미국이민 역사를 보자. 우리나라 교민이 많이 살고 있는 미주지역에는 우리의 전통문화와 주거지 상가거리 음식문화까지 동일하다.

당시 백제 폐망 계층민중도 선진문물과 문화를 가지고 우리나라까지 와서 빼앗긴 나라를 생각하면서 똑같은 지명을 만들고 문화전통을 고수하면서 살았을 것이다. 21세기 세계 도처에 소수민족들이 조국의 문화 전통을 고수하고 살고 있다. 한반도에 백제는 성립된 적이 없다. 그것은 삼국사기에 기록된 백제의 60여개의 성이 중국대륙 위에 열거한 "중국에도 전주가 있다." 지역 근교에 있기 때문이다. 우리나라에 가야·고구려·신라·백제의 후손들이 전부 이민을 가지 않았다면 왕들의 묘는 우리나라에 잘 보존되었어야 이치에 맞는다. 그렇다면 우리나라 고대사는 어떻게 된 것인가? 1971년 충남공주에 있는 무령왕이 발굴되어 고고학 사상 위대한 발굴이라고 떠들었다. 놀랄 만큼 정교한 불꽃 무늬의 섬세하게 오려낸 왕과 왕비의 귀금속 금관 등의 공예품 유물은 당시의 뛰어난 세공기술을 말해 주는 것이며 화려한 백제 미를 보여 주고 있다고 고고학계나 사학계서 호들갑을 떨었다. 나는 귀걸이 금관 등 섬세한 유물 때문에 무령왕능은 가짜라고 단정지었다. 여러 가지 이유가 있다.

첫째, 위에서 말한 삼국사기에 기록된 60여 개의 백제성百濟城은 모두 중국 광동성城에 현존하고 있다. 2002년 7월4일 방영한 KBS1TV 네트워크 특집다큐멘터리 중국에도 전주가 있다. 프로에 보면……. 지금도 백제의 간판을 부착하고 백제와 전주를 오가는 버스가 다니고 있으며 전주백화점·전주고등학교·백제발전소등 우리나라전라북도 전주에 있는 지명이 거의 현존하고 있었다. 언어만 틀리지 우리나라 60년대 도시와 농촌都農이 너무나 똑같다.

둘째, 충남공주에서 발굴된 왕과 왕비의 묘라고 쓴 지석誌石의 글자다 귀 걸이와 왕관의 정교한 세공 기술에 비교하여 지석에 글씨를 보면 굳지 않은 시멘트 위에 낙서를 해놓은 글씨체 모습이다. 나의 처가집이 공주시에 있어 자주 들러 보았다. 왕의 묘라는 기록의 음각된 글씨의 조잡함을 보면……. 당시의 최고 석각기술자 작업하지 않았다는 뜻이다. 부장품 섬세한 세공 기술과 지석에 쓰여 있는 글씨 음각기술이 너무 차이가 많이 난다.

셋째, 유물들이 잘 보관되었는데 왕과 왕비 두 분의 유골이 없다 시체를 담았던 나무관이 1,400년 동안 썩지 않고 있었다. 시체가 있었다면 유골이 남아 있어야 한다.

넷째, 무덤 안은 한반도에서 볼 수 없는 남조 때 양나라 수도 남경에서 발굴된 무덤 양식과 똑 같으며 축조한 무덤내부 벽돌모양도 우리나라에 없는 연꽃무늬가 들어있다.

다섯 번째, 무덤 안에서 나온 백자유물은 모두 중국 것이다. 우리나라에서는 제작한 적이 없다.

여섯 번째, 발굴당시 무덤입구 을 막은 벽돌이 너무 허술하게 축조된 모습이었다. 이것은 무얼 의하느냐? 사람이 출입했다는 증거다. 필자의 견해는 조상을 모시는 신당神堂으로 본다. 그 이유는 등잔이 6개가 있기 때문이다. 무덤 속에 불이 필요 없다. 등잔에는 심지가 있었으며 그을린 흔적이 있는 것은 제사를 후손들이 지내다가 전쟁이나 역병이 돌아 갑자기 피난을 가면서 무덤 입구를 허술하게 막고 떠난 것이 아닌가 한다!

위와 같은 주장은 내가 역사서를 집필한 과정에서 밝혀진 이중재 회장이 그 동안 고구려·신라·백제·가야사 등에서 밝혀낸 것과……. 내가 밝혀낸 것을 종합해 볼 때 최인호 씨가 저술한 제4의 제국 전 3권·역사 소설과 임동주씨가 쓴 대하 역사소설은 전11권 소설이지 역사가 아니다. 다만 내가 종합한 결론 일 뿐이니 독자들의 이해를 바란다. 흔히 소설가를 작은 신神이라고도 하지만……. 다른 한편으론 사기꾼이라고도 한다. 어떠한 자그마한 일도 상상력을 동원하여 크게 부풀려 이야기를 만든다는 것이다. 방송 끝에서는 우리민족이 중국으로 건너가 만들었다는 요지였다.

※ 방송국에 테이프를 3만원에 구입하여 비디오를 보면서 원고내용을 빼내어 기록하기란……. 소설가들의 머리는 작은 신神이라 그리고 사기꾼이라는 수식어가 있다. 앞서는 귀신처럼 알고! 후자는 재미가 없어지면 주변에서 들었던 이야기를 자

169

기 마음대로 부풀려서 동력이 약해지는 곳에 삽입하면 동력
이 재미가 살아나는 것이다.

※ 지금의 김치 종주국으로 한중간 말썽인데 이 비디오테이프를
보면 수긍이 갈 것이다!

【중국 본토의 백제성들의 기록】

1. 구천성狗川城은 독산성과 함께 낙랑으로 가는 길목에 있다.
2. 관미성關彌城은 관현關縣이 있는 것으로 보아 하북성 난현欒縣
   북쪽에 있다.
3. 괴곡성槐谷城의 이름은 없지만 괴리현傀里縣이 있는 것으로 보
   아 괴리현에 괴곡성이 있음을 알게 한다. 이곳은 하남성 옛
   남양부南陽府의 경계선에 있다.
4. 구곡성臼谷城은 지명사전에서 보이지 않는다. 그러나 백마강
   달밤이란 노래 가사에 "구곡간장 찢어지는 백제 꿈이 그립다."는
   대목은 백제의 한서린 절규가 섞인 가사의 구절이다. 구곡 성
   이 어딘지는 확실하지 않지만! 지명사전에서 보는 바와 같이
   구수나 臼·구구진臼口鎭에서 보면 호북성湖北省이 아닌가 생
   각된다. 만약 호북성이라면 종상현鐘祥縣 남쪽 60 리에 있는
   한수의 동쪽 물가인 것 같다. 왜냐하면 백제는 한수를 중심으
   로 많은 전란을 겪은 흔적이 있기 때문이다. 3,000 궁녀가 낙
   화암에서 떨어져 죽었다는 곳이 중국에 있으니……
5. 가림성加林城은 가령호嘉零湖 라고 되어있다. 가림성은 가림착

170

加林錯이라 하여 옛날 왕망王莽이 쓰던 돈과 칼을 빗대어 이름
으로 했다는 기록이 보인다. 여하간 가림착에서는 가령 호라
고 되어 있기 때문에 지명을 찾기 위해서는 가령 호를 찾아보
기로 했다. 가령 호는 서장성西藏省 찰십윤포札什倫布의 북쪽이
라는 기록이다. 서장성은 사천성이 서쪽이며 청해성青海省 신
강성新疆省의 남쪽이다. 백제는 서장성까지 영토가 확장되어
있었음을 알 수 있다. 만약 가림성이 가림 착각이 아니고 가령
호가 아니라면 한 가지 분명한 것은 가주嘉州라고 생각된다.
가주는 북주北周 때 두었지만 수나라가 폐지시켰다. 그 다음
당나라 때 이름을 고쳐 건위군犍爲郡이라 했다가 다시 찾아
가주嘉州라 했다. 송宋 나라 때 승격시켜 가정부嘉定府라 했으
며 지금 이곳은 사천성 낙산현樂山縣 이 있다.

6. 고목성高木城은 보이지 않으나 고구려 국에 대한 기록이 있다.
그리고 고노현高奴縣과 고씨高氏 고씨산高氏山 고왕전高王殿 또
고고성보高古城堡 등의 기록들이 있다. 고구려가 노예의 현縣
을 두었던 곳은 섬서성 부시현膚施縣 동쪽이다. 고구려현高句麗
縣도 한나라 무제武帝, BC 140~135년 辛丑 때 조선을 개국할 당
시 고구려 현을 두었다고 기록하고 있다. 그렇다면 고구려와
한나라가 도읍 했던 서안에 있었으므로 백제나 신라의 삼국
도 함께 있었다고 보아 고목 성도 대륙의 중심부에 있다.

7. 각산성角山城은 각산角山이 있다. 하북성 임유현臨楡縣 북쪽 6
리와 강서성 파동남쪽과 섬서성 상남현商南縣 동북 40리 세 곳
으로 되어 있다. 그리고 각산진角山鎭은 강서성 파양현으로 되

어 있는 것으로 보아 각산성은 강서성 파양현에 있었음을 알 수 있다.

8. 감물성^{甘勿城}에 있음을 알게 한다. 처음 감성^{甘城}이라 했다. 곳은 하남성 낙양현 서남으로 되어 있다. 감^甘이라는 것은 본시 주^周나라 안에 있었던 소국의 이름이었다. 주나라는 낙양에 있었다.

그러므로 낙양에 주나라가 있었기 때문에 감국은 감주에 있었음을 알 수가 있다.

9. 남한산성^{南漢山城}은 대륙 남쪽 광주^{廣州} 옆에 있는 남해^{南海}를 말한다.

10. 남평양성^{南平壤城}은 한경^{漢京}이라 하며 한편 한양성^{漢陽城}이라고도 한다.

11. 독산성^{禿山城}은 독산현^{禿山縣}에 있는 것으로 되어 있다. 사천성 유양주^{酉陽州}로 청^淸나라 때 독산 현이다.

12. 독산성^{獨山城}을 처음엔 성 이름은 사비성 또는 비사성이다. 당나라 정명진에 의해 격파 당한 후 독산진^{獨山陳}이라 했던 것이 독산성이다. 이곳은 강소성 무석현^{無錫縣} 서남 18 리로 되어있다. 한편 독산진^{獨山鎮}은 안휘성 육안현^{六安縣} 서남 80 리다. 독산호^{獨山湖}나 독산현^{獨山縣}도 모두 안휘성과 산동성 지방에 있다.

13. 무산성^{茂山城}의 무주^{茂州}는 북주^{北周} 때 두었던 문주^{汶州}다 당나라 때는 회주^{會州}라 했다가 다시 찾아 남회 주라 했다가 다시 본래대로 무주^{茂州}라고 고쳤다고 한다. 무주는 직예성

즉 하북성과 사천성에 있다는 것이다. 중화민국 때 무현^{茂縣}으로 고쳤다고 되어있다. 무현은 사천성 경계에 있는 것으로 기록이다.

14. 마천성^{馬川城}은 산서성 삭현^{朔縣}이다.

이상의 백제성 이외에도 앵잠^{櫻岑} 기잠^{岐岑} 봉잠^{烽岑} 속함^{速含} 기현^{旗縣} 용책^{冗柵} 등의 여섯 개의 성이 있다고 했다. 특히 여기서 빠뜨릴 수 없는 성은 당항성^{棠項城}이다. 당항성은 한나라 때 서강^{西羌}과 별종으로 당나라 때? 즉 백제 때 옛 선인들이 살던 곳이다. 이곳은 지금의 청해성 청해^{靑海}가 있는 대적석산^{大積石山}을 거쳐 감숙성 서녕^{西寧}과 귀덕^{貴德} 등에서 살았다. 이곳에서 서장성과 연결되어 옛날 백제인들은 고구려 인들과 함께 뒤섞여 살았으나 당나라가 침공하면서 치열한 전쟁을 치렀던 곳이다. 이곳은 청해가 있는 곳으로 청해성 청해에서 고구려·백제·신라·당나라와의 전쟁은 청해를 중심으로 엄청난 전쟁이 있었던 곳이 당항성이다. 중국고금지명대사전은 당항을 당나라에 관해서만 기록하고 있지만·당항성이 있었음을 말없이 암시하고 있어 주목을 끄는 대목이다.

15. 북한산성^{北漢山城}은 산서성 태원이다. 이곳은 백제 땅이었으나 신라 땅이 됨. 백제가 망한 후 모두 신라땅이 되었다.

25. 봉산성^{烽山城}은 없어도 봉화대^{烽火臺}가 있는 것으로 보아 봉산성에 봉화대가 있음을 알게 한다. 이곳은 하남성 내황현^{內黃縣} 북쪽 4 리에 있다는 기록이다. 여기에는 축대가 두 개 있고 6미터 높이로 되어 있어 밤에 봉화를 올려 글란^{契丹}을 경계한다고 한다. 지금도 유적지가 있다고 했다.

16. 부현성斧峴城의 기록은 보이지 않으나? 대륙에서는 부斧 자를 가진 지명은 호북성과 호남성밖에 없다. 부자의 땅 이름을 찾아보니 부두계斧頭界와 부두호斧頭湖의 두 지명이 나왔다. 부두계는 호남성 서포현澈浦縣이고 부두호는 호북성 무창현武昌縣 남쪽 120리이다. 부현성의 위치는 정확히 알 수 없지만 백제의 강역이 있었던 곳이므로 추정이 가능한 곳이라고 보아야 한다. 대만의 장개석 총통이 김구 선생과 대륙 강소 성에서 만났을 때 이곳 일대가 백제의 강역이라고 말했다는 것이다.

17. 석현성石峴城은 석성石城과 석성산石城山 석성현石城縣이 있는 것으로 보아 하남성 석성군石城郡 옆에 있는 하남성 임현林縣 서남 85리가 아니면 하남성 영보현靈寶縣 80리에 있는 것으로 보인다.

18. 수곡성水谷城은 직예성 즉 하북성 완현 서북이다.

19. 쌍현성雙峴城은 쌍성현雙城縣이 있고 쌍성주雙城州 쌍성부雙城府 쌍성진雙城鎭이 있는 것으로 보아 사천성 경계지역에 있는 것 같다.

20. 사비성泗批城에 있는 것으로 되어있다. 북주 때 두었다가 수나라 때 폐지시켰으나 당나라 때 다시 두었다는 기록이다. 이곳은 강소성 숙천현宿遷縣 동남이다. 사주를 찾아 옮긴 곳이 임희이다. 이곳을 임희군이라 했다. 임희군을 다시 옮겨 안휘성 간이현旰眙縣 동북에 두었다. 원元 나라 때 다시 임희군으로 돌아오게 했지만? 청淸나라 강희康熙 때 구홍현의舊虹

縣의 땅에 두었다가 중화민국 때 고쳐 사현泗縣이라고 했다는 기록이다. 여기서 한 가지 설명을 한다면? 고대 역사적으로 유명했던 지명은 역사의 흔적을 지우기 위해 지명을 이리저리 바꿔 버리고 옮겨 주로 만주 요녕성인 옛 봉천으로 무조건 땅 이름을 옮기는 것을 볼 수 있다. 그리고 사비성은沙奢城 사비성沙卑城은 비사성卑奢城과 같다! 당나라 장수인 장량張亮과 정명진程名振은 고구려성이었던 사비성을 공격한 일이 있다. 그렇다면 사비성은 고구려 성임이 분명하다. 그런데 사비성泗批城과 사비성沙卑城이다.

21. 사도성沙道城은 사현沙縣에 있다. 사현은 하남성 섭현涉縣 서북 2리에 있는 것으로 진晉 나라 때 사촌현沙村縣이라 했다가 수나라가 폐지시켰다. 그 후 당나라는 다시 이름을 사현으로 고쳐서 불렀다.

22. 송산성松山城은 직예성 청원현淸苑縣 서북 70리에 있는 것이다. 송산은 여러 곳으로 되어 있지만 직예성이라면 하북성이므로 하북성 청원현 서북 70리에 있는 것이 송산 성임을 알 수 있다.

23. 석두성石頭城의 기록은 그대로 석두성으로 기록이 남아 있다. 글자 하나 틀리지 않고 지명사전기록에 있다. 이곳은 강소성 강녕현江寧縣 서쪽 석두산 뒤쪽이다.

24. 서곡성西谷城은 서곡촌西谷村이 있는 것으로 보아 산서성 청원현淸源縣 동남 15리에 있음을 지적하고 있다. 그런데? 서곡수는 감숙성 천수현 서남에서 흘러내리는 물이라고 되어 있

다. 이런 점으로 보아 서곡성은 서곡촌에 있었을 가능성이 많음을 적시하고 있다.

25. 신성新城은 글자 하나 틀리지 않고 뚜렷이 남아 있다. 신성은 춘추시대 때 진晉 나라가 있었던 땅이라는 기록이다. 이곳은 산서성 문희현聞喜縣 동쪽 20리라고 기록하고 있다. 아마 주류성周留城은 문희현 동쪽 29리에 있다고 기록하고 있는 것으로 보아 주류성과 신성의 거리는 불과 9리이다. 요즘의 거리는 4Km가 10리라면 옛날은 5.6Km가 10리였다. 그러므로 요즘으로 계산해 보면 9리라고 한다면 4.94Km이다.

26. 위례성慰禮城은 대륙 하남성에 있다.

27. 웅진성熊津城은 웅이현熊耳縣이 아니면 웅이산熊耳山에 있는 것으로 지명사전은 엮고 있다. 이곳은 하남성 낙녕현洛寧縣 동북이며 또 하나는 하남성 노씨현盧氏縣 서남 70리이다.

28. 우산성牛山城 우산牛山에 있는 것으로 강소성 동해현東海縣 서남 70리에 있는 것으로 기록이다.

29. 우두성牛頭城은 우두산牛頭山에 있는 것으로 강소성 강녕현江寧縣 남쪽이다. 일명 우수산牛首山 이다.

30. 우두산은 원래? 우수 산으로 섬서성 호현鄠縣으로 되어 있다. 호현이란 서안부西安府 안에 있던 현이다.

31. 원산성圓山城은 분명히 원산에 있었을 것으로 보아 두 군데로 되어 있다. 하나는 감숙성 양당현兩當縣 남쪽 120리 관가하管家河란 곳이다. 또 하나는 남쪽인 복건성福建省 용계현龍溪縣 서남 10리로 되어 있다. 백제의 강성으로 보면 복건 성

에 있다.

32. 웅천성熊川城은 웅이산熊耳山이 있는 것으로 보아 대륙에 있었다. 웅이현熊耳縣 웅악산熊岳山 웅악현熊岳縣 웅해熊海 웅담산熊膽山 등 많은 지명이 있는 것으로 보아 백제가 하남성에 도읍 했던 위례성과 함께 있었다. 웅천성은 하남성 노씨현盧氏縣 남쪽에 있었으며 웅이산은 하남성 노씨현 서남 70리에 있는 것으로 보아 웅천성이 가까이 있었다.

33. 아차성阿且城은 기록이 없으나? 말갈의 잡종이 살았다는 것으로 보아 백제는 말갈과 국경을 같이하고 있었고 특히 국경지대에서 전쟁을 많이 한 것으로 보아 아성현阿城縣에 있었음을 추정하게 한다. 아성현을 옛날 늑지勒地라 했으므로 조사해 본 결과 하남성 상구현商丘縣 서남 60리라고 되어있다.

34. 우곡성牛谷城은 우두산성牛頭山城과 우두성牛頭城과 연관이 있을 것이다!

35. 장령성長嶺城은 발해의 장령부가 있던 곳이다. 초창기의 발해는 하북성에서 봉천 해룡현海龍縣 까지다. 백제가 지금의 하북성에서 지금의 심양의 경계에 자령성을 갖고 있었다니 한마디로 놀라운 일이다.

36. 적현성赤峴城은 적성현赤城縣에 있으며 이곳은 한나라 때 상곡군上谷郡 북쪽 경계에 있다고 함. 상곡군은 하북성 역현易縣이다.

37. 주류성周留城은 주원周原에 있는 것인지 아니면 주성현周城縣에 있는 것인지는 정확하지가 않다. 섬서성 기산이라면 서안

과 서안서쪽에 있는 함양시咸陽市의 서쪽인 감숙성 가까이에 있다. 이곳은 백제가 있을 당시 백제의 후백제이므로 강력한 당나라가 버티고 있었기 때문에 기산은 주류성이 아닌 것 같다! 주류성은 지금의 주양성周陽城 자리에 있다. 왜냐하면? 백제는 산서성 문희현聞喜縣 동쪽 29리에 있는 것으로 보아 이곳은 백제의 강역이었기 때문이다. 치산雉山 또는 치현雉縣 인 듯하다! 그러나 치양현雉陽縣이 분명하다. 왜냐하면? 대륙 에서 역사 왜곡을 할 때 지명은 같은 음音으로 된 것으로 일단 바꾸었다가 다음은 옮기거나 없애버리거나 역사의 흔 적을 없애는 작업을 하기 때문이다. 그래서 치양성은 치산雉 山 치주雉州 치양현雉陽縣 치현雉縣 어느 곳이든 이 안에 있는 것만은 확실한 것 같다. 왜냐하면? 백제의 고토가 여기 있었 기 때문이다.

38. 치현은 하남성 남소현南召縣이며 치주는 사천성 옛 아주부雅 州府 쯤이다. 치산은 절강성 순안현淳安縣 서남으로 되어 있 현인 하남성 보풍현에 있는 것이 가장 유력한 것 같다.

39. 한성漢城은 한주漢州이다. 사천성 덕양군으로 지금의 사천성 성도成都이다.

총 65개의 성이 있으나? 정확 지역을 찾을 수 없는 지역은 변역 을 하지 않았다. ……이상 백제의 성은 모두가 삼국사기에 있는 것을 대강 조사해 본 결과 65개이다. 39개의 성 중에서 한반도 한 국 땅에 있다는 성은 엉터리로 기록한 하남위례성과 독산성이다. 그리고 북한산성의 세 곳만 글자와 지명과 성의 이름이 같을 뿐이다. 그러나 세 곳의 지명도 확실하지 않다. 그저 북한산성에 성이 있는 것으로 있었다고 하니까 신라 때 백제 때 있었던 것처럼 기록하고 있을 뿐이다. 이 기록을 보면 백제가 중국 대륙에서 건국되었음을 확인 할 수 있을 것이다. 현시대는 지도를 마음대로 구입하거나 볼 수가 있지만? 옛날에는 지도를 마음대로 공개를 하면 사형에 처했다는 것이다.

고구려; 시원지始遠地를 찾아보자!

「중국고금지명대사전 본문 771쪽」에 보면? 고구려 국이 나온다. 고구려 국에 보면 다음과 같은 기록을 볼 수 있다. 고구려의 선조는 부여로부터 나왔다. 한나라 때 피난 와서 졸본수卒本水 있는 곳에 살았다. 졸본수는 지금의 낙양 위쪽 심양과 임현의 주위인 것 같다. 일반적으로 통칭하여 졸본을 부여라 부른다. 그 땅은 한나라의 현도군이다. 낙랑·임둔·진번의 세 곳 현縣에 속하고 있다. 고구려는 그중 하나이다. 라고는 기록이다. 이상 몇 가지 이유를 찾아보았다. 한나라는 고구려와 혈통이 같으며……. 고구려 또한 한나라와 같은 뿌리의 후손들이다. 다만 한나라가 있을 때 고구려는 소국으로 있었을 뿐이다. 그 후 왕망의 혁명이 성공한 후 국호를 고구려라 고쳤다는 후한서의 기록은 의심할 여지가 없다. 그 때는 고려의 북쪽은 글란契丹이 있었고 서쪽은 여직女直이 있었다. 여직은 여진의 후손이다. 남쪽은 일본이 있었지만 예초 일본은 서안이었던 서경 내에 속해 있었다. 서경에는 동녕東寧로가 있었으며 일본은 총관부에 속해 있었다고 기록이다. 명사 본문을 보면……. 조선 평양은 지금의 서안임을 잘 나타낸 기록이다. 낙랑과 현도·진번·임둔의 사군은 대륙에 있었다는 것을 알 수 있다. 그럼 삼국사기 본문에는 기자는 많은 백성들을 교육시켰다. 특히 예절과 윤리와 도덕은 물론 농사와 누에치기 그리고 길쌈도 하였다. ……고구려는 진秦 나라와 한漢 나라의 후예이다. 특히 고구려는 동북쪽 모서리에 있었으며, 그 북쪽은 주위의 나라들이 모두 천자天子의 나라들이었다는 기록이다. 고구려가 진나라와 한나라의 후예들이며 진나라? 한나라가 있을 때는 동북쪽 모퉁이에 있었다고 했다. 고구려의 처음 땅은 부여가 있던 지금의 북경 남쪽인 하간현에 있었다. 고구려가 처음 있던 북경 남쪽 하간현 북쪽으로는 모두 천자국이 있었다. 그 당시 천자의 나라는 연燕 나라와 숙신肅慎 흉노匈奴 말갈靺鞨 등이 있었다. 고구려는 진나라와 한나라가 있을 때 부여가 있었던 게 아니고……. 옛날부터 부여의 조상국인 고리국으로부터 부여로 이어진 것으로 사서들의 기록이다. 고구려는 분명히 부여와 다르다는 사서가 있는 것으로 보아 부여 이전에 고리 국이 있었다는 것이다. 어떤 사서는 고구려 주몽이 부여 왕자라는 것이다. 그렇다면 고리 국 부여에서 고구려왕 주몽의 탄생이 시작된 것으로 볼 수밖에 없다. 발해왕 대조영大祚榮은 후한後漢 사람이다. 삼국사기 고구려 마지막 보장왕의 기록에서 고구려가 대륙 서안인 서경에 있었으며……. 진한秦漢의 후예로 정리되어 있다는 점이다. 해석을 달리할 수가 있다. 『고구려자진한지후高句麗自秦漢之後』라는 글귀다. 이 글은 고구려가 진과·한이 생긴 후에 생긴 나라이다. 라고 해석할 수도 있다. 뒤쪽의 기록에서는 진나라와 한나라가 있을 당시 동북쪽에 고구려가 있었음을 기록이 되어 있는 것이다. 진나라·한

180

나라 때부터 소속 국 또는 제후국으로 고구려가 있었다는 것이다. 또한 삼국사기구려본기에서도 「고씨자한유국高氏自漢有國」이라는 점을 보아도 고구려는 한나라가 있을 때 고구려는 한나라임을 말해주고 있다. 『후한서』 동이전에서 왕망은 한나라를 정복을 하고 고구려라고 한 것은 진나라와·한나라의 뒤를 밟아오기 위해 함께 있었던 것으로 볼 수 있다. 다만 진·한이 강성했을 때는 제후국인 소국이었지만? 왕망의 혁명을 통해 한나라를 침략을 한 후 한나라 사람과 합세하여 신의 나라 고구려를 세운 것으로 정사에서 기록을 이해를 할 수 있다. 허나? 한나라가 고구려인가! 아니면? 고구려가 한나라인가는 이름과 글자가 틀려 아니라고 할 수 있을지 모르지만! 진과·한의 선조와 고구려의 선조는 같은 조상인 것으로 보아 한 뿌리 자손으로 나라 이름만 다를 뿐 함께 있다가 왕망의 혁명으로 합세하여 대고구려가 건국된 것으로 보인다. 중국고금지명대사전 본문 771쪽 고구려 국엔……. 한나라 고조 유방은 강소성 패 현 사람이다. 한편 패풍읍沛豊邑 사람이라고 되어있다. 어디서 누구의 자손이며 선조가 누구인가는 알 수 없다. 그러나 한나라 고조의 조상은 순임금으로부터 뿌리가 이어져 온 것으로 일본사서는 기록이다. 특히 사서 고조본기에서는 아버지가 태공太公 이고……. 어머니는 유오劉媼라고 되어 있다. 한나라 유방은 순임금의 후손으로 위魏 나라 때 진나라의 반정에 불만을 품고 위나라를 떠나 멀리 강소성까지 이주한 것으로 『사기』에 기록이다. 순임금은 황제의 현손지현손玄孫之玄孫이다. 다시 말해 황제의 5대손의 5대손이다. 직계로 따지자면 황제의 9대손이라는 뜻이다. 한나라 고조인 유방이 순임금의 후손이라면 황제의 혈손이 확실하다. 고구려의 경우 요임금의 아버지인 제곡고신 씨가 고구려의 시조이다. 고신 씨는 황제의 증손자이다. 요임금의 사위가 순임금이다. 이리저리 뿌리를 따지면 고구려와 한나라는 비록 촌수는 멀지만 혈통은 같은 것이다.

"……"

발해왕 대조영의 경우도 후한後漢 사람이며 후한에서 발해왕이 된다. 그 실례를 벽역을 하면……. 후한은 동한東漢이다. 질제의 이름은 찬纘이다. 찬의 아버지는 발해왕이 된 대조영이다. 발해왕 대조영은 중국 측에서는 후한 사람이므로 중국인이라고 한다. 우리나라에서는 고구려 후손이며 후고구려 사람이라고 학자들이 이러한 학설 논쟁을 하고 있는 실정이다. 둘 다 맞는 말이다. 후한인 동한은 한나라의 후손이다. 그렇다면 한나라 사람이라는 것이 옳은 말이다. 하지만? 앞서 이야기 했듯이 한나라와 고구려의 혈통이 같은 혈육이므로……. 특히·후한 때는 후한이나 동한이 아니고 고구려였다. 왜냐하면? 기원후 9년에 왕망의 혁명으로 고구려라고 이름을 고쳤기 때문이다. 그때부터 한나라는 완전히 고구려가 되었던 것이다. 역사를 날조하기 위해 고구려라고 하지 않고 한漢나라 다음에 후한이라고 했다. 이것은 역사의 기법에 훼손한 일이다! 대륙에서 고구려가 없는 것으로 역사의 말살정책을 쓴 것은 일본과 중국이다. 하지만 뿌리 깊은 나무는 다시 자라나는 진리처럼!

이글로서 새로운 역사가 아닌 정사를 찾게 될 것이다!

이와 같이……. 여러 가지 사서를 인용을 한 것이다. 과연 한나라는 고구려인가를 하나하나 살펴보았다. 본문에서 기록되어 있는 것과 같이 한나라와 고구려는 뿌리 ↔ 같은 혈통 같은 땅에서 생존해 왔음을 알 수 있다. 한나라의 분신이 고구려이며 고구려의 혈통이 한나라였음을 정사를 통해 자세히 기록을 찾아 보았다. 한 사람의 이름이 몇 개 있듯이 형제간에도 이름이 다르듯이 한나라와 고구려는 같은 뿌리도 ↔ 같은 선조도 ↔ 같은 혈통으로 역사 속에서 서로의 맥을 이어왔던 것이다. 고대사에서 가장 중요한 부분이 장안성과 평양 성의 위치이다. 어떤 사서이든 정확하게 해두지 않으면 후일에 가서 착오가 생기는 것이 작가들이 하고 있는 일이다. 그러기에 작가들은 경우에 따라 어리석고 착각 속에 헤맬 때가 많다! 이 기회를 통해 확실하게 장안성長安城과 평양성平壤城 그리고 왕검성王儉城과 왕험성王險城 또는? 험독성險瀆城에 대하여 정리한다. 사마천 사기 조선 편을 찾아 설명하면……. 조선의 왕만王滿은 옛 연나라 때 진번眞番에 속해 있었다. 서광徐廣의 말에 의하면 진번을 막莫이라 했다. 요동에 있을 때는 번한현番汗縣이다. 번番자의 음은 보통 한寒자의 반대 음이다. 조선은 그 당시 관리들을 시켜 지금의 강소성 유현楡縣에 성을 쌓았다. 이곳은 옛날 춘추시대 때 있었던 거莒 나라의 읍邑이었다. 연나라는 진에 의해 망한 후 요동의 경계에 속하게 되었다. 그 당시 한나라가 눈부신 발전을 하자. 멀리 있는 곳이라 지키기 어려웠다. 다시 수리를 튼튼히 하여 요동의 요새지로 삼았다. 이곳은 패수浿水의 경계에 있다. 한서의 음의 뜻에 따르면 패浿의 음은 패沛와 반대되지만……. 음이 곁에 있는 것처럼 비슷하다. 이곳은 연나라에 속해 있었다. 그 때는 연왕 노관 때 흉노의 침입으로 반란을 일으켰다. 그리하여 왕만은 무리 1,000여 명과 함께 망명하였다. 이때 만이蠻夷↔남녘에 살던 동이들들은 상투를 매고 옷을 입은 채 동쪽 요새가 있는 곳으로 도망가 패수를 건넜다. 여기서 패수浿水에 대하여 간략하게 설명을 하면? 수경주소水經住疏 본문 1,278쪽 패수를 변역을 해본다. 본문이 너무 길기 때문에 간략하게 변역을 해보면…….『패수출낙랑누방현 동남과임패현浿水出樂浪鏤方縣東南過臨浿縣』이라는 기록이다. 패수는 낙랑으로부터 누방현으로 흐른다. 동남으로 지나 임패 현으로 지나간다는 기록이다. 이 말을 알기 쉽도록 한 번역을 하면? 지금 대륙의 서안西安이 옛 낙랑이다. 서안에서 누방현으로 흐른다고 했으므로 누방현은 후한이었던 곳이다. 후한과 후진이 도읍한 곳이 누방현이다. 이곳은 지금 대륙의 하남성 개봉현이다. 그러니까 섬서성 서안에서 하남성 개봉현으로 흐르는 큰 강물이 패수이다. 패浿 자란 뜻은?

「조선의 물 이름이다. 강이 너무 커서 대동강이라고도 하며 일명 예성강이라고도 한다. 사람의 별명처럼 여러 가지 이름이 붙는 것은 유명한 강이기 때문이다」

이들은 패수를 건너 진秦 나라가 살던 빈 땅 위아래에 터전蠻夷이란? ……도를 열지 못한 무식한 사람들을 말한 옛 연燕나라와 제齊나라가 망할 때 망명 온 사람들이 뭉쳤다. 이들이 왕의 도읍지를 왕험王險으로 정했다. 서광徐廣의 말에 의하면 왕험은 창려현昌黎縣

184

에 있으며 이곳이 험독현險瀆縣이라 했다고 상재되어 있다.

여기서 왕험과 험독현을 찾아보니 왕험은? 왕험성王險城 또는 왕검성王儉城이라고도 한다. 그리고 성 주위로 물줄기는 거칠고 산세가 더욱 험해서 험독현險瀆縣이라고 고을 이름이 지은 것이다. 이곳은 지금 대륙 섬서성 서안 서남쪽으로 뻗어있는 태백산의 준령을 이용하여 왕의성을 쌓았기 때문에 왕험성이라 한다. 왕험성이나 험독성은 같은 지명에 있는 성 이름이다. 그래서 왕검성이라고 한다. 왕이 있는 왕검성은 천연의 요새지로 난공불락의 성이라는 것이다.

『중국고금지명대사전 본문 1,251쪽』

험독성에 대하여 기록한 것을 번역이다. 험독성은 단군이었던 요왕검 때 설치했다. 후한 때도 있었다. 응소應劭의 말에 의하면 조선의 왕만이 도읍한 곳이다. 그럼 기자 41세 마지막 준왕이 위만조선 때 왕만 이므로 준왕인 애왕이 세운 성이 바로 험독 성이라는 것이다. 그렇다면 한나라 유방은 왕만이며 왕만은 한나라를 건국한 것이다. 왜냐하면 앞서 이야기한 바와 같이 왕검성·왕험 성 또는 험독성을 세워 도읍지로 삼은 사람이 바로 왕만 이었기 때문이다. 조선 왕만이 도읍한 곳이며 물줄기가 아주 사나웠다는 것이다. 그러므로 험독險瀆이라했다. 신하인 찬瓚이 말하기를……

　"왕험성이 있는 곳은 낙랑군이며 패수의 동쪽이다. 그리하여 험독 성이 있는 곳이므로 험독현이라 했다"

『사기』에 기록에는 왕험성은 평양성과 밀접한 관계가 있다. 한나라 때는 조선 왕만이 처음 도읍지를 험독현에 왕험성 또는 왕검성을 세워 도읍했으나 후에 고구려 때 와서는 왕검성이 평양성으로 이름이 바뀌었다는 것이다. 왜냐하면? 고구려는 왕의 도읍지를 평양성이라 했기 때문이다. 여기서 후한서 동이전 동옥 전편에 있는 본문에는 동옥저는 고구려가 있던 개마대산蓋馬大山의 동쪽에 있었고 개마현의 이름은 현도군에 속해 있다. 개마현은 현도군에 속해 있었다면 섬서성 서안이다. 고구려가 있던 곳이 서경인 평양성에 있었기 때문에……. 그 당시의 현도군은 지금의 서안이다. 그러므로 개마대산은 평양성의 서쪽에 있었다. 이때 평양성은 왕험성이라고 되어있다. 고구려가 도읍하면서 처음은 왕험성과 왕검성을 평양성이라 한 것으로 되어 있어……. 수서隋書·고려高麗 전을 살펴보면 『도어평양성역왈장안성동서육리都於平壤城亦曰長安城東西六里』라고 기록한 것이다. 고구려의 도읍지는 평양성이며 평양성을 장안성이라고 하였다. 성은 동서로 6리로 되어있다. 옛날은 5.6km가 10리다. 수서 고려전에서 기록엔 평양성을 장안성이라고 부른다고 기록되어있다. 『당서』에서도 다음과 같이 상재되어있다.

『기군거평양성역위장안성한낙랑군야其君居平壤城亦謂長安城漢樂浪郡也』라고 되어 있다. 이 말은 아래와 같다.

"임금이 사는 곳은 평양성이며 평양성이 장안성이다. 장안성은 한나라가 있던 낙랑군이다"라는 기록이다. 그리고 통전通典을 찾아보면....... 고구려는 맨 처음 조선의 땅이었다. "한나라 무제武帝 이름은 유위劉衛 호는 건원建元 때 두었던 낙랑군 지역이다. 이곳에

도읍한 평양성이 있었고 옛날 朝鮮국의 왕이 있던 왕험성이다."라
고 했다. 통전에서 보다시피 연나라 때 노관의 반란으로 인하여
조선 왕만 이었던 기자준왕箕子準王, 41세 훨씬 이전에 왕검성을 세
운 것으로 왕험성에 조선왕이 있었다는 것으로 상재되어있다.

　　통전 조선 편에선 진나라에서 반란이 일어났다. 중국인들 수만
명이 이리저리 피난지를 찾아다녔다. 멀리 떨어져 있었지만 역시
지키기가 어려웠다. 요동에는 옛날 요새가 있었으므로 다시 수리
하여 사용하였다. 이곳 요새가 있었던 곳은 패수와 가까이 경계에
있었다. 이곳은 연나라에 속해 있었던 변방이다. 연나라 왕인 노관
의 반란으로 흉노가 침입해 왔다. 연나라 사람인 위만은 망명길에
올랐다. 천여 명의 무리와 함께 떠났다. 상투를 한 만이蠻夷는 남쪽
에 사는 조선의 무식한 백성들은 동쪽에 있는 요새지를 찾았다.
물론 만이들은 상투를 하고 옷을 입고 정장을 한대로 동쪽의 요새
가 있는 곳을 찾아 떠났다. 이때 진나라는 감숙성 천수현天水縣이
도읍지였으므로 동쪽이라면 섬서성과 산서성 그리고 하북성·하남
성 등지로 흩어졌음을 알 수 있는 기록이다. 만이들은 섬서성과
하남성이 있는 패수를 고생 끝에 넘어 조선왕준朝鮮王準과 함께 진
나라의 빈 땅 위아래·이쪽저쪽에 장막을 치고 경계를 정한 다음
살았다. 이곳은 진번군眞番郡에 일부 속해 있었다. 조선의 여러 동
이들은 연나라에서 망명온 사람들과 함께 어울렸다. 왕이 있는 곳
은 왕험성이다. 왕험성에 왕도王都를 정한 것이다. 이곳은 패수의
동쪽이다. 통전 본문에는 조선왕만은 진나라의 망명자와 연나라의
망명자와 함께 동남으로 내려와 지금의 섬서성 서안인 왕험성에

도읍한 것이다. 조선왕 준은 위만조선의 왕만이며 망명하여 한나라를 건국한 것이다. 국호는 한漢으로 정하고 이름은 유방劉邦왕의 칭호는 고조高祖로 한 것이며 도읍은 왕험성으로 정한 것이다. 통전에선 진나라가 반란 때문에 망명하게 됐다는 기록이다. 진나라가 망한 후 한나라가 건국되는 과정을 상재되어있다. 또한 왕의 도읍지가 연나라 사람들의 망명자에 의해 왕험성으로 정해진 것으로 보아 왕험성은 왕검성은 옛날 『단군이 살던 곳』임을 밝히고 있다. 왕험성은 훗날 고구려가 도읍할 때 평양성임을 앞에서 이야기한바 있다. 따라서 평양성은 장안 성임을 후일 본문 전에 밝혔듯이……. 언제 평양성이 장안성이라 이름으로 바뀌었는지를 찾아보면?

삼국사기 고구려본기에 상재된 기록엔 고구려 24대 양원왕 8년의 기록이다. 축장안성築長安城이라 기록이다. 양원왕 때 서경이었던 서안에 고구려는 장안 성을 쌓았던 것이다. 그리고 25대 평원왕平原王 28년에는 장안성을 쌓은 후 이도장안성移都長安城이라 했다. 이 말은 장안성을 쌓은 후 도읍을 장안성으로 옮겼다는 것이다. 현재 북한의 평양은 이름만 평양으로 옮겼을 뿐 평양성이 아니다. 평양성은 앞서 이야기한 바와 같이 왕만은 처음 왕검성을 수리하여 왕험성 또는 험독성이라 했다. 그 후 고구려가 도읍지로 정하면서 평양성이라 했지만……. 삼국사기 본문엔 고구려 24대 양원왕 때 장안성을 쌓으면서 평양성을 장안성이라 했다는 기록이다. 그러므로 장안성은 평양성 임이 확실하다. 진나라가 망한 후 연나라에서는 흉노들이 침입하면서 반란이 일어났다. 반란을 일으킨 사람은 연나라 노관이다. 노관의 반란으로 인하여 기자조선 마지막 41세의 왕은 준왕이며 준왕을 애왕哀王이라고도 한다. 기자조선의 41세 때는 위만조선衛滿朝鮮이라 했다. 처음 기자조선이 주나라 초기에 들어설 때는 기자조선이라 했지만 기자조선이 약 1,000년의 세월이 흐른 뒤는 위만조선이라 했다. 위만조선의 마지막 왕은 만滿이다. 만은 기자의 마지막 왕이었던 준왕이다. 준왕은 노관의 반란에 쫓겨 패수를 건너서 험險왕이 있던 ……험하고 험한 성이라는 뜻 땅이라 했다. 왕험성은 험독성이라 하여 위험하고 고약한 성이라는 뜻이다. 피난와서 미처 궁궐을 지을 수 없으므로 옛날에 있던 궁궐인 왕검성을 수리하여 입궐하게 되었다. 왕검성은 단군조선 때 단군이 살던 곳이다. 단군은 요왕검을 말한다.

준왕이었던 왕만은 한漢나라를 건국하게 되었다. 그 당시 국호도 바뀌고 왕의 이름도 바꾸었다. 상고 때는 어떤 나라든 국가를 세울 때는 나라 이름과 왕의 이름을 바꾸는 것이 불문율不文律로 되어 있었기 때문이다. 송나라 때 서긍徐兢이 집필한 고려도경高麗圖經을 보면 다음과 같은 기록이다. 동진 때 7대 왕인 강제康帝는 건원建元 사마악司馬岳이다. 그러므로 성은 사씨司氏이다. 그런데 후한, 즉 동한의 3대 왕인 은제隱帝・건우乾祐・유승우劉承祐는 동진 때 7대 왕이다. 동한의 3대 왕인 유승우의 조상은 성이 사씨司氏인데 비해 후한의 3대 왕은 성이 유씨劉氏이다. 선조는 사씨의 성인데 후손은 유씨로 되어 있다. 후한의 3대 왕인 유승우의 아들은 북송北宋 때 1대 왕인 태조 건융建隆・조광윤趙匡胤이다. 아버지는 후한 사람으로 성씨가 유씨인데 아들은 북송의 태조 조씨로 되어 있다. 이상과 같이 혈통이 같은데 조상과 성씨가 다를 수도 있다는 것은 고대사회의 시대가 잘 나타내고 있는 것이다. 특히 아버지는 후한의 3대 왕 유씨이고 아들은 북송의 1대왕 조씨인 것은 앞서 이야기 한 바와 같이 새로운 나라를 건국하게 되면 나라와 성씨 그리고 이름도 바꾸는 특별한 권리를 갖고 있었던 것이다. 후한後漢과 남송南宋은 고구려 후손이다. 사학자들은 무조건 다른 나라와 다른 나라 사이는 혈통이 다른 것처럼 생각하는 경향이 있다! 특히 고구려와 한나라라든지! 진秦 나라와 신라라든지! 신라와 당나라 사이도 그러했다. 그리고 고구려와 후한과 북송 관계도 그렇게 생각한다. 특히 엉뚱하게 생각할 수 있는 것은 고구려의 혈통이 남송의 왕이 되었다면 놀랄 일이다! 그리고 후한의 광무제 친동생이 고구려 왕이었다면 더더욱 놀랄 일이 아니겠는가! 이제껏 듣지도 못하고 생각할 수도 없는 일들이 역사의 기록에 숨어 있었다면 깜짝 놀랄 일이다.

『자치통감』 당기唐紀 5권 1,812쪽의 기록을 살펴보면? 이 기록은 당나라 고조高祖 이름은 이연李淵 때 기록이다.

『을축고구려왕건무견사입공건무지제야乙丑高句麗王建武遣使入貢建武之第也』라고 되어 있다. 본문을 변역을 하면? 을축년 고구려왕에게 동한 즉? ……고구려 9대 왕인 고국천왕이라고 되어있다. 이 얼마나 놀라운 기록인가! 형님이었던 건무는 동생에게 파견사를 시켜 조공을 비친 것으로 자치통감에 기록되어있다. 본문엔 고구려와 한과 후한인 동한은 모두 형제나라이며 한 뿌리 자손임을 알려주는 중요한 자료인 것이다. 이와 같은 자료들을 보면서도 도저히 믿을 수 없는 기록이 있을 때마다. 잘못 변역이 있는가를 살핀다. 삼국사기 백제 의자왕 마지막 기록을 한 토막 번역하면?

『기리고구려사무후우이기손경습왕이기지사위신라발해말갈소분국계수절寄理高句麗死武后又以其孫敬襲王而其之巳爲新羅渤海靺鞨所分國系遂絶』이라고 되어 있다. 본문을 변역은? ……. 고구려는 멸망했다. 당나라 무후武后는 무종武宗 이름은 → 이호李護 호는 회창會昌의 손자는 경습왕敬襲王이다. 경습왕은 경순왕敬順王이다. 왜냐하면? 경순왕 때 신라가 망할 무렵 수시로 장군들의 침입이 있었기에 별칭으로 경습왕이라 했다. 경습이란 자주 왕궁의 습격을 당했다 하여 붙여진 이름이다. 당시 견훤과 태조 왕건은 신라 왕궁의 잦은 출입과 견훤의 침입이 빈번했던 것이다. 삼국사기 본기에서 가장 문제가 되는 것은 당나라 무후武后의 손자가 경습왕이라고 했다. 경순왕 때 견훤의 기록을 보면……. 경순왕은 신라가 망할 무렵 너무나 쇠잔해 있었다. 매일 술로 시간을 보내다시피 했다는 것이다. 당시에 신라를 돕기 위해 왕건은 많은 활약을 했지만 도저히 신라는 소생할 수 없었다. 여기서 신라의 마지막 왕이었던 경습왕, 즉 경순왕과 왕건과의 관계를 알아야 한다. 정인지의 고려사高麗史나 이승휴가 쓴『제왕운기』에 보면 왕건의 혈통에 대하여 다음과 같이 기록되어있다.

왕건이며 원덕대왕은 천보天寶이다. 원덕대왕의 후손은 당나라 숙종황제肅宗皇帝 이형李亨이며 칭호는 지덕至德이다. 지덕의 후손이 경강대왕景康大王이다. 경강대왕은 당나라 헌종憲宗이며 왕건의 할아버지가 당나라 헌종이다. 당나라 헌종의 후손은 세조이며 세조는 당무후唐武后이다. 당무후는 무종武宗 이름은 이전李瀍 ↔ 호칭는

191

회창^{會昌}이다. 당무후의 아들이 바로 왕건으로 되어있다. 왕건이 적자인지 서자인지는 밝혀지지 않고 있지만……. 당나라 무종인 무후의 아들임은 정인지의 고려사와 이승휴의 제왕운기에서 밝혀져 있다. 신라가 망하는 것을 보고 왕건이 경순왕을 도우려고 한 것은 혈통 관계의 원인이 있었기 때문이며……. 당나라와 신라가 연합작전을 한 것도 모두 혈연관계이기 때문이었다. 그렇게 본다면 왕건과 경순왕 사이는 외가로 촌수로 따져 삼촌과 조카뻘이 되는 셈이다. 친가 쪽으로 보면 숙질간이다. 당나라 무후의 아들이 왕건이라면 무후의 외손자는 신라의 경순왕이다. 당나라 무후의 성이 김씨라면 경순왕은 친손자인 것이다. 고대사를 보면 이상과 같은 사실들은 부지기수^{不知其數}로 많은 것이다! 그러나 지금의 사학자들은 도저히 알 길이 없다. 왜냐하면? 어려운 한문자의 해독이 불가능한데다가 너무나 방대한 사서가 많기 때문에 역사의 진실한 실체를 모두 안다는 것은 힘든 일이다. 현재 중국인도 자국의 글을 모르는 사람이 부지기 라는 것이다. 그래서 세종대왕님께서 한글을 차조하신 것이다. 한문의 남^南 자가 40개다. 글자마다? 뜻이 다르다. 한문은 뜻글자이고 우리글은 소리글이다.

『인간극장을 집필도 하고 대발해^{大渤海}를 집필한 김홍신 작가는 사료가 국내는 많이 없어 중국과 일본에서 구입한 500여권을 변역하면서 집필을 했다는 방송을 보았다』

그러니? ……. 하나하나 눈에 보이는 대로 찾다 보면 상상할 수도 없는 역사의 사실이 거짓말처럼 드러날 수도 있는 것이다! 그중 하나 더 상재를 해 본다. 잠시 대한민국 현재에 2,000년 전 가야사를 엉터리로 만들어 유네스코 문화유산으로 등재를 하겠다는 어리바리한 정치인들의 행동이 잘 못이라는 것을 상재를 해 본다.

"……."

김해 가야국 시조 김수로왕의 각시가 아버지의 꿈속에서 점지한 사랑을 찾으려고 인도에서 돌배를 타고 험난하기로 유명한 뱅갈만을 거쳐 2만 5천여리 동방에 가야국을 찾아 왔다는 것이다.

그렇다면? 허황옥은 인도인의 체질인가?

허황옥이가 인도인이 아니고? 중국인이라는 것을 증명하기위해서는 한민족 체질을 알아봐야한다. 체질이란 사람의 정신적·신체적 형질形質의 총화를 말하는 것으로……. 지금은 체질과 형질을 같은 말로 사용하고 있다. 사람은 생물학적으로 호모 사피언스 사피언스Homo sapiens sapiens는 단일속單一屬 단일종單一種에 속하지만 각기 다른 물리적 환경 속에서 살고 있기 때문에 인종에 따라 그 체질 특성에 어느 정도의 차이가 생기게 되었다. 즉? 계절·일광日光·수질·토양·음식 등 수천 가지 인자의 영향을 받은 것이 누적되어 체격·피부·모발·홍채虹彩 등에 차이가 생김으로써 각종 인종이 구별되는 것이다. 한민족은 몽고종에 속하는 퉁구스족의 하나로서 몽고와 만주를 거쳐 남하하여 한반도에 정착하면서 단일민족을 형성하였다. 물론 우리나라의 지리적 위치나 역사적 배경으로 보아 인근 민족이 한민족의 체질에 적지 않은 영향을 끼쳤을 것이지만! 그럼에도 불구하고 우린 민족에게서 군郡으로서 수많은 체질들이 추출되므로 단일민족이라 할 수 있는 것이다. 우리 민족도 이러한 형질적 특징을 가지고 있음은 물론이다. 그런데? 시베리아의 몽고족은 옛 시베리아족Paleo-Siberians 또는 옛 아시아족Paleo-Asiatics 옛 몽고족Paleo-Mongolians과 새 시베리아족Neo-Siberians 또는 새 몽고족Neo-Mongolians의 두 그룹으로 나뉜다. 이는 옛 시베리아족이나 새 시베리아족 모두 몽고족의 형질적 특성을 가지고 있지만…… 뒤에 부족 적 이동에 따라 새 지역의 환경에 따른 형질적·문화적 차이가 생겼기 때문이다. 특히 두 그룹 사이에는 언어의 차이가 두드러지게 나타난다. 오늘날 시베리아에 살고 있는 시베리아족은 축치족Chukchi · 코리약족Koryaks · 길리약족Gilyaks · 캄카달족Kamchadals · 유카기르족Yukagirs 등이다. 그리고 이들의 한 갈래가 베링 해를 건너 아메리카로 이동하여 아메리카 인디언의 조상이 되었고…… 다른 한 갈래는 베리아에 살고 있는 새 시베리아 족에는 터키족·몽고족·퉁구스족Tungus · 사모예드족Samoyeds · 위구르족Uiguri-ans · 핀족Finns 등이 있다. 이 가운데 터키족·몽고족·퉁구스족의 언어에는 문법구조·음운법칙·공통조어共通祖語 등에서 서로 깊은 관련이 있으므로 이를 알타이어 족Altaic Language Family이라 한다. 반면? 사모예드족·위구르족·핀족은 다른 하나의 어족을 이루어 이를 우랄어족Uralic Language Family이라 한다. 한국어는 이 가운데 알타이어족에 속한다. 알타이어족은 본래 예니세이 강江 ↔

yenisei 상류지방과 알타이 산기슭에서 발생하였다. 이 지역은 삼림 및 초원지대로서 주민들은 일찍부터 목축을 주로 하고 농경을 부업으로 하는 생산경제 단계로 들어갔으며……. 또한 알타이 산지에서는 구리와 주석이 많아 청동기문화의 발달에 유리하였으므로 안드로노브Andronovo 문화·카라수크Karasuk 문화·타가르Tagar 문화 등 독특한 시베리아 청동기문화를 발달시켰다. 그런데 이러한 문화는 동유럽으로부터 전파된 것으로……. 문화의 전파에 따라 유럽 인종과 원주민인 몽고족 사이에 혼혈이 일어났던 것으로 보인다. 북방 아시아 몽고족 계통의 민족에게서 가끔 유럽 종의 형질적 요소가 발견되는 것은 바로 이러한 이유 때문이다. 제4빙하기에 시베리아 지방에서 형질적 특성이 완성된 몽고족은 제4빙하기 후기에 기온이 상승하여 빙하가 녹으면서 남쪽으로 이동하기 시작하였다. 그리하여 먼저 옛 시베리아 족이 시베리아의 동쪽과 남쪽으로 이동하였는데……. 그 시기는 고고학적으로 후기 구석기시대 및 신석기시대에 해당한다. 따라서 이들에 의해서 후기 구석기문화와 신석기문화가 전파되었다. 한반도의 경우에도 후기 구석기시대의 유적이 발견되었지만……. 아직 그 인종의 형질적 특성을 확인할 만한 자료는 발견되지 않았다. 그리고 신석기문화는 몽고·만주·한반도를 비롯하여 동쪽으로는 사할린과 북해도를 거쳐 아메리카 대륙까지 전파되었다. 따라서 이들 지역의 신석기문화가 모두 같은 문화 전통을 지니고 있다. 예를 들어 신석기시대 토기의 경우? 반란형牛卵形의 토기 표면에 직선이나 점으로 구성된 기하문幾何文 장식을 한 것이 시베리아·만주·한반도 지역과 북아메리카 및 일본열도의 북부에 분포되어 있어 그것이 모두 시베리아로부터 전파된 것임을 알 수 있다.

물론 시베리아의 신석기문화는 이들 여러 지역에서 각기 변화하여 발달하였으므로 다소의 차이가 있지만……. 이들 지역의 신석기문화는 아직 수렵과 어로의 채집경제 단계에 있어서 농경문화가 시작되지 못하였다는 점이 주목된다. 그러나 만주나 한반도의 신석기 유적에서도 역시 인골人骨이 발견된 것이 거의 없기 때문에 고고학에서는 그 주민의 인종적 특성을 알기는 어렵다고 한다. 알타이산지와 바이칼호수의 남쪽지대에 살고 있던 알타이 족이 남쪽으로 이동한 것은 옛 시베리아 족의 이동에 뒤이은 것으로 짐작된다. 이들은 원주지의 초원지대에 이어져 있는 초원지대로 이동하였으며…… 유목遊牧·기마騎馬 민족이었으므로 이동이 용이하였을 것이다.

그리하여 초원이 펼쳐진 한계까지인 즉 서쪽으로는 카스피 해 남쪽으로는 중앙아시아와 몽고를 거쳐 중국 장성長城 지대까지 남동쪽으로는 흑룡강 유역에서 만주 북부까지 이동하였다. 그 결과 터키족은 중앙아시아와 중국 북쪽엔 몽고족은 지금의 외몽고를 거쳐 중국 장성지대와 만주 북부에, 퉁구스족은 흑룡강 유역에 각각 분포하게 되었다. 그리고 이들 알타이족과 함께 시베리아에 살던 한민족도 이동의 물결을 따라 몽고를 거쳐 중국 장성지대의 동북부와 만주 서남부에 이르러 정착하였던 것이다. 단? 오늘날 알타이족이라 하면 터키족·몽고족·퉁구스족을 가리키고 한민족은 포함시키지 않는데? 이는 한민족이 남하하는 과정에서 일찍부터 알타이족에서 갈라져 만주 서남부에 정착하였고……. 여기서 하나의 민족 단위를 형성하였기 때문이다. 알타이족에 의해서 중국 북부에 전파된 시베리아의 청동기문화는 오르도스·내몽고 지방과 만주 서남지방인 즉? 요령遼寧 지방에서 각각 꽃피었는데 전자는 내몽고족이 발달시킨 것이고 후자는 한민족의 조상들이 발달시킨 것이다. 이 두 청동기문화는 모두 시베리아 청동기의 전통을 이은 것으로 많은 공통점을 가지고 있지만? 다른 한편으로는 상당히 다른 특징을 가지고 있다. 이러한 차이는 요령의 청동기문화에서 특징적으로 나타나는 비파형琵琶形 단검短劍이나 기하문경幾何文鏡 등 고고학적 유물에 의하여 확인되며……. 이로부터 한민족의 조상들이 요령 지방을 중심으로 하나의 문화권을 형성하고 알타이족이 다른 민족과도 구별되는 독특한 청동기문화를 발달시켰음을 알 수가 있다. 중국의 문헌에 따르면 춘추시대에 장성지대 깊숙이 침입한 누번樓煩이나 임호林胡 그리고 만주 북부의 동호東胡 등의 이름이 보이는데 이들이 곧 알타이족 중의 몽고족을 가리키는 것이며……. 장성지대 서북쪽의 흉노匈奴는 터키족 또는 몽고족을 가리킨다. 터키족이나 몽고족에 비하여 중국 동북부의 민족으로서 숙신肅愼·조선朝鮮·한韓·예濊·맥貊·동이東夷 등이 주周나라 초기부터 중국 문헌에 나타나는데……. 이것이 바로 우리 민족을 가리키는 것이다. 이 가운데 숙신肅愼과 조선朝鮮은 중국 고대古代 음으로 같은 것이고 한韓 ↔ khan han은? 대한 표기로서 『크다』 『높은 이』 등의 뜻을 가진 알타이어다. 맥貊의 맥貊 ↔ 북방 족은 중국인들이 다른 민족을 금수로 보아 붙인 것이고 백百 음을 나타내는데……. 백百의 중국 상고

음上古音 ↔ pak은 으로서 이는 우리의 고대어 「밝」 또는 「박」에 해당하며…… 광명光明이나 태양을 뜻한다. 한민족에 의하여 발달한 요령 청동기문화는 대체로 대흥안령大興安嶺의 산줄기를 경계로 중원中原 문화와 접하였다. 그런데 요령 지방은 북으로는 삼림과 초원 지대를 이루고 남으로는 난하難河·대릉하大凌河·요하遼河의 하류 지역에 농경에 적합한 평야지대가 펼쳐져 있다. 따라서 요령 지방의 조선족은 본래 시베리아에서는 목축을 주로 하고 농경을 부업으로 하였지만 요령 지방에 정착한 뒤로는 그 환경에 적응하여 농경을 주로 하면서 목축을 부업으로 하는 농경문화를 발전시켰다. 그리고 한반도에 이르러서는 그 자연적 환경에 따라 목축은 거의 잊어버리고 오로지 농경을 하는 민족으로 되었다. 이와 같이 앞선 청동기문화와 농경문화를 가진 조선족이 한반도에 들어와 선주민인 옛 시베리아 족을 정복하여 동화시켰음은 고고학적 유물뿐 아니라 신화·언어·등의 연구에 의해서도 증명된다. 이와 같이 한민족은 몽고족에 속하며…… 그 가운데서도 새 시베리아의 알타이 족에 속한다. 그러나 한민족은 알타이족의 이동 과정에서 일찍부터 갈라져 나와 만주의 서남부지역인 요령 지방에 정착하여 농경과 청동기문화를 발달시켰으며…… 그 가운데 한 갈래가 한반도에 이주하였다. 김씨나 김해 허씨에게서 유전자를 감식하여 인도 여인에게서 나온 유전자와 대조하여 미토콘드리아DNA가 나온다면 나도 할 말이 없다. 미토콘드리아는 모계母係로 이어지기 때문이다. 2004년 5월 11일 한민족 주류의 기원은 중국 중북부의 농경민족이며…… 중국한족·일본인과 유전적으로 높은 연관성을 지녔다는

198

연구 결과가 단국대 생물학과 김욱 교수에 의해 발표됐다. 이는 학계에서 주요 학설로 통용되던 북방민족인몽골 단일 기원설을 뒤집는 것이어서 많은 논란이 예상되지만! 일본 학자의 주장과 일치하는 것이어서 주목된다. 「주식회사」 풀무원 창립 20주년 창립 기념 학술발표회에서 『미토콘드리아 DNA 변이와 한국인의 기원 및 집단형성』에 대한 연구 결과를 통해 이같이 밝힌 것이다. 연구 대상은 혈연관계가 전혀 없는 남성 97명·여성 88명 등 모두 185명이었으며……. 입천장 세포에서 미토콘드리아를 뽑아 실험을 했다고 한다. 이 연구 결과에 따르면 한민족의 유전자에는 남방과 북방계통의 유전자 9개 정도가 섞여 있으며……. 그중 중국 중북부 농경민족에서 유래된 유전자를 가진 사람이 10명 중 4명으로 유전적으로 주류를 이루고 있다한다. 일본인도 비슷한 분포를 보이고 있으며……. 이들은 빙하기 때인 6만 년 전 탄생했으며, 장수하고 한파에 강한 특이 체질을 갖고 있다는 것이다. 김 교수는 한국인과 일본인이 유전적으로 가깝게 나타난 것은 2,300여 년 전 일본열도에 정착한 야요이 민족이 한반도에서 이주했음을 보여주는 유전적 증거로 볼 수 있다고 설명한 것이다. 이런 결과는 2003년 일본 돗도리鳥取 대학의학부 이노우에 다카오 교수 팀이 기원전 5~4세기 고대야요이 시대 일본인의 미토콘드리아가 한국인과 일치한다는 연구 결과와 맥을 같이한다. 는 것을 말해 주고 있다. 김교수는 "한민족이 북방기원의 단일 민족이라는 지금까지의 인식을 재고할 필요가 있다"며 "이번 연구 결과는 개인 식별이나 법의학적 적용에도 응용할 수 있다"고 했다. 그간에 학자들의 연구 자료에는 한반도에 인도유전자는 단 한 건도 발견하지 못했다. 그 이유는 허황옥은 인도인이 아니라? 중국 대륙에서 왔기 때문이다. 학자들의 주장대로 라면……. 한민족 10명 중 4명의 분포를 보이는 중국 중북부 농경민의 이동경로로 한국을 거쳐 일본으로 건너갔다고 보아야 할 것이다. 미토콘드리아란 모계어머니 ↔ 母系로 만 유전하는 것으로……. 세포 하나에 많게는 1,000여개씩 들어 있는 인체의 소小 기관으로 인체의 발전소 역할을 한다. 세포핵이 세포 하나 당 하나밖에 없는 것과 대조적이다. 미토콘드리아는 DNA가 원형으로 박테리아의 것과 유사한 형태다. 이를 근거로 생물학자들은 사람이 진화할 때 사람의 세포에 박테리아가 들어와 공생하고 있다는 설을 내놓기도 했다. 미토콘드리아를 인류 계통 연구에 주로 이용하는 것은 그 숫자가 많고……. 잘 변하지 않는 등 여러 가지 특징이 있기 때문이다. 『미토콘드리아의 DNA』를 구성하고 있는 염기쌍은 1만 6,000여개로 아주 적다. 이 때문에 미토콘드리아의 게놈지도는 1981년 완성된 반면 세포핵의 게놈지도는 2003년에 99.9%가 완성됐다. 미토콘드리아는 외부 자극에 염기가 다른 것으로 바뀔 가능성이 아주 적으면서 한번 손상되면 수선이 안 된 채로 그 흔적이 남는다. 이런 특징은 유전자의 변화와 역사를 알게 하는데 안성맞춤이다. 앞부분에서도 말했지만 허황옥 공주가 과연 인도 아요디아에서 통역사도 없이 가락국까지 장장 2만 5천여 리에 이르는 험악한……. 먼 길을 돌로 만든 배를 타고 왔으며……. 정말로 2천년 전 당시 인도에 허 씨 성을 쓰는 왕국이 존재했을까? 하는 의문을 풀어 보자. 근래 일부학자들의 연구 결과 가야나 가라는 고대

인도어인 드라비다어로 물고기를 가리키는 말이라고 한다. 그리고 가락국의 태양과 두 마리 물고기가 마주보고 있는 쌍어 문양이 인도 갠지스 강 중류에 있는 아요디아Ayodhia의 문장과 같다고 한다. 수로왕릉인 납릉納陵 정문에는 두 마리 물고기가 마주보고 있는 쌍어문양이 단청으로 그려져 있고…… 또 능의 중수 기념비에는 풍차모양의 태양 문양이 새겨져 있다. 두 마리 물고기 문양에 얽힌 허황후 출신 비밀을 풀어 보고자 현지를 답사한 학자는 이러한 문양들이 인도 동북부의 아요디아 시에서 그림 또는 조각으로 건물을 장식하고 있다고 전한다. 허나 세계도처에 강이나 바다를 끼고 형성된 주거지에는 그러한 것들이 수도 헤아릴 수 없을 정도다. 대다수 학자들은 허황옥 후손이 인도에서 가락국으로 바로 온 것이 아니라 중국을 거쳐 김해 지역으로 건너왔다고 한다. 허황옥 시호 보주태후의 보주普州는 지금의 중국 사천성중국 발음↔쓰촨 성 안악의 지명이라는 것이다. 허황옥의 보주 출신 설을 주장하는 대표적인 학자인 한양대 교수로 역임했던 김해 김씨 후손인 김병모金秉模 박사는 『김수로왕비의 신혼길』이라는 저서를 통해 이렇게 주장했다.

『서기 전 3세기부터 인도의 아요디아 출신 사람들이 중국 보주로 이주해 살고 있었던 것으로 여겨진다. 그들은 힌두교 또는 불교에 승합된 메소포타미아에서 물의 신으로 여겨지던 쌍어 신을 지키던 집단이었다. 그러나 그들은 한나라의 세금 수탈 정책에 시달려야 했다. 이에 그들은 신앙 지도자인 허許 브라만들의 중심으로 무력 항쟁을 시도했다. 그러나 두 번에 걸친 무력 항쟁은 막강한 중앙정

부군에 밀려 실패했다. 그리하여 강제로 강하江夏로 이주 당하게
되었고. 이주민 중의 한 집단이 가락국으로 건너와서 그 중 한 사람
인 허황옥이 수로왕과 결혼하였다. 보주 출신 이주자들은 가락국에
살면서 가락국 왕가의 외척 세력으로 등장하게 되었고. 이에 따라
보주 출신들의 쌍어 신앙도 가락국에 뿌리내리게 되었다. 라고 적
고 있다.』

김병모 박사도 처음엔 인도에서 도래한 것으로 책을 썼으나 보
주 현지를 직접 답사하고 잘못을 인정하고『김수로왕비의 신혼길』이
란 개정판을 집필한 것이다. 나는『중국안악현역사명인연구회四川省安
岳見歷史名人硏究會』에서 보내온? 허황옥 관련 2시간짜리 비디오테이프
영상과 세미나 자료집 2편 번역해본바 김병모 교수와 앞서 이야기
한 송윤한 씨의 글과 같은 내용이다. 김해지역 대다수 스님들이
다녀 온 곳이기도 하다. 테이프 영상에는 고대古代 허씨 조상을 모
시고 제사를 지내는 석굴묘 벽면에 쌍어문양이 선명이 음각되어
있었다. 그곳에서 해마다 "한국김수로왕화 보주태후허황옥부처대"라
는 기념관과 비석을 만들어놓고 제사를 지내며 세미나를 열고 있
다고 한다. 김해시 구산동 허황옥의 묘에 가보면 가락국 수로왕비
보주태후 허씨 지릉普州太后 許氏 之陵이라고 새긴 능비가 서 있다.
비문에는 분명 보주普州에서 왔다고 되어 있는데 김해시와 일부 문
인들도 인도에서 왔다고 주장하는 것은 까막눈이 아닌가한다. 택
호宅號 ↔ 여자가 태어나 자라서 시집 오지전의 고향는 예나 지금이나 시
골에선 친정 고향지명으로 사용한다. 그래서 허황옥의 고향 보주
를 붙여 보주 태후다. 현재 김해시에서 가야문화 축제를 해마다

202

열고 있다. 축제 때 인도예술인들을 초청하는데 그들의 피부를 김해 김씨나 김해 허씨는 자기 조상 할머니가 인도사람이 아니란 것을 알았을 것이다. 국가를 대표하는 예술인이라면 미모의 여인들을 보냈을 텐데! 못난 얼굴에 까만 피부는 흑인에 비교 되었다. 나도 어렸을 때 처음 미군병사를 보고 깜짝 놀라 숨었던 기억이 있다. 당시 사람들도 깜장얼굴에 알아들을 수도 없는 말을 하는 그들을 보고 마귀인줄 알았을 것이다! 언어와 모습과 종교도 다른 이방인을 국모로 삼았다는 기록들은 오늘날 상식으론 인정이 안되는 것이다. 김해 김 씨는 혼혈아가 아니다. 오늘날 중국인과 티베트인의 얼굴을 보면 우리와 같은 얼굴이다. 물론 아시아인의 얼굴을 보면 모두가 닮은꼴이다. 허황옥 일행과 헤어져 티베트인이 된……. 우리와 멀리 떨어져 있는 티베트의 여행을 해보면 길을 가다가 마주친 얼굴이 어디서 본 듯한 얼굴이어서 발 거름을 멈추고 뒤돌아보았던 기억이 있을 것이다!

삼국유사 가락국기의 가야국 위치……. "동쪽은 황산강黃山江 서남쪽은 창해滄海 서북쪽은 지리산地理山 동북쪽은 가야산伽耶山 남쪽은 나라의 끝이었다"는 기록이다. 일반적으로 우리는 가야가 지금의 한반도 가야산의 남쪽이고 지리산의 동쪽지역에 위치하고 있었다고 인식하고 있으나! 삼국유사 가락국기에 기록되어 있는 가야의 위치에 대한 기록과는 그 지형이 다르다. 삼국유사 가락국기에는 가야산이 가야의 동북쪽에 위치했다고 기록되어 있으나 한반도의 지리산은 서북쪽이 아닌 서쪽에 위치하고 있고……. 삼국유사

가락국기에는 가야산이 가야의 동북쪽에 위치했다고 기록되어 있으나 한반도의 가야산은 북쪽에 위치하고 있기 때문이다. 삼국유사 가락국기에서 지리산과 가야산의 방향을 잘못 기록했다고 해버릴 수 있다면 간단하겠지만! 옛 기록은 그렇게 쉽게 마음대로 부정할 수 있는 것이 아니다. 특히 가야와 국경을 접하고 있었으며 때로는 수교하고 때로는 전쟁을 했으며 결국 후대에 이르려 가야를 합병한 것으로 나타나는 가야 북쪽에 위치했다는 신라의 위치에 대하여 신라 5대 옹이었던 파사이사금은 신라가 "서쪽으로는 백제와 이웃하고, 남쪽으로는 가야와 접하였다"고 말했고……. 북사 백제 전을 보아도 "백제의 동쪽은 신라까지고 북쪽은 고구려와 접했다"고 기록되어 있어 신라의 서쪽방향에 백제가 위치했던 것은 확실한 것이다. 그렇다면 신라의 남쪽에 가야가 위치했다는 파사이사금의 말도 역사적 사실을 말한 것으로 보아야 할 것이다. 그리고 수서 신라 전을 보면 "신라국은 고구려의 동남쪽에 있다 한나라 때의 낙랑 땅에 사는데……. 혹은 사라라고도 부른다."라고 기록되어 있고 북사 신라 전에도 "신라는 그 선조가 본래 진한의 종족이다. 땅이 고구려의 동남쪽에 있는데 한나라 때의 낙랑에 산다"라고 기록되어 있으며 신라와 밀접했던 당나라의 역사서인 구당서와 신당서를 보아도 역시 신라가 "한나라 때의 낙랑 땅에 위치하고 있었다."기록되어있다.

『당서 신라국전을 보면 "신라국은 본래 변한의 먼 후예이다 그 나라는 한나라 때의 낙랑 땅에 위치하고 있다. 동쪽과 남쪽은 모두

대해로 한정되어 있고, 서쪽은 백제·북쪽은 고려고구려와 인접했
다"라고 기록되어 있고 신당서 신라 전에는 "신라는 변한의 먼 후예
이다. 한나라 때의 낙랑 땅에 사는데 횡으로 1천 리 종으로 3천 리
다. 동쪽은 장인국에 닿고 동남쪽은 일본·서쪽은 백제 남쪽은 바다
에 닿아 있으며 북쪽에는 고구려가 있다"라고 기록이다』

우리의 일반적인 역사 상식대로라면 지금의 한반도 경주부근의
땅이 옛날 한나라 때의 낙랑 땅이었다고 해야 기록과 한반도의 지
형이 일치할 것인데 한나라 때의 낙랑군은 옛 고조선의 도읍 왕검
성 부근을 말하는 것이고 낙랑의 수성현에 갈석 산이 있고 장성長
城이 시작된 곳이라는 중국의 사서들의 기록도 존재하는데 지금의
갈석 산이라는 이름을 가진 산은 한반도 평양부근에 있는 산이 아
니라 중국의 하북성 진황도시 창려현에 있는 해발 695미터의 산이
다. 앞서 연나라에서 망명해온 위만이 고조선 준왕의 왕검성을 습
격하여 빼앗고 왕위에 올라 왕검성에 도읍하고 아들로……. 손자로
왕위를 이어가다가 위만의 손자 우거왕 때인 기원전 108년에 한무
제의 침공을 받아 멸망했고 한무제는 그 땅을 네 군으로 나누어
낙랑 군·지번 군·임두 군·현토 군을 설치했다고 전한다. 그리고
는 그 중 왕검 성부근을 낙랑군으로 만들었고……. 그 치소를 왕검
성중국사람은 왕험성이라고도 부른다에 두었으며 고조선의 도읍이었으
며 낙랑군의 치소이였던 왕검성은 후일 고구려의 평양성이 되었다.
그런데 문제는 고구려의 평양성이 지금의 북한 평양을 말하는 것
이 아니라 중국의 하북성 승덕시 부근을 말하는 것이라는데 있고
백제는 지금의 북경 동쪽 난하 하류 부근에 위치하고 있으며 신라

는 지금의 요녕성 호로도 시 일원에 위치한 나라였는데 우리역사 해석의 어려움이 있다. 그렇다면 신라의 남쪽에 위치했었다는 가야는 어디에 위치하고 있어야 할까? 내가 보기에 가야는 지금의 하북성과 요녕성의 접경지역인 산해관 동쪽부근에 위치하고 있었다고 해야 기록과 일치한다.

그런데 우리는 지금의 가야의 위치를 비정하면서 한반도 경주를 신라의 천년도읍 금성이라 하면서……. 역사기록들과 지형을 전혀 감안하지 않은 채 한반도 경남 김해·합천·고령·함안 등을 가야의 강역이라 하고 있으며 기록과 현실이 일치하지 않는 것 쯤 안중에도 두지도 않고! 그곳에서 유물이 출토되면 무조건 가야유물이라고 하고 있으며 내몽골 유목민들이 주로 사용하던 오르도스 형 동복이 출토되자? 그 역시 가야유물이라 하고 있는 실정이다. 그러나 한나라 때의 낙랑군 낙랑동부도위가 지금의 하북성 승덕시 요녕성 호로도시 일원을 말하는 것이라면……. 고구려와 신라 그리고 백제는 모두 그 부근에 위치하고 있어야 하며 신라의 남쪽에 위치하고 있었다는 가야 역시 그 부근에 있어야 하는 것이지 한반도 남쪽에서 건국되고 멸망한 나라일 수가 없다는 것이다. 그런데도 지금 한반도 김해에는 가야의 첫 임금이었다는 수로 왕릉도 있고 수로 왕비 허황옥의 능도 있으니 이를 어찌 해석해야 할까? 가짜인가? 언젠가 대륙으로부터 이장을 한 것인가?

삼국유사 가락국기를 보면?

"건안 4년에 처음 이 사당을 세울 때부터 지금 임금고려문종 재위

206

31년인 대강 2년 까지 도합 878년이 되었다. 층계를 쌓아 올린
흙이 허물어지거나 무너지지 않았고……. 심어 놓은 아름다운 나무
들도 시들거나 죽지 않았으며 더구나 거기에 벌여놓은 수많은 옥
조각들도 부서진 것이 없다"

기록되어있다. 가야의 건국시조 수로왕의 능은 원래 제왕의 능으
로서의 품격에 걸맞게 석물이나 제각 등이 잘 갖추어진 능이었음
을 알 수 있다. 그런데 김해 수로왕릉 안내문을 보면…….

"조선 선조13년AD-1580 영남 관찰사 허엽이 왕릉을 크게 수축하
여 상석과 석단을 설치한 능묘 등을 갖추었고……. 인조 25년AD-
1647에 능비를 세웠으며 고종 15년에는 숭선전의 호를 내리고 능묘
를 개축하여 지금의 모습을 갖추었다"되어 있으니 조선 선조 13년
이전에는 능으로서의 모습을 갖추고 있지 못했다는 말이 되며 삼
국유사의 기록과는 다르니 매우 이상한 일이다.

위의 글은 2004년 출간된 삼국통일까지의 삼국사기를 주해한 글
의 윤여동 선생의 글이다. 그러니까 지금의 북경이 삼국의 중심지
라는 뜻도 될 것이다!

나 역시 위의 글 내용대로 가야사 건국이 이상하여 집필하게 된
"쌍어속의 가야사" 책에 실린 궁금증을 풀어 쓴 일부 내용도 있다.
세미나 장에서 국내외 대학 교수들이 "10명의 가야왕들이가 500여
년을 통치했다고 했다"같은 년대에 이씨 조선 통치기간이 500여년
통치기간인 조선의 왕들이 27명이 통치한 것인데……. 통치연대의
모순이고 1대왕과 왕비의 묘는 있는데 후대 9명의 왕들의 묘와 왕
비들의 묘가 없는 것을 말해 달라 하자……. 바쁘다면서 모두가

피해버려 중국의 각종 사서를 구해 번역하여 중국대륙에서 가야국은 성립 되었고 전쟁으로 패망한 가야국 후손들이 피난을 김해로 와서 1대왕의 묘를 가묘家廟↔ 김씨 문중에서 만든 묘 즉? 시체가 없는 묘를 하였다. 서울시가 577억을 들여 서울송파구 위례성대로 올림픽공원 안에 만든 한성 백제박물관이 대부분 중국유물로 채워져 있어 설립 목적에 맞지 않게 운영되고 있다는 감사 결과가 나왔다. 서울시 감사관실은 6일 한성 백제박물관에 대한 종합감사 결과에서 "총 보유 유물 4만 2,086점 중 한성백제 관련 유물은 7,886점-18.7% 뿐이고 나머지 3만 4,200점81.3%은 중국 유물이라 설립 취지에 맞지 않는다."고 지적했다. 서울시 감사관이 문제로 삼은 중국 유물은 A대 이모 교수로부터 2010년 4월 기증받은 것인데 중국 남북조계유물이 많았는데……. 백제문화에 영향을 준 나라라는 게 이유였다. 내가 2005년에 집필 출간한 "임나가야任那加耶"책속에 백제는 중국 광동성에서 성립되었고 우리나라의 백제는 중국서 패망한 백제의 유민이 피난해와 세운 후 백제라고 자세한 자료로 집필된 역사 소설이다. 이 책도 "베스트셀러"가 되었다. 내가 생각컨데……. 유물을 기증한 이모 교수도 이 사실을 알았을 것이다! 백제가 중국에서 성립되어 패망한 근거를 삼국사기에 기록된 백제의 성城을 찾아 그 성들의 위치를 알아보면 독자들이 아주 쉽게 이해를 할 것이다! 그러기에 앞서 2002년 7월 4일 심야프로로 KBS 1 TV에서 "네트워크 특집 다큐멘터리 중국에도 전주가 있다." 방송된 원고내용 상재를 한 것이다. 앞서 상재한 백제의 성들의 위치를 보면 아주 쉽게 이해가될 것으로 생각한다.

208

……몽고 7대 왕은 헌종이다. 고려는 몽고에게 침략당해 항복 직전에 있었다. 이때 몽고 왕 헌종준憲宗緖, AD 1251은 강화조약講和條約을 맺기를 원했다. 강화조약强和條約은 강제로 식민지로 삼아 강권을 발동할 수 있는 권리를 가진 조약이라면 강화조약講和條約은 서로 간에 우의를 돈독하게 하고 공물을 바치거나 국가 간의 간섭 없이 화합한 가운데 조약을 맺자는 것에 대한 이야기다. 몽고 왕 준은 고려의 사신인 최인실崔璘實을 보고 옛날에 자기 자신은 고려의 왕자였음을 밝히면서 강화조약을 맺기로 청한 것이다. 그전에 몽고 군인들에게 이현李峴이 성에서 항복했을 때이다. 고려인들을 모두 죽여야 한다고 했을 때 몽고 왕이었던 준은 스스로 고려 왕자였다는 사실을 밝힌 것이다. 그리하여 고려 사람은 한 사람도 죽인 일 없이 무사했다는 기록이 『고려사절요』에 있다.

이상에서 보는 바는 것처럼 고대사회는 부자간이라도 성이 다르며……. 또 다른 나라를 건국할 때도 전연 엉뚱한 성씨로 등극하기 때문에 현대인들은 이해하기 힘들 것이다. 더구나 당나라와 신라 간에 합동작전은 왜 했는지 변역을 했다. 양서와 후한서의 삼한론三韓論에서도 신라가 대륙에 있었음을 잘 논증하고 있고, 삼국지의 韓傳도 삼한지三韓志를 밝혀 놓고 있다. 진한辰韓은 진국秦國이라는 사실을 명백히 하고 있다. 또 진서에서도 진한辰韓의 선조가 진秦나라 사람임을 밝히고 있다. 그뿐만 아니다. 『송서』『주』『수서』『북사』『구당서』『당서』『통전』『통지』『명사』 그리고 『원사』에서도 신라가 대륙에 있었음을 사서에 기록되어있다. 앞에서 이야기한 바와 같이 후한의 광무제 친동생이 고구려 9대 왕인 고국천 왕이라고 사서의 기록이다. 그리고 고구려 장수 왕련의 칠세손인 원수元隋는 원가元嘉인데 원가는 남송 때 세 번째 왕인 문제文帝 이름은 劉義隆이다.

고구려 장수왕의 칠세 손임이 『고려도경』기록이다. 고구려의 영토가 언제? 어떻게 된 것인지를 정확하게 밝히기란 어려운 것이다. 다만 고구려의 영토 변화가 언제·어떻게·어느 왕 때·얼마나 변화되었는지를 상세하게 알 수는 없다. 그러나 고구려의 영토가 고구려 초기·중기·말기의 변화과정을 개괄적으로 정리해 보기 위함이다. 우리가 알고 있는 고구려 역사는 한반도 북부와 만주 그리고 일부 북경지방까지 추정하고 있을 뿐이다. 우리나라 고등학교 국사교과서 지도는 한반도 북부지방에서 만주까지 강역으로 표시되어 있다. 이 지도는 언제·어느 때·어느 왕 때 것인지도 모르게 그저 고구려 영토 확장에 대해 개괄적으로 표시해 두고 있다. 한 나라 국가 교과서 추상적으로 역사 교육을 소홀히 하고 왜곡되게 하고 있음을 지도에서 보여주고 있는 것이다!

각종 정사를 보사해 본 결과 고구려의 강역은 너무도 광활했다.

위서나 삼국사기를 보면 주몽이 탈출한 것으로 되어 있다. 고구려 주몽이 탈출하여 산서성 낙양 땅 주위에 있는 흘승골성에 이르렀다고 했다. 특히 삼국사기에는 고구려 주몽 편에 영토의 개념이 없다. 그저 흘승골성에 이르러 나라를 세운 것으로 애매모호하게曖昧模糊 기록하고 있을 뿐이다. 그런데 위서에는 강역에 대한 기록의 변역이다.

요동군 개국공신은 고구려왕이다. 장대하고 오만한 고구려왕은 평양성에 와 살았다. 나라에 찾아오는 사람과 나라 일들은 평양성에서 모두 처리하였다. 요동 남쪽으로 평양성에서 1,000리다. 고대에는 5.6km가 10리가 조금 넘는다. 동쪽으로 나무로 성을 두르고 남쪽으로 작은 바다다. 북쪽에 이르면 옛 부여이다. 그전에 위나라 때보다 인구가 3배 더 많았다.

고구려 땅은 동서가 2,000리 남북이 1,000리였다. 백성들은 모두 영토에서 붙어살았다. 혹자들은 산과 골에서 살았다. 솜옷을 입은 자와 털로 된 옷을 입은 자가 살았다. 땅과 밭은 메마른 땅이어서 농사의 부족은 누에치기……. 즉 양잠에서 자급자족하도록 하였다. 옛 사람들은 절도가 있고 예절이 바르며 음식도 절약해 살았다. 그러나 풍속은 음탕하고 노래와 춤을 좋아했다. 밤이 되면 남녀가 함께 모여 춤을 추며 즐기는 것은 신분의 고하가 없고 귀천이 없었다. 하지만? 스스로 자연과 더불어 몸을 깨끗이 하며 기뻐했다. 고구려왕은 궁실에서 백성을 다스렸다. 관직의 벼슬 이름은 알사謁奢·태사太奢·대형大兄·소형小兄으로 불렀다고는 기록이다.

위서에서는 영토의 위치와 강역을 보면 평양성이라 했으므로 지금의 서안이다. 서안을 기준으로 동서가 2,000여 리라면 서안에서 동쪽 낙양까지 1,000여 리다. 서안에서 서쪽은 감숙성 천수현까지 약 1,000여 리다. 그렇다면 하남성 낙양에서 감숙성 천수현까지 약 2,000여 리다. 그리고 남북이 1,000여 리라 했으므로 서안에서 남으로 섬서성 안강까지 약 500여 리이며 북으로는 섬서성 연안 가까이까지 고구려가 지배하는 땅으로 표시되어 있다. 위의 영토는 요동군 개국공신이었던 고구려왕 때이다. 처음 강역은 동쪽으로 마무 성을 쌓을 거리였으므로 영토는 겨우 1,000여 리 안팎이었다. 그러던 것이 백성의 호수가 늘어나면서 영토는 엄청나게 늘어나기 시작했다는 기록이다. 고구려왕 주몽이 고구려 초기에 건국할 때의 기록이니 그 당시 서경, 즉? ……지금의 서안을 중심으로 영토는 확장이로에 있었던 것이다. 위서의 본문에서 보면 삼국사기에서 말하는 흘승골성이라는 성은 낙양 쪽이 아니라? 지금의 서안쪽인 듯하다. 고구려 동명성왕 19년 가을 9월에 40세의 나이로 동명성 왕이 사망한다. 동명성왕의 장지는 용산龍山이라고 삼국사기는 적고 있다. 용산이라면 지금의 산동성 제남시 가까이 동북에 있는 용산이다. 이곳에 동명성왕의 무덤이 있다면 고구려 초기의 강역은 산동성까지였음을 뜻한다. 고구려 2대 유리왕琉璃王 24년 9월의 기록이다. 왕전우기산지야王田于箕山之野라고 되어 있는 것을 보면 고구려의 영토는 지금의 산서성 태원과 사천성 일부 지역까지 확장된 것을 볼 수 있다. 그리고 28년 3월에는 『오천도욕안민이고방업吾遷都欲安民以固邦業』이라는 글귀를 보면 강역이 넓어지자 백성들의 편안함을 주기 위해서 도읍지를 옮길 욕심을 가졌던 것으로 되어있다. 그리하여 다음 글귀를 보면 『결원어인국結怨於隣國』이라 했다. ……이웃 나라들이 뭉쳐 원성을 사게 되었다는 기록이다. 위의 기록에서 고구려 강역은 날로 확장되어 가므로 이웃 작은 나라들의 원성이 높았던 것으로 기록이다. 지금 유리왕의 사당이 북경의 북쪽에 위피해 있는 것으로 보아 강역은 하북성 일대로 넓어졌음을 알 수 있다. 고구려 3대 태무신왕太武神王은 유리왕의 셋째아들이다. 태무신왕 2년 1월에는 경도京都에 지진이 일어나자 죄인들을 크게 방면시키고 이때 백제 백성 1,000여 호가 항복해 왔다는 기록이다. 본문에서 경도라 하면 서울의 도읍지를 말한다. 서울의 도읍지란 서경이다. 서경은 지금의 서안이다. 고구려는 지금 대륙의 서안을 중심하여 영토 확장을 기도하고 있었다. 9년 10월에 있는 문맥을 변역을 하면……. 고구려 3대 태무신 왕 9년 10월이다. 태무신 왕은 친히 군사를 이끌고 개마국을 침략을 하고 왕을 죽였다. 그러나 백성들은 안심하고 위안을 했다. 개마국 왕의 어머니를 빼앗아 포로로 삼았다. 개마국이 있던 그 땅의 군과 현을 모두 고구려 영토로 삼았다. 여기서 개마국이 있던 『개마고원과 개마대산蓋馬大山』은 본문에는 고구려 건국 편에서 밝힌 바와 같이 지금의 섬서성 서안의 서남쪽인 태백산이 있는 곳이다. 태무신왕 9년 12월 구다국句荼國도 정벌하고 개마국처럼 영토를 확장하면서 구다국도 멸망시켰다. 이 지역은 모두가 두려워 겁에 질려 있었다. 그리하여 나라가 강해지자 속속 제후국인 소국들은 항복해 왔다. 그리하여 강역은 점차로 넓게 확장이 되어갔다. 중국고금지명대사전 본문 796쪽에는……. 고구려 4대인 민중왕閔中王 4년 9월에는 동해 바다에서 고주리高朱利라는 사람이 고래를 잡았는데 고래 눈에서 밤이면 빛이 났다는 기록이다. 여기서 동해 사람 고주리가 고래를 잡아 헌납했다. 동해는 지금의 황해이다. 옛날은 모두 동해라고 지도에 표시되어있다. 현재의 지도에는 황해와 동해를 동시에 표기되어있다. 위쪽은 황해 아래쪽은 동해라 표시하고 있지만 황해가 아니고 동해이다. 고구려 5대인 모본왕慕本王 2년의 기록에는 봄에 장군을 파견하여 북평北平에 있는 한나라를 습격했다는 기록이다. 북평뿐만 아니라 어양魚陽 상곡上谷·태원太原 이라고 되어있다. 여기서 어양은 경조京兆는 서안에서 서남지방이다. 상곡은 지금 하북성 역현易縣 지방이다. 그리고 태원은 산서성 중부지방이다. 그렇다면 고구려 5대 모본 왕 때는 고구려 강역이 멀리 서안에서 하북성과 산동성 동해인 강소성까지임을 나타내고 있다. 현재 중국 최남단 있는 홍콩 옆 광주廣州가 있는 옆에 남해가 있는 것으로 보아 고구려 초창기는 엄청난 강역이다. 고구려 11대 동천왕東川王 20년 8월이다. 위나라에서 파견된 유주幽州·자사刺史 관구검冊丘儉이 장군과 군사 만여 명을 이끌고 현도玄菟에도 침입해 왔다. 여기서 말하는 유주는 현재 북경지방이고 현도는 서경이다. 지금의 서안을 말한다. 그러니까 위나라 장군 관구검이 북경지방에서 지금의 서안까지 침범해 왔다는 기록이다. 이때 고구려는 지금의 서안이다. 고구려 11대 동천왕은 직접 보명과 기마병 2만여 명을 이끌고 강물이 치솟는 물 위로 나아가 싸웠으나 실패했다. 이때 3,000여 명이 목숨을 잃었다. 또 재차 싸우기 위해 군인을 이끌고 양맥梁貊 전에는 예맥까지 진출하여 싸웠으나 이때도 3,000여 명이 목숨을 잃었다.

동천왕은 여러 장수들에게 말하였다.

"위나라의 군사는 엄청나게 많은 군사인 데 비해 아군들은 적은 군사이다. 관구검은 위나라의 명장이다. 오늘날 우리 아군들은 어떤 일이 있더라도 위나라 관구검의 군사를 우리 손아귀에 넣어야 한다."

명령을 내렸다. 동천왕은 마침내 강한 철기 병 5,000여 명을 동원했다. 철기병이란? 최고로 강하고 뛰어난 말을 탄 기병騎兵을 말한다. 그리하여 관구검이 있는 진지를 향해 진격하였다. 죽기를 각오하고 결전을 벌였다. 그러나 아군은 크게 패하고 흩어 졌다. 이때 죽은 사람이 18,000여 명이다. 동천왕은 1,000여 명의 기마병과 함께 압록원鴨綠原으로 달아났다. 그 당시의 압록원은 서안의 서쪽인 함안咸安의 서북부지방이며 이곳은 기산岐山이 가까운 곳이다. 그해 10월 관구검은 서경이었던 환도성丸都城이 공격 함락한 다음성에 있던 많은 사람들을 죽였다. 이때 위나라 군사로 파견된 장군이 동천왕을 추격했다. 왕은 남옥저南沃沮로 도망하다 죽령竹嶺까지 다다랐다. 삼국사기에 상재된 죽령은 현재 감숙성 천수현 서남이다. 동천왕은 서경을 버리고 서쪽에 있는 감숙성 천수현까지 약 1,500여 리를 도망간 셈이다. 동천왕 21년 2월이다. 왕은 환도성에 돌아와 성을 수리한다는 것은 불가능했다. 할 수 없이 평양성을 새로 쌓았다. 그리하여 모든 백성들을 옮기고 조상을 모실 사당도 마련했다. 평양성은 옛날 선인이었던 왕검【王儉이란? 최고로 검소하고 훌륭한 왕을 뜻함】의 집이었다. 왕검의 집은 요왕검이 살던 집이다. 혹자는 그곳을 왕험성이며 왕검이 살던 도읍지라 했다. 동천왕 때 기록을 보면 분명히 왕검의 도읍지였던 왕험성 집터에 평양성을 축조했다는 기록이다. 왕검성은 앞에서 이야기한 바와 같이 섬서성 서안의 서남쪽에 있었던 것으로 사서의 기록이다. 동천왕이 죽령까지 도망갔다가 다시 왔다는 것은 대단히 중요한 기록이다. 고구려가 한국이나 만주에 있었다면⋯⋯. 실크로드로 가는 길목인 감숙성 천수현 서남까지 도망 갈 수 있었겠는가! 더구나 위나라 장수인 관구검은 북경지방인 유주에서 서안으로 고구려를 공격하러 간 것으로 삼국사기 고구려본기는 기록하고 있다. 이상에서 보면 고구려 강역이 하북성 북경에서 산서성·하남성·산동성·강소성과 하남 일부인 호북성과 호남 남쪽 그리고 섬서성·감숙성 지방고구려의 영토로 되어있다. 고구려 11대 동천왕 때다. 고구려가 관구검에게 내침을 당하여 쫓기고 쫓기는 와중에도 끝까지 환도성을 지키기 위하여 환도성의 주위에 있는 옛 선인들이 축조를 했던 왕검성 자리에 평양성을 다시 쌓은 동천왕의 끈질긴? 옛 땅의 애착이 높았던 것이다! 고구려 13대 서천왕西川王 11년 10월이다. 그 당시 북방에 있던 변방 백성들을 숙신肅愼이 침입해 왔다. 이때 숙신은 섬서성 북방지역과 산서성 북쪽으로 있는 남몽고 일대와 만주 일대를 비롯하여 서역으로 강력한 세력권을 확보하고 있었다. 고구려의 북방인 섬서성과 산서성 북쪽 변방지대에 숙신은 수리로 침입해 와서 변방의 백성을 괴롭혔다. 고구려의 영토? 고구려 13대 서천왕시 남몽고 접경지대까지 영토가 확장되었다. 고구려 14대 봉상烽上王 5년에 모용외가慕容廆 침입했다. 모용외는 선비鮮卑로서 숙신과 함께 뒷날 광활한 영토의 세력권을 확보하고 있었다. 그러나 고구려 봉상왕 시절이며 숙신과 선비였던 모용외는 서서히 세력을 잃고 쇠퇴해 갔다. 고구려 봉상왕 2년에도 모용외는 내침해 온 일이 있다. 그러나 고구려 봉상왕은 추격을 하여 물리쳤다.

고구려 15대 미천왕美川王 3년 9월에는 왕이 병정 3만여 명을 이끌고 현도군을 침입하여 포로 8,000여 명을 사로잡아서 평양의 도읍지를 옮겼다는 것이다. 14년 10월에는 낙랑군을 침입하여 남녀

216

2,000여 명을 포로로 확보했으며 이듬해 15년 가을 9월에는 대방군帶方郡을 남침했다고 했다. 대방군은 한漢 나라가 두었던 곳이다. 후한 말년엔 공손公孫강 분할한 곳으로 낙랑군 남쪽에 있었다. 이곳은 대방군을 대帶수하여 진晉 나라가 있었던 곳이다. 진나라 도읍지는 낙양이다. 그러므로 대방군은 낙양임을 알 수 있다.

……고구려 16대 고국원왕故國原王 4년 8월이다. 평양성을 증을 하였다고 기록이다. 고국원왕 12년 2월에 환도성을 수리하고 8월에 환도성으로 옮겼다. 위나라 관구검 장군에게 환도성을 빼앗긴 지 101년 만에 환도성을 되찾았다는 기록이다. 그러니까 고구려 11대 동천왕 20년에 환도성을 빼앗긴 지 12대 중천왕·13대 서천왕·14대 봉상왕·15대 의천왕·16대 고국원왕 12년에 환도성을 다시 찾아 옮긴 것이다. 고국의 산야를 다시 찾았다 하여 고국원왕이란 이름이 붙여졌다. 그리고 고국의 들에 묻히게 되었다. 여기서 고국원왕 13년의 기록을 상재를 한다. 특히 고국원왕 7월의 기록의 본문을 번역을 하면……. 다음과 같다.

"7월이다. 평양에서 살다가 평양성 동쪽에 있는 황성皇城으로 옮겼다. 황성을 찾아보니? 평양성의 동쪽에 황성이 있다 했으므로 황성이 지금의 산동성 관현冠縣·남쪽 조읍趙邑·조나라가 도읍 2한 곳이라고 되어있다."

그 후 위나라가 있었다는 기록이다. 또 한 곳은 강소성 무석현無錫縣 서쪽이며 또 다른 곳은 호북성 황파현黃陂縣 동으로 되어있다. 황성현을 보니 안휘성 홍상현 서남 35여 리로 되어있다.

고구려가 평양성 동쪽에 있는 황성으로 옮긴 것이다! 그러나?
……중국고금지명대사전 본문에서 보이는 것처럼? 고구려가 산동
성이나 강소성·호북성 아니면 안휘성으로 도읍지를 옮겼다고 생
각되지는 않는다. 평양성 동쪽이라 했으므로 서안에서 가까운 곳
에 옮겼을 것이다! 왜냐하면? 사서의 기법으로 보면 도저히 납득
할 수가 없는 곳이 많이 있다. 다른 성省으로 도읍지를 옮길 때는
분명히 섬서 장안성이라 던지 하남위례성이라든지 하남황성이라
는 기록이다. 그런데 삼국사기 본기에서는 평양동황성平壤東皇城이
라 했으므로 섬서성인 성내에 황성이 있었음을 말하는 것이다. 홍
성 다음의 본문에 기록은 황성은 지금 서경의 동쪽인 목멱산木覓山
중에 있다. 진晉나라 파견사가 조공朝貢을 이란? ……조선에 공물을
바친다는 말이다 바쳤다는 기록이다. 여기서 목멱산은 중국고금지
명대사전에선 기록이 없다. 본문에서 서경의 동쪽에 목멱산이 있
다고 했다. 서경의 동쪽에 있는 산은 여산驪山이다. 그리고 섬서성
과 산서성, 하남성 세 곳의 경계지역에 화산華山이 있는데 여산 속
에 목멱산이 없으면 화산 속에 있는 것 같다! 왜냐하면? 서경에서
멀리는 평양성을 떠난 도읍지는 생각할 수 없기 때문이다. 고구려
16대 고국원왕 12년의 기록은 아래와 같다. 한수韓壽가 말하는 바
에 따르면 고구려 땅은 지키기가 불가능하다고 하였다. 그만큼 고
구려의 강역은 16대 고국원왕 때 서경을 중심하여 넓은 영토의 확
장이 이루어졌음을 알 수가 있다. 도읍지는 될 수 있는 한 변방으
로 옮기는 일이 없는 것으로 보아서 서경의 동쪽에 목멱산이 있었
음은 수곡 성을 공격했다. 백제의 수곡 성을 찾아 본 결과 지명사

전 본문 163쪽에 직예성直隷省 완현完縣의 서북이다. 완현을 찾아보니 하북성 북경 서남쪽 보정 시의 서쪽이다. 이곳은 백제의 수곡성이란 성이 있었는데……. 고구려 17대 소수림왕 5년 7월에 공격을 한 것이다. 그렇다면 백제와 고구려가 이빨처럼 하북성 지방까지 지역을 넓혀 통치를 했다는 것이다. 소수림왕 7년 10월이다. 겨울인데도 눈도 오지 않았으며 반면에 백성들은 전염병도 없었다는 것이다. 이때 백제의 장병 3만여 명이 고구려 평양성을 공격했다. 당시엔 평양성은 서경에 있었다. 백제는 계속해서 남벌정책을 펴왔다. 백제는 하남성을 기점으로 산서성과 산동성, 하북성을 차지하고 있었다. 고구려가 하북성에 있는 백제의 수곡성을 쳤다면? 고구려와 백제는 국경을 같이하고 있었다는 뜻이다. 소수림왕 8년은 날씨가 너무 가뭄이 들어 백성들이 굶어 죽을 지경에 이르렀다는 것이다. 가을에는 설상가상으로 글란契丹이 고구려의 북쪽 변방으로 침공해 여덟 곳의 부락을 함락했다고 한다. 고구려는 섬서성 북부지방이다. 글란은? 남 몽고와 감숙성 등지에서 활동하고 있었기 때문에 고구려의 북쪽 변방을 침입해 온 것이다. 고구려 18대 고국양왕故國壤王 2년 6월이다. 왕이 4만여 명을 거느리고 요동을 침략을 했다. 이때 연왕燕王이 먼저 대방왕帶方王에게 명령을 내려 대방 왕좌佐는 소식을 듣고 요동에 파견돼 있던 사마학경司馬郝景을 시켜 구원병을 요청해 고구려 군사를 물리쳤다. 그리하여 요동은 현도와 함께 함락 당했다. 이 당시 포로로 잡힌 남녀 1만여 명은 돌아왔다. 그해 11월 겨울 연나라 모용慕容은 농민의 병사들이 요동 2군二郡이 습격당했다. 그때 유주幽州와 기주冀州에 있던 유민들이 많이 투항해 왔다. 요동에 있던 연나라와 고구려 간에 일대 격전을 한 것을 보면⋯⋯. 고구려의 강역이 지금의 하북성 일대와 중원지방임을 알 수 있다. 고구려 19대 광개토왕廣開土王 원년 7월이다. 남쪽에 있던 백제의 열개 성十城을 완전히 함락을 시켰다. 9월은 북쪽에 있던 글란契丹을 물리치고 남녀 포로 500여 명을 잡았다. 그리고 10월은 백제 관미성關彌城을 공격하여 함락시킨 것이다. 광개토왕 2년 8월이다. 이때 백제는 고구려에게 침략 당하자 대륙 남쪽 변방으로 도망가 아홉 개의성을 축조를 하고 이름을 평양平壤이라 했다. 이것이 백제가 세운 남평양성이다. 이 기록은 삼국사기 고구려본기 이 외도 또 있다. 『동국사략東國史略 1권』을 보면 단군조선과 위만조선·사군四君 삼한三韓 다음으로 삼국 편에 보면⋯⋯. 신라·고구려·백제가 있다. 백제 편에 보면 다음과 같은 기록이다. 온조가 도읍한 것은 하남성河南省 위례성慰禮城이다. 지금의 직산현稷山縣이다. 나라 이름은 백제이다. 그 후 백성들이 편안하고 안락하게 살아가므로 백제라 했다. 후에 『남한산성』으로 이사했다. 지금 그곳은 한경漢京이다. 한경은 곤명시昆明市다 곤명시는 지금 중국의 운남성雲南省에 있다. 백제는 광개토왕의 침략으로 멀리 광주廣州에 있는 남한산성으로 쫓겨 간 후에 다시 옮긴 곳이 운남성 곤명 시인 한경으로 밀려나게 된 것이다. 『동국사략』에는 고구려 19대 광개토왕 때 백제를 공격하여 멀리 남한산성인 홍콩 옆 광주까지 밀려 난 다는 것이다. 그 후 백제는 한경으로 도읍지를 옮겼다고 했는데⋯⋯. 한국에는 한경이란 지명이 없고 한경이라고 불려진 도읍지도 없다. 한경은 앞서 이야기한 바와 같이 현 중국 대륙의 남쪽에 있는 운남성 곤명시가 한경이다. 지금 중국지도에도 백제라는 땅이름이 『광서장족자치구廣西壯族自治區』에 있다는 기록이다. 광개토왕 4년 8월 고구려와 백제가 패수浿水의 강상에서 싸워 크게 패한 후 8,000여 명의 포로를 잡았다는 기록이다. 여기서 패수는 하남성 낙양에서 하남성 개봉현開封縣까지는 바다와 같이 넓은 강이므로 패수의 물 위에서 싸웠다면 낙양에서 개봉현의 사이라는 것을 알 수가 있다. 그러니까? 고구려는 서경……. 즉? 서안을 기점으로 동쪽 하남성에 있는 백제를 상대로 엄청난 전쟁을 한 것이다. 고구려는 광활한 대륙의 동쪽에 있는 백제의 강역을 뺏기 위해 치열한 전쟁을 한 것이다. 지금의 북경지방은 주로 연나라가 자리하고 있었다. 고구려 광개토왕 9년 1월이다. 연나라에서 조공이 온 것을 보고 연나라를 습격하였다. 이때 연나라 대장군 모용희慕容熙가 선봉장이 되어 신성新城과 남소南蘇의 두 개의 성을 빼앗아 버렸다. 성의 둘레는 약 700여 리라고 한다. 신성을 찾아보면 알수가 있다! 신성은 중국고금지명대사전 1,011쪽에는……. 고구려와 연나라가 싸우던 때의 신성이므로 신성의 봉천奉天 ↔ 지금의 ↔ 瀋陽은 흥경현興京縣 북쪽이다. 삼국사기 광개토왕 9년 12월의 기록에는 만주 봉천까지 연나라를 밀고 올라갔다. 처음부터 연나라는 지금의 북경지방이다. 기원후 310년에서 348년 사이로 연나라는 이미 패망 길로 접어들었다. 광개토왕 9년 봄의 기록엔 고구려는 대륙의 서경인 서안에서 수시로 북벌정책을 강행했던 것이다. 광개토왕 11년에는 왕이 연나라를 공격하자 연나라 자사刺使와 모용慕容은 성을 버리고 평주平州인 요녕성 북쪽으로 도망갔다

17년 3월 북연北燕은 연나라의 파견사인 어사御使 이발李拔의 보고에 의하면 북연은 처음부터 고구려가 속한 나라다. 그리고 고의慕容寶 태자는 무예가 출중하므로 모용씨의 성을 하사받았다고 한다. 옛날 황제의 아들이 25명인데 성을 받지 못한 자식이 13명이나 되었다는 사연이 『사기』기록에도 있다. 자식도 똑똑하지 못하면……. 고대사회는 성도 받지 못하고 멀리 변방으로 쫓겨 나가 흉노匈奴가 된다고 사기 하夏 나라본기 2권에 기록되어있다. 고양씨의 아들 대부분이 북쪽 아니면 서역으로 쫓겨났다는 기록이다. 특히 바이칼 호수 근방에 있던 고죽국孤竹國 전욱고양씨의 아들이 세운 것이다. 고양씨가 고구려의 조상이라면 고양씨는 누구인가? 고양씨는 황제의 손자이다. 황제의 아들 창의昌意의 자식이다. 고구려 선조는 제곡고신 씨다. 제곡고신씨의 아버지는 교극蟜極이다. 교극의 아버지는 현효玄囂이다. 현효의 아버지는 황제다. 그러기에 황제의 증손자가 제곡고신씨다. 고구려의원 선조가 고양씨라고 되어있다. 그렇다면 고구려가 굳이 한반도에 있을 이유가 없는 것이다. 황제의 손자가 고구려의 조상이므로 고구려는 대륙인 조상의 땅에서 엄청난 강역을 가질 수 있는 태자가 되자. 7월에 나라의 성을 동독산東禿山에 여섯성六城을 쌓고 평양에 있는 백성들이 옮겼다는 것이다. 여기서 동독산이 어디인지는 알 수가 없다. 거련은 광개토왕의 친아들이며 고구려 2진晉 나라다. 중국고금지명대사전에 보면 진秦나라·한漢나라·위魏나라·진晉·송宋 등 모든 나라는 모두가 고조선의 대명사로 되어있다. 모두 옛 조선의 뿌리라는 기록이다. 그래서 조대명朝代名이 조선의 대명사라는 ……조선을 대표한 나라라는 뜻이

222

다. 특히 진나라는 사마염司馬炎이 선禪을 통해 나라 이름을 진晉나라라하고 도읍은 낙양으로 정했다. 진나라 무제武帝 때부터 민제愍帝 때까지 하남성 낙양현 동북 20여 리에 도읍을 갖고 있었으나. 서진西晉 마지막 민제 이름은? ⋯⋯사마업司馬鄴 호는 건흥建興 일시적으로 도읍을 섬서성 장안현 서북 13여 리에 있었지만 얼마 지나지 않아 고구려 장수왕 15년에 북방으로 쫓겨나고 말았다. 장수왕 15년에는 다시 도읍지를 평양으로 옮겼다. 이때 평양은 서경이었다. 어떤 나라든 천자국이 도읍한 곳이 서경이다. 옛날 동경東京이며 경조京兆이고 경사京師이며 지금은 서안西安이다. 고구려 20대 장수왕 때는 위나라가 16대 고국원왕 때까지 46년을 통해 망한 뒤였다. 후위인 북위北魏·동위東魏·고구려 25대 평원왕 때까지 산발적으로 동진東晉 때. 안제安帝 이후까지 함께 위나라와 도읍을 낙양에 정하고 있었다. 그러나 진晉나라나 위魏나라는 모두 고구려의 제후국諸侯國이었다. 왜냐하면? ⋯⋯천자의 나라는 서안인 서경에 도읍하고 있어야만 했기 때문이다. 바로 고구려 장수왕 15년에 도읍지를 평양성으로 옮긴 것을 보아도 알 수 있다. 평양성은 후일 장안성으로 바뀌었다. 고구려 20대 장수왕 때는 연나라와 위나라 등이 서로 고구려를 두고 서로간에 치열한 강역 다툼 끝에 진晉나라는 공제恭帝 때 멸망한다. 고구려보다 248년 전에 망한 후 다시 고려 태조 왕건 때 후진後晉이 등장한다. 그리고 위魏나라가 건국 후 북위가 서위西魏를 통해 고구려보다 112년 전에 멸망했다. 고구려 20대 장수왕 때는 위나라와 연나라간의 치열한 격전을 통해 장수왕 23년에 연나라왕 풍홍豊弘이 위험한 지경에 이르게 되었다는 기록이다.

223

이때 연왕 풍홍은 급한 김에 고구려 장수왕에게 밀서를 통해 국운을 도모했다는 기록이다. 장수왕 38년은 신라인들이 변방에 나타나 장군을 죽이는 소란이 벌어지자 장수왕이 화가서 신라인들을 모조리 토벌해 버렸다는 기록이다. 장수왕 50년 위나라 파견사가 조공하러 왔다. 53년과 54년에도 조공하러 왔다. 특히 54년에는 옛 고구려왕의 권유로 위나라와 연나라 사이에 혼인한 예가 있었다는 것이다. 56년은 장수왕과 같이 말갈 병사 1만여 명과 함께 신라의 직주성直州城을 공격하여 빼앗은 것이다. 신라의 직주성은 송나라가 있었던 하남성 상구현商丘縣 동쪽에 있다. 강소성 동산현銅山縣 서쪽의 모든 지역을 직주성이라 한다고 지명사전 378쪽에 기록이다. 그렇다면 고구려 장수왕 56년은 강소성에 있는 동산현 서쪽 지역까지 영토의 확장을 했다는 것이다. 후위後魏는 북위北魏 동위東魏 서위西魏로 되어있다. 진晉나라 때 북조北朝가 자립하여 왕이 된 것이 후위이다. 후위는 나라 이름을 위魏라고 했지만……. 사학자들은 전위前魏가 있었으므로 후위라고 이름을 지었다. 위나라에 비하면 고구려 역사는 899년간의 긴 역사를 자랑한다. 그런데도 지금의 역사학자들은 고구려 역사는 없애 버리고 고구려는 한반도와 만주지방을 무대로 한 것같이 발표를 하고 있는 것이다. 이에 비하면 위나라는 엄청난 역사를 가지고 있는 양 역사의 맥도 모르고 역사를 왜곡하고 있는 것이다! 앞에서 이야기한 바와 같이 전위는 고구려 16대 고국원왕 때 46년간에 걸친 짧은 통치 역사이다.

"……"

224

장수왕은 98세의 나이로 음력 12월의 겨울에 돌아가셨는데……. 위나라 효문제孝文帝는 소복을 입고 문상했다고 삼국사기는 기록이다. 고구려 21대 문자명왕文咨明王이 들어서서도 위나라에서는 여전히 조공을 계속했다. 위나라 효문제는 문자명왕 원년 정월과 3월에 왕의 특사를 보냈다. 특히 요동군『개국공고구려왕國公高句麗王開』에게 관복과 수놓은 깃대와 기를 고마운 뜻으로 주었다는 것이다.

……고구려 24대 양원왕 8년에 서경인 서안에 장안 성을 쌓았다는 기록이다. 고구려 25대 평원왕平原王 2년 봄 2월에 북제의 왕위를 봉하는 제도를 폐지시켰다. 특사 자격을 가진 동이의 교위校尉에게 명을 내려 요동군공遼東郡公을 고구려왕으로 임명하였다. 그리고 왕은 졸본으로 행차한 후 조상의 사당에 처음으로 제사지냈다4고 기록이다.

『그 당시엔 주권을 가지면 조공朝貢을 받아서 나라가 부강하여 백성들에게 나누어 주기 때문에 훌륭한 임금의 칭호를 받기 때문에 수시로 전쟁을 하여 자기나라 관할 구역으로 만들었던 것이다. 얼마나 많은 인명을 살상 했을 지!』

28년에는 평원왕이 도읍지를 장안성으로 옮겼다는 기록이다. 영양왕嬰陽王【고구려 26대】3년 1월과 8년 5월에도 수隋나라는 고구려에 조공하였다 영지寧知는 상감에게 다음과 같이 아뢰었다. 본문엔? 고구려는 도읍지는 기자가 처음 도읍했던 땅이다. 한漢나라와 진晉이 같이 군과 현을 두었던 곳이다. 지금의 신하는 믿을 수 없을

225

것이다. 그곳은 다른 땅으로 보일 것이다. 선조 임금들은 다시 그 땅을 찾고 싶은 생각이 오랫동안 들었을 것이다. 고구려 27대 영류왕榮留王 4년 7월에는 당唐 나라가 조공하러 왔다. 그리고 6년에는 당나라에서 수차례에 걸쳐 고구려에 조공했다. 지명사전 618쪽에…… 고구려 28대 마지막 왕이었던 보장왕寶藏王 2년 1월까지 당나라는 고구려에 조공을 바쳤다고 삼국사기는 기록이다. 삼국사기 본문에서 보면 고구려 20대 장수왕 때부터 28대 고구려 마지막 왕인 보장왕 초기까지 위나라는 수십 차례에 걸쳐 조공하였다. 그 다음 송나라 남제南齊와 【남쪽 제나라】양나라 동위東魏·북제北齊·북쪽 제나라와·진陳나라·후주後周는? 뒤에 생긴 주나라·수隋나라·당唐나라 등이 고구려에 조공하였던 것이다. 조공을 바치는 나라는 천자 국에게 바치는 곡물을 말한다. 반대로 조공을 받는 나라는 천자 나라로서 모든 제후국에게서 받는 것이다. 작은 나라가 큰 나라에게 조공을 바치게 되어 있는 것이 고대사회는 불문율不文律 법이다. 상식적인 법이 것이다. 예를 들면 도덕·윤리를 기본으로 한 당연함으로 되어 있었다.

"……."

진陳나라는 순임금 이후 얻은 성씨로 규씨嬀氏이다. 이름은 만滿이다. 선을 통한 후 봉작을 받고 나라 이름을 진陳나라라 했다. 도읍지는 완구宛丘이다. 이곳은 하남성 희양현이다. 안휘성과 강소성 강영현에서 다스리면서 장강지대를 관리를 하며 활동했다. 아주

226

작은 나라로 임금은 2명이 통치를 했으나 32년 만에 수隋 나라에게 망했다. 후주後周는 북조北朝라 했다. 도읍은 변汴에 두었다. 변은 하남성 개봉현이다. 하남성을 무대로 하여 산동성·섬서성·감숙성·호북성·직예성·남쪽과 안휘성 북부지방을 무대로 활동을 했지만 9년 만에 멸망했다. 수隋나라 문제文帝는 양견楊堅이다. 북주北周에서 선을 통한 후 제후왕을 오른 후 진陳 나라를 멸망시켰다. 그리하여 도읍을 장안현 서북 13 리에 두었다. 이때 고구려는 26대 영양왕 말기이다. 수나라 문제는 고구려가 쇠할 무렵 섬서성 장안현 서북쪽 13 리에 도읍을 정했다. 하지만 수나라는 건국한 지 29년 만에 망했다. 수나라는 한참 강성할 때 강역은 귀주성 봉천 북쪽과 감숙성과 사천성을 누비다가 고구려보다 50년 전에 고구려와 당나라에 의해 망하고 만다. 당唐 나라는 제요도당씨齊堯陶唐氏의 후손이다. 제요도당 씨란 바로 요 왕검이다. 요 왕검은 단군이다. 왕검王儉이연은 선을 통한 후 나라 이름을 당唐이라 했다. 당나라는 처음 사천성에서 생겼으나 나중에 도읍을 장안성으로 정했다. 당나라 태종太宗 이름은 이세민李世民 ↔ 호칭은 貞觀은 고구려 27대 영류왕 때 도읍지를 하남성 낙양현으로 옮겼다. 고구려 28대 보장왕이 망한 후 당나라는 다시 여러 곳의 도읍지를 옮겨 다녔다. 당나라 전성시대는 통치 지역 황하를 기준하여 광서성과 복건성, 광동성과 신강성 그리고 천산의 남쪽 길과 내몽고 만주지방인 봉천 길림성 서부와 흑룡강 이북과 남쪽인 안남 여러 지방까지였다는 기록이다. 이외의 지역은 백제가 기원 후 660년에 망한 후 당나라와 신라가 백제의 땅을 공동으로 차지했다. 그 후 고구려가 기원후 668년에 망한 후 고구려가 가지고 있던 광활한 영토를 특히 북부지방인 몽고와 만주 일대까지 당나라가 소유하게 되었던 것이다. 이상에서 본 바와 같이 삼국사기의 기록을 중심으로 번역을 해보았다.

모든 나라가 건국을 하지만 서로 간에 자기나라 통치하에 두고 곡물을 받으려는 욕심에 죽이고 죽는 전쟁을 자주하여 10여 년을 못 견디고 패망을 한 것이다. 그러나 고구려 장수왕 때부터 위魏·송宋·제齊·양梁·진陳·북제北齊·북주北周·수隋·당唐나라까지 많은 나라들이 고구려에 조공을 바친 것을 보면 고구려는 얼마나 큰 나라였는지 알 수 있다. 고구려는 천자 국이었기 때문에 조공을 받을 수 있었던 것이다.

고구려는 나당羅唐 신라와 당나라 연합군에 의해 기원후 660년 백제가 망할 무렵이다. 그러나 고구려도 만주인 옛날 봉천으로 쫓겨 간 후 8년 만인 668년에 망하였다. 고구려가 망한 후 당나라가 차지한 강역이 바로 고구려 영토였음은 두말할 필요가 없다. 삼국사기와 중국고금지명대사전을 중심으로 고구려의 영토에 대한 대략의 찾아보았다. 고구려는 천자의 나라이었음을 나타낸 기록이 삼국사기에 있어 변역이다. 고구려 마지막 보장 왕 때 기록되어 있는 글이다. 현도와 낙랑은 처음부터 조선의 땅이다. 기자가 도읍하고 있었던 곳이다. 고구려는 진秦 나라, 한漢 나라의 후예이다. 즉? 뒤를 이은 나라이다. 라는 기록이다. 본문에서는 진·한과 함께 고구려는 천자의 나라로서 섬서성 서경西京을 무대로 조공을 받으며 활동한 것이다. 무엇 때문에 천자국인 고구려가 망하게 되었을까를 번역한 것이다. 고구려의 패망은 앞에서 이야기 했듯이…….

고구려가 지배한 나라들에서 조공을 받을 정도로 고구려 말기까지 그 세력이 강력했다. 특히? 고구려 19대 광개토왕 때부터 중원대륙의 영토 확장은 엄청나게 크다. 고구려 광개토왕이란 이름 그대로 땅을 엄청나게 넓혔으며……. 고구려의 세력은 실크로드인 신강성과 몽고 관할 지역까지 영토는 크게 확장되었다. 당나라가 소유했던 흑룡강과 길림성 일대 모두가 고구려의 땅이었다. 또한 호북성과 사천성 지방까지도 광개토왕은 고구려의 영토로 확장했다. 고구려 20대 장수왕 때는? 앞서 이야기한 바와 같이 동진東 때부터 남북조南北朝 때까지의 나라들은 모두가 고구려 제후국으로 조공을 바쳤던 것이다. 특히 남조였던 송宋나라와 제齊나라 … 비롯한 양梁나라와 진陳나라까지 조공을 받은 것이다. 또한? 북조였던 북위北魏 · 동위東魏 · 서위西魏 · 북제北齊 · 북주北周 수隋 당唐 나라까지 고구려에게 조공을 바쳤다는 기록이다. 그렇다면? 고구려는 대륙인 중원의 천자 국임을 쉽게 알 수가 있다. 고구려가 한국 땅인 한반도에 있었더라면 무엇 때문……. 당나라 등이 고구려에게 조공할 필요가 있었겠는가! 고구려가 만주 땅에서 아무리 강력한 국가라 해도 앞에 밝힌 나라들이 왜 조공을 하겠는가? 고구려는 대륙중원의 땅인 서경인 평양성에서 도읍한 강력한 천자의 나라였기에 조공을 하게 되었던 것이다. 고구려는 한나라 때부터 왕험성에 도읍을 한 기록이 정사의 기록이다. 그렇게도 강성했던 고구려가 망하게 되었는가를 찾아보니……. 고구려가 망한 것은 단순히 신라와 당나라 때문만은 아니다. 고구려가 망한 데는 그럴만한 이유가 있다. 고구려 19대 광개토왕 때 지나칠 만큼 영토 확장에 국운을 걸고 감행했

229

던 것이다! 그 후 20대 장수왕 때는 남북조시대 때 있었던 나라들
이 모두 고구려에게 곡물을 바친 것이다. 북주와 수나라를 비롯한
당당나라. 이들 나라에 조공을 바치면서도 수시로 고구려를 괴
롭혔다. 특히……. 고구려를 많이 괴롭힌 것은 수隋 나라와 해奚 나
라다. 해 나라란? 계집종들이 많은 나라다. 고대사회는 주나라 말
기 약 2,000여개의 작은 나라들이 존재 했다는 것이다. 그 원인은
강력한 천자국이 없어 불안한 가운데 부족국가로 뭉쳐서 힘을 갖
자는데 있었다. 이상과 같이 수많은 나라들이 서경을 중심으로 변
방에서 제후의 나라가 생겨 호시탐탐虎視耽耽 천자의 나라 고구려
를 무너뜨릴 기회를 엿보고 있었다. 고구려 마지막 보장 왕 때 와
서 당나라·신라·백제를 멸망滅亡 시킨 후 고구려를 압박해 왔다.
고구려 보장 왕 2년에 이르자……. 글란契丹과 해奚나라와 말갈鞨鞨
이 백제의 국운이 쇠약해지는 것을 보고 하북 성지방의 여러 주州
를 수시로 침략했다. 고구려는 요동에 있던 여러 절도사節度使들을
뽑아 방어하려 했지만? 나당羅唐 군사들은 계속하여 동쪽인 서경과
낙양 등을 쳐들어 왔다. 한쪽은 북방에서 또 한쪽은 서방 쪽에서
공격의 틈을 주지를 않고 공격을 해왔다. 당나라는 사천성 경계에
서 공격하고 신라는 서경 서북쪽 기산岐山과 순화현淳化縣에서 공격
을 한 것이다. 이때 순화현은 제 2의 경주였다. 다른 한편으론 수나
라는 고구려를 공격하다 지쳐 기원후 618년 영류 왕 때 망한 뒤였
다. 그때는 보장왕이 수나라의 공격을 하지를 안했지만……. 고구
려 군의 방어 능력이 너무 약했던 것이다. 그래서 나당의 공격을
막을 수가 없었던 것이다. 고구려 마지막 보장왕은 끝까지 섬서성

서경의 중원을 사수하려 했다. 서경을 지키는 것이 천자의 나라이기에 끝까지 지키려 했지만? 병력이 약해져서 도저히 방어 능력이 없었다. 고구려는 그때부터 16년 동안 천여 리 장長성을 쌓았다. 고구려 국운國運이 다 되어 가던 시기에 26대 영양왕嬰陽王이 왕위에 올랐다. 왕 25년이면 기원후 588년이다. 고구려가 기원후 668년에 멸망했으므로 고구려가 망하기 전 80년 전이다. 그 때가 영양왕 24년 봄이었다. 영양왕은 천하에 있는 군병을 탁군涿郡에서 모집했다는 기록이 삼국사기 기록이다. 탁군 이라면? ……지금의 중국 산서성의 북부와 중부 그리고 하북성과 산서성 경계지역이다. 이곳 백성들을 모아서 좋은 말과 함께 요동에 있는 옛 성으로 옮기고 수련을 쌓게 하였다. 다음해 25년 7월은 상감의 수레는 먼 ~ 진지를 향해 가고 있었다. 이때 마침 천하에서 반란이 일어나고 있었다. 많은 병사들을 징병했지만……. 이미 때를 놓치고만 것이다. 고구려는 대단히 곤란한 지경에 빠졌다. 그리하여 적은 사람들의 보호를 받으면서 비사성卑奢城에 이르렀으나 아군들은 도저히 당할 길이 없었다. 그러나……. 적은 군사지만 장군들은 재빠르게 평양으로 달려갔다. 왕은 장군들이 몰려오자 겁이 덜컥 났다. 파견된 사신들은 모두 모습을 유지하려고! 구걸하다시피 항복했다. 그러나 얼마 되지 않은 양식을 나누어 먹으며 고구려는 정사政事에 복종을 하였다. 상감은 크게 기뻐했다. 몇몇 장수들의 호송을 받으며 돌아왔다. 상감은 8월에 먼 거리의 진지鎮地에 반사班師 ↔ 일명 파견사를 보낸 것을 후회했다. 10월 상감은 서경으로 돌아왔다는 기록이다. 너무 욕심을 냈던 것이 화가 된 것이다. 영양왕 25년이면 백제가 망하기 전 72년 전이다. 기원후 588년이기 때문이다. 삼국사기엔? 영양왕 25년에 비사성에 이르렀다는 기록이 있다. 비사성卑沙城은 고구려의 성이었던 사비성沙卑城을 말한다. 사비성을 중국고금지명대사전 431쪽 기록에는 봉천奉天이라고 했다. 동래東萊를 해도海道에 있는 산동성 등주登州에 있는 고구려의 평양성이라 되어있다. 동래군은 산동성 액현掖縣 동북 60 리라고 되어있다. 또한 산동 성·황 현·동남임이라고 기록되어있다. 여기서 문제가 되는 것은……. 고구려 사비성이 마지막 평양이었던 봉천인지 아니면? 고구려가 망하기 8년 전이므로 산동성 동래였지 알 수가 없다. 중국고금지명대사전은 두 곳의 기록이 있지만……. 사학자들 번역에 의하면 고구려가 망하기 8년 전부터 마지막 평양이 봉천이었다는 것이다. 그런데 10월에 영양왕은 서경으로 돌아왔다고 되어있다. 이 기록은? 영양 왕 25년 즉 기원후 588년까지도 서경은 고구려의 도읍지라는 것이다. 그렇다면……. 동래가 평양성인지는 알 수 없다. 고구려 27년 영류 왕 9년이면 기원후 610년이다. 신라와 백제는 당나라에게 파견사를 보내 말하기를 고구려의 침략을 방어하려고 했다는 기록이다. 백제가 망하기 50년 전이다. 영류왕 11년 9월이다. 이때가 기원후 612년이다. 당나라 태종은 돌궐突厥과 힐리頡利와 그리고 가한可汗의 직예성 일대 나라에서 사로잡은 포로와 강역의 지도를 함께 보냈다. 영류왕 12년 신라의 장수 김유신이 고구려 동쪽 변을 침공해 왔다는 기록이다. 고구려가 지금 중국 대륙의 서경에 있을 때이므로 신라 장수인 김유신이 서경인 지금의 서안 동쪽 변을 침공했다는 고구려본기 제8장의 기록은 놀랠 일이다!

영류왕 14년 2월이다. 영류왕은 직접 많은 군중을 동원하여 장성長
城을 쌓았다는 기록이다. 장성은 동북으로 부여성을 쌓았으며…….
동남쪽 해변으로는 천 여리에 가까운 장성을 쌓았다. 장성을 쌓는
데 16년간의 공사 실적 기록이 필요했다는 것이다. 동북으로 부여
성이라면 지금의 하북성 북쪽에 있는 만리장성의 동쪽 편에 위치
한 장성을 말하는 것이다. 그리고 동남의 바다 가까이 1,000여 리
의 장성을 16년간의 기간을 걸쳐 쌓았다고 되어있다. 현재 중국
대륙에는 장성이 여러 곳에 있다. 그러나 한국의 경우 장성이라고
는 하나도 없다. 더구나 한국의 동남 해변 가까이 천 여리에 달하
는 장성은 없다. 흔적마저도 없다. 한국의 경우 고구려가 북쪽에
있었다고 생각을 한다면……. 동남에 장성이 1,000여 리에 달하는
성의 흔적이라도 있어야 한다. 그러나 동남이라면 강원도에서 경
북 울진군이나 포항 아니면 대구나 부산에 달하는 1,000여 리 장성
이 있어야 하는데 우리나라엔 없다. 고구려 27대 영류왕 14년 2월
의 기록은 중요한 것이다. 삼국사기 본문에 이러한 기록이 있으니
정말 놀라운 일이다. 이러한 사실이 있으니……. 상고사 역사를 재
검토하는 작업이 국가적으로 이루어져야 한다. 영류왕 21년 10월
이다. 고구려는 신라가 수시로 침략을 해오자? 신라 북쪽 변방에
고구려의 성을 일곱 겹으로 쌓았다고 했다. 그러나 신라의 장수인
알천閼川은 역습을 해서 일곱 겹의 성 밖으로 공격을 하여 고구려
군사가 대패大敗하게 하였다고 한다. 영류왕 23년 당나라 태종의
세자인 환권桓權이 조공을 받치러 와서 당태종이 고구려를 위로했
다는 기록이다. 영류왕 24년 기록을 보면 아래와 같은 글이다.

『고구려본사군지이高句麗本四郡地耳』라고는 기록이다. 이 말은 역사의 중요한 의미를 갖게 한다. 사학자들은 이재것 한사군漢四郡만 알고 있었지만 따지고 보면『조선사군朝鮮四郡』이었다. 사기 권 115 조선열전 제55 조선위사군 기록변역이다. 고구려는 처음부터 사군四郡의 땅이다. 끝에 귀 이耳 자를 붙인 것은 한사군이나 조선사군이나 고구려사군이나 같다는 글이다. 한사군·조선사군·고구려사군은 형제라는 것이다. 한 곳에서 함께 있었던 것이다. 사군은 낙랑樂浪은 평양이다. 평양은 조선평양 즉 지금의 서안 옛 서경인 송악임·현도玄都는 섬서성·장안長安 장안지長安志는 장안고성長安故城이다. 진번眞蕃은 한나라 서제昭帝 때이고『고구려군지高句麗郡地』임둔臨屯은 한나라가 설치한 곳인······. 옛 성이 있던 조선의 경계라고만 되어 있어 확실하지 않으나! 임주任洲가 있는 곳이라고 했으니까······감숙성 임조현 지역이 아닌가! 생각이다. 영류왕 24년만 하더라도 고구려사군의 땅을 확보하고 있었으므로 고구려는 천자의 나라라고 할 수 있다. 영류왕 24년 말경 동주현東州縣의 기록이니 동주현의 위치를 찾아보면 동주는 요遼나라가 두었던 곳으로 만주에 있는 봉천의 경계선이라고 지명사전 481쪽에 기록되어있다. 그러나 고구려는 힘이 쇠약해짐에 따라 강역이 먼 거리까지 살필 여유가 없었다는 기록이다. 영류왕 25년 1월 당나라 파견사가 조공을 갖고 왔다. 그 당시 왕의 명을 받고 서부西部의 대인大人이었던 개소문蓋蘇文은 장성을 쌓는 감독을 하였다고 한다. 그 후 음력 10월 개소문이 왕을 죽였다고 되어있다. 음력 11월 당나라 태종은 왕이 죽었다는 소식을 듣고 애도를 표하는 뜻으로 300단의 물품과 사절단을 보내어 조의를 표했다고 했다. 고구려 28대 보장 왕 4년 1월이다. 당나라 장군 이세적李世勣은 유주幽州까지 쳐들어왔다. 유주는 지금의 북경지방이다.

고구려왕은 백성들을 사랑했다. 하지만……. 군인들은 생각이 해이 해 질대로 문란해졌다. 이런 상태로는 고구려가 평안할 수 없고 성공할 수도 없었다. 그래서 보장왕은 반드시 이기는 도법 다섯 가지의 포고령을 내렸다.

1. 적은 것을 친 후 큰 것을 칠 것
2. 순서를 거역하거나 반역하는 자를 칠 것
3. 노략질하거나 난을 일으키는 자를 다스릴 것
4. 피곤해 있는 적부터 최선을 다해 칠 것
5. 원수를 마땅히 친 후 절대 근심하지 말 것

근심에 휘말리지 말 것을 포고령을 내렸다. 하지만……. 지킬 수 있었을까를 걱정을 했다. 그 당엔 신라新羅 백제百濟 해奚 글란契丹 등 여러 길을 나누어 전쟁을 시작했지만 역부족이었다. 고구려 왕은 당나라 장수 이세적이 북경지방으로 치고 들어오자 보장왕은 반대쪽인 감숙성 정주定州로 달아났다. 신하가 말하기를 요동은 예초 중국의 땅이라고 했다. 여기서 중국의 땅이란 세계의 중간에 있는 나라라는 뜻에서 중국이라 했던 것이다. 역사상 중국이라고 정식으로 국가의 국호를 사용한 나라는 없는 것이다. 어떤 정사에도 국호로 사용한 중국의 국가는 없는 것으로 보아 중국이란 세계의 중심 나라라는 뜻에서 쓰여진 것을 알 수가 있다. 보장왕이 감숙성 정주로 간 후 삼국사기 기록이다.

『고구려설군부지치高句麗雪君父之恥』라고 되어있다. 이 글귀는 대단히 의미심장한 말이다. 고구려의 옛 임금의 임금들은 눈雪을 맞은 군주이다.

「욕되고 부끄러움을 어디다 비기랴」라는 글귀다. 그렇다! 천자의 나라가 비사성卑沙城과 안시성安市城은 서안 등을 침략당하고 감숙성에 있는 정주까지 쫓겨났으니…… 그 치욕을 어디다 비할 수 있을 것인가를 짧은 글에 나타나 있다. 보장왕 5년 봄 2월에는 동명왕의 어머니의 소상塑像은 흙으로 빚어 만든 동상에서 3일 동안 피눈물을 흘렸다고 되어있다. 보장 왕 6년 당나라 이세적에 의해 7월에는 무려 100여 번이나 전쟁을 했다고 되어있다. 이 싸움에서 많은 성이 탈취 당했고 1만여 명의 군사가 출전했지만 패하고 말았다는 것이다. 그때 고구려 군사는 3,000여 명이 전사했다는 기록이다. 당나라 태종은 송주宋州 자사刺史는 암행어사와 같은 직책인 왕파리王波利 등에게 명령을 내려 강남에 있는 12주州에 있는 공인工人들을 공인이란? ……배를 만드는 목수들을 소집했다. 12주는 주로 광서성과 광동성 지방에 있는 고을이란 말이다.

복주福州는 복건성 광주廣州는 광동 신주新州는 광동성 고주高州는 광동성 월주越州는 광서성 안주安州는 광서성 황주黃州는 광서성 교주交州는 광서성 성주成州는 광동성 형주衡州는 광동성 영주瀛州는 복건성 등이다.

공인들을 모아 수백 척의 큰 배를 건조했다. 보장왕 7년 1월이다.

236

당태종은 파견사를 시켜 고구려왕에게 조공을 바쳤다. 사신이 서로 오고가며 조공을 바치러 다니는 것은 국운을 염탐하는 간첩과도 같은 행위도 포함되어 있었다고 보아야 한다. 당나라 태종은 『우무위대장군인右武衛大將軍』 설만철薛萬徹에게 청구靑丘『도행군대총관道行軍大總管』으로 임명했다. 우위장군右衛將軍 배행裵行은 부총관으로 하여 장병 3만여 명을 전함에 태웠다. 전함의 배는 망루가 있어 적이 잘 보일 수 있도록 건조되어 있었다. 전함의 배는 내주萊州의 바다로 습격해 들어갔다. 여기서 내주란? 지금의 산동성 액현掖縣이다. 이곳은 산동성 봉래시蓬萊市를 말한다. 봉래시 앞바다는 대흑산도가 있다. 설만철을 청구 도행군도총관으로 임명한 청구는 강서성 오현五縣에서 산동성 광요현廣饒縣 북쪽까지 포함한 곳이다. 고구려 마지막 보장왕 때 산동성 액현 지방인 내주인 동래군 일대를 모두 탈환하기 위해 당태종은 대총관인 설만철을 청구지방의 행 군대총관으로 임명하여 3만여 명을 전함에 태우고 공격했다는 것은 매우 충격적인 사건이다. 그러니까……. 산동성 일대도 고구려가 관할하는 땅이었다는 기록이다. 당태종이 파견한 설만철이 탄 배는 모두 나무로 만든 나무로 만든 전함이다. 큰 배는 길이가 백척白尺이 넘었다. 일척尺이 30센티미터이므로 백척이면 배 길이가 30미터이다. 이 배는 양가강인 장강을 타고 사천성이 있는 무협巫峽까지 드나들고 상해로 나와 바다를 타고 산동성 내주까지 진격했다는 기록이다. 특히 설만철이 탄 배의 전함은 압록수鴨淥水가 있는 하남성 개봉현開封縣의 험한 물줄기와 패강을【浿江 ↔ 패수】 따라 고구려 강역을 공격하곤 했다는 기록이다. 고구려 보장왕 7년은 당나라와 격렬한 전쟁을 겪던 시대이다. 고구려가 망하기 27년 전에도 고구려는 중원 땅에서 당나라와 신라 사이에 전쟁이 자주 벌어진 시대였다. 서로 간에 뺏고 빼앗기는 치열한 전투가 곳곳에서 산발적으로 감행되고 있었다. 고구려는 하는 수 없이 보장왕 8년에 마갈과 연합작전을 하여 사방 40 리에 진을 치고 있었다. 이때 당태종은 멀리서 보고 놀라는 기색이었다. 고구려는 육군을 태우고 보장왕은 위풍당당하게 큰 소리를 외쳤다. 그때 전쟁은 없었고 당태종은 두려워 물러났다는 기록이다. 보장왕 8년이므로 고구려가 망하기 26년 전에도 고구려의 세력은 막강했다. 기록에는 말갈과 연합작전을 했다는 것은 어딘지는 알 수가 없다! 이때 말갈은 북방과 서역까지 드넓은 땅을 갖고 활동하던 나라이다. 한국지명사전 251쪽 고구려 초기부터 중기까지는 말갈이 산발적으로 소제국가小諸國家로서 활동하던 것이 남조 때인 송宋·제齊·양梁·진陳·후양後梁과 북조의 북위北魏·동위東魏·서위西魏·북제北齊·북주北周 틈새에서 고구려의 힘은 많이 분산되었다. 특히 수隋 나라가 들어서면서 고구려를 많이 괴롭힌 것이 결정적인 국운의 쇠퇴를 가져왔음을 알 수 있다. 그 후 당나라와 해 나라를 비롯한 신라와 백제의 연합한 전쟁으로 인하여 고구려는 국가를 지탱하는 힘이 약해지게 되었던 것이다. 보장왕 9년이니까 기원후 643년이다. 고구려가 망하기 5년 전이다. 6월 이다. 『보덕화상普德和尙』이란 스님의 기록이다. 반룡사를 지명사전에 찾아보니……. 한국에서 출간된 『한국지명사전』에는 반룡산이 없고……. 반산지라盤山池하여 저수지 이름만 있다. 충청남도 부군 규암면석 우리에 반산이란 연못이

238

있다는 기록이다. 중국고금지명대사전 1185쪽을 기록에 반룡 산이 나왔다. 반룡사盤龍寺는 반룡산에 있다. 수서 지리지地理志에 의하면 사천성 한중현寒中縣의 동쪽에 반룡산이 있다고 기록되어있다.

한내현寒內縣에 있는 것이 반룡산이라고 기록되어 있는 것을 보면 고구려 28대 보장왕 643년에도 대륙 사천성 한중현이 고구려 땅이었다는 것이다. 당나라 태종이 하루는 하늘의 바라보니? 하늘의 기운이 서남 천리 밖에서 왕의 기운이 서려 있었다고 한다. 그곳이 바로 사천성 반룡산에 있는 반룡사임이라는 기록이다. 보장왕 11년 정월이다. 당나라는 파견사를 보내 고구려에 조공을 바치려고 왔다. 13년 초 봄이다. 보장왕 13년 당시 군신君臣들의 사치가 너무 심하므로 나라가 머지않아 망할 것이라고 기록되어있다. 『한국지명사전』에는 ……마령산에 대한 지명의 기록이 없다. 중국고금지명대사전 769쪽에 마령산에 대한 기록이다. 삼국사기 고구려 본기에 있는 기록에서 찾아보아도 한국지명사전에는 없다. 마산은 중국지명사전 본문에서 소선산蘇仙山이며 반피산牛皮山 또는 백마령白馬嶺이라고 한다고 되어있다. 마령 산을 다른 이름으로는 용두령龍頭嶺 이라 한다. 수경주水經注에 의하면 황계黃溪수가 흐르는 시냇물이란 뜻에서 지어진 이름 흐르는 동쪽 편에 마령산이 있다고 되어있다.

보장왕 13년 10월 겨울왕은 말갈靺鞨과 글란契丹 병을 격퇴시키기 위해 안고安固 장군을 출병시켰다. 안고 장군이 출정한 곳은 몽고자치구蒙古自治區에 있는 송막松漠이란 곳이다. 송막은 중국지명사전 497쪽 기록이다. 송막은 송림이라는 말이다. 소나무가 천리나

먼 거리에 평지에 자생하고 있다는 것이다. 송막은 처음엔 고구려의 영토였으나 당나라 초기에 당나라는 『송막도독부松漠都督府』를 두었다고 되어있다. 그 당시 당나라 송막도독부의 사령관은 이굴가李窟哥였는데…… . 이굴가는 당태종의 명령을 받고 공격하는 바람에 고구려 군사는 대패하였다는 것이다. 송막은 글란의 땅이었다. 고구려 군사가 크게 패한 뒤 신성新城으로 돌아온 것이다. 여기서 신성을 찾으니? 신성은 고구려 19대 광개토왕 때 연나라 모용황에게 빼앗은 것이다.

중국고금지명대사전 1,011쪽엔 신성新城이 있다. 봉천…… . 【만주요녕성】 흥경현興京縣 북쪽에 있다. 그러니까? 안고 장군이 말갈병과 글란 병을 물리치려고 갔다가 패한 후 몽고에서 만주인 봉천인 신성까지 되돌아왔다. 보장왕 14년 1월이다. 고구려는 백제와 말갈이 합세하여 신라의 북쪽 경계에 있던 33개 신라성을 함락을 시켰다. 이때 신라왕 김춘추는 급히 당나라에게 구원병을 청했다. 보장왕 14년 2월 당나라 고종高宗 이름은 이치李治 호칭永徽은 영주도독營州都督이다. ……영주에 있는 군사 책임자로 있던 정명진程名振과 좌위중랑장군左衛中郞將軍이었던 소정방蘇定方을 보내 전쟁을 했다. 보장왕 14년 5월 당나라 장수 정명진은 요수遼水를 건너왔다. 요수는 요하遼河이다. 요하는 일명 거류하巨流河라고도 하며 또는 구려하句麗河라고도 한다. 고구려 숫자가 적어 하는 수없이 문을 열고 물에서 수중전을 하였다. 그 결과 당나라 장수 정명진은 크게 패한 후 분을 참지 못했다. 그때 전사자는 1,000여 명이었다. 당나라 군사들은 외각으로 달아나면서 마을에 불을 지르는 악행을 저지르면

240

서 도망을 갔다. 보장왕 17년 정명진과 우영군중랑장수^{右領軍中郎將}이였던 설인귀^{薛仁貴}가 공격해왔다. 18년 9월에는 아홉 마리의 호랑이가 성 안으로 들어와 사람을 잡아먹었다는 기록이다. 그러나 호랑이는 잡을 수 없었다고 한다. 음력 11월 당나라 장수 설인귀와 고구려 장수 온사문^{溫沙門}이 전투를 했으나……. 횡산^{橫山}에서 패했다고 한다. 설인귀와 온사문이 싸운 곳은 요녕성 요양현^{療陽縣}에 있는 화표산^{華表山}이라고 되어있다. 보장왕 19년 9월이다. 평양에 있는 하천이 3일 동안 붉은 물이 흘렀다고 한다. 이때의 평양은 앞에서 이야기한 바와 같이 보장왕 19년에도 지금의 서안인 옛 서경이다. 보장왕 19년 11월이다. 평양의 도행군대총관겸^{道行軍大總管} 포주자사^{蒲州刺史} 정명진 등은 각각 침략의 목표를 맡아 공격하였다. 보장왕 20년 정월이다. 당나라는 하남성 북쪽과 회남^{淮南} 등 67개 고을에서 징집^{募兵}을 하였다. 무려 44,000여 명을 병력을 모아서 진지에 배치했다. 이때 홍여경^{鴻臚卿}과 숙사업^{叔嗣業}은 부여도행군총관^{扶餘道行軍總管}이었던 수회흘^{帥回紇} 등은 평양에 있는 여러 부대 장병들에게 알렸다는 기록이다. 보장왕 20년 4월이다. 당나라 패강도행군총관 설필하력과 요동도행군대총관인 소정방 그리고 평양의 도행군총관이었던 숙사업 등 여러 장수들은 무려 35군을 이끌고 물과 육지를 함께 침략을 해왔다.

이때 울주자사^{蔚州刺史} 이군구^{李君球}는 상감에게 말하기를?

『……지금 고구려는 너무도 작은 나라가 되었다고 했다. 이미 중
원 국인 중국의 대세는 기울어졌다. 지금 고구려는 반드시 망할

것이다. 라고 했다. 군사를 다시 일으켜서 지킨다 해도 작은 군사의 힘으로는 도저히 감당할 길이 없다고 했다. 그러므로 모든 백성들은 불안하고 천하가 뒤집힐 위기에 처했습니다』

상소를 올렸다고. 지명대사전 1,194쪽에는 령구현靈丘縣으로 되어 있다. 한국 땅에 있는 울산蔚山이나 울릉도 울주蔚州는 아니다. 고구려비기秘記에 의하면 『불급구백년당유팔십대장멸지고씨자한유국금구백년不及九百年當有八十大將滅之高氏自漢有國今九百年』이라는 것이다. 고구려비기에 의하면 고구려 역사는 900년에 채 미치지 못한다. 이때 고구려 장수는 무려 80명이 몰사했다. 고구려가 망할 때 80세 되는 장수 한 사람만 죽었겠는가! 고구려가 망할 무렵 80명의 장수가 죽었다는 것은 고구려가 얼마나 큰 나라인가를 알 수 있다. 현재 작은 나라인 한국만 해도 장군이 80명은 될 것이다. 고구려 자신은 한漢 나라이며 한나라 때 있었다. 그리고 지금으로부터 고구려 역사는 900년이라고 삼국사기는 적고 있다. 보장왕 27년 9월이다. 당나라 이적李勣 장수는 완전히 평양을 탈환했다고는 기록이다. 이때가 기원후 651년이므로 고구려가 망하기 17년 전이다. 결국 고구려는 당나라에게 평양을 내주고 말았다. 이에 화가 난 고구려 장수인 천남건泉男建은 군대를 일으켜 45,000여 명의 병정을 부여성扶餘城에서 결사 항전했다. 이때 당나라 이적 장수와 만나 수중전水合戰에서 죽은 자만 30,000여 명이었다는 것이다. 그런 패배로 이적 당나라 장수는 천남건을 금주金州로 유배시켰다. 금주는 사천성 오지이며 팽수현彭水縣이다. 천남건은 유배를 보냈지만…….
천남생은 우위대장군右衛大將軍 직책을 주고 당나라 장수인 이적에

242

게 상을 주어 임명했다는 것이다.

보장왕 27년 9월 5일 이적 군사들은 평양 성 위에 올라 고함을 지르고 북을 치며 성을 불태웠다. 이때도 천남건 장수는 자결을 하지 않았다. 왕건과 남건은 이적 장수와 함께 당나라 왕궁으로 돌아와서 선친들의 왕의 묘소에 참배한 후 선조들의 큰 사당大廟에 제를 올렸다는 기록이다. 고구려가 완전히 망해서 정리된 것은 당나라 고종시 총장總章 원년이므로 고구려는 비록 망한 시기가 보장왕 27년 9월이라 해도 고구려의 역사가 완전히 끝난 것은 기원후 668년이다. 고구려는 6년 전에 당나라 장수 이적에 의해 망하긴 했어도 고구려가 정리되어 망한 시기는 당나라 총장 원년이므로 기원후 668년에 약 900년의 천자국天子國 역사를 자랑하던 고구려는 완전히 역사 속으로 사라져 갔다.

『맹자孟子가 말하기를 하늘의 때와 땅의 이로움은 사람이 화합한다 해도 같지 않다』

나라가 흥하면 복이 되고 망하면 화가 된다고 하였다. 그러므로 무조건 흥해야 한다고 하였다. 그래야 백성이 상하지 않고 복을 받을 수 있다고 하였다. 나라가 망하려고 하면 관리들이 횡포해지며 자리사욕을 좇게 된다. 그리고 조상을 모르고 백성들은 마음을 잃는다. 뿐만 아니라 점차로 사회는 문란해지며……. 자기와 국가 그리고 조상의 존재마저 망각하게 된다. 어떤 자는 술에 취하듯 악한 자들과 범법자가 나타나고 윤리와 도덕이 파괴되는 사회로

243

전락하게 된다는 내용이다. 한 가정이나 사회 그리고 국가도 부정부패가 만연하고 타락되어 가는 나라는 망한다는 교훈을 고구려사에서 증명하고 있다. 어느 나라이든 나라가 망하는 과정은 같다. 천자의 나라였던 고구려가 900여 년의 긴 역사 속에서 자취도 없이 사라져 가는 모습을 지켜보면서 오늘의 한국의 현실을 다시 한 번 되새겨보는 계기가 되길 바란다.

특히 고구려의 패망에서 깊이 새겨두어야 할 것은 역사를 망각하고 잃어버린 나라와 백성은 반드시 망한다는 교훈을 고구려사에서 알 수가 있었다. 현 정치인들이 삼국사기 고구려본기를 보면 우린 언제 한민족의 역사를 올바르게 할 수 있을 것인가에 고민을 많이 하게 될 것이다!

고구려왕王陵은 있지만……. 묘지의 기록이 없다. 한국 땅에 고구려가 있었다면 어딘가에 왕릉이 있을 것이다! 그러나 고구려는 한반도에 있었던 사실조차 없으니 고구려 왕의 무덤이 있을 리가 없다. 고구려는 28명의 왕들이 있다. 하지만 동명왕東明王 주몽의 묘지 외는 왕릉이 어딘지 알 길이 없다. 동명왕의 장지가 용산龍山이라고 되어있다. 서울에 있는 용산에는 고구려 동명왕의 왕릉은 없다. 만약 주몽인 동명왕의 가짜묘지가 서울에 있었다고 한다면 고고학자들의 극성과 식민사학자들의 짜깁기 식 역사교육은 극에 달했을 것이다! 현재 가야사를 보면? 앞서와 뒤에도 상재되어 있지만 왕들의 묘가 없다는 것이다.

"……."

실증 고대조선 35쪽 고구려 편엔 삼국사기는 서기 3년으로 보았고 삼국지에서는 204년이라는 기록이다. 정상수웅은 정사를 정확하게 고증하지 않고 역사를 편견적으로 보고 해설했기 때문에 완전히 엉터리 역사로 기록했다. 어디까지나 정사에 있는 그대로 고증하여 원전原典 대로 해설해야 하는데도 원전은 이용하지 않고 주관적으로 해설한 것이 크나큰 잘못되어 버린 것이다. 원전 본문에 있는 것을 인용한 것처럼! 조작하는 수법으로 『실증 고대조선』이란 책을 집필을 했다. 한마디로 지기만의 기만술 역사책인 것이다! 정상수웅은 많은 원전을 본 것으로 되어 있으나……. 원전의 본문을 싣고 인용하지 아니한 것 같아! 역사를 고의적으로 날조한 것처럼 보인다! 공상소설처럼……. 정상수웅은 고구려·백제·신라뿐만 아니라? 마한·진한·변한까지도 몽땅 한반도에 있는 것으로 밝히고 있다.

정상수웅은 실증 고대조선이란 책에서……. 초기의 왕자상王者像이란 제목으로 고구려·백제·신라·가라제국 등은 모두가 개국 당시 신화설로 이루어진 양 집필을 한 것이다. 이상과 같은 기법은 고의로 역사를 조작 날조하여 고조선의 역사를 신화설로 만들려는 음흉한 수법임이 분명하다! 역사가는 한 치의 거짓으로 기록하면 안 된다. 만약 거짓으로 역사를 기록했을 때는 역사의 반역자가 된다는 사실을 명심해야 한다.

『일본 소설가 무라카미는 "바른 역사 전하기가 우리시대 의무"라고 했다』

정사의 기록은 거짓으로 기록하지 않기 때문이다. 중국고금지명 대사전 163쪽 수곡 구엔? 장수왕 7년 여름 5월에 나라 동쪽에 대홍수가 났다고 했다. 나라 동쪽이면 하남성·산동성·안휘성이나 강소성 등지이다. 이곳은 큰 강이 있고 작은 강들이 많아 홍수가 자주나기 쉬운 곳이다. 동쪽에 홍수가 났다면 황하 하류나 장강 하류 쪽에 대홍수가 나는 경우가 많기 때문이다. 장수왕 12년은 신라와 수교를 맺었다. 왕은 위로하는 뜻에서 가을에 경사로운 큰 해를 맞아 왕은 군신들을 궁으로 불러 잔치를 열었다는 기록이다. 장수왕 15년은 평양성으로 옮겼다. 장수 왕 때는 유난히 위魏 나라에서 많은 조공을 바치러 왔다. 고구려 21대 문자명 왕의 기록에서 고구려와 백제·신라가 싸우던 전쟁터는 바로 남쪽에 이하 강변의 정사현임을 기록되어있다. 고구려·백제·신라가 싸우던 전쟁터가 지나대륙의 호남성 장사현이었다. 이러한 사실을 확인도 하지 않고 무조건 고구려·신라·백제가 한반도 안에서 싸운 것처럼 역사교육을 시켜왔다.

『북망산北邙山은 중국 하남성河南省 낙양洛陽에 있는 산이다. 예부터 귀인貴人과 명사名士들을 이곳에 묻었다. 지금의 국립묘지 같은 곳이다. 하남은 산동·안휘·호북·섬서·하서·등으로 둘러 쌓여있다. 신라 선덕 여왕의 묘도 이곳에 있다.』

앞서 밝혔지만? ……KBS 1TV 타임캡슐 중국에도 전주가 있다. 내용을 보면 알 수 있다. 청조 강역지도를 보면 백제의 성들과 현을 쉽게 찾을 수 있다. 전술한 삼국사기에 기록된 백제의 65개의 성들이 KBS 방송자료와 청조 강역도에 나타난 지역을 우리나라 사학자들은 어떻게 설명할 수 있을까? 백제의 흑치장군과 아들 시체를 지도를 보다시피 해로 몇 백리를 거쳐 산동땅에 도달하여 육로로 몇 천리 길을 가서 북망산에 묻었다. 아니면 육로길인 산동땅을 지나 몇 천리 길을 지나서 하남성 낙양에 있는 북망산에 묻었다고 한다면 귀신도 웃을 것이다. 어리바리한 사학자들의 엉터리 번역이 역사를 왜곡하고 있다. 백제 풍달 장군과 흑치상지는 웅진성에서 당나라 소정방과 전투를 하였다. 웅진성은 하남에 있다. 우리나라 충청도 공주 땅에 있다. 660년 의자왕이 당나라군에게 항복할 때 3,000궁녀가 낙화암에서 떨어져 죽었다는 이야기는 역사 번역가나 소설가들이 3,000궁녀와 의자왕이 방탕한 생활을 하여 망했다는 것을 의자왕에게 패륜 군주로 몰기 위하여 윤색한 것이다. 3,000궁녀 낙화암은 지어낸 역사다.

『2002년 11월 KBS역사스페셜에서 3,000궁녀 낙화암 기록은 허구라고 방송한 것만도 다행이다.』

백제는 중국 광동성에서 성립되었다가! 패망되자……. 그 후손들이 산동 반도를 거쳐 전라북도변산반도에 도착하여……. 후 백제기간 선주민을 통치했다는 것이 타당할 것이다!

백제의 왕들 묘는 한국 땅에 단 한기도 없다.

부산대 고고학교수 신경철 교수의 말처럼 부여족 피난민 주장과 같이 가야국은 전란을 피하여 영남 유역에 정착한 난민 집단이듯이 백제도 망하자 변방인 전라도 지방에 유입된 집단으로 보면 쉽게 이해가 갈 것이다. 백제가 망하자 많은 유민들이 한반도로 몰려와 다시는 전란을 겪지 않으려는 의도에서 산성도 쌓고 유비무환의 정신으로 살아가려고 했던 것이 오늘에 찌꺼기처럼 남아 있는 성터들이다. 이들은 모두 임진년壬辰年, 1592년 왜적들에게 침탈당한 후 버려졌던 것이다. 백제가 대륙에서 건너와 그 한을 달래기 위해 마이산에 제단을 쌓고 선조들의 넋을 달래는 한 서린 통곡의 마이산이다. 대륙을 바라보고 선조들과 고향을 향해 절을 하고 한을 달래는 곳이 바로 마이산임을 알아야 한다. 이 사실을 가장 잘 알게 하는 것이 백제가 망한 후 망국의 한이 담긴 노래가 지금도 한반도 충청도, 전라도에서 불러지고 있다. 이 노래의 제목이 산유화山有花이다. 지금 한국에서 무형문화재로 지정되어 있는 부여 사람인 박홍남씨가 있다. 세계일보 문화부장인 이규원씨가 대대적으로 보도한 바 있다. 백제 왕릉은 한반도 한국 땅에는 한 곳도 없다. 고구려도 또한 마찬가지다. 신라의 망한 시기가 늦으므로 당나라 말기에 신라 유민들이 왕릉을 살짝 몇 구를 파서 한국땅 경주에 비석도 없이 몰래 이장한 것으로 알려졌다. 지금 서안의 서쪽인 함안咸安과 처음부터 경주였던 순화淳化 지방에는 묘지가 모두 폐묘廢墓가 되어 있다고 한다. 돌보지 않은 무구장이《시체 유골이었고 돌보지 않은 무연고 묘》되어 있는데……. 그 원인을 알아본 결과 옛날 당나라 말기에 누군가가 묘지를 몽땅 파서 가져갔다고 했다. 대륙에 남아 있던 왕들의 묘도…….

248

『1958년 공산당 대약진의 해에 부르주아 정신이 깃 든 역사와 문화 그리고 조상 숭배하는 일, 또 묘지까지 몽땅 파버렸다. 10년 후 1968년 후 문화혁명 때 모두 정리해 버렸던 것이다.』

　나는 지명대사전과 고사기들에서 찾으려고 노력하였지만? 공자의 묘와 소호금천씨 그리고 진시황제의 묘 이외에는 찾을 길이 없었다. 묘지가 있었던 지명 등을 어렴풋이나마 찾을 수 있었지만…… 확실한 고증을 할 수 없다. 특히 안타까운 것은 고구려왕릉과 백제의 무덤은 깡그리 파버리고 없었다. 백제가 망한 후 당나라 유인궤劉仁軌 장수는 백제인의 무덤을 모두 파버렸다. 유골을 모아 도로공사 하는 교량공사에 해골을 썼다는 기록이 삼국사기 의자왕 본기에 기록되어 있다. 얼마나 잔인하고 끔찍한 사건인가. 집집마다 부락마다 호구를 조사하여 죽은 사람의 명단과 시신이 있는 묘지를 조사하여 모두 죽은 사람의 해골을 이촌理村 ↔ 마을 공터에 모아서 도로공사를 했다는 것은 한마디로 기막힌 역사의 사건이라고 보아야 한다. 이상과 같이 백제의 왕릉과 고구려의 왕릉은 한반도 뿐만 아니고 대륙에서도 흔적을 찾을 길이 없다. 다만 신라와 당나라 그리고 고려의 흔적은 지금도 어딘가에 역사의 뿌리와 맥을 찾아 나선다면……. 가능할 것으로 본다! 내가 지적하였던 고령지방 커다란 묘지는 묘가 파헤쳐지는 것을 방지하기 위한 것으로 대형화했을 것이다. 경북 고령지역의 산봉우리에 조성된 묘의 비밀을 이야기해보면…… 중국에서 패망한 지배계층이 피난을 오면서 선진 문물을 가지고 왔을 것이다! 고대나 현대사에도 전쟁이 나서 피난을 가게 되면 금은 보화를 지니게 되는 것이다. 피난을 와서 정착한 곳에서 생을 다하면 고인이 가졌던 부장품을 같이 묻어 주었다. 이것을 알아차린 도굴꾼이 묘를 훼손하여 가져감을 방지하기 위해 대형 봉분을 만들었던 것이다. 수십 명 또는 수백 명을 동원하여 만들었기 때문에 하루 밤의 도굴로는 값이 나가는 부장품을 훔쳐내는 것은 불가능했다. 그래서 집에서 잘 보이는 산봉우리에나……. 시계視界가 확트인 경주 들판에 조성된 대형 묘는 도굴방지를 위해서다. 이집트의 피라미드 비롯하여 중국의 진시왕의 무덤에서 보듯……. 도굴방지용이다. 백제와 신라를 비롯하여 가야의 왕들의 수십 명의 왕들의 묘가 어디에 있느냐? 란 질문에 답을 못한 국내 사학교수들의 무응답은? 거론한 나라가 한반도에 없었음을 말하는 것이다. 국내에 있었다면 그 후손들이 있는데 잘 관리를 했을 것인데……. 꼭? 이 묘가 누구의 묘라고 할 수 있는 묘는 우리나라에 몇 개나 있는가?

『위와 같은 주장은 내가 역사서를 집필한 과정에서 밝혀진 이중재 회장이 그 동안 고구려 신라 백제 가야사 등에서 밝혀낸 것과 내가 밝혀낸 것을 종합해 볼 때 최인호씨가 저술한 제4의 제국『전3권』역사 소설과 임동주씨가 쓴 대하 역사소설『전11권』은 소설이지 역사가 아니다. 경남 김해시 민선 1기 송은복 시장 때다. 2001년 8월에 서울 용산구에 있는『생각하는 백성』출판사에서 출간한 - 역사의 재발견 - 소제목에?【쌍어속의 가야사】『쌍어의 비밀을 풀면 가야사의 실체를 알 수 있다』이 책이 출간되기 전 김해시 문화관광과 장광범계장과 같이 시장실에서 "원고를 시에서 사겠다며

250

얼마면 팔 수 있겠느냐?"해서 "1억 6천만 원을 달라"했더니 "1억에 팔라"면서 장계장에게 "빨리 계약을 하라"고 지시를 내렸다. 당시 나는 출간 책이 방송과 신문에 특종을 하였으며 첫 작품 애기하사 꼬마하사 병영일기에 상재 된 휴전선 고엽제 때문에 중앙일보에서 1999년 11월 18일 18시에 책표지와 내가 근무했던 휴전선과 내 사진을 신문기사가 A. 4면보다 더 큰 기사가 홀딩 되자? 지금 살고 있는 49평 아파트에 방송국 2 곳을 비롯하여 각 신문사 기자들이 모여들어 앉을 자리가 없어 화장실에서 사진을 인화하여 전송하는 기자 있었다. 또한 월간 중앙에서 2명의 기자가 집으로 와서 2000 년 1월호에 8페이지 분량의 기사를 특집으로 다루던 때 후로 지역 에 유명세를 타고 있을 때였다. 내일이 설이면 시장이 직접 전화를 하면서 "강 작가 무었을 도와줄까?"인사를 했는데? 일이 꼬이려고 했는지! 우리 각시 친구 남편이 자서전을 부탁해 왔다. 신문사논설 의원에게 부탁을 했는데 너무나 조잡하여 출판기념을 하려고 청첩 장을 돌렸는데 취소를 하고 급하게 나를 찾아와 18일 간의 여유를 주면서 통사정을 하여 300여 페이지를 완성 시켜주었는데? 김해시 시장으로 출마하려고 자서전을 준비한 것을 모르고 해준 것이다. 하루는 시장이 보자고 하여 장 계장하고 시장 집무실에서 만나자? 시장이 얼굴이 빨게 지면서 "강 작가가 나를 많이 도와준다면서?"그 후로 책 구입은 물 건너가고 말았으며 각시 친구 남편은 시장 출마 해서 송 시장에게 패하고 말았다. 당시 나는 컴퓨터를 할 줄 몰라 장애인 사무실 근무하는 여자 직원에게 100만 원의 수고비를 주고 부탁을 하였는데? 지역 경찰서 형사과에서 각 단체 민원을 살피려

다니는 형사가 보고 "누구의 원고냐?"고 물어 내가 부탁을 하였다고 했는데……. 송 시장에게 말을 해 버린 것이다. 책 제목이 『새벽을 여는 길』인데 나에게는 1억이 날라 가버린 것이다. 그것만이 아니다. 나를 약을 올린다고! 최인호 소설가에게 2억의 돈을 주고 『제 4의 제국』 제목인 소설을 집필케 하여 부산일보에 연재를 시켰다. 들리는 소문에 의하면 1권을 부탁을 했는데 3권을 집필하여 문화원을 통해 2억을 더 주었다는 소문이 돌았고 부산일보에도……. 나를 잘 알고 있는 시 의원이 예총 사무실로 찾아와 "강작가면 집필 할 수 있는데……." 원고를 모집을 해야 하는데 수의계약을 해서 범법을 저질렀고 MBC 방송국에 아침드라마를 하게 하여 수억을 제공하고 촬영장을 만들어주었는데 너무 조잡하고 김해 김씨 측에서 방송 불가 법적 대응을 하겠다는……. 소설의 제목인 『제 4의 제국』의 제목으로 못하고 『김수로』로 방송 제목을 하였는데? 김수로 소설을 집필한 작가는 내가 집필한 쌍어속의 가야사를 참고자료로 사용 했으며 『부경 대학교 문화융합연구소』에서 김수로왕 부인 허왕후 신혼길 관광 상품화 방안 연구용역 보고서도 참고문헌을 쌍어속의 가야사를 사용했다는 것이다. 책과 용역 보고서가 내게 보내왔다, 이러한 사건이 없었으면? 당시에 나의 문학관을 지었을 것이다. 그간에 진급된 장광범 과장이 빨리 일처리를 못하여 미안 했던지! 2009년에 출간된 "눈물보다 서럽게 젖은 그리운 얼굴하나"장편 소설이 출간되자? 자기부인이 진영 한빛도서관장으로 있는데 100권을 나에게 부탁을 하여 구입하여 주었는데……. 김해시 도서관과 학교도서관에 보냈다. 이 소설은 『늙어가는 고향』

중편 소설인데? 서울 kbs라디오에서 설날 고향이 그립고 부모님이 보고 싶은 책으로 선정되어 구정귀향길에 수원대학교 철학과 이주향교수가 진행하는 『책 마을 산책』프로에서 방송을 하게 되어 내가 방송국으로 올라가서 30분간 했었다. 원래 장편소설을 집필을 계획 했으나? 자서전 때문에 중편으로 출간을 했다. 고맙게도 생각하는 백성 출판사 사장님은 책 광고를 중앙지와 부산일보에 5단 전면 칼라 광고와 서점용 포스터를 제작을 해주었다. 이 책은 출판사 사장님의 원고 청탁으로 집필을 했었다. 7년이 지난 후『장편 눈물보다 서럽게 젖은 그리운 얼굴하나』제목으로 집필하여 출간을 했다. 이러한 사연이 있는 후 김해시장들을 멀리하게 되었다. 김해시 문화상도 3번이나 받을 수 있었지만 포기를 하였다. 문제는 민선시장 송은복을 비롯한 3명의 시장이 돈 뇌물 때문에 전과자가 되었다. 상을 포기를 잘했지 받았으면? 모두 찢어 버렸을 것이다. 왜? 전과자의 이름이 들어간 상을 받는다면? 시대의 증인이며……. 이 땅의 최후의 양심에 보루자이기 때문이다. 그 후로 자서전 부탁이 여러 곳에서 들어왔지만 포기를 했다. 이 책을 당시로는 1만 7천원으로 가격이 높은 편이다! 표지도 최고급 표지이며……. 그 당시 없었던 표지 띠를 했고 엠보싱으로 글자와 표지 면이 그렇다. 이 책은 베스트셀러이며 국사 편찬위원에서 자료로 사용을 했다는 것이다. 그러한데? 지금 김해시장이 김해 허씨인데 수로왕 부인이 인도에서 왔다면서 인도의 간디 동상을 김해시에 있는 2만 8천 여평의 연지공원 최고의 휴양지 400여 평에다. 세우고 있다. 간디는 인도의 독립을 위해 고생을 했지만? 후에…….

『간디는 아주 세기적으로 난잡한 성생활을 했다. 어린 여자 없이는 잠을 못자고 집안의 새색시들과 또는 숫처녀 여러명을 나체로 같이 부둥켜 안고 그들의 체온으로 자시의 몸을 따뜻하게 해달라고 부탁을 했는데…… 대부분여성들은 "다른 여자들에 대한 질투심과 사랑을 잃어 버릴까봐 두려워서 침대에 들었다"고 고백하기도 했다. 서양의 회춘回春 법을 그는 자신의 조카며느리와 증손녀 격인 친족인 마누 간디와도 동침을 하였다. 작가 윌리엄 샤일러는? 이를 두고 여성의 질투 심리를 교묘하게 이용한 바람둥이라고 비판을 하였다』

간디는 마누라와 잠자리를 거부하고 사촌 조카 등 어린여성들과 알몸으로 잠자리를 환갑 이후로도 계속했다는 것이다. 『제국주의자이자 백인우월주의자였던 워스턴 처질』은 인도총독 궁전 계단을 누더기를 입고 반쯤 벌거벗은 몸으로 올라가는 간디를 보고 "경악스럽고 역겹다."고 했다.

간디는 아내 카스트루바이가 폐에 염증이 생겨 폐질환으로 고통을 받을 때 영국인 의사가 항생제를 주사하면 치유가 가능하다고 설득했지만……. 그는 영국인 의사의 진료를 믿을 수가

없다며 거절하였고 아내가 며칠 후 죽었다. 장례를 치르고 나서 간디는 바로 학질에 걸려 앓게 되자 그는 영국인 의사에게 부탁을 하여 완쾌 된 후에 장염에 걸렸는데? 영국인 의사에게 치료를 받아 살아났다. 그는 하는 행동과 언행이 이슬람을 편드는 것처럼 보여 극단적인 힌두교 보수파, 신도들에게 미움을 받아 1948년 1월 30일 뉴델리에서 열린 저녁 기도회에 참석했다가?

『반 이슬람 힌두교 급진주의무장단체인 라시트야세와크 상가의 나투람 고드세에게 총을 맞아 암살을 당했다. 우리나라 박정희처럼!!』

이런 자를 수억의 국민의 세금을 들여 김해시민과 주변 지역 사람들이 많이 찾는 공원에 동상을 세운다. 생각만 해도 구토가 나오려한다. 경남지역 언론은 조용하다! 언론의 기본은 균형이다. 동상을 보니? 워스턴 처질이 말한 경악스럽고 역겹다는 모습이다!

……군사 통치로 세계에서 제일 가난한 불교국가인 미얀마의 한 사찰의 불탑엔 다이아몬드를 비롯한 8,000여개의 보석이 박혀 있으며 54톤의 금으로 만들어 져있다. 중들의 말대로라면 부처는 천상에서 편히 살고 있어 재물을 탐하지 않았을 것이다. 사랑은 받는 기쁨보다 주는 기쁨이 두 배이기 때문이다. 대다수 세상의 성직자들은 그러한 것을 알면서도 자기이득seif ↔ interest 때문에 행동으로 옮기지 않는 것이 더 큰 죄를 범하고 있는 것이다. 가난에 찌든 중생에게 나누어주면 되련만 재물에 눈이 어두운 중들이 못된 짓만 일삼아하기에 애꿎은 국민이 가난에 시달리고 완치가 어려운

무서운 질병이 창궐하여 삶의 자체가 고달파진 것이다. 세계에서 몇 안 되는 빈국貧國인 네팔과 미얀마 지역의 중들이 옛 부터 여자가 결혼을 하면 첫날밤 신부는 중들과 배관섹스 성기 구멍을 뚫는 일 공사를 하도록 불법不法으로 불법佛法을 만들어 실행하는 바람에……. 어떤 날은 수 곳에서 밤낮으로 배관 공사를 하여 중놈들의 공구성기가 오염되어 에이즈란 무서운 병이 세계에서 제일 많은 나라가 되었다. 그곳의 아이들은 자신의 의지意志와는 상관없이 에이즈 병에 걸린다는 것이다. 중놈들이 입으로 거짓말을 하여 돈을 모으고 살기가 편해지자 하루종일 염불만으로 지루해서 생각해 낸 것이 섹스였던 것이다. 처먹고 할 일이 없어 생각을 한 것은……. 윤회는 없고 섹스를 해야만 인간이 탄생하는 것을 알고 있다는 증거다. 참으로 악질들이다. 그래서 2015년 대 지진으로 고통을 받고 있다고 가톨릭 성직자들의 설교문을 제공했었다. 그러한 악행을 하는 불교를 믿는 신자들이 어리석기는 하지만……. 가난에 찌든 중생에게 나누어주면 되련만 재물에 눈이 어두운 중들이 못된 짓만 일삼아하기에 애꿎은 국민이 가난에 시달리고 완치가 어려운 무서운 질병이 창궐하여 삶의 자체가 고달파진 것이다.

군사정권과 싸움으로 수년을 가택연금과 감옥을 드나든 미얀마 아웅산 수치 여사는 "자선을 베푸는 것 보다 사랑을 하라"고 하였다.

불교국가라고 자칭하고 있는 인도에서 여성이 결혼 지참금으로 1,300만 원을 신랑 측에 주어야 한다는 법이 있다는 것이다. 우리나라에서 몇 억을 주기도 하는데……. 우리나라 결혼하는데 드는 예식장비용 정도인데 하겠지만! 인도의 보통 여성이 8년정도 벌어야 되는 돈이라는 것이다. 이 돈을 마련하지 못하고 적게 돈을 지참하여 어렵게 혼사가 이루어진 훗날 이 일로 다툼의 불씨가 되어 년 간 8,200여 명이 남편이나 남편 가족에게 맞아 죽는다는 것이다.

만약? 우리나라에서 800명 아니 80명 아니 8명 아니 단 1명만이라도 그런 사건이 터진다면 독자님들의 생각에……. 이러한 일은 불자들의 생각의 방식denkungsart과 관련이 있다는 겁니다. 생각의 방식을 바꾸지 않고서는 생각을 통하지 않고서는 다른 사람과 함께 살아갈 수 있는 능력을 어디서도 찾을 수 없다고 보는 관점이 이러한 사태에서 드러나는 것이다. 불교에선 동안거冬安居가 있는데……. 동안거란 산스크리트어로 원어는 바르시카란varsika ↔ 바르사 ↔ 산스크리트어varsa 팔리어vassa 즉? 비雨에서 만들어진 말이다. 인도에서는 4월 16 또는 5월 16일부터 3개월간은 90일 우기여서……. 불교인이 외출할 때 자신도 모르게 초목이나 벌레를 밟아 죽여 불교에서 금지된 살상을 범하게 되고. 또한? 행걸行乞에도 적합치 않아 그 기간에 동굴이나 사원에 들어앉아 좌선수학에 전념을 하라는 것이다. 미물도 밟혀 죽을까봐 그럴 진데 살을 맞대고 평생 살아야할 부인을 지참금持參金 때문에 살인을 하는 것은 인도불교역시 악질집단惡質集團을 양성하는 것이다. 우리나라에서는 "세상 사람들에게 재물을 모으려고 욕심을 내지 말라"는 말이 600여 년 전의 나옹선사의 선시禪詩가 현대사회에서도 회자되고 있다. 나옹선사는 어떤 사람인가? 고려 공민왕 때 고승이며 경상북도 영덕에서 출생하여 스무 살 때 친구가 갑자기 죽자 "사람은 죽으면 어디로 가는가?"라는 의문을 갖게 되어 절로 들어가 수도 중 24세가 되어

원나라 연경으로 지금의 북경으로 건너가 인도 승려 지공선사의 가르침을 받고 공민왕 7년에[1358] 귀국을 했다. 앞서 이야기 했듯 불교계에서는 불심이 많은 사람은 윤회輪回 ↔ 죽어서 다른 사람의 몸으로 출생의 즉? 3생인 전생·현생·내생 수레바퀴에서 벗어난 후…… 다시는 태어나서 번뇌하지 않는 것이 최고의 경지라고 말하고 있다. 그 "과"는 인과응보因果應報의 과果와 같은 글이다.

인도에서 그런 악질적인 일이 현세계서 벌어지고 있는데……. 그런 자의 비석을 세운다니 참으로 김해시민으로서 슬프다.

1948년 간디의 나이 79세에 부처님에게 가서 윤회되면 걱정이다. 회춘 법이 통했나! 오래 살았으니! 이 글을 읽고 그러한 자가 나올까봐 걱정이네……. 이자의 성적인 행동은? 김일성도 숫처녀들 수 십 명과 같이 목욕탕에서 그 음란한 짓을 했다. 대다수의 권력이 높거나 돈을 많이 가진 놈이면 그러한 행동을 한다. 서울시장 박원순은 자살을 했고 부산시장 오거돈은 재판 중이다. 옛날에는 자기 마음대로 했지만! 현시대는 비극이다. 그러한 자리를 갖기 위해 얼마나 많은 노력의 대가가……. 지금의 대한민국에서 그런 일이 있다면? 미투로……. 그냥!!!! 간디는 불교가 아닌 힌두교로 알려져 있다. 그런 자를 많은 돈을 들여 동상을 세운다니 기가 찰 노릇이다! 착공식 때 인도인을 비롯하여 김해시장과 정치인들의 사진을 보관하고 있다. 김해상고사와 현대사를 쓰기위해서다. 신문과 방송은 하루면 끝나지만! 책은 도서관에 가면 언제든지 볼 수가 있다.

2주일간! 잠시 이야기가 딴 방향으로 흘렀다.

……김수로왕 허황옥이 인도에서 돌배를 타고 아버지 꿈에 계시받은 가야국 수로와 결혼을 하기 위해 2만 5천여 리 동방에 가야국에 돌배를 타고 왔다는 것은……. 석가는 네팔 룸비니에 태어났는데 인도에서 태어났다고 어리바리한 문재인 각시 김정숙이 인도까지 갔다 온 것이다. 문제는 문재인이 대통령 선거 때? 100대 국정 과정 중 가야국에 대한 복원 사업지원금이 1조원이라든가! 또 다른? 문제는 김해시장인 허성곤 시장이 김해 허씨양천 구지봉과 약? 1킬로의 거리인! 대성동 고분군을 연결하려

고 김해교육청과 김해여자중학교를 비롯하여 구봉초등학교를 다른 곳으로 이전을 시킨다는 것이다. 경남교육청장과 김해시교육청장 대갈빡이! 그 모양인가! 세상에? 이런 어리바리한 교육자와 정치인은 우리나라 역사상 처음이 아닌가 싶다! 구지봉이라는 곳은? 가야국태동 때 하늘에서 줄에 금합이 내려와 금합 속에 황금알이 6개가 있었는데……. 알속에서 사람이 나와 김해 김수로가 되었고 나머지는 경남지역에 흩

어져 왕이 되었는데? 바로 6가야국의 왕이 되었다는 것이다. 구봉 초등하교 학부형과 학생들이 학교 이전반대 농성을 할 때 내가 택시를 타고 학교 옆을 지나가는데? 택시 기사분이 "자기도 김해 김씨인데 절대로 가야국 태동 이야기를 믿지 않는다."하셨다.

또한 원고 출력을 하는데 여자 사장이 원고를 보더니? "아이고! 김씨들 그만큼 김해시민 세금을 사용을 했으면 자숙하라"는 말을 했다. 자기 씨족도 거짓말이라고 하데……. 아마 그런 공사를 하려면 국민 세금 몇 천 억을 사용 할 것이다. 자기네 문중 돈을 사용을 하면 나도 집필 중단을……. 독자님들 잠시 읽기를 중단하고 위와 같은 일을 보면 화가! 자기 문중 돈도 아니고 국민의 세금으로 하니까 문제다. 아무튼? 대성동 고분군을 부경대에서 3번이나 발굴을 했는데 가야국이라고 확인할 유물은 없었다고 했다. 당시에 발굴현장을 야간에 경비를 했던 소설가 김현일 선배의 말에 의하면 도자기파편이 조금 나왔을 뿐이라고 했다. 지금 대성동 박물관에 가보면 도자기와 도자기 파편이 엄청나게 많이 나온 것처럼 전시되어 있다. 『잊어진 왕국』을 집필한 이점호 경남신문 편집국장을 창원에 있는 본사를 찾아가 이야기를 나누었는데? "가야국의 유물이라고 단정 할 유물은 단 나온 적이 없었다"는 것이다. 내가 집필한 쌍어속의 가야사 책에 당시 대성동 고분군 현장사진이 상재되어 있다. 무덤은 없었으며 할머니와 손녀가 밭농사를 짓고 있는 모습을 촬영하여 상재를 했다. 왕궁 터에 농사를 지을 수 가 없다. 그런데? 2019년 대성동 끝자락을 발굴하여 그곳에서 지배계층 유물이 많이 나왔다는 것이다. 처음 공사를 목격한 나는 또 거짓 유물이 나온다

260

고 할 것이다! 라며 김해 예총사무실에서 직원들 앞에서 말을 하였다. 그것만 아니다? 가야국 왕궁 터라고 하는 봉황동을 가보니? 그곳에도 산자락 끝을 파 뒤집고 있는데? 옆에 건물 안에서 철물을 다루는 소리가 요란했다. 조금 지나면 그곳에서도 유물이 나왔다고 오도 방정을 떨 것이다! 지금의 기술로 옛날 유물은 얼마든지 만들 수 있다. 다음에 들어가?

『다음 사이트에 일본 희대의 유물조작사건 【후지무라 신이치】사건을 찾아보면 일본의 신석기시대와 구석기시대 유물조작사건이 자세히 나와 있다』

그동안 김해 고대사 역사소설을 4권을 집필하여 3권이 베스트셀러가 되었고 2권은 국사편찬위원에서 자료로 사용했다는 것이다. 김해 현대사인 『살인 이유』도 집필하였는데 당시의 살인 현장 사진과 껄끄러운 장면을 삭제하고 집필을 해서 사진과 삭제된 부분을 상재하여 출간을 하려고 한다. 또한 김해고대사와 현대사를 집필하면? 현 정치인은 우리나라 역사상 가장 나쁜 정치인으로 기록될 것이다! 문재인 대통령 100대 국정과정에 가야사가 포함되어……. 조선일보가 가야사에 대한 기사를 실었다. 홍익대학 김태식 교수·인제대학 이영식 교수·김병모 박사·김해시 금강병원장 허명철 박사·신문기사를 집필 때 사용을 하려고 모아두었다. 쌍어속의 가야사를 집필 때 이조 500여 년을 27명의 왕이 통치를 했는데? 가야국은 10명의 왕이 491년을 통치했다는 어리석은 정치인이 있으니! 유치원 초등학교에 가면 하나·둘·셋·숫자 개념부터 배우는데……. 이조 500여 년을 27명의 왕이 통치를 했는데! 가야국 왕은 하늘에서 줄에 금합이 매달려 내려 와서 금합 속에 6개의 알 에서 사람이 태어나 수로왕이 되었으며……. 10명의 왕이 491년을 통치했다! 애수 부활보다 더! 거짓말……. 지금으로 부터 2,000년 때는 평균 수명은 39세 정도였다는 것이다. 그런데? 이런 어리바리 한 정치인들 때문에 국민의 세금이 한 성씨 집단의 우상화에 쓰인 다니! 기가 막힐 노릇이다. 자기 씨족 할머니 고향을 찾으려고 국 민의 세금을 낭비한 김정숙 여사. 인도 방문 기사도 집필 때 사용 을 할 것이다. 한민족 어린이는 태어났을 때 엉덩이에 푸른 몽고반 점이 100%있다. 일본인들은 95%몽고반점이 있다. 나머지 5%로 일 본 야만인先住民을 우리 선조가 건너가 통치하여 오늘의 일본국이 탄생한 역사를 풀어 쓴 글이다. 그 후 손들이 김해로 내려와 살았 으며 지금의 조상 묘인 수로왕릉을 가묘家廟 ↔ 가족? 씨족이 만든 묘 로 했다고 했다. 가락국은 1대 수로왕에서 10대 구해왕이 신라에 항복할 때까지 491년을 통치했으나 1대의 통치기간을 평균 30년으 로 늘려 잡아도 이는 연대 상 모순이며 1대 수로왕과 왕비의 묘는 잘 보존돼 있는데……. 후대 왕들의 묘역이 없다는 사실도 그 근거 로 든다. 4~5세기 동아시아 가야를 주제로 한 가야사 국제학술회 의가 김해 국립박물관에서……. 부경대 이근우 교수 사회로 시작되 었다. 령목종민鈴木政民 일본국악원 대 교수·송계현 부산 시립박물 관 복천 분 관장·제동방齊東方 중국 북경 대 교수·김태식 홍익대 교수·주정청치酒井清治 일본 구택대駒澤大·유제병 충남대 교수·유 용현 고려대 교수·부산대 고고학 신경철 교수·토론사회자로 나온

262

주보돈 경북대 교수·이남규 한신대 교수·김두철 동국대 교수·권주현 계명대 교수 등 국내외 유명한 사학자들이 모여 가야사 학술회를 하였다. 그들의 토론 자료들은 모두가 한문으로 되어 일반 방청객들은 그들의 엉터리 가야사를 논하는 이야기만 들을 뿐이다. 그들이 준비해온 자료집만……. 2일간 읽고 질문하고 답하는 식이었다. 방청석에서 노신사가 "그까짓 자료야 집에 가서 두고두고 읽으면 되는데! 아까운 시간 보내지 말고 방청석과 대화를 하자!" 사회자는 "토론이 끝나면 30분간 대담시간이 있으니 그때 발언권을 주겠다!"는 것이다. 토론이 끝나고 방청객과 대담이 이루어졌다. 노신사는 재동방 교수에게 "중국에서 왔으니 사료가 많을 것이다!"라면서 질문을 하였지만……. 내용이 잘 전달되지 않았고 노신사와 동행한 분이 일본 교수에게 "지금 한국과 일본이 역사교육 때문에 시끄러운데 당신은 어떻게 생각 하느냐?" 질문에 "지금 일본의 역사교과서 왜곡을 인정하지 않기 때문에 이번 학술회에 참석하였다"는 것이다. 다행이 나에게 질문기회가 주어졌다. 필자는 신경철 교수에게 사전에 소개되었기 때문에 "소설가이며 가야사를 다룬 책을 출판 준비 중이라고 인제대학교 이영식 교수와 만남과 허명철 박사도 만났다"는 이야기를 했다. "저는 사단 법인 한국 소설가 협회 회원이다." 중국 재동방 교수에게 "산해경을 읽어 보았는가? 중국은 문화혁명당시 사료와 고고학적유물이 많이 훼손되었다는데……. 우리보다는 많이 보존되었을 것이다! 1985년에 이화여대 정재서 교수가 역주한 산해경과 한국 상고사학회 이중재 회장이 번역한 산해경을 참고하여 가야사를 집필을 끝내고 출간

준비 중이다. 가야사는 중국에서 성립되었다는 산해경의 기록이다 어떻게 생각하느냐?" 그는 "산해경은 동물과 지리 지역을 기록한 역사책이라고 하였다" 원론적인 답변을 하였다. 김태식 교수는 맺음이란 말에서 "가야사는 지금까지 한국사에서 거의 잊어진 역사였다. 문헌 사료를 기준으로 하여 고대시기에 존재하였던 국가 수를 가지고 시대 구분을 할 때 우리가 알고 있는 삼국시대는 562년부터 660년까지 98년 간 지나지 않는다. 물론 역사는 후기로 갈수록 속도가 빠르기 때문에 그 98년간 신라의 모든 국가재도가 정비되었다. 그는 앞의 지나간 역사를 무시할 수 있을까? 본인은 오국시대와 사국시대를 넣을 것을 제안한다."는 것이다. 나는? "1대 수로왕에서부터 10대 구해왕이 신라에 항복 할 때 까지 491년이라는 것도 엉터리라 하였고 대개 신라는 1,000년 고구려와 백제는 700년 부여와 가야도 600년 이상 존손 하였다는 기록인데 나는 이 연대의 잘못도 지적을 하였다."그러나 교수들은 단 한 사람도 답을 못하였다. 이런 세미나를 하면서 그들의 경비가 엄청날 것이다! 국민의 세금으로……. 중국북경대학교 제동방 교수의 자료에서 척발선비인拓跋鮮卑人들의 신화와 전설에 대한 내용이 상재되어있어 관심이 갔지만 원문 내용이 제대로 안 되어 일반인들이 알기는 어려웠을 것이다! 척발선비이은? 문헌을 찾아본 결과 고대 몽고족에 딸린 유목민 또는 그들이 세운나라. 당나라 이 후에 한족에게 동화된 부족으로 알고 있다. 우리국민은 일본의 역사를 거짓과 오만의 역사란 것을 모두들 잘 알고 있다. 김해 박물관 울타리와 김해문화원 울타리엔 수 십 면에 쌓어가 쌓어 문양이 부착된 철물구조 울타리다. 내 책 쌍어 속의 가야사를 모든 사서에서 찾아 집필을 했다. 이 책이 출간 후로 쌍어에 대한 말은 김해시에서 사라졌다가 민선 7기인 지금의 시장이 가야왕도라고 김해시 버스 택시 경전철역사 등과 건물 유인물에 도배를 해 버렸다. 2019년에 박물관 펜스를 전면 부를 철거를 하고 옆 면부를 조금 남겨두었다. 왜 그러한 지…….

　일본도 역사를 왜곡한 것이 이번 한번뿐이 아니다. 근간에 발행된 중학교 교과서에 왜곡 부분을 교정하라고 압력을 우리는 하였지만? 그들은 끝까지……. 우리를 비롯하여 주변 국가들의 항의도 무시하고 채택하려 하였다. 다행히 몇 개 안 되는 학교에서 채택하였을 뿐이다. 그들은 을사조약을 강제로 하여 1905년부터 끈질기게 내정간섭을 하여 1910년부터 1945년까지 식민 지배하에 수많은 사서들을 불태웠고 일부는 탈취해가? ……. 일본의 사학자들을 시켜 역사가 자국에 불리한 부분을 소멸시키고 교정하였다. 우리는 변변한 사서한 권이 없는 상태이다. 삼국유사는 정사가 아다. 야사인↔소설 삼국사기 등 몇 안 되는 사서들로 우리의 역사를 고증하기가 더 어려워 그들의 왜곡된 부분을 정확한 고증을 통하여 잘못된 역사임을 확인시켜주는 반박자료 하나 내놓지 못하고 있다. 더구나 삼국사기는 유교적 색채가 짙은 김부식에 의해 쓰여 졌기 때문에 많은 곳에서 잘못된 기록을 볼 수가 있다. 삼국유사는 김일연이 집필 했다. 가야사를 정사로 착각하는 정치인들이 21세기에 있다니 참으로 한심하다. 어떤 역사는 우리 의식 속에 잠들어 있다. 잠들어 있다는 것은 언젠가 깨어난다는 뜻이다. 그 말은 시대의 증인이며 이 땅의 최후의 양심의 보류인 작가들에 의해 바로 잡혀질 것이다! 여기서 오해의 역사란 것이 언제나 승자의 편에서의 기록여서 일본본기와 일본서기는 조작될 수밖에 없는 것이다! 그들의 조작에 동참한 식민사학자들도 한 몫을 하였다. 어떤 골빈 학자들은 조작설을 주장하는 재야사학자들을 가리켜 "우리나라 역사서의 신빙성을 훼손하려는 식민 사학자들의 뇌리에 부화뇌동하는 격이 된다."고 지껄이고 있다. 참으로 웃기는 놈들이다! 그러한 말을 지껄이는 학자들은 그 동안 무엇을 하고 있는가? 변변한 역사책 하나 집필하지 못한 그들이 사학자라고……. 재야 학자들을 비방할 수 있는가? 우리는 지난 세월 동안에 힘없고 외세에 대한 무방비 때문에 외세의 침입을 수많이 받은 국가다 그래서 십대 사료 滅失 보더라도 『본문기록』에 있는 그 많은 사서들이 전란과 종교적 이유 등으로 방화되거나 탈취 당하였다. 국내의 고대와 중세 역사서들은 미미하기 짝이 없다. 역사란 사랑과 먹을 것을 찾아 움직이었던 인간들의 삶을 이야기들을 기록한 것이 역사이다. 고고학적 유물은 민족의 이동사移動史이다. 고고학 유물은 역사로 정립하기 매우 어려운 것이다. 나는 일본이 끝까지 주장하고 있는 임나 본부설이 허구이고 가짜로 만든 그들의 기록을 반박하기 위하여 임나 가야사를 집필하기도 했다.

앞서 이야기한 일부분 일본의 역사연구가와 데라모또 가쯔유끼 명성대학 교수 加朦璵二 일본 규택 대 교수, 중국 북경 대학교 제동방 교수, 국내대학 고고학 교수, 사학 교수 등과 학술강연회에서 질문과 세미나 자료 등으로 풀어 갈 것이며……. 일본과 중국의 고대사서와 국내 몇 남지 않은 사료들을 인용하고 현장 탐방 등과 지리 지도상에 나타난 지명을 포함하여 건국 이래 최초 임나가야 실체를 밝히겠다. 임나가야 실체를 밝히려면 가야국과 백제가 한 반도에서 성립되었느냐? 아니 되었느냐? 열쇠를 쥐고 있다. 흔히 들 신비의 왕국·환상의 왕국·비밀의 역사왕국 하지만 신비도! 환 상도! 비밀왕국도 아니다. 가야국은 한반도에 성립된 적이 없다. 각종 문헌에 나타난 구야국狗·개 ↔ 구耶·아버지 ↔ 야 개의 나라라고 의문이 간다는 뜻의 구야국이 아니고 구야국倶耶國 아버지가 갖춘 나라라고 해석할 수 있다. 이는 사료를 멸실시키면서……. "즉" 갖 출 구자에다 어조사 야로 쓰지만 아버지야자로 쓸 수도 있다.

※ 의문을 나타내는 조사이야助詞二耶 아버지 나라 구야국이며 아버지가 세운 나라 옛날 아버지가 세웠던 나라의 뜻으로 풀 어 보면 쉽게 답을 찾을 수가 있다. 임나任那는 임은 어머님이 라는 뜻이다. 임나 국이나 구야국은 어머님과 아버지 나라라 는 뜻이다.

나那는 어찌 나 자이다. 【어머님을 어찌 잊을까 어머님의 나라】로 해석 할 수 있다. 중국 대륙에서 성립된 가야국이 전란으로 망하게 되어 멸문지화를 면하기 위하여 변방으로 피난으로 온 가야국 지배 계층 부족 집단이 낙동강을 타고 영남지방까지 피난을 온 것이다. 그러한데? 일본이 한동안 임나일본부를 김해에 세워 조공을 걷 었다고 억지를 부렸다. 임나일본부姙那日本府 일본이 관청을 만들어 세금을 걷었다는 것이다. 임나가야 임姙은 어머니란 뜻의 글자이고 나는 어찌 나란 글이다. 임나가야妊那加耶 어머니가 있는 나라란 뜻이다. 가야에 사는 부모가 일본에 있는 자손에게 쌀 등 곡물을 보내준 것을 잘못 해석을 하였던 것이다. 임나가야 책을 출판을 하여……. 일본 주정청치酒井淸治·일본 구택대驅澤大 교수에게 보낸 후 일본 본부라는 말이 사라졌다. 2019년 9월 28일 일본 관광청을 관할하는 아카바 가즈요시 국토상이 "한국은 일본 문화를 전해준 은인의 나라다"라고 말했다.

『2001년 8월에 출간한 쌍어속의 가야사 책 전면에? 2001년 5월 22일 오전 11시 경북 고령 대가야 고천원 동산에서 일본 고고학 교수와 사학교수들이? 일본 왕실에는 입는 화려한 옷을 입은 가족 3명과 5명의 교수들이 일본 천황 제사를 지내는 모습 절을하는 장면 2장과 김해 금관가야의 후손인 임나가야가 일본을 경영했다는 것을 증명하는 시비·일본노래비·고천원에서 바다를 건너 오늘의 일본을 만들었다고 기록이 된 시비·3개를 찍은 칼라 사진이 상재되어 있다. 당시에 그들이 제사를 지내는 날에 나를 초대를 하여 김해에서 경북 고령군까지 찾아갔다. 비석은 엄청나게 큰 돌에 시와 일본 천황의 조상의 출발지라는 글이 적혀있다. 임나가야 책을 집필 후 참석을 하지 않았다.』

우리의 근대의 사극 물을 보면 알 수 있듯이 역적이나 패전국이 되면 3대를 멸하여 그 본바탕 씨를 없애는 참혹한 형극을 당하게 된다. 근본根本 뿌리 자체를 없애 버리려 했다. 중국 대륙에서 성립된 왕이나 또는 지배계층 또한 반란을 도모했다가 실패한 역적 가

문들이 김해지역으로 피해온 이들은 지칠 대로 지쳤다. 일부 젊은 이들은 배를 타고 일본으로 건너갔다. 늙은 부모들은 "우리는 죽어도 좋으니 너희들이나 살아라."하여 일부는 경북 고령 산간 지역으로 피하여 갔다. 다행히 이곳까지 추적이 없어 늙은 부모들은 김해의 선주민先住民 통치하였고 아버지가 세운나라 구야국俱倻國이라고 칭하고 기록을 남겼다. 이들이 김해지역의 지배계층이 되었건만……. 선조의 묘역이 없어 대륙의 1대왕이었던 김수로왕과 왕비 묘를 가묘假墓, 家廟 하였다. 그 이유는 "쌍어속의 가야사"에서 밝혔듯이 김해지역에 1대 수로왕과 왕비 묘는 잘 보존되었지만 후대 10대 구해 왕이 신라에 항복할 때까지 통치하였으니 18개 묘가 없는 것이다. 김해지역에서 아무리 찾아보아도 1대왕과 왕비의 묘는 잘 보존되어 있지만 후대 왕들의 묘를 찾지 못하고 있는 것이다. 1대왕의 묘를 지금처럼 잘 보존되어 있는 것은 후손들이 가꾸고 지키고 있다는 뜻인데……. 구해 왕을 비롯한 왕들과 왕비의 묘는 전부 없애겠다는 것이고 화장을 해버리지 않았다면 1대왕보다 더 보존이 잘되어 있어야하고 만약 대성동 고분군을 『수로왕의 후대 왕들 즉 지배계층 묘역이라고 주장하는 곳』 경상대학에서 발굴 「4차례 1990년 초에 3차례 2여년에 1차례 발굴당시」 당시 엄청난 유물들이 발굴되었을 것인데! 가야국의 지배계층 묘라고 할 수 있는 유물들이 발굴되지 않았다는 것이다. 그 이유는 김해방물 관에 전시된 유물이 빈약하고 지배계층의 유물로 보기 어렵기 때문이다.

유물이 발굴되지 않았다는 것은 발굴 당시 현장 보존이 안 되었기 때문이다. 지배계층 묘수로왕 후손 왕들 묘가 없었기 때문이다. 만약

2대에서 10대 구해 왕들의 묘였다면……. 발굴자들과 김해 김씨
·김해 허씨·인천 이씨 등 지탄을 받아야 하며 문화정비과와 향토
사학자·김해 시장 등은 조상에게 큰 죄를 지은 것이다. 가짜 묘역
이었기 때문에 아카시아 나무 자생지였고 밭농사를 짓게 방치 한
것이다. 이것을 증명할 수 있는 것은 발굴당시 사단법인 한국소설
가협회 회원이신 소설가 김현일 선생님이 「회색 강 출판했다」 "7개
월간 경비를 보셨는데 중요한 유물은 발굴되지 않았고 도자기 몇
점이 발견되었다"고 하였다.

2001년 발굴당시 현장에 열 번도 더 가서 보았고 필자 질문에
대학생인 발굴요원이 이렇다할만한 유물이 없다고 하였다. 포크
레인 기사에게도 물어보았지만 도자기 파편 몇 개만 나온다고 하
였다. 이러한 필자의 확인 작업은 그때 "쌍어속의 가야사" 집필을
마무리 할 때이었고 혹시나 우리도 일본 고고학계처럼 엉터리 역
사를 조작하려다 들켜 개망신을 당한 것처럼 할 수도 있다는 우려
때문이다. 접근은 처음에는 막았지만 "국민의 세금으로 모든 일을
추진하는데 나도 세금을 내는 이 나라 국민이어서 참관할 수 있다"
고 하여서 "발굴 작업에 방해가 안 되는 선에서 지켜보아도 된다."
고하여 허락을 받고 현장을 찾아가 보았다. 발굴 현장 앞에 있는
자동차서비스센터 직원들이 나를 의심스러운 눈초리로 보았다. 도
굴꾼이 아닌가 하는 어투로 물어 와서 나의 신분을 밝혀 웃음을
자아내게 하였다! 시도 때도 없이 찾아가 경계선 밖에서 기웃거렸
으니 말이다. 삼국사기 가락국 기록 등 수로왕이 491년을 통치하였
다는데 가야국 성립년도 때는 일찍 혼인하기 때문에 1대 통치기간

을 20년을 계산하였다. 늘려 잡아 30년 평균 통치기간을 계산하여
도 구해가 신라에 항복할 때까지 10대이며 300년인데 491년 통치
가 말해주듯이 김해는 금관가야는 성립되지 않은 것이다. 독자들
도 이 부분에서 이해가 가지 않을 것이다. 대가야를 살펴보면 얼마
전에 PSB에서 대가야를 1·2부 방송하였는데 웃기는 일이다. 허기
사? 방송작가들이 역사공부를 특히 사학의 꽃인 고대사를 알고 있
을 리 없다. 그들은 고고학·역사 번역 작가들이 쓴 책으로 구성하
여 방송 원고를 쓰기 때문이다. 김부식이 쓴 삼국사기도 한 페이지
분량이니 어떻게 알 것인가? 고령가야는 둘째 지배계층이 가서 선
주민을 통치하였다. 일본으로 못간 그들의 집단집안은 그곳에서 죽
으니 묘를 크게 쓸 수밖에 없다. 도굴을 방지하기 위해서다. 김종직
선생 무덤 시살에서 보았듯이……

『연산군이 생모의 원한을 갚기 위해 김종직 선생의 무덤을 파서
부관참시죽은 뒤 큰 죄가 드러났을 때 관을 쪼기고 유골의 목을 배어 극형을
행하던 일를 한 일』

이들을 추적하여 이곳까지 올까봐 불안을 느낀 자손들이 선조의
묘를 대형 봉분으로 하여 설혹 추격대가 발굴하더라도 많은 인원
을 동원해야하고 돈도 많이 들며 시간이 많이 걸리기 때문에 크게
만들 수밖에 없었다. 대륙의 통치자가 추격대를 보내면 필시 묘를
파고 그 부장품으로 가려낼 수 있기 때문이다. 상고 때는 자기가
쓰는 물건을 같이 매장하였다. 그 풍습은 수 천 년이 지난 지금
이 시대에도 이어지고 있다. 지금도 고인이 아끼는 물건을 같이

묻어 준다. 필자는 어머니의 무덤에 어머니가 끼고 있던 반지 등 약간의 물건을 같이 묻어 주었다. 사천에서는 김해 김 씨 독자가 전화로 질문을 하였다. "무엇 때문에 산꼭대기에다 매장을 하느냐고 물었다." "그것은 도굴을 면하려면 대형 묘이기 때문에 잘 보이는 곳에다 매장하였으며 이들이 피난 오면서 지배계층이었기 때문에 고급 유물들이 있는 것을 알고 일반인들이 하는 도굴을 방지하기 위함이다."라고 설명하였더니 "이해가 간다고 하였다."자기도 "경남지역에 여러 곳에서 그러한 묘들이 잡목이 우거진 숲 속에 많이 있는 것을 보았다고 하였다."그는 "지관풍수이라고 하였다." 그곳은 필자가 밝히지 않겠다. 그 외? 아라 함안가야 등도 위와 같이 선진문물을 가지고 갑자기 유입된 이 민족들이다. 고고학계에서 주장하는 것을 뒷받침하듯이 유물을 관심을 가지고 보면 알 수 있다. 유물을 보면 갑자기 선진문물이 들어왔다. 고고학에 권위 있는 부산대 신경철 교수의 주장과 필자의 견해와 맞아떨어진다. 그러면 일본으로 건너간 젊은 지배계층은 어떻게 되었나? 동경대학교 명예교수인의 강상파부전사江上波夫傳士 기마민족 남하 설이란 학설을 빌려올 필요도 없이 우리의 한민족은 우랄알타이에서 온 몽고 일종이다. 아기가 어머니의 배에서 태어났을 때 엉덩이에 푸른 반점이 있다. 그것은 몽고반점이다.

【설화 설에서는 삼신 할 매가 험악한 세상에 안 나가려는 아이를 발로 찼다고 한다. 그래서 발로 차인 자리가 멍이 들어 푸른 반점이 있다고 구술전승 설화다】

한민족 어린이는 100% 있고 일본인들은 95%가 있다. 그렇다면 일본大和民族의 몽고인종이 우리의 피와 같으나 5%는 선주민先住民 기저귀를 차고 다니는 다혈족 야만인이다. 2차 대전 말기 가미가제 자살 특공대원들이 이들이다. 그들은 김해 땅에까지 왔던 대륙의 가야국의 지배계층의 젊은 자손들이 건너가 야만인을 통치한 것이다. 이러한 역사는 짧은 역사 아메리카 대륙 선 주민 인디언들을 몰아내고 영국의 기독교 갈등으로 떠난 이민들이 세운 나라가 오늘의 미국 역사이다. 일본 전체를 통치하는데 300여 년이 걸렸다고 한다. 그들이 두고 온 어머니와 아버지를 생각하여 지어진 것이다. 김해를 구야국 아버지 있는 곳, 임나 어머님의 나라 또는 어찌 오랑캐들이 있는 늙은 어머님을 두고 온 나라라 하여 임나라고 불려졌는데 무식한 사학자들이 번역을 잘못하였기 때문에 임나의 역사 실체가 실종된 것이다. 우리 사회는 패거리 문화가 있다. 정치인도 사회 각 단체도 지식층의 교수들도 마찬가지다. 자기 집단이 모든 것이 옳고 다른 집단은 무시한 것을 독자들도 잘 알 것이다. 교수들이 발표한 논문 또는 연구 자료들을 제자들은 반론을 제기하지 못한다. 필자 같은 재야 사학자들의 주장이 맞을 수 있는 것이다.

앞서 잠깐 이야기를 했지만? 변진구야국弁辰狗倻國이 아니고 구야국倶耶國 넓은 초원에 있었던 아버지께서 세웠던 나라이다. 구야국狗倻國개의 나라가 아니다. 일본이 우리 김해 지역을 개 같은 민족이라고 빗대어 쓴 것이다. 임妊 ↔ 任이란 어머님이란 뜻의 글자인 나那 어찌 나자다. 어찌 어머니를 두고 걱정하는 뜻에서 부쳐진 이름이다. 최근 일본의 역사 교과서의 기재가 문제되어 우리 정부로

부터 수정하기를 수차례 요구를 받고도 수정을 받아들이지 않고 버티다가 주변국가의 거센 항의에 부딪쳐 몇 개의 소수의 학교에서 채택한 선에 끝났다.

주로 한국과 관련된 고대 중세 근대의 부분이다. 일본의 현상은 일본을 주체로 한 역사관으로 구성되어 있는데 역사를 정확하게 정립하려면 널리 동아시아 안에서 구하지 않으면 안 된다고 본다. 그렇게 되기 위해서는 우리들은 동아시아의 역사를 학문적으로 더욱 깊게 알아야 된다고 본다. 어느 나라든 자기의 의견과 역사관을 관철시키고자하는 사람이 있기는 마련이지만……. 동아시아 사람들은 고대나 현대나 전부형제이며 같은 몽고蒙古의 일족一族인이기에 서로 서로가 손을 잡고 내일의 세계에 비약해야 할진대 일본이라는 나라는 그렇지가 않아서 주변 국가들을 불쾌하게 하고 있다. 나는 한일 두 나라는 동조동근同祖同根이다. 일본 동경대학교 명예교수인 강상파부江上彼夫 박사의 기마민족 남하 설과 부산대학교 신경철교수의 남하한 부여족 학설을 빌려 올 필요도 없고 앞서 이야기를 했듯이 우리의 한민족은 우랄알타이에서 온 몽고 인종이다. 아기가 어머니 뱃속에서 태어났을 때 엉덩이에 푸른 반점이 있다. 그것을 몽고반점이라고 한다.

한민족의 어린이는 그것이 100% 있고 일본인들은 몽고반점이 95% 있다고 한다.

【나머지 5%는 선주민 기저귀를 차고 다닌 야만인 눈썹이 짙고 넓은 사람, 섬사람으로 이루어졌다고 함』

그렇다면 일본의 대화민족^{大和民族}도 몽고인종이다. 그리고 보면 우리 민족이나 일본 민족은 다 같은 몽고 인종이며 뿌리가 같고 할아버지가 같은 것이다. 이것을 고증 하려면 몽고족의 『우리 한족』탄생과 이동 경로를 살펴보자 태초에는 인간이 자연보다 우월하고 존귀하다는 인식도 없었다. 그러한 지위를 확보해야겠다는 지각도 없이 오히려 인간은 자연의 일부로 동물을 경외하는 상태에 있었던 것이다.

따라서 곳곳에 산재하여 자연 그대로 소박한 생활을 영위하였다. 집단적 생활을 앞당기는 동기가 될 수 있는 어떤 관념적 형태도 존재하지 않았던 것이다. 이러한 상태에서 "인간을 자연보다 우위에 두고 널리 유익하게 하려는 시대는 인류가 발전하는 과정에서 생겨나지 않았나."라는 생각이 든다. 상고 때에는 그림으로 동물과 인간의 관계를 남겼고 문자를 사용한 이후부터는 동물과 인간관계는 아주 가깝게 다루어진 반면 다른 한편으로는 숭배하는 쪽으로 기울어졌다. 우리 생활 주변에도 인간이 좋아해서 기르는 짐승 또는 식용이나 운송수단 혹은 집을 지키는 동물이 있다. 하지만 인간과 동물의 관계에 있어서 지금 시대는 인간이 동물의 우위를 점하고 있다. 이화여대 정재서교수가 집필한 산해 경을 보면 이상한 동물그림이 나온다. 서유기 영화를 보면 삼장법사가 불경을 구하려고 가는데 동행을 한 제자들 얼굴이다. 산해 경을 읽고 만든 영화……

인류가 한반도에서 살기 시작한 시기를 신석기 시대라고 보았다. 그러나 1964년 금강유역 "충남 공주"석장리에서 구석기 시대의 유물이 발굴되어 학계에 보고됨으로서 구석기시대부터 우리 조상이 이미 한반도에 살았다는 사실이 판명되었다. 근간에 일본 고고학계에서 선대 조상을 조작하려다 망신당한 사건이 있다. 고고학적 유물은 신빙성이 없다. 앞서 밝혔듯이 우리는 몽고족이다. 우리들의 조상은 중국대륙에서 생성되었다. 상고 때에 동이東夷 족은 회하淮河 이북의 연해주 일대인 즉? 지금의 강소·안휘江蘇→安徽 일부에서 산동 하북 지방 그리고 만주 쪽에 살았다. 특히 산동 방면은 중국 초기 문화의 중심지로 은나라 왕조의 발상지였는데 은나라보다 선주先住 했던 것으로 알려졌다. 바로 이들이 우리민족의 조상으로 일찍이 만주와 중국북부를 차지하고 한때 찬란한 문명을 꽃피웠다.

상고 때에 우리민족의 생활을 지배하던 기본적인 내용은 원시신앙이었다. 태초에 인간의 생활은 동물과 크게 다를 바 없었으나 신석기 시대에 접어 들 무렵에는 신앙적 요소가 그들의 생활에 짙게 깔려 있었다.

신앙의 대상은 다신적인…….

자연신인 만물이 영혼을 가진다는 애니미즘Animism이었고 그 외에도 주술Magic 금Tabo 토테미즘Totemism 등이다.

우리의 건국신화인 단군신화 곰熊 토테미즘 신앙이다. 단군신화檀君神話와 밀접한 관련이 있는 곰 토템에 관해서는 이설異說이 있기는 하지만 그 당시 북방씨족의 토템 동물 중에 곰 숭배가 가장

276

넓게 행해지고 있었다. 신석기 시대의 시베리아 종족의 곰 숭배 사상으로 미루어 단군 고조선도 예외가 될 수는 없다. 원시 시대의 천신 숭배와 만물 정령관은 선한신과 악한신의 관념을 낳게 했고 마침내 신의新祝 의식을 가지게 하였다. 제정일치祭政一致 시대에는 정치적 지도자가 의식儀式의 장으로 행동함으로써 그 권위가 더욱 가중되었다. 제정일치 시대에서는 제사장도 『단군壇君이 단군 1기다. 이들의 통치기간이 1908년 동안 통치하였다.【壇제단단자에 君임】합계 연대가 1908년인데 어리바리한 역사학자들은 단군국조 나이라고 잘못 번역한 것이다. 또한 곰과 호랑이한테 마늘과 쑥을 주어 견디어낸 곰하고 결혼하였다고 하였으나 곰이 사람이 될 수 없는 것이다. 곰을 믿는 부족국가 여자와 결혼하여 탄생한 남자아이가 박달나무 단檀 자를 쓴 단군이다.

허황옥 오빠 장유화상허보옥이 가져온 최초 불교 전래 설……. 해마다 한 차례씩 열리는 가야문화제에 열리는 김해 수로제의 하이라이트는 수로왕과 신하들이 남해 바다로부터 배를 타고 나타나는 허황옥 일행을 맞아들이는 장면일 것이다. 이는 하늘에서 내려온 금합 속의 알에서 난 수로왕이 바다 멀리 아득한 나라에서 찾아온 허황옥을 왕비로 맞아들여 함께 나라를 다스린다는 가락국기駕洛國記 김수로신화의 핵심부분이기도 하다. 수로제가 수로신화에 근거하고 있음을 알 수 있다. 그런데 수로제와 수로신화의 이 장면에 등장하는 허황옥과 그 일행은 과연 어디에서 온 것일까?【삼국유사】에 인용된 가락국기에는 수로왕의 출현과 개국開國에 관한 설화에 다음과 같은 내용의 허황옥이에 관한 설화가 포함되어 있다.

　상략, 왕궁에서 서남쪽으로 60걸음쯤 되는 산기슭에 장막으로 궁궐처럼 만들어 놓고 기다렸다. 왕후가 산 너머 벌 포 나루 목에서 배를 매고 육지로 올라와 높은 언덕에서 쉬고 난 다음 입고 있던 바지를 벗어 폐백으로 삼아 산신에게 보냈다. 중략, 이에 왕은 왕후와 함께 침전에 있는데 왕후가 조용히 왕에게 말하기를……. 나는 아유타국의 공주로 성은 허요! 이름은 황옥이며 나이는 열여섯입니다. 본국에 있을 때 금년 5월 중에 아버지인 왕께서 왕후와 함께 나를 돌아보면서 하는 말씀이? "우리가 어제 꿈에 똑같이 하늘의 상제를 뵈었는데 상제가 말하기를 가락국의 으뜸임금인 수로는 하늘에서 내려 보내서 임금 자리에 앉힌 사람으로 신령스럽고 거룩하기가 그만이건만 새로 나라를 꾸미느라 아직 배필을 정하지 못했으니 그대들이 공주를 꼭 보내서 짝을 이루게 하라고 하고 말을 마치자 하늘로 올라갔다. 꿈을 깨고 나서도 상제의 말소리가 귀에 쟁쟁하였다. 이러하니 네가 속히 부모를 떠나 그리로 가야겠다."고 하였습니다. "내가 바다 저편 아득한 남쪽에서 찾고 다시 방향을" 보고 하였다. 왕이 대답하기를? 나는 천생이 비범하여 공주가 멀리서 오시리라는 것을 먼저 알고 있었습니다. 때문에 아래 신하들이 왕비를 맞아들이라고 청하였지만 듣지 않았습니다. 이제 현숙한 분이 스스로 찾아왔으니 나로서는 다행한 일입니다. 고 하였다. 드디어 동침하여 이틀 밤을 치르고 하루 낮을 보냈다. 이에 타고 온 배를 돌려보냈는데 뱃사공은 모두 15명이었다. 각각 쌀 열 섬과 피륙 서른 필을 주어 본국으로 돌아가게 하였다. 8월 초하

릇날 본 궁으로 돌아왔는데? 왕과 왕후가 한편에 타고 「왕후를」 따라온 신하 내외도 말고삐를 나란히 하고 왔다. 가지고 온 갖가지 외국물건도 모두 실어 가지고 천천히 왕궁으로 오니 그 때의 시각이 바로 정오였다. ※ 하략

앞서 이야기한 허황옥 출자설과는 정반대이다. 이 설화에 대한 해석에서 논란의 초점이 되는 것은 일단 접근방법상의 문제이다. 가야국건국 초기의 역사적 사실 그대로 이해하려는 시각에서 접근할 것인지 아니면 가야성립과 관련한 어떤 사건이나 기억의 신화적 표현으로 보고 그 원형을 추적할 것인지 이다. 접근방법상의 선택을 전제로 보다 구체적으로 제기되는 문제는 설화내용의 이해방식이다. 즉? 신화적 이해에 입각할 경우 허황옥을 단순히 바다너머로부터 온 이주 집단의 표상으로 볼 것인지의 여부가 문제라면……. 허왕옥 설화를 역사적 사실로 받아들일 경우? 인도불교와 직접 간접적으로 관계되는 구체적 존재로 이해할 것인지의 여부가 논란거리이다. 지금까지 세간의 관심을 모으며 논란이 거듭되는 허황옥의 정체를 둘러싼 다양한 해석과 고증은 대체로 설화의 신화 성 보다는 역사성을 전체로 이루어져 왔다. 허황옥의 정체를 둘러싸고 제기된 견해 가운데 대표적인 것으로는 허황옥이 실제 기원전 3세기경 갠지스 강 중류지대에서 크게 번성하였던 불교왕조 아요디아에서 왔다는 설……. 아요디아에서 중국 사천성 보주 일대로 옮겨와 살던 브라만許氏 집단의 일부가 양자강을 타고 내려와 황해를 거쳐 가락국으로 이주했는데 허황옥은 그 일원이라

는⋯⋯. 허황옥 집단은 타이 방콕 북부의 고대도시 아유티아와 관계있다는 설⋯⋯. 허황옥은 일본열도 내 삼한·삼국 분국의 하나가 자리 잡고 있던 일본 큐수 동북방에서 왔다는 설·김수로왕과 허황옥 모두 발해 연안 동이족 집단의 일원으로 후한 광무제에 의해 신新의 왕망세력이 멸망하는 신과·후한後漢 교체기에 발해연안에서 해류를 타고 가락국으로 옮겨왔다는 설 등을 들 수 있다. 비교적 널리 알려진 아요디아 ↔ 아유타설은 주요한 근거로 메소포타미아의 수메르문화에 기원을 둔 쌍어雙魚文 그림이 아요디아와 김수로 왕릉 정문 등에 모두 표현되고 있다는 점을 들고 있다. 최근에 다시 제기되고 있는 왕망세력 망명 집단설은 해류 상황과 한계漢系 출토유물 등을 들고 있다. 한편 허황옥과 불교 혹은 가락국 성립 초기의 불교 전래 문화와 관련된 견해도 기원 1세기 초 인도에서 동남아시아를 거쳐 가락국 불교가 전래되어 유포되었다는 설! 허황옥의 불교 전래에도 불구하고 가락국에는 불교가 수용되지 않았다는 설⋯⋯. 허황옥의 도래와 불교 전래는 전혀 별개의 문제라는 입장을 전제로 불교의 가락 전래는 5세기경 인도방면에서라는 설⋯⋯. 백제나 남중국에서라는 설 등 다양하다. 그러나 허황옥은 대한민국에 온 적이 없다. 중천국 여자이며 중국 사천성 성도 안악현 보주에서 왔다. 허황옥 묘가 필자의 집에서 직선거리 300여 미터에 있다. 묘지에 가면 묘비에 가락국수로왕비駕洛國首露王妃 보주태후 허씨능普州太后許氏陵 있다. 김해 김씨허씨 ↔ 양천 허씨 이씨 모두가 어리바리하나! 한문으로 보주로 되어있다. 보주 안악현에서 세미나를 한 자료와 비디오테이프를 그곳에 허황옥과 김수로 동상

약도도 나에게 보내왔다. 그런데 인도에서 돌배를 타고 왔다는 것이다. 김해 김씨 김병모 박사도 자기 씨족 할머니 태어난 곳을 찾으려고 인도를 수차래 방문을 하였지만……. 찾지를 못하고 결국 중국 사천 안악현 보주에서 찾았다고 책을 집필하여 출간을 했다. 인도에서는 한문을 상용을 하지 않는다. 김 박사가 그 곳에 왔다는 것을 안악현에서? 김박사 보주 견문기록 8페이지를 보내와서 도서 출판 학고방에 부탁을 하여 변역을 해 두었다. 4차 세미나 문서는 내가 번역을 하여 "아리랑은"책에 상재를 했다. 8차는 31페이지 인데 내가 번역해서 책에 상재하면 거짓이라고 할까봐! 김해현대사와 고대사를 집필하려고……. 여러 설의 내용으로 보아 문제가 알려진 것보다 깊고 복잡함이 드러난다. 과연 어느 설이 보다 역사적 진실에 가까울까. 섣불리 어느 입장이나 방법에 동조하다가는 문제해결을 오히려 어렵게 할 가능성이 있음을 짐작할 수 있다. 이럴 경우 가장 적절한 접근방식은 상반된 이해방식 가운데 어느 하나를 택하거나 그 가부可否를 판단하기보다는 허황옥 설화가 수로신화 안에서 어떠한 위치에 있으며……. 그 의미와 기능은 어떠한지를 살펴보는 것이 아닐까 한다! 위의 글에서 보다시피 허왕후가 인도에서 왔느냐? 태국에서 왔느냐? 사천성 보주에서 왔느냐? 등 각자의 가야사를 편찬한 사람들마다 자기주장을 굽히지 않고 있다. 불교의 전래설도 대여섯 가지 설이 있듯이 가야사를 쓴 사학자나 고고학적으로 해석하여 쓴 글이나 모두 엇비슷한 내용이다. 김병모 박사처럼 쌍어에 대한 논란도 많은 것 같다! 인도에가 보니 물고기 문양이 있더라! 김수로 왕릉의 정문에 있는 쌍어 문양을 보고 인도에서 허왕후가 배를 직접 타고 온 것으로 맞추다 보니 가야사는 역사가 아니고 추리소설이 되어버린 느낌이 든다. 쌍어란 세계 도처에서 찾아볼 수 있다. 그런데 쌍어 문양이 인도의 몇 군데에서 보였다고 허황옥이 인도에서 왔다는 것은 멍청한 짓이다. 필자의 상식으로는 아버지→할아버지→증조할아버지→고조할아버지 등의 묘까지는 후손들이 잘 관리하고 있다. 그 이후 조상들의 묘들은 산山제사는 본인으로부터 5~6대 조상들 이내부터 지내기 때문이다. 그런데? 앞서 이야기 했지만……. 김해 김수로왕의 묘는 1대왕 묘다. 그 후대 왕들과 왕후 묘들은 단? 한기도 없다. 가야가 신라에 합병됐어도 후손들은 조상 묘를 관리했을 것이다. 그래서 수로왕과 왕비의 묘가 2,000여 년 동안 보존된 것이 아닌가! 2대왕서부터 10대 구형왕까지의 묘들은 더 잘 보존되어야 한다. 어떻게 된 것일까? 불교 국가이기 때문에 화장하여 산이나 강물에 뿌렸을까? 국내에 가야사를 다룬 책을 20여권을 읽어보았지만 어느 누구도 이 사실을 다루지 않았다. 필자도 수많은 사료를 찾아보았지만……. 찾을 수가 없었다. 수로왕의 김해 구지봉에서의 천강天絳 신화에 맞추다 보니! 엉터리 가야사가 되는 것이다. 쌍어란 큰물고기 곤鯤 자를 써서 곤이다. 현재 나와 있는 가야사는 쌍어의 실체를 모르니 불교에 기준을 두고 해석하기 때문이다. 쌍어는 하나라 우임금 아버지가 곤이 치산치수治山治水에 실패한 곤이 속해 있던 부족의 표식국기이다.

불교시원지|佛敎始原地는

……불교佛敎의 처음 태동은 인도가 아니고 중국대륙 곤륜산 총 령지대 천산天山 지대다. 이전원伊甸園은 구약성서에 나오는 【제2장 8절】에덴의 동산을 말한다. 그곳은 중국대륙 곤륜산崑崙山 일대다.

인도印度 대륙은 수억 년 전에 남극 쪽 바다에 있었던 대륙이다. 1987년 KBS에서 지구의 신비에 대해 방송한 일이 있다. 지구의 생 성과정生成過程에서 남극南極 바다 쪽에 있었던 인도는 중국 대륙과 맞닿으면서 융기된 것이 지금의 에베레스트 산이다. 그때 함께 솟 아난 곳은 『중국대륙과 곤륜산맥崑崙山脈』과 그리고 천산天山이라고 볼 수 있다.

묘법연화경妙法蓮華經 제5권에 보면……. 4백만억년四百萬億年 전 에 많은 생명체가 생긴 것으로 기록되어있다. 중국사전사화中國史前 史話의 저자인 서량지徐亮之는 인류적기원人類的起源 편에서? 우주의 생성과정을 신학가神學家의 의견을 들어 최초에 하늘에서 생긴 것 이라는 기록이다. 이곳은 현재 중국의 곤륜산을 기준하고 있는데? 구약성서舊約聖書와 거의 같은 기록이다. 영국 대학교 윌리엄 앤드 매리 박사와 맥브레이티 박사는 호모하빌리스라는 인종은 남부 아 프리카에서 생겨 서쪽에서 동쪽으로 이동해 왔다고 주장했다. 인 류가 생긴 것은 고생물 학자들의 의견에 따르면 약 350만 년 전이 라고 추청하고 있다. 그러나 1926년 미국의 카네기재단의 보고서 에 따르면……. 황인종黃人種의 여자 몸에서 나온 DNA가 【유전인 자】 인류 최초의 기원이라고 했다.

대체로 고생물학자古生物學者의 연구에 의하면 바다에서 생물체가 먼저 생겨났다고 했다. 회남자淮南子·천문훈千聞訓에서는, 바다에서 작은 균인 약균若菌이 생겨나고…… 그 후 작은 털이 많은 생명체로 태어났다고 했다. 이러한 과정이 진행된 후 점점 커지면서 성인聖人이 되었고, 성인은 서인庶人을 낳아 많은 사람이 퍼지게 되었다는 것이다.

생명체生命體는 다윈의 진화론進化論처럼 진화되는 것이 아님을 분명히 밝혔다. 생명체生命體는 창조되어 진행되는 것이며, 진화進化되는 것이 아니다. 생명生命의 창조는 물과 빛과 소리에 의해 창조되어 환경에 따라 약간의 진행을 하는 것뿐이다.

진화進化란? …… 어떤 물체인 생명체가 완전히 바꾸어지는 것을 말한다. 예를 들면? 짐승이 사람이 된다든가 사람이 원숭이로 진화되는 것을 말한다. 하나의 풀이 나무가 된다는 것은 있을 수 없는 일이다. 호랑이는 최초에 호랑이로서 종種 즉? 씨앗이 생기는 것이며 고구마가 사과로 진화되지는 않는다는 뜻이다. 다만 접합을 통해 점차 다른 종자로 바뀌어 질 수는 있지만……. 자연 그대로에서 어떤 물체가 판이하게 다른 물체로 바뀌어 지는 진화는 하지 않는다는 것을 말한다. 진화進化라는 것은 원숭이가 사람이 되는 것을 의미하며 호랑이가 기린이 된다든가, 뱀이 악어가 되는 것을 말한다. 하지만? 어떤 동식물은 환경에 따라 본체는 변하지 않으나 약간의 진행進行은 있을 수 있음을 의미한다. 진행進行이란? 기후와 지역, 그리고 지대에 따라 환경에 맞게 적응되어 진행되는 것을 말한다. 예를 들면……. 산 속에 사는 고대 인디언처럼! 인간의 본체는 변하지 않고 시대와 환경에 순응하기 위해 옷을 입는다든가

284

머리를 깎는다든가 하여 시대에 맞게 살아가기 위해 형상이 바뀌는 것을 말한다.

따라서 미개사회에서 문화적인 현대에 와서 생활의 방식이 다를 뿐이지……. 사람의 본체가 변하지는 않는다는 것이다. 이와 같이 현상이 창조된 동식물은 진화되는 것이 아니라 진행進行되는 것이라고 말한다. 만약 진화進化 된다고 한다면 원숭이가 계속 사람으로 바뀌어야 한다. 따라서 다른 물질이 또 다른 물질로 계속 진화되어야 하지 않겠는가. 말도 되지 않는 진화론을 현대인들이 믿고 있다는 것은 보이지 않는 하느님이 살아 있다고 믿는 것과 같다고 보아야 한다. 모든 생명체는 기炁에 의해 창조된다는 것이다. 빛은 생명체의 본체를 구성하는 탄소와 수소→산소→그리고 질소의 4대원소四大元素로 구성되어 단백질의 입체인 미세한 유기체를 형성한다. 여기서 소리는 만물의 물질을 형상화하는 본질을 갖고 있기에 물과 빛과 소리에 의해 만 물질은 창조되는 것이다. 그렇다면 만물이 창조될 수 있는 가장 알맞은 곳이 어디인지 알아보기로 한다. 삼묘족三苗族의 분류와 분포 편에 보면……. 첫째, 『극강 빙하시대極强氷河時代』는 46억 년에서 35억 년 전까지 생명체의 탄생이 불가능하다는 것을 밝히고 있다. 그리고 둘째, 『극심빙하시대極甚氷河時代』는 35억 년에서 25억년 이며……. 이때의 시기는 공간과 대지의 지구전체가 극심하게 얼어붙어 있어 생명체의 출현이 불가능한 때다. 셋째, 『극한빙하시대極寒氷河時代』는 25억 년에서 15억년이며 경도經道 20도 이내와 40도 이후의 대지는 극한빙하 시대로 생명체의 발생이 불가능한 시기라고 보아야 한다. 그러나 그 후 차츰 시간이 흐르면서

경도 0도를 기준하여 대지는 따뜻한 기후의 변화로 생명체의 출현이 시작되었다고 볼 수 있다. 지구의 생성은 지금으로부터 46억년 전이라고 지질학자들이 밝힌 것처럼…….

생명체의 출현은 불과 15억년 이후라고 노는 것이 정설인 것 같다. 지구는 648,000년을 한 주기로 되어있다. 그렇다면? 46억 년의 지구의 나이는 약 71살 정도로서 지구나이로는 유아기라고 할 수 있다.

앞서 밝힌바와 같이 미국의 카네기재단에서 밝혔듯이 인류 최초의 유전인자가 동양 여자의 몸에서 나온 것으로 되어 있는 것을 보면……. 영국 학자들이 남부 아프리카에서 호모에렉투스 족이 아니라 호모하빌리스 족이 처음으로 생겼다는 것은 잘못이라고 보인다. 왜냐하면? 필자가 앞서 이야기한 바와 같이 15억 년 전 사이의 남아프리카 지방은 극한빙하시대極寒氷河時代이므로 0도 이하의 경도에서는 생명체의 발생이 불가능했기 때문이다.

인류나 동식물이 최초로 발생할 수 있었던 최적지는 경도 30도에서 40도 선 사이의 아 온대지방亞溫帶地方이라는 것이다. 이와 같은 지방을 조사해 보면 아세아에서는 한반도의 평양 이남과 제주도 이남까지이고 일본은 구주와 오오모리 이남에 해당된다. 그리고 중국 대륙은 상해上海와 북경北京 지방이며 서부 쪽은 곤륜산崑崙山과 천산天山 남쪽 지방이다. 구약성서舊約聖書 제 2장 8절에 나오는 이전원伊甸園 즉? 에덴동산은 경도 30도와 40도 중간에 위치하고 있으며……. 위도緯度 80도 선상에 십자형처럼 교차되어있다. 이전원은 곤륜산 자락을 끼고 신강성新疆省 남쪽에 위치하고 있다. 당서唐書와 박제상朴提上의 부도지符都誌에 보면? 지유설地乳說이 나온다. 지유란 땅에서 우유가 나온다고 했다. 땅에서 우유가 나올 리가 없다. 지진 층이 백토白土인 곳에 물이 솟아 흘러내리기 때문에 물색깔이 쌀뜨물 같은 색깔이어서 붙여진 것이다. 자료화면을 보면 이전원伊甸園은 고대 낙원이라고 할 만큼 사막과 산들이 둘려 쌓인 가운데 초원이 있으며……. 그리고 뽕나무와 백양나무가 울창했다. 수 십 억 년 전인지는 모르나 바다 강변처럼 돌과 자갈이 있었으며 간혹 모래 위로는 바다에서 서식하는 조개껍질도 많은 지질층에 보였다. 이전원은 비단을 많이 짜고 있었으며……. 누에를 쳐서 비단실로 옷을 짜는 베틀과 실을 감는 물레도 있었다. 양을 쳐서 양털로 양탄자 만들기도 했으며? 아이들은 가루 흙으로 된 푹신푹신한 길을 맨발로 다니는 사람들을 볼 수 있었다. 이전伊甸은 우전于寘 이란 이름으로 바뀌었고……. 그 후 다시 글자를 바꾸어 우전于闐이 되었으며 지금은 화전和田으로 되어있다. 사방은 모래와 자갈 돌로 되어 있는데……. 화전和田만은 초원으로 이루어진 인류 최초의 낙원의 땅이다. 상고 때는 나라간 국경이 존재하지 않았기 때문에 중국 국경과 인도국경이 서로 교차되어 힘 있는 세력 쪽이 차지하다 보니 힘이 약해선 물러나고 강하면 차지하는 균형 다툼이 수도 없이 반복되었다. 특히 이전원伊甸園에는 인류가 최초로 발생한 곳으로도 알려져 있으며……. 구약성서나 부도지浮都誌 그리고 중국사전사화 편에서도 잘 나타나 있다. 인류의 기원설을 보면『구약성서의 조자기지상조인照自己之像造人』편에 다음과 같은 기록이 있다. 신神의 설에 따르면 나에게 햇살이 비추어 사람이 만들어졌고 바다

287

에서는 고기가 공중에서는 새가 땅 위에서는 각가지의 동물이 생겨났으며 따라서 곤충들이 생겨났다고 되어있다.

사람이 만들어질 때 형상에 따라 남자와 여자가 되어 그 후 많은 무리가 태어났다고 했다. 중국사전사하 편에는 곤륜산崑崙山의 터가 있는 탑리목분지塔里木盆地 이전원伊甸園에서 인류가 창조되었다고 했다. 그리고 이전원의 4곳의 강에서는 유사流沙 즉? …… 모래가 흐르는 가운데 옥돌이 많이 생산되며 또한 이곳에는 진귀한 구슬과 아름다운 옥과 유리가 되는 재료가 많다는 기록이다. 그리고 곤륜산을 배경으로 하여 금광이 있고, 인류 최초로 이전원에서 상제上帝가 살았다고 기록되어있다. 또한 부도지符都誌에는 지상 최고의 큰 성인城 마고성麻姑城이 있었다는 기록이다. 이상에서 본다면? 『인류 최초의 발상지이자 인류의 기원』임을 짐작하게 한다. 구약성서의 이전원 편에서 사람이 생겨났다는 기록을 뒷받침하는 것이 부도지다. 그럼 부도지의 원문을 싣고 번역을 한 것이다.

麻呱城. 地上最高大城. 奉守天符. 繼承先天. 城中四方. 有四位天人. 提管調音. 長曰黃穹氏. 次曰白巢氏. 三曰靑穹氏 四曰黑巢氏 兩穹氏母曰穹姬 兩巢氏之 母曰巢姬氏 二姬皆麻姑之女也. 麻姑生於朕世. 無喜怒之情 先天爲南 後天爲女. 無配而生二姬. 二姬亦受其精 無配而生二天人二天女. 合四天人四天女也.

마고성은 지상에서 최고 높은 성이다. 천부인天符印을 받들어 지키고 선천을 『앞선 하늘先天』 계승해 왔다. 여기서 앞선 하늘이란

288

전에 있던 천황을 이어왔다는 뜻이다. 성城은 사방 가운데 있으며……. 이곳에는 4명의 하늘 사람이 있었다. 이 네 사람으로 인해 태어난 큰아들은 황궁씨黃穹氏라는 임금이며 둘째가 백소씨白巢氏 셋째가 청궁씨靑穹氏 넷째가 흑소씨黑巢氏다. 황궁씨黃穹氏와 청궁씨靑穹氏의 어머니는 궁희穹姬이고 백소씨白巢氏와 흑소씨黑巢氏의 어머니는 소희巢姬이다. 이 두 여자는 모두 마고성麻姑城의 여자다. 마고麻姑는 황제에게서 태어났으나? 기쁨과 노여움의 정情이 없었다. 앞 천황에게서 태어난 사람은 두 남자이고 뒤의 천황에게서 태어난 사람은 두 여자다. 하지만? 이 두 여자는 배필이 없었다. 그러나 두 여자는 정精 즉……. 정자정액→精子인 씨를 받아 배필 없이 두 아들인 임금과 두 황녀【皇女→임금의 부인】를 낳았다는 것이다. 두 여자는 배필이 없었는데……. 정精을 받았다는 것은 두 천황天皇인 형제와 근친상간近親相姦의 ↔ 형제간의 혼인을 말한다. 구약성서와 일치하다. 그리고 마리아가 성령聖靈을 받아 예수를 낳았다는 것도 같은 맥락이라고 볼 수 있다. 이상과 같이 상고대上古代에는 좋은 씨앗인 자식을 얻기 위해 근친상간 결혼을 했던 사실이 삼국유사三國遺事의 고조선古朝鮮 편에도 있는 글이다.

有一熊一虎 同穴而居. 常祈于神雄. 願化爲人. 時神遺靈艾一主. 蒜二枚曰. 爾輩食之. 不見日光百日. 便得人亨形. 熊虎得而食之忌三七日. 熊得女身. 虎不能忌. 而不得身. 熊女者無與爲婚. 古每於壇樹下. 呪願有孕. 雄乃假而婚之. 孕生子. 號曰壇君王儉.

한 마리의 곰과 한 마리의 호랑이가 같은 굴에서 살았다. 이때 한 마리 곰은 황제黃帝 부족의 여자이며……. 한 마리의 호랑이는 남자를 말한다. 황체의 부족 이름은 곰을 상징했고! 신농씨의 부족의「염제신농씨炎帝神農氏는 강씨姜氏며 인신우수人身牛首다」이름은 호랑이를 상징했다. 다시 말해 황제 부족의 여자와 신농씨의 부족 총각이 같은 굴이지만 따로 따로 들어가 살았다는 뜻이다. 굴속에서 살면서 항상 신웅神雄에게【제일 높은 도통자의 신】기도했다. 사람이 되어 달라고 빌었다. 짐승인 곰과 호랑이가 사람이 되어 달라고 빈 것이 아니라? 어리석은 사람이 선통禪通을 하여 지혜로운 사람이 되게 해달라고 빌었던 것이다. 이때 신령스러운 쑥 한 심지와 마늘 20매를 서로 나누어 먹으면서 1백일 동안 햇빛을 보지 않고 밤낮으로 참된 깨달음을 얻는 사람이 되어 달라고 빌었다. 황제 부족의 처녀인 웅녀雄女 → 곰 깃발을 사용하는 부족와 신농씨 부족의 총각인 호남虎男 → 호랑이 깃발을 사용하는 부족은 서로 쑥과 마늘을 나누어 먹었지만……. 21일은 다른 음식을 먹지 아니했다. 1백 일이 되자 황제 부족의 처녀는 깨달음을 얻은 여자의 몸이 되었지만……. 호랑이 부족의 총각은 깨달음을 얻지 못해 선통을 한 사람이 되지 못했다. 웅녀熊女는 상대가 없어 결혼을 할 수 없었다. 하는 수 없어 단군檀君이 하늘에 제사 지내는 나무 아래에서 아이를 갖게 해달라고 주문을 외우며 빌었다. 그리하여 어쩔 수 없이 임시로 가짜 결혼을 하여 아들을 낳았는데……. 그의 호칭呼稱이 단군왕검檀君王儉이라 했다는 것이다. 본문에서 웅녀가 임시로 혼인을 했다는 것은? 선통을 하지 못한 남자와 근친상간을 했다는 말이다! 장차 남자가 군신君臣의 자손이므로 깨달음을 얻을 수 있을 것으로 믿고 부득이 근친상간의 결혼을 했음을 의미한다. 이상과 같이 본다면 부도지符都誌와 구약성서舊約聖書 그리고 삼국유사三國遺事의 기록이 똑 같다. 또한 「중국사전사화中國史前史話」 역시 같은 기록을 하고 있다. 인류의 발상 당시에는 근친상간의 맥락에서 자손이 번창했음을 엿볼 수 있다. 특히 사서史書에서는 연대가 확실하지 않지만 인류 최초의 태동지는 이전원伊甸園이었음을 확실하다. 따라서 하늘의 빛에 의해 사람이 만들어졌다는 것은 기炁 즉? 물과 빛과 소리에 의해 인류가 최초로 이전원에서 생성되었음을 잘 나타내고 있다. 이전원伊甸園을 인류의 낙원樂園이라 했고 에덴동산이라고 불렀던 것이다. 다만, 21일간 쑥과 마늘을 먹었다는 것은……. 100일 동안 햇빛을 보지 못함은 이해가!!!!

천산天山과 곤륜산崑崙山

천산과 곤륜산은 세계의 지붕이라고 해도 과언이 아니다. 왜냐하면? 인류는 곤륜산과 천산을 무대로 활동해 왔다.

상고시대에 인간이 최초로 생겨나 활동한 곳이 천산과 곤륜산 일대이기 때문이다. 지금으로 보면 도저히 살 수 없는 사막沙漠과 험악한 곤륜산인 것 같지만 수 십 만년 후부터 만년 전후로는 강과 숲이 무성했던 옥토지대였음을 지질학자들은 밝히고 있다. 고고학자들이 사막 한가운데서 고대 성터와 집터가 있었다는 증거를 찾아 텔레비전에 방송한 예도 있었다. 지금도 신강성新疆省 사막지대에 고대 나무가 있었던 흔적들이 있는 것으로 보아서, 상고시대에는 나무와 숲이 무성하여 사람들이 살 수 있는 조건을 갖추었던 것으로 보인다. 지금 지구에는 1년 중 4km정도 사막화되어 간다는 보도가 있었다. 지구는 심한 공해로 인해 점점 사막이 늘어나고 있다 인간은 문명의 이기로 인해 편하고 안정되게 특권을 누리고 살기 위해 전쟁무기를 계속 만들어 심한 공해를 일으키고 있다. 천산과 곤륜산 주변도 많은 관광객들로 인해 심한 공해로 몸살을 앓고 있는 것을 필자는 답사를 통해 보았다. 인류의 마지막 안식처 인 남아메리카의 숲을 파괴하고 있듯이……. 천산과 곤륜산도 점차 사막화되어 가면서 메말라 가고 있는 실정이다. 대륙의 마지막 수 자원의 보고라 할 수 있는 천산과 곤륜산도 점점 병들어 가는 현상 이 일어나고 있다. 사막을 가로지르는 차도車道를 따라 공해를 일 으키고 있고 비행기와 각종 차들이 품어내는 공해와, 석유를 캐기 위해 군데군데 지질을 오염시키고 있었다. 천산은 본래 백산白山이 라 하여 춘하추동 눈으로 덮인 수려한 산이다. 백산에서 녹아내리 는 눈은 대륙의 수자원이 되고 있다.

반고盤古 → BC 8937년 때에는 많은 묘족苗族들이 천산과 곤륜산을 무대로 활동해 왔다. 특히 천산과 곤륜산에는 산해경『山海經, 상고사학 회장인 율곤·이중재 번역과 이화여대 정재서 교수 번역』에도 나타나 있듯이 기암 절벽과 수목 등이 많았고 각종 약초 등이 있는 것으로 기록되어있 다. 『대황서경大荒西經』에는 감화인甘華 감꽃과 흰 버들 감돌배나무와 흰 나무 그리고 삼추三騅라는 오추마와……. 선괴璇塊라는 옥돌인 불구슬과 아름다운 옥돌 등이 많다고 되어있다. 또한 낭간琅玕이라 는 옥돌과 백달白丹과 청단靑丹을 비롯하여 수은과 유황이 섞인 단사丹沙도 많이 산출된다고 했다. 그리고 은과 철이 생산되고 온갖 짐승들이 있는 자연의 보고라고 되어 있다. 뿐만 아니라 천산과 곤륜산을 무대로 기원전 8937년 전 인류의 발상지였던 이곳은 위도 80도를 기준하여 서쪽은 요서遼西이고 동쪽은 요동遼東으로 동이東夷들의 조상이었던 묘족苗族의 활동무대였음을 역서에서는 밝히고 있다. 특히 천산天山에는 천지연天地淵 아름답고 거대한 연못이 있어 주周 나라 때 목 왕과【穆王 BC 962~947년】 서왕모西王母가 찾아가서 시문詩文을 화답한 곳이다. 천산천지연天山天地淵 일명 요지瑤池라 하여 아름다운 옥과 같은 못이라고 부르고 있다. 천산의 천지 주변으로 희귀한 동물들이 많아 지금도 관광객이 끊이지 않는 곳이라고 한다. 고대 서왕모西王母가 지배하고 노닐던 천지天地는 백두산의 천지보다 크다고 할 수 있으며……. 주변의 경관이 아름다워 여름에는 피서지로서 유명하다. 천산 천지의 주변의 산은 해발 5,455m의 박격달博格達의 봉우리가 있고……. 춘하추동 흰 눈이 쌓여 있어 천산天山의 다른 이름인 백산白山이라고 했던 것이다. 천산과 곤륜산은 상고시대上古時代 때 동이족同異族의 조상이었던 묘족苗族들이 주름잡고 삶의 터전을 일구었던 고향이었다.

《지池는 못 지자를 쓸 때는 인위적으로 만든 연못이고 연淵 못 연 자를 사용 때는 지구 생성 과정에서 만들어진 연못을 말한다. 백두산 못은 백두산 천지天地가 아니고 백두산 천지연天地淵으로 표기해야 한다.》

……천축산 불영사는 대한불교 조계종 제11교구 본사인 불국사

293

말사末寺다. 의상은 불영사에서 9년을 살았으며 뒤에 원효대사도 이곳에 와서 의상과 함께 수행하였다 한다. 의상의 성씨는 김씨다. 삼국유사三國遺事에는 이름의 한자 표기는 의상義湘으로 되어 있지만 의상義相 의상義想으로 기록된 문헌도 있다. 625년진평왕 47에 경주에서 태어난 그는 644년선덕여왕 13년 황복皇福에서 출가하여 승려가 되었다. 650년 원효元曉와 함께 인도中國에서 새로 들여온 신유식新唯識을 배우기 위해 당唐 나라로 유학을 떠났으나……. 요동遼東에서 첩자諜者로 몰려 사로잡히면서 실패하고 돌아왔다. 그러나 661년에 당나라 사신을 따라 뱃길로 유학을 떠나 양주揚州에 머물다가 이듬해부터 종남 산終南山에 있는 지상 사至相寺에서 중국 화엄종華嚴宗의 2대 할아버지祖師인 지엄에게서 화엄종宗사를 배웠다. 의상은 671년에 신라로 돌아 왔는데……. 삼국유사에는 당나라 군대가 신라를 공격하려한다는 정보를 알고 이를 알리기 위해 서둘러 돌아왔다고 기록되어있다. 원효는 문무왕 1년에 의상과 함께 당나라 유학을 가던 길에 당항성 근처 한 무덤에서 잠들었다가 잠결에 목이 말라 달게 마신물이 아침에 깨어나 보니 해골바가지에 담긴 더러운 물이었음을 알고 토하다가 "마음이 나야 모든 사물과 법이 나는 것이요. 마음이 죽으면 곧 해골이나 다름없도다. 부처님 말씀이 삼계三戒가 오직 마음뿐이다. 한 것은 어찌 잊었더냐?"라는 일체유심조의 진리를 깨달아 유학을 포기하였다. 그는 대처승帶妻僧으로 과부인 태종무열왕의 둘째딸인 요석공주와 결혼하여 설총을 낳았다. 유교에서 불교로 개종한 그는『승려·사상가·음악가·작가』원효와 유학을 가다가 원효는 해골 물을 먹고 깨우침으로 중도포기하

294

자……. 인도에서 불교가 유입으로 알고 혼자 유학길을 떠난 의상 대사가 천축 국을 다녀와서 "인도에는 부처도 불자도 없더라"는 말을……. 남무아마타불 남무관세음보살이란 불경을 기록해둔 것이다. 그러니까 불교는 인도에서 처음 발생한 것이 아니라 처음 중국과 인도의 접경구역 돈황燉-불빛 돈, 煌-빛날 황 지역인 오천축국五天竺國 에서다. 『MBCTV "서프라이즈 Ⅱ』에서 방영했던 돈황 지역의 유네스코 세계유산으로 등재된 수 백 여개의 모래사막석굴 속에 2,000여개의 불상이 말해주듯 불교의?

남무아미타불의 南無阿彌陀佛 정확한 해석

얼마 전에 스님僧의 표본으로 살고서 세상을 떠난 이성철李性澈 스님은 선불교 전통을 대표하는 수행승이며 수필가다. 그가 생전에 자주한 말을 기록한 어록에는 "산은 산이고 물은 물이로다"란 말로 세간에 화제가 되었다. 이 말은……. 지금으로부터 약 700여 년 전 중국에서 쓰여진 금강경 오가 해金剛經五家解에 수록된 글이다. 이 책은 금강경을 다섯 고승이 해설한 문집인데……. 그 중 한사람인 야보冶~父-아비 부라는 승려의 시구詩句인?『산시산수시수 불재하처山是山水是水佛在何處』라는 글이다. "산은 산이고 물은 물인데 부처는 어디 계신단 말인가?"시의 앞부분을 성철 스님僧이 이용한 것이다. 불자들이 무슨 뜻이냐고 물어 보았지만……. Make a secret of one s aim 자기의 목적을 비밀秘密로 한 채A TO SECRET-Secret 답을 하지 않고 그 스님이 죽자? 각 언론 매체에서 특집으로 다루었고 글 가방이 큰 사람들이 해석을 그럴싸하게 내놓았다. 일반인도 해답을 찾으려고 머리를 굴렸을 것이다! 답은 간단하다. "산은 산이고 물은 물이다"라는 어리바리한 자가 말하는 것처럼! 이 평범한 말은 세상 승려들에게 거짓말을…….『不아니 불 欺속일 기 自스스로 자 心마음 심』하지 말라는 것이다. 삼제수가 들었으니 시주를 많이 하고 기도를 하란다거나 중국서 대량 복사한 부적을 장당 100원에 밀수

296

입하여 장당 500만원에 팔면서 지갑에 넣고 다니거나 집 출입 문 주방에 붙이면 운수대통 한다는 거짓 꼬임과 공양을 많이 하면 죄가 면제되어 사후死後 윤회輪廻 ↔ 다른 사물이 아닌 인간 때 좋은 몸으로 태어난다는 등등 거짓말로 신도를 모아 탐욕을 부리지 말라는 것이다. 승려 생활을 하면서 격어 보니 모두가 거짓 말 인걸 알아 버린 것이다. 평범한 진리인데도……. 그 난리법석을 떨었으니! 참으로 웃기는 일이 아닌가! 산은 산이니까 산이라고 말하고 물은 물이니까 물이라고 말하라는 아주 쉽고 아무나할 수 있는 보편적인 우리나라말인데도 다른 승려들보다. 그 승려는 불경의 내용을 철저하게 잘 지켜 수행을 하였기에 승가僧家 ↔ 佛家의 어른으로 인지된 것이다. 사람들에겐 눈은 마음의 창이라 했다. 수많은 답들을 만들어 냈는데! 한마디로 보는 대로 말을 하라는 것이다. 승려들이 불경을 외울 때 나남 무관세음보살이나, 나남 무아미타불을 수없이 되풀이한다. 나무아미타불 뒤에는 반드시 관세음보살이 반드시 뒤따른다. 나무와아미타불이 두 단어를 합하면 "극락세계를 담당하는 아미타 부처께 귀의의지 합니다."라는 뜻이며……. "죽은 뒤 극락세계에 태어나게 해 준다"는 말로 신도들에게 거짓말을 하고 있다. 관세음보살은 자비의 상징이며 천개의 눈과 천개의 손을 갖고 있으면서 수많은 중생佛者들의 원하는바와 어려운 점은 무엇이든지 들어주고 무엇이든지 구제해 주겠단 보살이라고 거짓포교를 하고 있다. 남무南無 남南→녘 ↔ 남 자를 나자로 읽음에는……. 인도어 산스크리트어로 표기된 Namo-amitabha 또는 Namo-Amitayus를 한문으로 번역한 것이 나무아미타불이라고 한다. 다른 한편으론 나무아미타불의 나무南無는 산스크리트어 나마스의 Namas-Namo 음역이라고 한다. 모두가? 거짓말이다. 남南 자를 왜 썼을까? 한문 나자가 무려 53여 글자가 있는데 쓰지 않고 남南 자를 쓴 이유를 말하라 하면 위의 말만 뒤풀이한다. 어리바리한 승려들아!

"남무아미타불"은 南남녘 남, 無없을↔무, 阿언덕↔아, 彌두루↔미, 陀비탈질↔타, 佛부처-불?
남쪽 언덕위에서 바라보니 부처가 없더란 뜻이며…….

"남무관세음보살"은 南남녘↔남, 無없을↔무, 觀볼↔관, 世세상↔세, 音소리↔음, 菩보살↔보, 薩보살↔살?
……남쪽으로 가서 세상을 보니 불자처사↔보살↔신도 들도 없고 불경외우는 소리도 안 들리더란 말이다.

밥이나 먹고 할일이 없어 염불이나 외우는 승려들이 이러한 간단한 한문자를 역주 못하고 쓸데없는 말로 짓거리고 있다니 참으로 한심한 승려들이다. 얼마나 공부를 하지 않아 본문을 해석을 못할까!
위의 글을 부연 설명하자면……. 의상대사가 구도를 하기 위하여 서역 여행 중 불교 발생지를 찾으려 인도남부南部를 가서 비탈진 언덕에서 두루 살펴보았지만……. 앞서 이야기한 것처럼 "남쪽으로는 부처가 없더라" 남무아미타불 남쪽으로 가서 두루 살펴보니 "보살들의 불경외우는 소리도 없더라" 남무관세음보살의 법문의 기록처럼 당시엔 인도에는 불교가 유입되지 않았다는 말이다. 한문 불경의 뜻풀이에서 보듯 우리나라 불교가 들어온 곳은 인도의 남방불교가 아니고 중국서 들어온 북방불교다. 유백유儒柳伯가 집필한 "천축산 불영사기"에 의하면 의상義湘-僧-승려 대사가 불교발상지인 중국과 인도접경구역인 돈 황 지방인 천축 국天竺國을 다녀와서 경주로부터 동해안을 따라 단하 동丹霞洞에 들어가서 해운 봉海運峰에 올라 북쪽을 바라보니 서역의 천축 산을 옮겨온 듯 기세가 있어 천축 산이라고 이름 지었다는 말이다.

······우리나라 경상북도 울진군 서면 하원 리 지역에 있는 불영 사는 651년 진덕女王 5년에 창건되었다. 독자들 중에 고전 중국소 설 서유西遊記를 읽어 본분들이 많을 것이다! 서유기의 내용은 삼장 법사三藏法師현장 ↔ 玄奘 600~664년가 손오공孫悟空을 비롯한 세 명의 제자를 데리고 대당大唐 황제의 칙명을 받고 불전을 구하려 인도로 가는 것으로 일부의 번역됐으나 서천취경西天取經이란 본문을 바르 게 역주해 보면······. 서천축국西天竺國에서 불경을 가져 온 것이다. 삼장법사의 인도의 기행은 잘못 번역한 것이다! 선덕여왕 시대인 600년대에 일어난 일들이기에 의상대사의 천축산 불영기와 삼장법 사의 서천취경의 년대가 맞아 떨어진다. 다르게 생각하면 소설 서 유기를 누군가 표절했나! 손오공 영화를 보면 삼장법사는 손오공 이 어려운 일을 해결하면······. 아미타불을 하고선 두 손을 합장을 한다. 이유는? 『당시엔 남쪽엔 불교가 전파되지 않음이다』구태여 남무 관세음보살을 되 뇌울 필요가 없었던 것이다. 신라의 승려들이 인

도에 신유식新唯識을 배우러 갔다가 인도에는 불교가 없더라는 말을 기록한 글이다. 허황옥 일행에서 떨어져나가서 티베트에 정착하여 불교인이 된……. 그들의 후손들도 불상 앞에서 오체 투 체五體投體 손과 발 그리고 이마를 땅에 닿는 행위·고행을 하면서 아미타불이라는 염불을 한다. 그러니까? 오늘날까지 불교계에서는 남무아미타불에 대한 개념자체를 모르고 있다! 불교계에서 얼마나 공부를 하지 아니했으면……. 남무아미타불인데 뜻도 모르고 있겠는가! 조계종 종단에서조차 그저 남무아미타불 인데 나무아미타불이라고 염불하고 남무관세음보살인데 연신 나무관세음보살이라고 마이크를 통해 염불이 흘러나오고 있었다. 남자를 빼고서 나무아미타불이라고 염불을 하는 것이다. 남무아미타불이라는 뜻을 불교계에서는 부처에 귀의한다고 했다. 부처에 귀의한다는 말은 부처에게 돌아간다는 뜻이다. 즉? 부처가 되기 위해 노력하여 부처에게 다가갈 수 있음을 뜻한다. 하지만? 잘못된 해설이다! 고대 언어는 한자를 사용한 한민족의 언어이기 때문에 한자 하나하나가 사상적으로 나타나 있다고 보아야 한다. 한자는 네 가지의 발음으로 되어 있다. 다시 말해 하늘천자도 네 가지 발음을 하는 것을 말한다. 현재 중국이나 일본은 사성발음四聲發을 사용하고 있다. 그러기에 방언方言이다. 사투리가 되어 한자의 뜻이 여러 갈래로 달라지는 것이다. 그러기에 중국의 말은 사투리를 사용하다보니 한자를 끌어다 썼기 때문에 한자의 표준말이 빗나가고 말았다. 그러나 글자를 쓸 대는 한자의 표준을 기준하여 쓰기 때문에 한국 학자들 중 한자를 아는 사람은 누구나 읽고 볼 수 있다. 만약 중국말 그대로 글을 썼다면 한국 학자들은 한 줄도 이해하지 못할 것이다! 그러나 중국 말을 하는 학자들도 글을 쓸 때는 표준말을 쓰기 때문에 한국 학자들이 이해할 수 있는 것이다. 한국에서 시골 사투리를 쓰는 사람들도 글은 표준말로 쓰는 것과 같은 이치다. 순 제주도 사투리와 함경도 사투를 글로 썼다면 알아볼 수 없는 것과 같아 다시 말해 지방마다 사투리를 사용하지만 글을 쓸 때는 반드시 표준어로 쓰는 것이다. 특히 중국인과 일본인들은 네 가지 음을 사용하기 때문에 사투리가 되어……. 사투리의 발음대로 한자를 끌어다 쓰는 관계로 중국말과 우리말, 일본말이 다르게 느껴지는 것이다. 그러나 중국이나 일본에서는 문장을 구사할 때 반드시 한자의 표준 기법을 쓰기 때문에 동양 3국의 언어는 따지고 보면 한자의 표준어를 사용하고 있는 셈이다. 세종대왕 때 네 가지 발음이었던 한자를 단 하나의 음으로 사용하기 위해 훈민정음을^{訓民正音} 만든 것이지……. 한글을 사용하기 위해 만든 것은 아니다. 그렇다고 한글이 나쁘다거나 잘못 되었다고 할 수 없다. 다만 훈민정음이란 뜻을 새겨보면 백성들에게 바른 음을 가르치기 위함이라고 되어있다. 언문인 한글을 보급하기 위함이 아니라? 네 가지 발음을 가진 한자의 음의 뜻은 뜻대로 새기되……. 음만은 단음^{單音}인 즉? ……한자의 소리음을 하나로 통일하기 위한 작업이었음을 알아야 한다. 한국은 단음으로 한자를 쓰기 때문에 완전히 표준화되어 누구나 한자를 쉽게 이해 할 수 있다. 또한 국어사전과 우리가 사용하는 한자의 어순^{語順}은 소리 나는 대로 쓰기 때문에 한자는 소리글이자 뜻글이다. 한글도 한자음에 따라 쓰기 때문에 역시 소리글이자 뜻글임을 알 수 있다. 예를 들면? 학교·정치·문학·국어사전등 모두 소리 나는 대로 사용하고 있다. 그리고 소리 나는 대로 쓰는 기법이 표준어로 되어있다. 그러나 중국과 일본은 소리 나는 대로 글자를 맞추어 적기 때문에 사투리 그대로 적다가 보니……. 무슨 말인지 잘 알 수가 없는 경우가 많다. 특히 중국어는 더욱 그러하다. 지금 중국에서 나오는 모든 책들은 우리말 어순대로 적기 때문에 나도 쉽고 빨리 이해한다. 만약 중국말 하는 대로 한자를 기록했다면 나는 무슨 말인지 무슨 뜻인지 하나도 알 쉬 없을 것이다. 그러나 중국에서 발간되는 모든 책들은 표준어인 즉 한국어 어순으로 되어있어 한문을 많이 배웠다면 누구나 쉽게 알 수 있다. 한문의 어순은 표준어이기 때문이다. 즉? 한자는 한민족의 글이자 사상으로 되어있음을 증명하는 것이라고 볼 수 있다. 이상과 같이 한문은 사상적인 뜻을 내포하고 있기 때문에 남무아미타불이 부처에 귀의한다는 말은 잘못된 것이다. 앞서 말을 하였듯……. 남무아미타불과 남무 관세음보살이란 말은 우리나라 스님들만이 사용하는 염불이다. 불교국인 티베트에선 "아미타불"만 사용하고 있다.

밀교란 6세기 이후부터 천축국을 여행했던 신라 스님들이 연구한 것이라고 보아야 할 것이다. 구법여행求法旅行을 완성하였던 혜초는 고행으로 대변되는 신라 구법승들의 전통을 계승한 인물이었다고 볼 수 있는데……. 그러나 신라 불교 사상에 혜초의 위치는 밀교 연구에 있었다고 한다. "왕오천축국전"에 대한 연구자로서 독일의 월터폭스Walter Fucts 박사는 혜초를 금강지 → 불공 → 혜초로…… 이어지는 정통 밀교의 계승자라고 말한 바 있다. 그러나 밀교 승려들의 법통에서 보면 불공 금강지 등과 관련을 맺은 신라인으로서 혜통惠通을 들고 있다. 우리나라 학자 가운데서도 이 혜통을 혜초와 동일인이 아닌가! 의심하는 학자도 있다. 그러나 혜통은 삼국유사에 그 이름의 기록에는 혜초와는 전혀 무관한 인물이다. 그렇다면 혜초의 밀교와 신라의 신인종神印宗과는 무슨 차이가 날까? 신라 신인종의 경우에는 밀교의 주술을 국태민안國泰民安 양재讓災 호국 등 실제적이고 세속적인면의 신비성으로 미화하고 있다. 명랑 법사가 사천왕사를 짓고 당나라 군사唐軍를 주술로 몰아냈다는 등의 기록이 이를 뒷받침한다. 또 밀본密本 스님이 주술呪術로서 못된 요괴妖怪 몰아냈다는 등의 기사 또한 신라 밀교의 현실적 기복성이 전혀 발견되지 않는다. 오히려 스승과 더불어 밀교의 경전을 연구했다는 등의 기사가 전할 따름이다. 따라서 그는 밀교의 전통성과 순수성 등에 관심을 보였다고 보는 것이 타당하다. 밀교의 주술성을 현실적으로 응용하는 것은 방편의 면으로서는 타당하지만…… 그 원리에서 보면 세속화될 개연성이 있기 때문이다. 신라의 여러 종파들 가운데 밀교 관련 학파들이 상당한 호응을 받았던 것은 당시의 시대 상황이 매우 복잡다단複雜多端 했기 때문이다.

통일을 향한 정복 전쟁과 통일 후에 일어나던 각종 모반사건謀叛事件 등은 정치적 혼란을 야기 시키고 있었다. 따라서 불안한 정서 속에서는 불교의 종교성과 신비성 등이 호응을 얻을 수밖에 없었다. 그러나 혜초의 시대는 통일 후 백 년 쯤 지난 시기이다. 더 이상 사회의 혼란은 없었으며 오히려 주술성呪術聲이 팽배해지는데 따른 각종 위험물이 노정露呈 되던 때였다. 따라서 혜초는 신라의 밀교에 대해서는 상당히 부정적인 시각을 가질 수밖에 없었다. 전통 밀교란 바로 "깨달음의 추구"이였다. 만다라Mandara의 경우에는 깨달음을 형상화한 구도求道 일 뿐 그 자체를 신비화神秘話 하는 일은 없었다. 결국 혜초는 그 본고장의 밀교를 통해 불교 대중화를 시도한 인물이라고 볼 수 있다. 그러나 불행히도 혜초에 관련된 자료들은 거의 남아 있지 않다. 밀교 사상가로서는 별로 내세울게 없는 "왕오천축국전"의 일부분만이 전해올 따름이다. 몇 년 전 KBS 한국방송공사에서는 "혜초의 길을 따라서"라는 다큐멘터리를 인도 현지에서 녹화한 적이 있었다. 그러나 인도의 풍물기행에만 초점을 맞추었을 뿐 그의 내면세계……. 즉 밀교 연구에 대한 그의 애정은 전혀 방영될 수 없었다. 앞으로는 그와 같은 관심의 연구가 절실히 필요하다고 생각한다. 아무튼 혜초의 구법여행에는 다음과 같은 목표가 있었다고 볼 수 있다. 첫째 성지 참배, 둘째 밀교 연구, 셋째 남다른 고행苦行의 실현 등이다. 그가 남긴 이 한 편의 시는 당시의 구법여행길이 얼마나 극심한 고행이었나를 단적으로 보여주고 있다.

  그대는 티벳 땅이 멀다고 한탄하지만 / 나는 동쪽으로 가는 길이 먼 것을 애달파하네 / 길은 거칠고 히말라야는 높아 / 험한 골짜기에는 도둑도 많구나 / 나는 새도 높은 봉우리에 놀라고 / 사람은 가는 통나무다리를 건너기 어려워라 / 평생 눈물 한번 흘린 적 없었으나 / 오늘에야 한없이 눈물 흘러내리는 구나……

"……."

　우리나라엔 4세기 후반에 들어왔는데 불교가 전래 된 것으로 인하여 한반도 고대세계에 정치·경제·문화에 혁명적인 사건이 시작되었다. 애니미즘이라는 원시신앙에서 음양과 무속의 신화시대를 거쳐 우리나라에도 바야흐로 종교의 시대가 점차도래하게 된 것이다. 7세기 후반에서야 삼국통일로 인해 불국토가 지상에 실현 되었다. 사회는 활기에 넘쳐흘렀고 사람들은 희망으로 들떠 있었다. 후로 고려를 건국한 주도세력은 향촌의 토대를 둔 호족豪族이었고 그들의 사상적 토대는 선종禪宗이었다. 신라 말 중앙 권력의 힘이 무력화되자 강력한 세력으로서 등장한 호족들은 반 신라적이었으며 그들의 주관심사는 자기가 통치하는 지방의 정치적·경제적 통제력을 굳건히 하는데 이용되기도 했다. 불교 경전의 연구에 온 힘을 다하는 교종敎宗과는 달리 선종은 참선參禪을 강조한다. 누구나 깨우침을 통해 부처가 될 수 있다는 선종은 호족과 새로운 사회를 갈망하는 일반민중이 신분제로 신분상승을 할 수 없는 신라 말의 지식인들에게도 커다란 호응을 받았다. 한편 선종과 함께 호족들에게 새로운 국가건립의 당위성을 제공한 것은 미륵사상彌勒思想이었다. 미륵은 부처님의 왕림한 이후 후세를 통치할 부처로서 미륵은 어지러운 현실을 구원해 줄 상징으로 민중에게 각인 된 것이다. 불교를 믿고 깨우치면 누구나 부처가 되고! 부처의 후세인 미륵불이란 부처는 지금 같은 어려운 세상에 나타나 구원救援 해 주어야 하거늘 나타나지 않은 걸 보니 불교도 모두 뻥이 아닌가! 부다佛陀

↔Buddha의 가르침은 최초의 대중 종교였다. 불교는 지금으로부터 약 2,500여 년 전 기원전 약 563년부터 483년 사이에 인도 북동부 지역과 중국 중 천국에 머물면서 성행을 하였다. 서가는 네팔 룸비니에서 고행을 시작을 하면서 "부다"라는 이름으로 알려져 있는데 범어의 "깨달음을 얻은 자"라는 명칭이다. 당시 인도의 종교계는 필연적인 윤회輪廻 사상을 가르치는 브라만 계급에 의해 독점되고 있었으나 싯다르타는 그들의 가르침을 받아 드리지 않고 나이란 자나 강변의 우루벨라 지방으로 들어가 6년을 머물다 마침내 보리수나무아래서 해탈을 하고 깨친자득도자↔得道者라는 의미가 있는 부다佛陀↔Buddha가 열반에 들어가 된 것이다.

……위의 글에서도 알아 듯 인도가 아니고 인도와 중국 접경지인 오 천축이불교의 발상지임을 말해주고 있다. 아시아와 중앙아시아에서 유럽으로 통하는 교차지점인 실크로드비단길 위치해 있는 서역은 전한前漢이 망한 뒤 후한後漢 때 동東 남南 북北 서西 중中 등 다섯 천축 국으로 나뉘어졌다. 이름하여 5천축 국이었다. 중국 대륙의 운남 성과 접한 사천성이고 남으로는 서장성과 인도북부지방으로 북으로는 신강성과 천산天山 북쪽지방이며 서쪽으로는 신강성 서쪽 유럽의 일부지방이의 한 가운데 있는 신강성과 청해 성 그리고 인도에서 보면 북쪽인 중국 서장성 서북부 쪽에 있는 중천축中天竺國은 다섯 천 축국 중에 특히 불교가 강성했던 나라다. 중천축국 나라는 고대 환인 씨古代 桓仁氏 ↔BC. 8936년 시대 때부터 불교가 뿌리 내린 곳이다. 그래서 불교의 성지聖地이였던 것이다.

그 중에서 불교의 처음 발상지라고 할 수 있는 곳은 천산 근처 지방이다. 서장성과 서부인도 북경지대와 곤륜산 맥으로 이어진 총령 지대이다. 중천축의 강역은 정확히 말해서 곤륜산 남쪽과 서장성 서북이며 지금의 감숙성 돈황까지 걸쳐 있다. 같은 천축국이지만……. 서쪽에 있는 천축국은 파라문교婆羅門教의 성지였다. 특히 파라문교가 성행하던 유럽 일부와 신강성 서부에는 광범위하게 미신적인 밀密교가 성행하던 지역이다. 위의 글을 보듯……. 김해 가야국 김수로왕 허황옥 왕비가 인도에서 온 것이 아니라 중국대륙 중천축국에서 사천성 성도 밑 안악 현 아리 지방에서 왔다. 아유타국에서 피난을 와서 사천성四川省, 지금의 씩찬성 안악현安岳峴 보주普州에 잠시 정착하였는데 그곳에서 농민들의 반란으로 인하여 허황옥 후손들은 다시 안악 현 떠나 김해까지 오게 된 것이다.

"……."

다시 우리의 상고사를 좀 더 이야기를 해보자. 앞서 이야기한 바와 같이 고구려 시조와 백제·신라 시조는 모두 황제의 아들이거나 후손이다. 그렇다면 고구려·백제·신라는 분명히 지나 대륙이 고향임을 부인할 수 없다. 그러기에 대륙에 있어야 하는데……. 이러한 사실이 삼국사기에서도 그리고 모든 정사에서도 뚜렷이 증명되고 있는데도 정부·교육부·국사편찬위원회 그리고 역사학자는 계속 거짓 역사만을 가르칠 것인가? 조작 날조되고 억지로 끼워 맞추어진 역사소설을 한국은 아직도 교육부에서 교과서로 쓰고 있는 실정이다. 얼마나 무지하고 어리석고 한심한 작태인가를 보여 준 다년이 아닐 수 없다! 지금 한국의 역사교육은 죽어 있다 못해 썩어 있는 교육이라 아니할 수 없다! 황성은 지명사전 984쪽 엔……. 고구려 21대 문자명왕 6년 8월이다. 지난 5년 7월에 우산 성에서 고구려는 패배했다. 6년 8월에 다시 金剛寺 창건했다. 금강 사는 오대산인지! 아니면 하남성 상성현 동남 39 리 인지는 확실하 게 알 수 없다. 그러나 대륙임은 분명하다. 왜냐하면 고구려·백제 ·신라 때는 한자로 된 지명이 한반도에는 없었던 것이다.

고구려 20대 장수왕 때부터 24대 양원왕 때까지 북위北魏 동위東 魏 서위西魏 즉 북조北朝는 고구려에 매년 해마다 조공을 바쳤다. 고구려 22대부터 26대까지는 양梁나라 북제北齊 그리고 진陳나라 후주後周 수隋나라 등이 고구려에 많은 조공을 하였다. 이것만 보아 도 고구려는 대단한 강대국이었다. 고구려 27대 영류왕 때부터 28 대 보장왕까지 당唐 나라는 고구려에게 조공을 바쳤다는 기록이삼 국사기에 상재되어 있다. 고구려 21대 문자명왕 21년 9월이다. 고 구려는 백제를 침공하여 가불성加弗城 원산성圓山城을 함락시키고 남녀 포로 1,000여 명을 잡았다. 여기서 가불성은 없으나 원산은 지명사전에 기록되어있다. 복건성 용계현龍溪縣 서남 10 리로 되어 있고……. 또 한 곳은 감숙성 양당현兩當縣 남쪽 120 리에 있는 것으 로 되어있다. 중국고금지명대사전 998쪽에 기록되어 있는 두 곳은 너무 거리가 동떨어져 어딘지는 확실하게 알 수가 없다. 내가가 추측을 하면? 백제의 강역이 복건성에 있었으므로 복건성에 있는 용계 현에 있는 원산圓山이 아닌가! 생각할 뿐이다. 문자명왕은 28

년에 죽었지만 장지의 기록이 없다. 다만 위나라에서 태후의 혼령을 모시고 애도하는 동당東堂에 혼령을 봉안한 것으로 되어 있다. 고구려 22대 안장왕이다. 문자명왕의 장남이다. 죽은 후의 휘호는 흥안興安이다. 안장왕 11년 봄 3월에 왕은 사냥을 황성의 동쪽으로 갔다고 되어 있다. 황성은 지나 대륙 산동성 관현冠縣 남쪽이다. 10월 겨울에는 안장왕이 백제와 오곡五谷에서 싸워 2,000여 명을 죽이고 포로로 잡았다는 기록이다. 중국고금지명대사전 본문 189쪽 북한산北漢山 편에는……. 백제와 싸운 오곡은 어디인지의 기록도 없다. 한 가지 분명한 것은 삼국사기 고구려 본기에서 나오는 사람의 성과 이름 그리고 지명 등은 모두 낯선 지명뿐이다. 현재 한국 땅에는 이러한 지명이 있을 리 없는 것은 당연한 논리이다. 안장왕은 13년 여름인 5월에 죽었다. 그러나 장지는 어디인지 기록이 없으므로 알 수가 없다.

고구려 23대 안원왕이다. 안원왕은 안장왕의 동생이다. 죽은 후의 휘호는 보연寶延이다. 안장왕은 재위한 지 13년 만에 죽었으므로 아들이 없었다. 그러므로 안장왕 동생인 안원왕이 왕위에 오르게 되었다. 안원왕 5년 5월이다. 고구려 남쪽에 대홍수가 났다. 그리하여 백성들이 떠내려가고 집도 떠내려가는 사태가 생겼다. 이때 죽은 자가 200여 명이 넘었다는 기록이다. 그해 10월은 겨울인데도 지진이 일어나고 12월은 천둥 번개가 치고 2월은 전염병이 크게 생겼다고 했다. 전염병은 주로 여름에 생기는 병인데 겨울에 크게 생겼다는 것은 이상한 일이다! 안원왕 6년 봄과 여름 날씨가 가물었다. 굶어 죽는 백성이 생기므로 왕은 사신을 보내 위로했다.

6년 가을은 벌레 떼가 극성을 부리더니 7년 3월에는 백성들이 굶주림에 시달렸다. 안원 왕은 직접 백성들을 찾아다니면서 있는 힘을 다하여 구제하였다는 기록이다. 10년 9월이다. 백제의 우산 성을 포위했다. 앞서 이야기한 바와 같이 백제 우산 성은 호남 성신화 현 남쪽 100여 리에 있다고 지명사전에 기록되어있다. 안원왕은 직접 고도로 훈련된 정병인 기마병 5,000여 명과 함께 추격하며 달렸다고 되어있다. 12년 3월은 태풍이 불어 나무가 뽑히고 기와가 날아가는 큰 바람이 불었다. 그리고 여름인 4월은 우박이 쏟아졌다고 적고 있다. 안원왕 15년 3월 왕은 죽었다. 장지는 알 수 없다. 장안성에 옮긴 후 진陳 나라는 망한다. 고구려 24대는 양원왕이다. 다른 이름으로는 양강상호왕陽崗上好王이라고 한다. 죽은 후의 휘호는 평성平城이라 하여 안원왕의 장자이다. 총명하고 장대하고 웅장한 기상과 호걸적인 성품을 지녔다는 것이다. 양원왕 3년 7월은 백암 성白巖城을 개축했다고 되어 있다. 백암성은 본시 고구려의 백애성白崖城이다. 백애성을 백암성으로 개축한 셈이다. 백암성은 산서성 석양현昔陽縣 동남 60여 리에 있다. 후에 당나라가 고구려를 정복한 후 백암현白巖縣이라 했다. 원元 나라 때 백암성을 봉천 요양현遼陽縣 동북 57 리에 두었다고 했다. 양원왕 4년 봄이다. 예맥의 군사 4,000여 명이 백제의 독산獨山城을 공격해 왔다. 이때 신라의 장군 주진朱珍을 원병으로 보냈다. 백제의 독산이 있는 곳에 독산성이 있다. 이곳은 당나라 정명진이 사비성沙卑城을 공격하여 패한 뒤에 생긴 이름이 독산성이다.

독산성이 있는 곳은 세 군데다. 하나는 강소성 무석현無錫縣이며 서남으로 18여 리에 있고……. 또 다른 하나는 안휘성 봉양현鳳陽縣 동쪽으로 몇 리 떨어진 곳에 있는 것으로 기록되어있다. 또 다른 하나는 절강성 수창현遂昌縣 서쪽 80여 리이다. 삼국의 정황이나 백제의 강역을 살펴보면 가장 유력한 곳은 안휘성 봉양현 동쪽 몇 리에 있는 독산성이다. 양원왕 6년 1월 백제가 침략을 해 왔다. 고구려의 도살성道薩城이 함락 당했다. 고구려의 도살성은 도현道縣은 영양현永陽縣으로 수隋나라 때다. 영양현은 호북성 응산현應山縣 북쪽과 강소성 경계지역으로 하남성 확산현碻山縣 동북과 호남성 도현道縣 북쪽 그리고 호남성 영명현永明縣 남쪽이다. 또 하나는 안휘성 내안현來安縣으로 되어있다. 영양현은 호남성 도현의 북쪽이다. 이곳이 고구려 도살성이다. 양원왕 6년 3월에는 고구려가 대신 백제의 금현성金峴城을 공격했다. 금현성은 호북성 양양산襄陽山이다. 이곳이 양양현이며 호북성 양양부襄陽府에 있는 것으로 되어있다.

양원왕 7년 여름 북제北齊에서 파견사를 보내 조공을 바치러 왔다. 음력 9월이다. 그때 고구려는 당황하여 백암성으로 옮겨왔지만……. 일부 공격을 당했다. 그러나 고구려왕은 고흘高紇장군과 장병 만 명을 이끌고 돌궐 병을 물리쳤다. 그때 1,000여 명을 죽이고 포로로 잡았다. 그 후 신라병이 공격해 왔으므로 신라를 쳐서 열 개성을 탈취했다고 기록되어 있다. 8년에는 장안성을 쌓았다. 10년은 백제의 웅천성을 공격했지만 당할 수 없었다는 것이다.

양원왕 때는 동위東魏와 북제北齊가 유난히도 조공을 많이 바쳤다. 양원왕 15년 3월 왕은 죽었지만 장지도 어딘지 기록에는 없다. 고구려 25대 평원왕이다. 다른 이름은 평강상호왕平崗上好王이다.

죽은 후의 휘호는 양성陽成이다. 양원왕의 큰아들이다. 담력이 좋고 명사수였다고 한다. 이름을 선사善射라 한다. 평원왕 2년 3월에 왕은 졸본에 도달했다. 그곳에 소속돼 있는 경주군經州郡의 감옥에 갇혀 있던 두 사람을 제외하고 모두 들에서 죽었다. 두 사람은 누구인지는 기록이 없다. 그렇다면 경주군이 어디인지 알아보기로 한다. 경주군은 송나라 때 두었다가 금金나라 때 폐지했는데 그곳은 직예 성 옥전현玉田縣이라고도 했다. 직예 성이라면 앞에서 기록에는……. 하북성을 말한다. 그것도 일부 지방이다. 왕이 졸본에 이르렀다고 했다. 그곳은 경주군이다. 직예성 경주군이 졸본이다. 평원왕 3년 4월이다. 이상한 새들이 궁정으로 몰려들었다. 6월에는 큰물이 나고 11월은 진陳나라가 조공해 왔다는 기록이다. 평원왕 13년 7월에 왕은 패하敗河의 들로 사냥 갔다. 패하는 낙양에서 개봉현으로 흐르는 하남성에 속하는 들녘이다. 8월에는 궁실을 수리케 했다. 19년 후주後周의 고조高祖가 입법·사법·행정·대장군을 거느리고 요동군 개국공인 고구려 왕에게 배례拜禮하러 왔다. 23년 2월 안개가 자욱하고 별이 떨어지더니 비가 쏟아졌다. 7월에 우박이 떨어져 곡식이 다 죽어서 흉년이 들었다. 백성은 굶주림에 시달렸다. 왕은 신하들을 거느리고 나라 곳곳을 찾아다니면서 백성들의 아픈 곳을 위로 하였다. 평원왕 25년 2월에 왕은 급히 명령을 내려 군과 읍에 농사를 권장하고 뽕나무도 심어 잠업을 하도록 하였다. 이때는 수隋나라와 진陳나라가 조공해 왔다. 28년 도읍을 장안 성으로 옮겼다. 32년 진나라가 망했다는 소식을 전해들은 평원왕은 크게 놀랐다는 것이다. 평원왕은 요수遼水의 넓고 넓은 장강을 어

312

떻게 하면 좋을 것인가를 고구려 사람들이 생각해야 한다고 하였다. 그리고 많든지, 적든지 간에 진陳나라를 생각하지 않으면 안된다고 하였다. 왕은 진나라가 망한 것에 몹시 상심하고 신경을 쓴 것이다. 진나라는 처음 국명은 주周나라 이름이다. 다시 말해 주나라의 후국이다. 진나라가 도읍한 곳은 하남성 회양현이다. 그러니까 패수가 흐르는 가까이에 도읍하고 있었다. 진나라 무제 영정永定이 왕위에 오른 지 32년 만에 망한 것이다. 평원 왕은 32년 10월에 죽었으나 장지가 어딘지 기록이 없다. 고구려는 돌궐突厥과 가한可汗의 백성을 교육을 시킨 것이다. 고구려 26대 영양이 죽은 후의 휘호는 원元이다. 한편 대원大元이라고도 했다. 평원왕의 큰아들이다. 풍채가 준수하고 백성을 위하는 마음과 책임감이 강한 성품을 지니고 있었다. 말갈왕이 1만여 명의 군졸을 데리고 요서를 침략해 왔다. 다행이 영주營州 총관總管 위충韋沖이 물리쳤다. 여기서 영주는 하북성 영평 땅을 말한다. 영평부永平府는 직예성 노룡현盧龍縣이다. 노룡현은 상商 나라 때 고죽국孤竹國이 있을 당시 신창현新昌縣이다. 지금의 노룡현은 북경시에서 동쪽이다. 이곳은 요녕성과 가깝고 발해만이 있는 진황 도시의 서쪽이다. 그때 수나라 문제가 소문을 듣고 크게 노했다. 한왕漢王인 양량楊諒에게 명령하여 왕세적王世績의 원수元帥와 함께 수륙 30만 명의 적을 쳤다는 것이다. 영양왕 11년 1월 수나라 파견사가 조공을 가지고 왔다. 이때 대학박사大學博士에게 말하여 이문진李文眞에게 간략한 고사古史와 새로 모은 다섯 권新集五卷과 나라 초에 처음으로 사용된 문자와 그리고 사람에 대한 기사記事 100권과 유기留記와 각종 기록 등을 수정 보완하도록 하였다. 영양 왕 14년 왕은 파견 장군인 고승^{高勝}을 데리고 신라의 북한산성을 공격했다. 이때 신라왕은 군졸을 데리고 한수^{漢水}를 지나 피난 갔다. 신라의 북한산은 산서성 태원이다. 신라의 영토가 산서성 태원까지 갔다는 것이다. 고구려가 북한산 성을 공격하게 되자 신라왕은 북한산성에 있다가 남쪽인 한수를 지나서 피난갔다. 한수는 호북성 강릉 북쪽 형문시^{荊門市} 동쪽에서 무한시^{武漢市}로 흘러가는 강물이 한수이다. 산서성 태원인 북한산성에서 신라왕은 하남성을 거쳐 호북성 남동쪽으로 흐르는 한수까지 쫓겨 내려온 것이다. 북한산성은 태원에서 한수까지의 거리는 3,000여 리가 넘는 거리다. 한국의 서울인 이름은 신라와 고구려 때는 한자로 된 지명이 있지도 않았다. 현재 한국의 북한산 어디에도 신라 왕이 있었던 산성은 없다. 그리고 북한산의 동남에는 한수라는 강이 없다. 엉터리로 조작한다면 한강을 한수라 한다고 해도 옛부터 지금까지 한수라는 지명이나 강의 이름을 사용한 일도 없다. 그저 한수가 한강일 것이다! 북한산 이름을 북한산일 것이다! 라는 엉터리로 끼워 맞추기식의 소설적 역사를 조작하여 만들어진 것이! 현재 한국의 역사교육이다. 삼국사기 고구려 26대 영양왕 14년의 기록과 현재 지나 대륙의 지도는 역사적으로 지리적으로 톡 같다. 중국고금지명대사전 본문 494~277쪽 백제와 신라편기록에 의하면……. 영양왕 14년이면 고구려가 망하기 91년 전이다. 그때 신라왕은 신라 24대 진흥왕^{眞興王}이며 25대 진지 왕초기까지 일어난 일이다. 이 시기에는 현재 한반도에 한자로 된 땅 이름은 없고 순 우리말식 지명만 있었다. 예를 들면? 까막산·호란산

314

· 매바위산 · 대추나무골 · 싸리골 · 할매바위산과 · 같이 순 우리말식
의 땅 이름이었다. 지금 우리나라 서울에 있는 북한산은 신라 때
북한산이 아니다. 영양왕 18년의 기록을 보면 더욱 정확하다. 『고구
려본기자소봉지지高句麗本箕子所封之地』라 했다. 고구려는 때는 기자가 도
읍해 있었던 땅이라고 되어있다. 이곳은 섬서성 · 산서성 · 하북 등
여러 성들은 고구려와 백제 · 신라가 함께 존재했던 옛 지역임을
알 수가 있다. 백제본기에 있는 차하남지지惟此河南之地라는 자치통
감資治通鑑 201권 당기唐紀 17권 당나라 고종 이치의 기록에는? 당
기 17권 12월의 기록에는 다음과 같이 상재되어있다. 『무신조이방
토고려백제하북지민戊申詔以方討高驪百濟河北之民』라고 되어 있다. 이 말은
다음과 같다. 무신년에 왕이 명을 내려 여러 곳에 토벌을 했다. 고
구려와 백제는 모두가 하북 성의 백성이라고 적고 있다. 고구려와
백제의 백성들은 모두 처음부터 하북성에서 살았던 백성이다. 그
렇다면 삼국사기 고구려 영양 왕 때 기록이다.

"……."

요동성은 요녕성 요양현 북쪽 70 리에 있다고 지명사전에 1,298
쪽에 기록되어있다. 5월이 되었다. 모든 장수들은 왕의 엄중한 명
령 하에 일체의 군사 행동은 중지하고 있었다. 여러 사람들이 소식
을 알려왔다. 하지만 득이 될 수 없었다. 현재의 고구려 군사력으로
는 요동성을 공격하기 위해 출전한다는 것은 불리하였다. 당시로
서는 내영성 공수할 뿐이었다. 왕의 명령이 떨어지면 그땐 여러

315

군병이 공격할 것이다. 그러므로 상감의 명령만 기다리고 있었다. 이때 고구려가 만약 잘못한다면 항복 할 런지도 모를 일이다. 그러므로 군졸들은 요동성을 함락할 때까지 기다리지 않으면 안 된다. 6월 기미일이 되었다. 왕은 행차를 시작하여 요동성 남쪽까지 와서 형세를 바라보았다. 상감은 여러 장수를 불러 호되게 꾸짖었다.

"공들은 높은 벼슬의 관리이다. 그러므로 모두들 가문을 유지시키고 있지 않은가. 어두운 세상에 스스로 간사한 욕심으로 버티려고 한다면 공들은 도읍지에 돌아와 나를 만날 생각을 하지 말라"

왕이 하는 말에……. 신하들과 장군들은 두려워 병이 날 지경이었다.

"내가 다시 올 것이다. 정말 탐욕스러움을 갖고 있는 공들은 모두 참수를 시킬 것이다. 지금이라도 죽일 수 있다. 여러분들이 있는 힘을 다하느냐에 달려있다. 그렇게 할 때 나도 공들을 죽일 수 없을 것이다"

모든 장수들은 전쟁보다 더 두려워 아연실색하고 모두가 입을 다물었다. 상감은 유지성留止城 서쪽 몇 리를 돌아보았다. 삼국사기 영양왕 23년 여름에 나오는 유지성 기록은 없다. 영양왕은 유지성을 돌아본 후 6개성을 합하고 모든 성을 견고하게 지켜 함락당하는 일이 없도록 하라고 명령했다.

『좌익위대장군래호아수左翊衛大將軍來護兒帥』는 상감을 호위하고 도우는 대장군으로 특히 군신들의 가족을 책임진 총사령관임·경우에 따라서는 나라의 장수와 군병 가족은 물론 포로와 적의 가족까지도 맡아 처리하는 총책임을 진 사령관직을 겸임한 임무를 띤 호아장수·강회江淮의 수군으로 뱃머리와 배꼬리 부분까지 연결하여 수 백리 강에 띄우게 했다. 그리하여 선발대는 패수를 지나 평양성이 있는 60여 리에 도달하게 하였다. 강회의 수군이라면 강소성과 안휘 성의 북방지역을 말한다. 이곳에서 북쪽으로는 패수에 연결되며 서안 낙양이 있는 평양 성 강을 따라 올라가는 것을 의미하고 있다. 패수는 하남 성 개봉 현에서 서안까지를 패수浿水라고 한다. 삼국사기 고구려 영양 왕 때 기록에서 나타나 있듯이 영양 왕은 강회에서 수군을 편성하여 패수를 거쳐 평양 성이 있는 60여 리 지점까지 선발대가 진입한 것으로 기록하고 있다. 이 문장을 살펴보면 고구려는 이미 평양 성을 빼앗기고 다시 탈환하기 위해 진격하는 장면이다. 고구려 25대 평원 왕 28년에 도읍지를 장안 성에 옮겼다는 기록이 있다. 그런데 26대 영양 왕 23년에는 왕이 평양 성 60여 리까지 선발대인 장회수군을 이끌고 패수를 거쳐 올라 갔다는 기록을 보면 평원 왕 이후에 평양 성을 빼앗기고 다시 찾기 위해 진격한 것으로 해석할 수밖에 없다. 그렇지 않다면……. 무엇 때문에 강회 수군의 대군을 이끌고 패수를 거슬러 평양 성 60여 리 까지 선발대가 공격할 수 있을 것인가가 의문이다. 고구려 군사가 진격하여 올라가자 적을 서로 만났다. 호아장수는 공격하여 대패시키자 크게 만족하고 승리의 기쁨을 타고 성을 빼앗았다. 부총관이었던 주법상周法尙이 말렸다. 호아장수는 듣지 않고 계속 진군하였다. 호아장수가 훈련된 군사를 수만 명 이끌고 성 밑에

317

이르렀을 때이다. 이쪽 장수와 복병들이 성 내외에서 그리고 관사에서 일제히 출병하여 공격해 왔다. 그때 호아장수는 실패한 것을 몹시 후회했다. 호아장수는 쫓기다시피 성을 들어갔으나 따라 오던 병사들은 볼모로 잡히고 말았다. 호아장수는 다섯 사람의 부대장수와 달리고 있었다. 뒤를 돌아봤을 때는 아무도 없고 다섯 명의 부대원과 쫓기고 있을 때마다 갑자기 복병들이 나타났다. 호아장수는 크게 패했다. 겨우 살아서 돌아온 장병은 불과 수천 명이었다. 아군 즉 고구려는 남은 배를 끌어 모았다. 주법상에게 진지를 다시 정비하도록 명령했다. 그리고 기다리라는 명령을 내림과 동시에 고구려군은 후퇴하였다. 호아장수는 군병을 끌고 다시 바다의 포구로 돌아왔다. 결단성이 없었음을 후회했다. 그리고 때를 기다려 기회가 올 때까지 머물면서 자기 군사와 만날 것을 기다렸다는 기록이다. 수나라 군사와 싸워 패한 후 군사를 정비하기 시작했다.

검교우위檢校右衛 호비虎賁와 낭장위인郎將衛 문승文昇은 증지增地로 출발하게 하였다. 다른 모든 일행은 압록수 서쪽과 좌익위대장군인 우문술 등의 군사들은 출동하기로 했다. 머리 가는 두 진에 온 병사들은 사람과 말이 먹을 수 있는 양식을 100일 동안 공급받을 수 있게 했다. 그리고 창과 무기·갑옷과 화약·병기 등은 충분히 공급할 수 있도록 하였다. 사람별로 곡식을 30말씩 갖도록 하였다. 그리하여 양식을 맡을 자는 책임을 지고 전쟁에 이길 수 있도록 도와야 한다고 명령을 내렸다. 만약 쌀과 곡식을 버리는 자는 참형을 한다고 하였다. 그러나 일부 사병들이 장막 아래서 살짝 굴을 파고 묻어 버리고 순간적으로 길거리로 걸어 나오는 행동을

318

하였다. 장수들은 양식을 아끼려고 최선의 노력을 다했지만 어쩔 수 없었다고 기록하고 있다. 을지문덕은 왕의 파견대신으로 적의 진영에 가 알리고 거짓 항복을 하였다. 적의 진지와 동태를 살피기 위함이라 적고 있다. 우중문은 선봉에서 밀지를 가지고 있었다. 왕을 만나기 위해서는 을지문덕이 오면 반드시 사로잡겠다고 했다. 우중문은 을지문덕을 잡으려고 벼르고 있었다. 상서우승尙書右承은 정승인 유사룡劉土龍이 우중문을 말리며 위로하였다. 우중문이 듣건대 드디어 을지문덕이 돌아왔다고 하였다. 을지문덕은 돌아와 후회하였다고 기록하고 있다. 중국고금지명대사전 821쪽이다.

영양왕 23년경이다. 왕은 우중문에게 물었다. 어떻게 하면 적을 이길 수 있는가를 말하라 하였다. 그때 여러 장수들을 모아놓고 의견을 타진했다. 우문술이 마하기를? "부득이 여러 장수들과 함께 강물을 건널 장수는 을지문덕밖에 없다"고 했다. 을지문덕은 우문술을 바라보며 말하기를? "지금 군사는 굶어서 얼굴색이 말이 아니다. 피곤해서 군졸들은 매번 싸워봤자 달아날 것이다"라고 말하자? ……우문술 장군은 대답하기를? "하루 중 일곱 번을 싸워도 모두 이길 것이다. 반드시 승리할 것이다"라고 했다. 군신들의 회의가 열렸다. 살수薩水 건너려면 동쪽을 향해 진군해야 한다. 살수를 지나면 평양성이 30여 리다. 여기서 산을 배경삼아 진영을 치고 을지문덕은 거짓으로 항복하려는 파견사로 보내야 한다고 우문술이 말하였다.

"빠르게 당장 왕조에서 행함이 있다 하더라도 보다시피 우문술의 군졸은 피곤과 병에 시들고 있어 다시 전쟁을 하는 것은 불가능할 것이다. 그리고 평양성은 워낙 험하고 견고하므로 난공불락이다. 그러므로 을지문덕이 거짓으로 항복한다 해도 되돌아 올 것이다. 우문술은 진지를 향해 돌아가야 한다. 고구려 군사는 사면을 공격하거나 노략질하는 데 그칠 것이다. 우문술이 전쟁을 하고 또 해도 같을 것이다."

7월이 되어 살수에 도착했다. 군졸들은 반만 건넜고 고구려 군사들은 계속해서 후군後軍이 당도하였다. 우둔위장군이던 신세웅이 전사했다. 그러므로 제 군사의 진영은 궤멸하다시피 무너지고 불가항력이었다. 장병들은 달아나 도망치고 돌아가는 자도 있었다. 하룻밤에 압록 수에 이르고 하루에 행군을 450리를 하였다. 고구려 군사는 상당히 기력을 잃고 있어 우문술도 패하였다. 유독 문승일文昇一 장군만 온전했다. 나머지 9군九軍은 요동에 도착하게 하고 무려 30만 5,300여 명이 요동성에 돌아오게 됐다. 유독 온전히 남은 것은 2,500여 명이다. 병기는 1만여 개 남았을 뿐 모두 잃어버렸다. 왕은 크게 노했다는 기록이다. 이 당시 고구려는 수나라 군사와 백제 군사가 어우러져 삼파전三派戰으로 싸웠기 때문에 전력의 낭비가 대단히 심했던 것이다. 영양 왕 24년 1월이었다. 영양 왕은 천하에 징병을 탁 군涿郡에서 모집했다. 탁 군이라면? 고구려 말기이므로 섬서성 경조京兆이다. 경조라면 탁현涿縣으로 장안 성 동쪽에 있는 화현華縣의 땅이다. 고구려 영양 왕 24년이면 AD 587년이다. 고구려가 망하기 81년 전이다. 이때 지나 대륙 중원인 경조……. 즉? 서경인 서안에서 영양왕은 천하에 징병을 모집했다는 것은 역사 공부를 하면서도 듣지도 생각할 수도 상상할 수도 없는 기록이 삼국사기 고구려본기에 있었다는 것은 놀라운 일이다. 탁록涿鹿은 하북성 서부지방이라면 탁현이나 탁군은 섬성성 서경이었던 장안성 동쪽 화현의 땅이다. 지금으로부터 1,409년 전만 하더라도 고구려 26대 영양왕 24년 1월에 지나 대륙 중원 땅인 서안인 장안성 동쪽 탁군에서 왕은 천하에 있는 장병을 모집을 하였다는 것은 위대한 역사의 발자취를 찾은 것이다. 탁군에서 모집한 장병은 효과적으로 훈련시키기 위해 수리한 요동고 성遼東故城에서 훈련을 했다. 그리고 군량도 저장했다. 고구려는 천자의 나라임을 과시한 셈이다. 개소문蓋蘇文은 영류 왕을 시해했다. 영양왕 25년 2월이다. 왕은 모든 백관과 군신들을 소집했다. 고구려가 망하느냐 흥하느냐를 놓고 의논했다. 그러나 군신들은 유구무언이었다. 천하에 징병을 소집했으므로 고구려가 나아갈 길은 오직한길뿐이다.

……모든 준비가 모두 갖추어져 있으므로 나아가야 한다고 하였다. 7월이다. 왕은 멀리 있는 진지로 떠날 때이다. 이때 천하에 난이 일어났다. 군사를 모집한 징병 자들이 때를 잃고 가버리고 오지 않았다. 다시 나라가는 곤란에 빠지게 됐다. 이때 호아장수가 찾아와 비사 성卑奢城에 이르렀다. 고구려 병력은 전세가 좋지 않았다. 그러나 호아장수는 공격하여 전승을 했다. 이어서 호아장수는 평양 성을 점령을 한 것이다. 파견사들은 굴복하면서 항복해 왔다. 영양 왕은 크게 기뻐하며 급히 곡식 열 말을 정사政事들에게 나누어 보냈다. 사절단과 함께 호아장수는 불려와 돌아왔다. 왕은 원진遠鎭의 자격을 호아장수에게 주었다. 그해 10월에 영양 왕은 서경西

京은 지금의 서안西安으로 돌아왔다는 기록이다. 29년 9월에 영양왕은 죽었다. 영양왕의 장지는 알 수가 없다. 고구려 27대 영류왕은 죽은 후의 휘호가 건무建武이다. 일명 성城이라고도 했다. 영양왕의 이모의 동생이다. 영류왕 2년 2월 당나라는 파견사를 보내 조공을 가지고 왔다. 왕은 파견사를 보내 당에 있는 역서를 가지고 오도록 청구했다. 형부상서刑部尚書는 刑을 집행하는 장관……지금의 『법무부장관』격인 심숙안沈叔安은 상감에게 다음과 같이 말하였다. 상주국上柱國으로 국왕을 모시는 나라는 고구려 왕밖에 없었다. 요동군 고구려 왕에게서 도사道士↔도를 통한 선비의 명을 받고 하늘에서 도법을 내려주어야 한다. 도를 통한 선비는 하늘의 명에 따라 도가 열리면 요동군의 천자의 나라인 고구려가 도사를 명해야 한다. 『이 말은 자연법에 따라 강론한 노자의 말이다』그러므로 왕이나 백성 그리고 군신도 모두 들어야 한다고 적고 있다. 음력 12월 당나라에 파견사를 보내 조공을 가지고 갔다. 영류 왕 8년이다. 당나라는 파견사를 보내왔다. 불과의 「佛·깨달음의 진리·노老 노자의 도법」학문을 배우고 싶다며 고구려 영류 왕에게 허락을 받으러 왔다. 9년 신라 와 백제는 파견사를 보내 당나라에게 말하였다. 고구려의 길을 완전히 막아 버려야 한다고 당나라에게 상언이라『上言이란? 윗사람에게 말』하였다. 그러나 사신은 부당하다고 하였다. 대국을 자주 침탈하는 것은 득이 없다고 하였다. 제왕이 파견한 산기시랑인 「散騎侍郎이란 상감을 모시는 기마병 대장」주자 사朱子奢는 말하기를 "왕을 받들어 모시는 표시로 사죄하고 상호간에 고하고 알리면서 화합하는 것이 두 나라를 위해 평화를 유지하는 것이다"라고 하였다. 영류 왕 11년 9월이다. 당나라에 사신이 찾아왔다. 당나라에 간 사신의 말에 의하면 당나라를 통해 돌궐과 힐리, 그리고 가한 등의 나라를 모두 침략을 하여 널리 합병하게 하여 당나라를 상위 나라로 모시는 경사스러움을 갖는 것이 어떠냐고 하였다. 영류 왕 12년 8월이 되었다. 신라 장군인 김유신이 고구려 요동의 동쪽을 침략해 왔다. 그리하여 고구려 낭비 성娘臂城을 격파시켰다. 9월 당나라에서 조공하러 왔다. 14년 당나라는 파견사를 사마장손司馬長孫을 어른으로 하고 광주廣州로 보냈다. 수나라의 전사자의 해골을 제사지내기 위해 묘소가 있는 제사지내는 곳으로 보냈다. 그 당시 서경에서도 많은 사람들이 참관하러 왔다고 되어 있다. 영류 왕 14년 2월에는 왕이 직접 많은 사람을 움직여서 장 성長城을 쌓았다. 동북에 있는 부여 성과 동남으로 바다 가까이에 1,000여 리의 장 성을 쌓았으며…… 16년의 공사를 통해 완성되었다. 영류 왕 24년 음력 10월이 되었다. 신라가 침입해 오므로 신라 북쪽 변방에 일곱 겹으로 성을 쌓았다. 그러나 신라의 알천閼川장군은 일본 겹으로 쌓은 성 밖으로 역습해 왔다. 고구려 군사는 패하고 말았다. 23년 2월이다. 고구려 세자 환권桓權이 조공을 가지고 당나라에 갔다. 당나라 태종은 『太宗 이름은 李世民 칭호는 貞觀』세자 환권을 위로하였다. 특별히 후한 대접을 하고 고마움을 표시했다. 그리고 세자인 환권은 언제든지 당나라에 와서 국학을 할 수 있도록 배려하였다. 9월에 달과 해가 빛이 3일 구름에 가렸다가 3일 비가 그쳤다. 삼국사기 영류 왕 23년의 기록에서 보면 고구려는 이때부터 서서히 나라가 지탱하기가 어렵게 흘러갔다. 조공을 받던 나라가 이제 조공을 해야 하고 고구려 세자가 당나라에 조공을 바치고 당태종에게 위로 받는 장면은 무상함을 다시 한 번 느끼게 한다. 강자약식强者弱食의 법칙은 자연계에서 존재한다고는 하지만 인간사회처럼 변화무쌍한 영고성쇠榮枯盛衰는 없을 것이다. 고구려의 운명은 44년이면 패망할 것을 자연계는 미리 알고 있는 듯하다! 엄청난 자연의 현상 앞에선 한 나라도 인간도 어쩔 수 없는 숙명적인 것임을 느끼게 하는 글이다. 영류 왕 24년이다. 사람의 일은 정말 알 수 없는 일이다. 특히 수나라가 망하고 남은 군졸들과 친척들·그리고 사람들은 모두 눈물을 흘리는 것을 보고 예부터 선비는 여자와 도를 모두 가질 수 없음을 깨달았다. 왕은 진영을 철저히 갖추고 군병들은 호위하고 있었다. 그때 눈길을 끄는 사자가『使者·사신·있었다. 대덕大德은 사신을 받드는 자로서 나라가 허약함이 엿보인다고 하였다. 그 말을 들은 상감은 대덕을 불렀다. 그때 상감은 기뻐했다. 한 사람의 인재가 필요했던 시기였기 때문이다. 대덕이 상감에게 아뢰기를? "그 나라는 고창 국高昌國인데 망했다는 소식을 듣고 크게 놀랐습니다." 라고 했다. 고창 국은 ……곤륜산의 북쪽에 있다. 지금의 신강 성 서남쪽에 고창을 말한다. 그러한 일은 언제나 있는 일이라 했다. 이때 영류왕은 말하기를 고구려는 사군의 땅에서 발전을 했다고 했다. 사군의 땅이라면 낙랑·임둔 현도【서경은 즉? 西安】진번을 통할한 땅이 모두 고구려 영토였다. 왕 자신이 능력이 부족하여 수만의 병력으로 요동을 공격했지만 결국 나라를 구하지 못했다고 한탄을 했다. 별도로 파견사를 통해 배를 타고 동래 바닷길을 따라 평양 성으로 가려했다. 이때 평양 성은

현재 북경 남쪽에 있는 서주徐州에 있었다. 수륙을 합세하여 평양
성을 탈환하려 했으나 난공부락이었다. 산동에 있는 주와 현을 휘
젓고 다녀도 피로만 쌓이고 수복하지 못했다. 상감은 피로가 과중
하여 욕심을 버리기로 했다는 기록이다. 삼국사기 본문에서 영류
왕 24년의 기록을 보면 산동성에도 평양성이 있는 것으로 되어있
다. 고구려가 후퇴할 때 서경에서 낙양으로…… 그리고 지금의 하
남성 안양安陽으로 평양성을 옮긴 것이다. 옛날은 지금의 안양이
산동 성 안양이었다. 요즘 중국지도는 하남성 안양시로 되어있다.
그렇다면 영류왕은 산동성에 있는 평양성이라 했으니 옛날 안양
·즉 평양성을 공격한 것이다. 영류왕 25년 1월이다. 당나라 파견사
가 조공하러 왔다. 이때가 기원후 625년이다. 고구려가 망하기 전
43년 전이다. 영류왕은 서부의 대인이던 개소문蓋蘇文을 감독으로
장성을 쌓는 역사를 책임지게 했다. 그해 10월이다. 개소문은 영류
왕을 죽여 버렸다. 음력 11월 당나라 태종 이세민은 왕이 죽었다는
소문을 듣고 애도의 뜻을 전했다. 그때 물품을 300단을 조문 사를
보내 위로 하였다는 기록이다. 영류왕의 장지는 알 수가 없다. 고구
려 28대 왕휘장王諱臧은 다르게 보장왕寶臧王이라고도 한다. 보장
왕은 웃지 않는 왕이고 했다. 건무 왕의 동생인 대양왕大陽王의 아
들이다. 건무왕은 고구려 27대 영류왕이다. 그러나 대양은 어느 나
라 왕인지 알 길이 없다. 영류왕의 동생이 대양왕이라 했다. 다른
제후국의 왕이었음이 분명하다. 고구려 말기에 고구려 제후국이
있었음을 알 수 있다. 그러나 어떤 나라인지 나라 이름은 알 수
없다. 다만 뚜렷한 것은? 영류왕의 동생인 대양왕의 아들이 보장

왕이다.

천개소문泉蓋蘇文이 영류왕을 죽인 후 왕위에 오른 사람이 보장왕이다. 보장왕 원년이다. 신라가 백제를 침략을 하려고 했다. 이때 김춘추는 굶주린 사자처럼 쳐야 한다고 했다. 그러므로 꼭 나아가지 않으면 안 된다고 적고 있다. 2년 3월이다. 연개소문이 왕에게 말하기를 "우리 고구려는 세 가지 가르침에 비해 하나도 제대로 옳은 것이 없으므로 지금이라도 유교나 불교의 깨달음을 병행한다면 반드시 일러난다."고 했다. 특히 도교는 아직도 성장하지 않은 단계에 있으므로 천하에 도술을 갖추었다고 할 수 있다. 고구려는 "당나라에 엎드려서라도 청하여 도교를 구하여 백성들을 가르쳐야 한다"고 하였다. 왕은 깊은 생각에 잠겼다. 그리하여 당태종에게 진정으로 간청하기로 했다. 당태종은 도사 숙달叔達 등 8명을 파견하였다. 겸하여 노자 도덕경老子道德經을 선물 받고 매우 기뻐했다. 그리고 승려와 절도 한꺼번에 갖게 되었다. 윤 6월 달이다. 당태종 이세민은 천개소문이 영류왕을 죽인 것을 보고 참을 수 없어 국정을 전적으로 전담해 보살피기로 했다. 지금 당나라는 지금 고구려를 병력으로 취하지 아니하면 어렵다고 보았다. 단? 고생하는 백성들에게까지 욕심을 내지는 않기로 했다. 당태종이 말하기를……

"내가 욕심을 내지 않는다면 글란과 말갈 등이 사신을 보내거나 아니면 고구려를 칠지도 모른다. 장손長孫은 금지하는 것이 없는 것이다."

이 말은 당나라가 먼저 고구려를 차지해야 한다는 뜻이다. 이에

"천개소문은 대죄를 지었음을 스스로 알아야 한다고 하였다. 그러므로 당나라는 고구려 같은 대국을 토벌해야 한다"는 논리를 내세웠다. 그리하여 엄중 경계하고 수비하였다. 이때 고구려 보장왕은 이런 저런 사실을 알고 민첩하게도 나라를 보호했다. 고구려는 상주국上柱國으로서 요동군의 공公의 윗자리인 고구려왕으로서 나라를 보호하기 위해 민첩하게 취하지 않을 수 없었던 것이다. 9월이다. 신라의 파견사는 당나라와 야합하여 백제를 공격하고 고구려의 40여 개의 성도 탈취했다. 고구려는 성을 되찾기 위해 원정 병을 요청했지만 헛수고였다. 15일 밤은 밝은데 달은 보이지 않고 많은 유성들이 서쪽으로 흘러갔다는 기록이다. 3년 1월이다. 신라는 당나라에게 조공을 보냈다. 제왕帝王의 명을 받은 사농승은?

『사농승司農承? ……당나라 때 종6품 벼슬 ……상리相里는? 현장법사의 칭호·현장은→신라와 당나라 때 큰스님! 일명 현장법사라고도 함·지금도 서안에는 현장 스님의 기록이 있다』

옥새와 서책을 가지고 와서 상감에게 다음과 같이 말하였다.

"신라는 이미 당나라에게 모든 것을 완전히 맡긴 상태이므로 조공을 받을 필요가 없다. 가까이 있는 백제 또한 같다. 그러므로 병기와 군병을 마땅히 모아야 한다. 만약 다시 공격하지 않으면 명년에 군사를 동원시켜 가까운 나라부터 공격해야 한다."

당태종이 아끼던 현장법사 스님은 자기 처소로 들어왔다. 이 시기에 개소문이 장병을 이끌고 신라를 공격하였다. 그리하여 양쪽에 있는 두 성이 파괴되었다. 왕이 사신을 황급히 소환했다. 돌아온 현장은 신라가 공격을 당했다고 했다. 개소문은 두고두고 나와 신라에게는 틈만 나면 "원수 같은 놈이다"라고 현장은 말하였다. 이런 와중에서 수나라 사람들이 나라가 망한 후 도둑이 되어 나라 안팎으로 돌아다니기 시작했다. 수나라 도둑에 의해 신라는 간간이 땅을 500여 리나 빼앗겼다. 신라가 빼앗긴 성과 읍을 의지하여 살기에는 안성맞춤의 땅이었다. 수나라 도둑들은 자기의 땅이 아닌데도 계속해서 신라 땅을 침범해 왔다. 그렇게 되자 신라 군사는 두려워 싸울 능력을 잃고 말았다. 현장은 말했다. "기왕지사 생긴 일이니 다시 설명을 할 필요가 없다. 이제부터 요동의 여러 성들은 처음부터 모두 중국의 ……군과 현이므로 중원의 나라에 대해서는 이후 다시 말하지 말자"고 했다. 이런 와중에서 고구려는 빼앗긴 중국 즉 중원의 나라인 고토를 반드시 구하고 찾아야 한다는 각오를 다짐했다. 이때 막리지는 궁리 끝에 따르지 않겠다고 했다. 현장 법사가 돌아왔다. 말을 정리하여 당태종에게 진상을 아뢰었다. 당태종이 말하기를?

"개소문은 임금을 죽였으므로 대적大賊의 신하이다. 그리고 백성들에게도 잔악한 사람이다. 지금 내가 명령하는 것을 어긴다면 완전한 토벌은 불가할 것이다"

협박을 했다. 7월이 되었다. 왕은 장수를 앞세워 출병했다. 홍요

洪饒는 상감의 명령을 받고 강 주위에 있는 세 개 주州에 배를 모아 400여척을 띄웠다. 그리고 군량미도 충분히 비축하여 두었다. 영주 도독과 장검張儉 등이 책임지기로 했다. 영주는 산동성 청주 동북에 있는 요동 땅이다. 영주와 유주幽州는 현 북경에 있는 두 도독병都督兵을 집결시킨 다음 선봉으로 요동에 있던 글란과 해나라와 말갈을 선두에서 공격했다. 그들을 바라보는 기세는 대단했다. 이어서 대리경 벼슬을 했던 위연韋挺과 궤수궤輸 두 명의 사절을 하북성에 있는 여러 주로 파견하였다. 이들은 모두 도망자를 참수하는 일을 관리하는 중책을 맡았다. 이름 하여 수연절도사受挺節度使라 한다. 수연절도사는 모든 일을 듣고 편리한 대로 공정하게 처리할 수 있는 중책을 지녔다. 다음으로 대리소경大理小卿 ↔ 대리경의 다음 벼슬은 책임을 지고 있는 숙예鷫銳는 하남성 여러 주에 곡물이 바다 쪽에서 들여오는 것을 철저히 감시 감독하는 직책을 주었다. 9월 막리지는 백금을 가지고 당나라에 조공하러 갔다. 저수량이 말하기를······.

> "막리지는 임금을 살해한 자이다. 구이九夷란 모든 동이들을 가리키는 말들은 도저히 용서하지 않을 것이다. 지금 막리지 장군을 죽여야 한다."

백금을 가지고 왔을 때 마다. 이름을 걸고 마땅히 죽여야 한다고 했다. 그러나 신하들은 불가능하다면서 실행을 안하 자. 왕은 사신들의 말에 따랐다. 막리지는 파견된 벼슬아치로 50일을 묵고 있는 동안 막리지의 숙소를 당나라의 신하들에게 경비를 하라고 했다.

나라에 무관 벼슬한 사람과 관리들이 모두 막리지를 역모자이기 때문에 사형을 시켜야 한다고 했다. 여러 무관들이나 관리들이 역모로 몰아 죽이는 것은 다시 원수를 갚는 복수가 되기 때문에 불가하다고 하였다. 또다시 놀아나는 망언을 하거나 대국을 기만하는 일이 있을 때는 큰 죄로 다스리겠다고 했다. 그런 일이 있으면 대리경이 『형법을 다루는 최고 책임자』 알리라고 하였다. 보장 왕 2년 10월이 되었다. 평양에는 오염된 눈이 내렸다. 왕은 장군을 죽이지 못함을 못내 아쉬워했다. 서경에 있던 늙은 노인들의 말에 의하면 요동은 옛 중국의 땅이라고 하였다.

……앞서 야기한바와 같이 중국이란? 중원의 땅을 말하며 고구려의 땅임을 강조하는 문장이다. 요동이란? 서안을 기준함.

막리지는 도적들에게 죽었다. 임금과 장군들과 노인들의 말은 자기가 저지른 죄는 자기 나쁜 행동 때문에 당하는 업보라고 말했다. 자기가 살아오면서 행동에서 나온 일이 운명이라는 뜻이다. 세상은 모든 것이 인과응보因果應報의 법칙法則에서 일러난 것이라 보아야 한다. 음력 동짓달이다. 보장왕은 낙양에 도착을 하였다. 그전에 의주자사宜州刺史 정천숙의 벼슬을 치하하기 위해서였다. 그 공로는 고구려가 수나라 양제를 토벌한 공로였다. 왕은 군신들을 모두모아 물었다. 군신들의 대답은 이러했다.

"요동으로 가는 길은 멀고 양식을 운반 보관하기도 매우 어렵다.

더구나 험난한 길이 막혀 옮기기가 매우 어려우나 동이들은 착하기 때문에 성을 잘 지킬 것이다. 무슨 일이든 별안간에 하려면 불가하다"

그러나 왕이 말하기를 "오늘은 앞전의 수나라 때와는 다르다. 수나라 때와는 비유하지 말라"고 했다. 군신들은 가만 듣고 있었다. 형부상서『형법을 관장하는 장관』장량張亮을 평양 도행군대총관의 직책을 주고 일부 장수와 강회江淮 물줄기가 흐르는 단순한 좁은 협곡의 산 고개에 4만 명의 병력을 주둔시켰다. 강회라면 강소성과 안휘성 땅을 사이에 두고 흘러가는 양주楊州의 강물이다. 장안과 낙양에서 모집한 병사 4,000여 명과 전함 500척은 산동성 내 주萊州 앞바다를 덮으면서 평양성을 향해 빠르게 직격을 했다. 그 때는 당나라 태자는 요동 도행군대총관 이세적李世勣에게 건의를 했다. "장수와 보병과 기마병 3,500여 명과 난하는『蘭州와 河州』두 주를 항복시키고 요동을 속국으로 만드세요"했다. 또한 "양 군사가 연합을 하여 유주幽州 집결시키세요."라고건의를 하였다. 유주는 지금의 북경이다. 안라산安羅山에선 먼 거리고 가까운 거리에서 모집해온 병사들과 무기로 공격하였으나 도저히 이길 수 없었다. 고구려 보장왕은 친히 손해를 많이 본 것을 인정을 했다. 모든 것이 천하를 편리하게 다스릴 수 있는데……. 고구려 개소문이 상감을 죽였기 때문이라며 백성들이 주범을 죽이라고 아우성이었다. 옛날 수나라 양제가 잔악하고 포악한 짓을 할 때 고구려왕은 백성을 사랑하였다.

"어찌 생각할 수도 없는 이런 난잡한 군이 있겠는가! 모든 백성
들이 안락하고 평화를 좋아하지 않을 사람이 어디 있겠는가! 평화
와 안락을 깨뜨리는 행위는 도저히 성공 할 수 없다. 그러므로 반드
시 이길 수 있는 다섯 가지 도의 길을 간략하게 하달한다"

이상과 같이 포고령이 발동되어 모든 준비를 갖추었다. 다시 말
해 군사를 정비하고 보니 3분의 1이 죽어 버렸다. 상감은 군사들에
게 칙명을 내렸다. 기가 죽어있던 군병이 동료들의 죽음을 생각하
여 죽을 각오로 싸웠다. 그 결과 신라·백제·해·글란 등의 길목을
장악을 했다. 보장왕 4년 봄이다. 당나라 이세적은 유주까지 이르
렀다. 그 후 3월 상감은 정주에 『정주定州는 감숙성甘肅省 무성현武
威縣 실크로드로 가는 길목』 도착했다. 신하들이 아뢰기를 "요동은
처음부터 중국의 땅입니다"라고 했다. 중원의 영토가 서경인 서안
이 고구려의 옛터라는 말이다. 삼국사기 보장왕 본문에서 제왕이
정주까지 갔다는 기록이다. 당나라 장군 이세적이 군사를 이끌고
유주까지 왔으므로 반대편인 서역의 길목인 실크로드로 가는 감숙
성 무위 현인 정주까지 갔다는 것이다.

삼국사기 고구려 마지막 28대 보장왕 기록에서 이런 사건이 있
을 줄은 한국·중국·일본·사람뿐만 아니라 전 세계 역사학자들이
몰랐을 것이다! 아니? 믿으려 하지 않을 것이다! 그러나 정사의
기록이니 믿지 않을 수 없다. 고구려 역사가 삼국사기에는 기원전
37년으로 되어 있다. 그런데 위서魏書는 기원전 386년에 집필이 된
정사이다. 고구려가 생겼다는 삼국사기 보다 위서가 349년이나 앞
선다. 고구려와 백제의 기록이 위서에 있는 것을 보아도 고구려

↔백제의 역사는 오래 되었음을 알 수 있다.

신라의 기록은 없다. 위서 100권 열전 88에는 다음과 같은 나라들뿐이다. 고구려 → 백제·물길勿吉 실위失韋 두막루豆莫婁 지두우地豆于 고막해庫莫奚 글란契丹 오락후烏洛侯의 나라뿐이다. 그렇다면 고구려의 역사는 훨씬 앞섰음을 증명하는 것이다. 북한 학자들은 고구려 역사를 기원전 277년으로 보고 있고……. 한국은 기원전 37년으로 보고 있다.

위서에 나타난 한 부분만 보더라도 고구려는 엄청난 역사와 연대 그리고 강역을 갖고 있었음을 알 수 있다. 천산인 곤륜산에는 가려가라는佳麗 간판 글씨가 있다. 이것은 아름다운 고구려라는 약자이다. 이런 글씨가 지금도 많이 있다고 한다.

……고구려 마지막인 28대 보장 왕이 했던 말이다. "제군諸公들은 바라보아라! 그리고 헤아려 보아라! 내 곁에는 이렇게 두려울 게 없는 수백의 기마병이 있지 않느냐? 산천에서 바라보는 형상이 볼 만하구나! 가히 복병伏兵이 숨어서 활동하기 알맞은 곳이로다. 고구려 군사는 말갈과 합세하여 진영을 설치한 길이가 40리나 되었지만 어쩐지 왕은 두려운 기색이다! 강상에서 하나라 때부터 내려오던 왕도王道의 종주국인 고구려가 이제 서서히 기우는 나라가 되었구나. 왕도 장수도 막을 수가 없다. 평양을 반드시 방어해야 하지만 힘이 약했다. 임시라도 훈련된 고도의 군졸 5,000여 명만 있어도 근본의 뿌리를 되찾을 수 있을 것이다. 수십만이 넘는 군을 상대로 싸운다는 것은 불가하므로 항복하는 것이다."

그 말을 듣고 고연수가…….

"아직도 고구려는 강한 신하가 있다. 신하가 임금을 죽일 정도로 강한 나라이니 걱정할게 못 된다고 했다."

그런 말을 듣고도 왕은 허락을 안했다. 고연수는 얼마든지 싸울 수 있으니 믿으라고 했지만 이미 국운이 기운 상태가 되었다. 이세적은 보병과 기병 4,000여 명을 데리고 서쪽 고개를 넘어가며…….장손이 말하기를 "아무 꺼릴 것이 없다"고 했다. 우진달于進達 장군은 훈련된 병사 15,000여 명을 이끌고 어긋나게 진격을 했다. 산 북쪽을 출발하여 좁은 협곡에 이르러 충돌하게 되었다. 왕이 거느린 장수와 보병과 기마병 3,800여 명 등이 도와서 깃대가 누운 상태로 북을 서로 다투듯 두드리며 산으로 공격해서 거침없이 올라갔다. 왕은 군병들에게 명령을 했다. 그때 다시 격렬하게 북을 두드리면서 진격을 하였다. 밤하늘에서 큰 별똥별이 고연수 장군 진영으로 떨어졌다. 다음날 아침 고연수 장군과 같이 당나라 장수 이세적과 만나서……. "계속해서 욕심을 갖고 싸울 것인가 말 것인가" 의논했다. 왕은 멀리서 바라보고 있었지만 군의 진지에서는 병사들의 움직임이 없었다. 얼마 후 작전 명령이 하달됐다. 북이 울리고 깃대가 높이 오르고 모든 군사들이 북 울리는 소리와 군사들의 고함소리! 그리고 진군하는 소리는 마치 까마귀가 때를 지어 우는 소리같이 요란하고 불길했다. 고구려 장수 고연수는 두려웠다. 욕심 같아서는 왕을 호위하는 군사까지 동원하고 싶었다. 그러나 이미 진지는 흩어지고 있었다. 다시 모으려 해도 적들은 뇌성벽력과 같았다. 이리 번쩍 저리 번쩍했다. 용문인 설인귀薛仁貴는 이상한 옷을 입고 큰 소리를 내고 진영을 함락^{陷落}을 시켰다. 내성 벽력같 은 소리를 대 지르면서 공격을 해 오는 적을 바라보고는 도저히 방어를 할 병졸이 모자랐다. 고구려 군사는 이리저리 달아나거나 흩어졌다. 대군은 순식간에 무너졌다. 그때 죽은 자는 3만여 명이 었다. 상감이 설인귀를 바라보았다. 어쩔 수 없어 설인귀 장군에게 항복한다고 하였다. 고구려 장수 고연수 등은 산처럼 꼿꼿이 있었 다. 제왕의 명에 따라 모든 군병은 포위되었다. 그러나 장손^{長孫}은 아무 일 없을 것이라며 상호간에 교량 역할을 하였다. 고연수와 고혜진이 가는 길은 차단되었다. 그때 23,800여 명이 항복했다. 군 에 입문한 사람도 모두 순순히 항복을 따랐다. 왕의 명에 따라 뒤 에서 도와주던 벼슬아치와 관리 등 5,500여 명이 내지^{內地란?} ^{西京}로 옮겨왔다. 남은 사람 모두와 일하던 사람들은 평양에서 돌아왔다. 또 말갈 사람 3,300명도 함께 빠져버렸다. 말이 10,000여 필, 소가 23,000여 마리를 비롯하여 투구와 국가 보물 등이 10,000여 점, 그 리고 기계류 등을 모두 빼앗겼다. 이상과 같은 상태에서는 고연수 장수에게 홍려경^{鴻臚卿}의 벼슬을 고혜진 장수는 사농경^{司農卿}의 벼 슬을 주어도 오골성^{烏骨城}인 안시성과 평양을 반드시 지킬 수 없을 것이다. 그리고 백암성을 꼭 이겨서 찾도록 당부했지만 어려울 것 이라고 했다. 이때 당나라 장수 이세적은 말하였다.

"내가 듣건대 안시성은 매우 험난하므로 고도로 훈련된 정병이 필요하다. 그 성의 주인인 성주가 아무리 용맹하다 하더라도 막리 지가 난을 일으킨다면 성을 지킬 수 없을 것이다. 그러므로 막리지 를 공격해야 한다면 불가능하지 않을 것이다."

이때까지만 해도 안시성은 안전하게 버티고 있었다는 것이다. 그러나 안시 성에 있던 병사들은 전쟁에 패한 뒤 모든 물자가 약탈을 당해 먹고 살아가는데 필요한 식량이 부족했다. 만약 공격을 했다면 불시에 공격을 당할 수 있었을 것이라고 했다는 기록이다. 제왕은 3일간 계속해서 눈물을 흘렸다는 것이다. 제왕은 장수들을 소환했다. 개소문에게 상감이 활과 입던 옷을 주면서…….

> "받지 않겠다고 사양하지 말라. 그리고 더 이상 교만하지 말라. 파견사가 받들어 표시하거든 거짓말로 속이지 말라. 그리고 당나라 사신이 거만하다고 함부로 대하지 말라. 또 엿보거나 틈을 타서 살피고 다른 헛된 짓을 삼가라. 이 이후 여러 차례 칙령을 보내는 것은 절대로 신라를 공격해서는 안 된다. 만약 업신여기고 침략한다면 용서하지 않는다."

당태종은 조공을 받으면서 상명上命을 내리기 위해 다시 토의하였다는 기록이다. 보장왕 5년 5월의 삼국사기의 글에는 특이한 내용이다. 당태종이 개소문에게 당부하는 말 중에 절대로 신라를 업신여기고 공격하면 끝장이 날 것이라고 협박을 하는 글이 있다. 이 글귀는 당나라와 신라가 예사롭지 않은 사이 임을 알 수 있다. 그리고 당나라와 신라와 이웃 간에 있으면서 신라의 힘이 부족하여 침략을 받거나 공격을 당할 염려가 많다는 점을 들 수 있다. 신라를 업신여기고 공격하지 말라고 경고하는 당나라 태종의 서릿발 같은 말은 이미 고구려의 국운이 다 됐음을 말하는 것이다. 당나라 무후武后의 손자가 신라 마지막 경순왕敬順王이라는 사실이 백

336

제본기 제6대 의자왕 편에 기록되어있다. 보장왕 6년이다. 당나라 태종은 장군들과 함께 고구려 산성을 다시 돌아다녔다. 불가했던 성을 탈환하였던 것이 믿어지지 아니했다. 전에 수레를 타고 친히 정복하려고 했던 사실이 있었다. 나라 백성들은 구하거나 얻을 곳이 없는데도 논과 밭을 만들고 씨를 뿌려 농사를 지었다는 것이다. 그렇게 해서 성 안에서 곡식을 얻어 자족 자급을 하였다. 계속해서 가뭄이나 재해가 닥쳐온다면 백성들은 태반이 식량을 해결하지 못하고 굶주릴 것이다! 그렇게 되었을 경우 어떤 스승이나 어른이 파견되어도 견디지 못하고 바뀔 것이다. 파견된 사신은 피곤하고 고달프면 명을 어기고 달아날 것이다! 쟁기로 방축을 쌓는다 해도 곧 풀릴 것이다. 그런 상태로 수년간 이어진다면 천 리가 쑥밭이 되어 폐허가 되다시피 될 것이다! 그렇게 될 경우 민심이 흉흉해져 모두가 떠나고 말 것이다. 그렇게 될 경우 압록수의 북쪽은 싸우지 않아도 모든 백성을 통치할 수 있을 것이다. 압록의 북쪽이란 하남 성 북방을 말한다. 압록수가 흐르는 것은 하남 성 낙양일부와 그리고 하북 성이다. 제왕은 전쟁을 하지 않고도 잃었던 강역을 다시 수복할 수 있도록 했으면 하는 마음에서 신하들의 말을 따르기로 했다. 좌무위대장군左武衛大將軍 우진달牛進達과 청구도행군대총관靑丘道行軍大總管이었던 우무위장군右武衛將軍인 이해안李海岸은 부 장군으로 하여 만여 명의 병선兵船에 옮겨 탔다. 병선의 중심부는 적을 바라볼 수 있는 전망대가 설치되어 있었다. 1만여 명의 병선이 내주萊州 앞바다를 가득 덮다시피 하여 진군하기 시작했다. 여기서 말하는 내주는 지금의 산동성 반도이다. 이곳은 고대부터 내이萊夷

족들의 터전이다. 현재 중국지도에는 산동성 등주登州가 있는 봉래
蓬萊이다. 내주 앞바다를 덮듯이 가득 병선이 모여 진군했다는 기
록이다. 이때 당나라 태자는 이세적에게 귓속말로 속삭였다. 이세
적은 요동도행군대총관의 직무를 맡았고 우무위장군인 손이랑孫貳
朗 등은 부사령관의 직책으로 장병 2,800여 명과 영주營州는 하북
성과 요녕성 경계에 있는…… 만리장성이 끝나는 발해만의 진황도
시 부근에 산해관 지점이 있던 장병들과 함께 신성의 길로 진격을
하게 했다. 여기서 신성이 있는 곳은 남쪽으로 산서성 문희현聞喜縣
의 동쪽 20 리이다.

삼국사기 보장 왕 6년의 기록을 보면 당나라 군사는 요녕성과
하북성 경계에 있던 영주의 군사를 산서 성으로 다시 진입하게 했
다는 기록이다. 그렇다면 보장왕 일행은 백암성에서만 항복한 것
이고 다른 곳에서는 곳곳에서 산발적으로 당나라 군사와 전쟁을
하고 있었다는 것이다.

당나라 군사가 신성으로 진입한 후 양쪽 군사는 모두가 특별한
훈련을 받은 군사들이다. 이 군사들은 바다나 강에서 잘 싸울 수
있는 훈련된 군사들이며 전투에 특별한 능력이 있는 병력이다. 이
세적 당나라 장군은 요동을 떠나 역남소歷南蘇 등과 함께 여러 성을
뒤에서 방어를 했다. 이때 이세적 군사는 실패하고 군진軍陣과 성
이 불에 타는 바람에 돌아갔다. 9월이다. 우진달과 이해안은 경계
를 넘나들어 백여 번이나 전쟁을 벌였다. 이때의 전쟁은 돌로 쌓은
성을 뽑아 버리기 위해 총공격을 했다. 또한 적리성積利城 아래까지
진격했다. 고구려 군사는 1만여 명이 출전했다. 이해안 장군은 공

격을 한끝에 이겼지만……. 아군의 사상자는 2,500여 명 정도였다. 당나라 태종은 송주宋州 자사 왕파리王波利 등과 함께 강남 12개 주에 있는 공인들을 『工人 ↔ 배 만드는 기술자』 모집하여 큰 전함 수백 척을 건조하기 시작했다는 기록이다. 여기서 송주라면 휴양군睢陽郡을 말한다. 휴양군은 하남성 상구현商丘縣이다. 하남성 상구현에서 배를 만들게 되면 개봉현開封縣을 거쳐 산동성 동명 옆으로 흐르는 패수인 황하로 흘러간다. 황하의 하류는 산동성 제남시濟南市의 북쪽으로 타고 산동성 동영東營으로 이르고 발해만으로 강물이 흘러들어간다. 산동성 동영 포구에서 내주가 있는 근접한 거리에 있다. 고구려가 내주에서 전함을 타고와 내린 다음 육로로 진격하기 때문에 당나라 태종은 미리 막아보려는 속셈에서 12주에 있는 공인들을 하남성 상구현에서 모집하게 된 것이다. 당태종이 강남에 있는 공인을 모집했다는 것은 황하 이남에 있는 지역이다. 대형 선박 수백 척 건조했다고 하니까 고구려의 수군을 완전히 멸종시킬 의도가 있었던 것이다! 보통 나무로 전함을 만들 경우 부분적으로 나무와 나무 사이에 쇠로 이어 연결하는 기법을 쓴 것이다. 보통 목선이라도 전쟁하는 배는 수백 명이 함께 탈 수 있는 대형 배다. 작게는 수십 명이다. 어떤 기록에서는 큰 배 한 척이 약 3,400여 명이나 탈 수 있는 대형선이 있었다고 전한다. 그 당시의 기술로 그렇게 큰 배를 제작을 할 수 있는 기술을 보유하고 있다는 게 놀랄 일이다! 그러나 강을 타고 전쟁을 해야 하는 배는 수십 명씩 함께 탈 수 있도록 만든 배가 보통이다. 현재는 의창宜昌에서 중경重慶을 오르내리는 기선이 21척이나 되며 배 한 척이 650여 명을 태울 수 있는 큰 배라고 한다. 12월이다. 왕은 둘째 아들을 사신으로 지명을 하여 막리지에게 보냈다. 막리지는 읊조리고 사죄를 청하므로 왕을 용서해 주었다는 기록이다 7년 1월이다. 고구려는 파견사를 시켜 당나라에게 조공을 바쳤다. 상감의 교지教旨를 받은 우무위대장군 설만철薛萬澈과 청구도행군대총관인 우위장군右衛將軍 배행방裴行方을 부관으로 하여 장병 3만여 명을 전함에 태우고 다시 내주에 있는 산동성 바다를 습격하였다. 이때가 4월이었다. 고구려 오호진烏胡鎭 장군과 고신古神感 장군이 뜻밖에 바다로 습격해 와 당나라 보병과 기병 5,000여 명이 전멸당하는 슬픈 일이 생겼다. 그날 밤 당나라 군사는 1만여 명이 고구려 장군이던 고신감의 복병들에 의해 당나라 군사들은 실패하고 말았다. 당나라 임금은 크게 곤란하고 낭패하여 군신들을 모두 모아서 회의하였다. 다음해에 200,000여 명의 군사를 또 다시 동원하여 출동시키기로 했다. 그렇게 하여 일순간에 고구려를 멸망을 시켰다는 기록이다. 여기서 청구靑丘는 청구도행군대총관이 있던 청구는 산동성 광효 북쪽이다. 청구 지역이란? 산동성과 산서성·하남성 접경지대를 말한다. 그러나 청구라는 지명은 산동성 광효현을 가리키는 말이다. 음력 7월이 되었다. 왕도王都란 왕이 있는 도읍지 서경에서 여자가 아들을 낳았는데 몸은 하나에 머리가 둘이었다고 되어있다. 예전에는 기형아가 잘 나지 않던 시대였기에 삼국사기 고구려본기에 신기하여 기록한 것으로 보인다. 아무튼 사회는 예나 지금이나 서로가 원수처럼! 살육의 광란이 지금까지 이어지고 있음은 인지認知의 우매함 탓이리라는 것일 수가 있다! 보장왕 7년 7월이다. 당나라 태종은 좌우 견사들에게 영을 내려 위용있는 큰 배를 만들게 했다. 그리고 큰 나무를 벌목하여 목조 전함을 만들었다. 배가 큰 것은 100척이고 넓이는 50척이다. 별도의 수도水道의 행군사를 파견하여 무협巫峽은 장강으로 올라가면 사천성과 호북성 경계인 수로를 통해 양자강인 장강을 향해 상해로 빠져나와 동해로 향해 산동성 내주로 침략을 감행을 했다. 당나라 태종이 보낸 파견 장군 설만철 등은 고구려를 침략을 하기 위해 황하를 타고 산동성 강수로를 따라 하남성이 있는 압록까지 다다랐다. 그곳은 박작성泊灼城이 있었다. 박작성 남쪽 40여 리 까지 이르렀다. 이때는 고구려는 하남성 개봉현 주위가 고구려가 통치하는 지역이었다. 고구려 보장왕 7년이므로 기원후 641년이다. 고구려가 망하기 27년 전만 해도 지나 대륙에서 고구려는 당나라와 끊임없는 뺏고 뺏기는 전쟁을 계속하고 있었다는 것이다. 여기서 박작성이 어디인지는 알 수 없으나……. 고구려 장수 고문高文의 군졸과 오골성烏骨城 안지安地 여러 성에 있는 성에 있는 병력 3만여 명이 와서 구원해 주었다. 그러나 당나라 군졸들은 양쪽으로 진영을 나누어 설만철도 공격해 왔다. 고구려 군사들은 힘없이 흩어지고 무너져 버렸다. 왕은 조서를 내려 내주자사 이도유李道裕를 시켜 군량과 기계 등을 오호도烏胡島로 옮기게 하고 장군들을 크게 축하했다. 산동성 앞바다에 있는 봉래현 동북 250여 리 바다 가운데 있는 섬이다. 당태종은 전쟁에서 빼앗은 곡식과 전쟁무기 등을 오호도로 가져와 저장을 했다. 이세민은 죽었다. 정관貞觀은 고구려와 전쟁을 하는 와중에도 정관정요貞觀政要를 집필한 것으로도 유명하다. 태종이 죽자 태종의 아

들 고종이 왕위에 오르게 되었다. 고종이 왕으로 등극한 뒤 고구려
와의 전쟁은 더욱 극심해진다. 태종이 이루지 못한 꿈을 고종이
실현시키기 위해 군사와 정치를 더욱 강력하게 추진을 하고 병력
을 증강하여 훈련을 시켰다. 당나라 태종은 죽기 전에 안시성에서
군사를 주둔 시킨 것을 몹시 후회하였다. 스스로 성공할 수 없는
어리석은 짓을 한 것을 많이 후회했다는 기록이다. 당태종이 죽기
전 병중에 있을 때 사공방현령司空房玄齡이 태종에게 아뢰는 말로
다음과 같이 말하였다.

> "노자老子가 말하기를 많이 아는 자는 욕됨이 아니다. 오히려 알
> 고도 중지한다면 그것은 위태롭지 않겠습니까? 라고 했다. 그러므
> 로 폐하는 천하에 이름과 공명과 덕을 얻었으니 만족하지 않겠습니
> 까?"

보장왕 13년 10월이다. 왕은 장군인 안고安固를 파견사로 보냈다.
말갈병과 글란병이 공격해 왔다. 송막 도독인 이굴가에게 방어할
것을 명했다. 그러나 고구려 군사는 대패하고 신성으로 갔다는 기
록이다. 말갈병과 글란병을 공격하려다 오히려 실패했다는 것이다.
그렇다면 송막松漠이 어디인지 찾아보니? 송막은 천리가 송림松林
으로 되어있다. 이곳은 평평한 땅에 소나무가 천리나 자생하고 있
기 때문에 송림이라고 한다는 것이다. 이곳은 처음부터 글란의 고
향이라고 앞에서 이야기한 바 있다. 내몽고 지방에 있으며 홍안령
興安嶺에 소나무가 자생하는 것으로 되어있다. 글란의 본거지를 고
구려가 빼앗아 고구려 영토가 되었으나 다시 빼앗겼다. 그 후 당나

라가 차지하고 당나라 초에 당나라의 도독부都督府인 총독부 격으로 송막에 주둔 시켰다. 보장왕 13년 10월에 송막도독부의 책임자로 이굴가를 방어하게 하였는데? 말갈과 글란의 공격을 막지 못하고 대패하여 신성으로 도망을 갔다는 기록이다.

……보장왕 14년 봄 1월이다. 고구려는 백제와 더불어 말갈이 신라의 북쪽 변방지역으로 자주 침범해 왔다. 여기서 만약 신라가 한국 땅 경주에 있었다면 북쪽은 고구려인데 어떻게 말갈이 하북성 북쪽 몽고지방에 있으면서 한국 땅 남쪽에 있는 신라를 침공할 수 있겠는가. 이치에 맞지 않는 얘기이다. 만약? 말갈이 지금의 강원도에 있었다면……. 신라가 경주 남쪽에 있다고 가정했을 때 신라 북쪽 변방이 강원도라면 말갈의 침공은 사실상 따질 이유가 없는 것이다! 그러나 말갈은 한반도에는 있지도 않았다.

말갈의 본신本身은 물길국勿吉國이다. 물길국의 선조나라는 읍루邑婁이다. 읍루의 선조 나라는 숙신국肅愼國이다. 처음 숙신국은 식신息愼이라 했으며 식신의 조상은 직신稷愼이다. 직신은 요 단군왕검의 큰형님이다. 요나라 단군왕검의 아버지는 제곡고신 씨·제곡고신 씨의 큰아들이 후직이다. 후직으로 부터 생긴 나라가 직신이자 숙신국이 된 것이다. 그러므로 말갈국은 한국 땅에 있었던 사실조차 없다. 그렇다면 신라는 지나 대륙에 있었음이 확실하다. 왜냐하면 황제 아들 소호금천 씨가 신라의 원시조이기 때문이다. 삼국사기 보장 왕 14년 음력 1월에 있는 기록을 보면 신라의 북쪽 변방에서 말갈과 백제 그리고 고구려가 맞물려 있음을 알 수 있다. 이

곳은 바로 하북성 지방이다. 삼국사기 제 6장 의자왕 마지막 편에
다음과 같은 글이 있다.

『而其地己爲新羅渤海靺鞨所分 國系逐絶』

위의 글을 번역을 하면? ……이 땅들은 신라와 발해·말갈이 서
로 나누어져 있었다. 그러나 서로 국가 간에는 국교가 단절되었다.
이 말을 종합해 보면 신라와 말갈과 발해 등과 함께 백제도 고구려
도 같은 지역에서 국경을 맞대고 있었음을 알 수 있다. 보장왕 14
년 봄 1월이다. 백제와 말갈이 신라의 북쪽 국경지대에 있는 33개
의 성을 침략을 하여 빼앗았다. 이때 신라의 김춘추는 파견사로
급히 달려가 당나라에게 구원을 요청했다. 이 당시엔 신라의 성은
산서성 일대에 있었다. 물론 섬서성과 하북성 일부……. 그리고 산
동성 등지에도 일부 흩어져 있었다. 그러나 33개의 성을 신라가
빼앗긴 곳은 산서성 태원에서 산서성 중부지역이다. 2월이 되자
당나라 고종은 영주營州에 있는 영주도독 정명진과 좌위중랑장인
소정방에게 하명하여 장병들로 하여금 공격하도록 하였다. 그러나
정명진 영주도독은 크게 이겼다. 그때 죽이고 포로로 잡은 사람은
1,300여 명이다. 성은 일부 불사르고 외곽에 있던 촌락도 모두 되
찾았다는 것이다. 앞에서 이야기를 했듯이 영주는 처음 산동 성에
두었다가 나중에는 하북성과 요녕성 경계인 만리장성이 끝나는 지
점에 영주도독부를 두었다. 보장 왕 15년 5월이다. 고구려 왕의 도
읍지에 쇳가루 비가 내렸다는 기록이다. 이름이 우철雨鐵이다. 보장

344

왕 17년 6월이다. 당나라 영주도독 겸 동이도호부인 정명진은 당나라 우령군 중랑장이었던 설인귀 장군과 서로 만나 공격했지만……. 이기지 못했다는 것이다. 무엇 때문에 같은 당나라 장수끼리 싸웠는지는 기록엔 없다. 다만? 당나라의 국운도 이미 다 되었다는! 기록인 것이다. 당나라 고조 이연이李淵 건국한 지 66년 만에 멸망한다.

……고구려의 18명의 무덤을 알아보기 위해 여러 가지 기록을 살펴보았다. 전쟁터와 지명·그리고 이름과 관직 등을 찾아보니 대다수가 인명·지명·관명을 포함한 여러 지역들이 한국 땅이 아닌 모두가 낯선 곳이다. 역사 공부를 해왔지만……. 듣지도 보지도 못한 인명과 지명 등은 한반도가 아님이 확실한 것이다. 특히 내가 본 삼국사기 본기를 기준하여 정사 속에 있는 각종사건과 기록 등을 고구려를 통해 철저히 찾아보고 검토한 것은 오늘날 우리가 배우고 있는 교과서가 얼마나 잘못되어 있는지를 국민들에게 일깨워 주고 앞으로 바른 역사를 찾자는 데 많은 기여하기 위하여 이 어려운 고대사를 집필 하는 것이다. 고대사 집필은? 일반 소설 몇 배나 힘든 작업이다. 고구려사를 중심으로 깊이 있게 분석한 것은 삼한과 고조선의 위치는 물론 고구려·백제·신라의 고조선도 함께 밝혀져야 했기 때문이었다.

"……."

중국 『요령성 치안 현 대고려방진遼零省 治安縣 大高麗房鎭』에 사는 장수왕의 후손 고지 겸 씨高之謙와 그 아들 여與 씨 47·하얼빈 방송통신대 교수가 서울 프레스센터에서 열리는 고구려 장수왕 후손에 관한 연구를 주제로·한 학술회의에 참석하기 위해 방한한 것이다. 놀랍게도 이들은 이날 학술회의에서 장수왕을 가문의 시조로 기록한 족보인 고씨가보高氏家譜를 공개 했는데……. 한국에서 발굴된 고구려 고씨 족보로 추정되는 횡성고씨橫城 ↔ 高氏 족보와 교환하는 행사를 가졌다. "고씨가보"는 지난 1989년 4월 중국의 한글판 교포신문 흑룡강 신문에 발표됨으로써 세상에 알려졌다. 이 족보의 서문에는 가문의 시조가 장수왕의 이름인 고련高璉으로 상재된 것이다. 학술회의를 주관한 고구려연구소 서길수徐吉洙 소장은 서경대 교수 지난 93년 중국의 한 교포로부터 고구려 후손이 하얼빈 지방에 살고 있다는 소식을 듣고 고지겸高之謙씨를 찾아가 만났는데……. 그는 고구려의 후손으로 장수 왕 초상을 놓고 제사를 지내고 있다는 것이었다. 이들이 소장한 족보는 1686년 회양淮揚 도부사道副使인 고성미高成美가 처음 작성했고 한다. 이후 1921년 당시 철영鐵嶺 경찰소장이었던 고제동高齊棟이 고高씨들이 많이 살고 있는 요령성 세 지역의 가계를 수록하고 첫 족보에 서문을 편찬을 했다는 것이다. 국내로 들어온 고지겸은 고제동의 손자다. 이 족보를 처음 발굴 보도한 흑룡강 신문 주현남朱鉉男 부사장은 회의 발표 논문에서…….

"고구려 멸망 이 후 요녕 지역에 있던 일부 왕실 후손 등 유민들은 당나라의 통치에 완강히 저항하면서 소 고구려로 불리는 지방정권을 세웠는데? 이 후손들이 이 지역의 토착민족으로 계속 살아왔을 것"이라고 주장했다. 서徐 교수는 지난 94년도에 고구려 고씨가 모여 사는 지역에 대한 설문조사 결과 현재 대 고려방진大高麗房鎭에는 5백 10가구 1천 8백 92명의 고구려 후손들이 거주하고 있는 것으로 파악된다고 밝혔다. 이들의 직업은 대다수가82% 농업이며 나머지는 교사나 의사를 비롯하여 상인 등으로 조사됐으나 자신들이 고구려의 후손임을 인식하고 있는 경우는 드물고 고구려의 풍속도 거의 남아 있지 않았다는 것이다. 재미있는 것은 지난 82년 비류 백제 론을 제기해 역사학계를 뜨겁게 달궜던 고대사연구가 김성호 씨가 탐라 고 씨가 고구려의 후손이라고 주장하고 있는 점이다. 다음과 같은 그의 주장은 황당무계한 주장이라고 무시하기엔 상당한 사실적 근거에 바탕을 두고 있었다. 동국여지승람 제주목 건치 연 혁조에 인용된 고려사 고기에 따르면 세 신인이 모 흥혈에서 나왔다고 하며 양을 나 부을 나의 3신이 양梁·고高·부夫 3성 씨의 시조로 전해온 것이다. 이들의 가문뿌리가 정확하게 전해지고 있지 않지만....... 이러한 신화가 전승된 고려사 고기의 고려는 고구려를 지칭한 중국 측 주장이므로 탐라 3성의 연결고리는 고구려인이었음이 확실하다. 이에 따라 땅에서 인간이 태어난 삼성혈三成血 신화信化는 제주도에 한정된 특수한 신화가 아니다. 삼국지에 기록물과....... 고구려에도 집안 동쪽의 압록강변에 국동대혈國東大亢이 있었다. 그리고 고구려 고씨족 즉? 한 씨족의 뿌리인 중국 화남 지역 묘족에게도 바위의 이미지는 산의 동굴에 연결되어 있으며 암혈에서 조상이 탄생했다는 전승이 지극히 많다"고 한다. 뿐만 아니라 양·고·부·3성의 순서도 우연이 아니었던 것 같다. 최초의 양씨는 고구려 소수맥 유역에 살던 양맥梁貊의 양과 관련된 맥족이고 고씨는 두 번째 집권한 고씨 시조 태조왕 그리고 부씨는 세 번째 왕성이던 부여씨의 부에서 비롯됨에 따라 『양·고·부』의 순서로 배열되었던 것 같다! 만일 그렇다면 고구려 최초의 왕성이던 해씨解氏

는 오늘날 멸망이 되었지만……. 이들이 바로 양씨로 개성되었을
지도 모른다. 대략 짐작을 하면 고구려 멸망 후당나라가 평양일대
에서 20만여 명의 고구려인을 중국으로 납치해 갈 때 일단의 고구
려 왕족들이 탐라로 피신하여 살면서 나당 두 나라에 대해 고구려
의 유민임을 감추려는 생존본능에 따라 자신들이 국가적 표상이었
던 천손 설마저 감춘 것이 관습이 되어 오늘날 지난날의 영광이
망각되고 오로지 종족 고유의 삼성혈 신앙만이 남게 되었을 것이
다! 그리하여 탐라의제주도 고씨·부씨·양씨 3씨족은 고구려 왕족
의 마지막 후예라는 것인지! 우리들이 학교에서 배운 백제 역사에
서 백제가 망할 때 백마강에 3,000명의 궁녀가 꽃처럼 떨어져 죽었
다고 해서 낙화암洛花巖이라 했다. 어떤 자들이 백제가 망할 때 이상
한 말들이 많으므로 소설적으로 꾸며낸 얘기다. 역사를 고의로 조
작하기 위해 충남인 부여에 거짓말로 된 역사를 꾸며서 만든 것이
다. 이런 거짓말을 역사에 있는 것처럼 한 것은 민족의 반역자다.
누군가 일본 사람들의 사주에 의한 것인지! 왜놈들에게서 돈을 받
고 매수된 것인지는 알 수 없다. 분명 날조 조작된 것은 사실이다.
정사로 통해 모든 사서를 조사해 보아도 날조된 것은 분명한 사실
이다. 고대의 역사는 반드시 승자의 편에서 기록되었다.

돈황敦煌은 불교佛教의 발상지發祥地

돈황은 위도 95도와 경도 40도가 십자로 교차된 지점이다 이곳
은 인류가 최초로 불을 밝힌 곳이라 해서 돈황燉煌이라 이름 지어
진 곳이다.

돈황은 감숙성甘肅省 서북부에 위치하고 있으며 청해성青海省의
북부이자 신강성新疆省의 동쪽에 위치해 있다. 돈황에서 동남으로
약 4km지점에는 한민족民族의 조상이었던 환인천황이【桓因天皇 BC
8937년】신시神市를 정하기 위해 올랐던 삼위산三危山이 있다. 또한

348

삼위산 남쪽으로 약 4km에는 불상이 새겨져 있는 막고굴이莫高窟 있다.

돈황은 "황토黃土와 모래, 그리고 용암이 흘러내려 활처럼 구부러진 곳으로 해발 평균 1천 미터가 넘는 고원지대高原地帶다 돈황燉煌의 돈燉자는 불성할 돈 자이다. 그리고 황煌자는 불빛 휘황할 황 자이다. 인류 최초로 불빛을 일군 곳이라는 뜻에서 돈황이라 이름이 지어졌다. 천지가 혼돈한 시대일 때 환인천황桓因天皇은 풍백風伯 운사雲師 우사雨師의 삼정승을 거느리고 삼위산 태백三危山太伯에 올라 전 세계를 다스리기 위해 내려다보았다."고 했다. 그리고 돈황燉煌에 신시神市 즉? 신의 도시인 인류 최초의 신도시를 정하기 위해 천부삼인天符三印을 갖고 3천명의 무리와 함께 도읍을 정한 인류 역사상 최초의 신도시인 정통국正統國을 세웠다는 기록이다. 이와 같은 사서史書는 『삼국유사 → 三國遺事 ↔ 정사가 아니고 야사? 소설』, 『제왕운기帝王韻紀』 『규원사화揆園史話』 『환단고기桓檀古記』 그리고 『신시개천경神市開天經』 『신교총활神教叢活』 『신단실기神壇實記에』 기록되어 있다. 반고환인씨盤古桓仁氏는 돈황에 신시神市인 새로운 신神의 도시를 건설하게 된다. 신시의 도시가 정통국正統國으로서 인류의 시조始祖 이자 역사의 시초로서 국가를 상원갑자년上元甲子年 음력 10월 3일에 처음으로 출발하게 된다. 그 후 5년 뒤인 무진년戊辰年에 정식으로 국가의 틀을 갖추고 돈황敦煌에서 인류의 기원起源을 이룩하게 되는 것이다. 그리하여 환인천황은 아홉 번의 깨달음으로 불교의 성지聖地를 닦는 작업에 들어가게 된다. 이때 백성들을 가르치기 위해 360가지의 인간의 모든 생활상에 대한 기구

등을 창안했다. 다시 말해?

　……밥하는 법→농사짓는 법→집을 짓는 법→뽕나무를 심는 법
→삼을 심는 법을 가르치고? 옷감을 짜기 위해 베틀과 물레를 만드
는 법→밭을 일구기 위해 쇠스랑과 쟁기를 만드는 법→모시를 심
고 누에를 치는 법을 가르쳤다. 특히 불을 발견하고 밤에 등잔불
같은 것을 만들어 켜는 법 등 인간이 편리하게 살 수 있도록 하였
다는 기록이 있다.

　반왕盤王인 반고환인盤古桓因은 이외에도 인간이 잘 살 수 있게
하기 위해서 이화세계理化世界를 사상적으로 정립했으며……. 인간
이 인간답게 더불어 잘 살아가기 위해 홍익인간弘益人間의 정신을
구현시킨 위대한 대성인大聖人이다. 이와 같은 기록은 『산해경山海經』
속에 있는 『해내북경海內北經』의 주석에서 반왕서盤王書에 나타나있
고……. 『삼국유사三國遺事』와 『구약성서舊約聖書』에도 잘 나타나 있다.

　반고환인은 돈황을 무대로 신시神市의 새로운 도시를 만들어 전
세계의 우매한 사람들을 깨우치고 따라서 인간답게 살게하기 위해
도통道通하는 것을 업業으로 삼는 사회제도를 만들겠다는 원대한
꿈을 실현시키고자 했다. 그러기 위해서는 몸소 자신의 득도得道가
필요했던 것이다. 그리하여 대자연 사상이었던 천인지의 【天·人·
地】 삼원일체三源一體를 주창하였고, 따라서 음양오행陰陽五行의 대
자연사상大自然思想을 통해 아홉 번이라는 인류 최초로 도통道通을
몸소 실천했던 것이다. 역대신선통감歷代神仙通鑑과 유학수지幼學須
知 그리고 제왕운기帝王韻紀와 사요취선史要聚選에 나타나 있는 것처

350

럼……. 혼돈한 시대에 광명을 비추는 반고환인盤固桓因의 출현으로 인류의 바른 삶을 구가한 곳이 바로 돈황敦煌이었다. 해동역사海東繹史의 집필자 한치윤韓致奫은 반고환인 씨 때 법화경과 모든 경전經典이 바위와 동굴에 글자로 새겨져 있었다고 기록을 했다. 만약 한 사람의 현인賢人이라도 있었으면 모든 경전을 적어 기록을 남겨두었더라면 없어지지 않았을 것이라는 안타까운 심정을 토로한 글귀가. 세기이世紀二 단군조선檀君朝鮮편에 실려 있다. 그럼 본문을 상재를 하고 번역을 한다.

按東史所言. 壇君事皆荒誕不經 壇君首出. 必其人有神聖之德. 古者神聖之固. 有異於衆人者. 豈有若是無理乎. 其所稱桓因帝釋等. 語出於法華經. 羅麗之代尊尙異敎. 其幣至此. 東方屢經兵. 國史秘藏蕩然無存. 緇流所記得保巖穴之間. 以傳後世. 作事者悶其無事可記時. 或編入正史. 世愈久而言愈實. 以至流傳中國. 遂使一隅仁賢之邦. 歸於語怪之科. 可勝歎哉.

안동사에 의하면 단군은 한 결 같이 경전經典을 탄생시키지 못했다. 오직 단군의 제일 어른 격인 신인神人의 성덕에서 이룩된 것이다.

그분은 옛날 신성神聖이라고 하는 반고盤固다 많은 무리 중에 인물이 뛰어났다. 그분은 절대로 이치에 어긋나는 말과 행동을 아니했다. 이름하여 반고환인盤固桓因을 제석帝釋이라 한다. 법화경法華經을 말로서 나타냈다. 그 후 신라新羅와 고구려高句麗의 대를 이어

내려오면서 존경받는 특이한 가르침을 받아 왔으나 차차 없어지고
말았다.

　동방에는 많은 경전과 병기를 비롯한 그리고 병법에 관한 기록
이 많았다. 비밀로 집필된 국사 등은 보존 되지 못하고 소실되었다.
바위나 굴속에 새겨둔 기록들은 보존되지 못하고 바탕이 훼손되어
사라져버렸다. 그러한 이유로 후세까지 전해지지 못했다. 애써 굴
속이나 바위에 기록을 새긴 사람들은 헛일이 되어 고민이 많았을
것이다! 혹 정사가正史 다른 곳으로 편입되어 세상에 오래 남겨졌
으면 하는 바람이었을 것이다. 다행이도 몇몇 사기는 중국으로
……. 세상 한구석에라도 어질고 착한 현인이 있었다면 다시 정사
를 말이라도 전할 수 있었을 것인데! 안타깝게도 보존되지 못한
것이 한탄스럽다고 했다.

　이상의 문장에서 보는 바와 같이 기원전 8937년 반고환인 씨에
의해 법화경이 입으로 설파된 것을 보면 돈황이燉煌 인류의 최초의
불교佛敎 발상지였음을 알 수 있다. 근간에 출판된 홍익대학교 김태
식 교수가 지은 가야국사나 이종욱 교수가 지은 신라역사……. 2천
년존재이야기는 많은 논란이 일고 있다. 어떻게 보면 독자들께서
는 대학 교수들이 쓴 글이어서 우리역사 라고 믿으려 하겠지만!
추측해서 지어낸 이야기는 역사책이라고 보긴 어렵다. 일고의 논
평할 가치도 없는 책이다. 역사책이란 상상력과 신화적 직관으로
새롭게 구성한 역사관을 바탕으로 인류가 어디서 생성되어 사랑과
먹을 것을 찾아 이동하면서 살고 죽는 과정의 인간들의 이야기를
기록해둔 것이 역사책이다. 고고학적으로 보는 발굴된 유물은 심

증만……. 가는 민족들의 이동사이다. 김해국립박물관에서 열린 가야사 세미나 장에서 필자는 홍익대 김태식교수와 부산대학 신경철 고고학교수에게 김해 김수로왕과 왕비 묘는 1950여 년간 잘 보존되어 있지만 2대에서 10대 구형왕까지 18기의 왕과 왕비 묘가 없는 것을 설명하여보라고 하였으나 답을 하지 못하였다.

완독을 하신 독자님들은 불편한 진실에 나를 욕을 할지도! 그러나 분명한 것은 역사의 실체다. 내가 구할 수 있는 자료에 상재된 글이다. 잘못된 번역도 있을 것이다! 그래서 역사 소설이라고 했느냐? 하는 독자들도 있을 것이다!

『중국·한국·일본은 동조동근同祖同根』이다 처음엔 우리나 일본도 중국 구어인 한문을 사용을 했다는 것은 부인 할 수 없는 것이다. 그중 우리만 세종대왕님이 만든 한글을 사용을 한다. 일본은 한문과 자기들이 만든 글은 반 정도 섞어 사용을 하고 있다.

"……."

우리는 단군의 자손 배달의 민족입니다. 우리 국조 단군왕검檀君王儉은 건국이념을 홍익인간弘益人間 ↔ Maximum Serviee To Humaity 이념의 바탕으로 건국하였습니다. 홍익인간 이란 "널리 인간을 이롭게 하라"는 의미로 직역되지만 흔히는 인본주의人本主義 인간존중人間尊重 복지福祉 민주주의民主主義 사랑思朗 박애博愛 봉사奉事 공동체정신共同體淨神 인류애人類愛 같은 인류사회가 염원하는 "보편적"인 생각을 열거해 놓은 것입니다. 왜 우리는 배달의 자손인가?

이 말은 우리의 정체성正體性을 말하는 것입니다.

정체성은 한국인의 본바탕이 무엇이냐고 묻는 경우와 같은 뜻입니다. 여기서 본바탕은 뿌리로 주로 한국인의 정신적 근본과 기준이 무엇인가를 말하는 것입니다. 말하자면 정신적 현주소가 아니라 정신적 뿌리를 묻는 것이 정체성입니다. 너도 배달의 자손이고 나도 한민족 배달인 이라고 할 때 나하고 너 사이에 공통점이라는 것이 곧 한민족韓民族 배달의 자손이라는 것을 말하는 겁니다. 너하고 내가 한민족이므로 너하고 나는 곧 우리라는 뜻입니다. 서로 정신적으로 근본이 같으며 기준이 같다는 공감대共感帶 안에서 사는 곳을 일러 고향故鄕이니 조국祖國이니 같은 민족이니 하면서 너와 나는 우리가 되어 공동운명체로서 이 땅에서 산다는 진정성眞正性 ↔ authenticity 도우면서 살아간다는 뜻이고……. 이 땅은 한국으로 우리나라이며 우리 서로 동고동락同苦同樂 하면서 우리 후손들까지 연결해 가는 한민족간의 고리라 할 수 있지. 홍익인간弘益人間이란 주지하다시피 넓을 홍자洪 더할 익益 자로 널리 두루 두루 더 이롭게 한다는 말입니다.

하지만? 우리 사회 구석구석에는 님비推非 ↔ nimby : not in My Back Yard 현상이 만연하게 퍼져 있습니다.

그것이 어느 나라 간에 사회적 병폐입니다. 내 주변 사람에겐 좋은 일만 생기고 남에겐 나쁜 일이 생겨도 나하곤 상관없다. 내 호주머니에서 돈 꺼내 초상칠 일 없다. 라고 생각하는 것입니다. 이 세상엔 세가지류 인간이 살고 있다네! 첫째, 거미 같은 인간이지 거미는 움침 한곳에 줄을 쳐놓고 숨어 있다가 먹이가 줄에 걸려들

354

면 잡아먹지 인간도 약한 자를 등쳐먹는 자가 거미 같고 둘째, 개미 같은 인간이지 개미는 열심히 일을 하지만 자기만 알지 남을 모르지 돈을 많이 갖은자들이 세금이나 포탈하고 나쁜 짓을 하고 다니지 대다수의 부자들의 돈이란 남을 괴롭히고 번 돈이지 정당하게 일했다면 그렇게 많은 돈을 모을 수는 없지! 셋째, 꿀벌 같은 인간이지 꿀벌은 이 꽃에서 저 꽃으로 날아다니면서 열매를 맺게 도와주고 꿀을 모와 주인에게 이익을 남게 하여 서로 상생하며 살아가지 우리주변에도 열심히 일하여 번 돈을 사회단체나 불우이웃을 돌보기도 하지 무릇 사람을 꿀벌 같은 사람이 많아야 할 것입니다.

　그렇다면 인간의 모임체인 사회는Society 처음 어떻게 만들어 졌느냐 입니다. 사람들이 처음 만났을 때 무엇을 연결고리로 해서 서로 어울리고 서로 뭉치게 되었을까요? 이의 설명에는 유물론자와 유심론자간에 큰 차이가 있습니다. 유물론자는 "생산 활동"이 사람들을 조직화시켜서 사회를 만들었다고 말하고 유심론자는 공유가치가 사람들은? "사람은 천하없어도 먹지 않고는 못산다. 먹으려면 일을 해야 한다. 먹을 것만 생산하는 게 아니라 입을 것도 주거할 것도 다함께 생산해야한다. 이것이 곧 생산 활동이다. 사람은 혼자서 생산 활동을 하기보다는 여럿이 모여서 공동체로 하여 생산하는 것이 훨씬 효과적으로 많이 생산할 수 있다. 혼자서 일을 하면 능률이 뒤떨어지지만! 다섯이나 여섯 명이 모여서 단체로 한다면 10명 몫이나 20여명이 일하는 효과가 있어 그만큼 생산을 많이 할 수 있는 것이다. 이렇게 모여서하는 생산 활동이 조직화되어서 조직사회라는 것을 만들어냈다"고 유물론자들의 생각입니다.

그러나 유심론자들은? "사람이 모여서 일하는 데는 그 이전에 먼저 충족되어야 하는 것이 있다"고 보고 있는 것입니다. 기독교에선 창조론創論論 ↔ creationism을 이야기 합니다. 이 용어는 세 가지 의미를 지녔습니다. 첫째, 가장 추상적인 의미로 이신론적 혹은 유신론적 신앙을 지칭하는데 하나님이 자연세계 모두를 창조하셨고 자연세계는 스스로 발생되지 않았다고 믿는 것이 기독교입니다. 둘째, 바티칸vatican이 오늘날도 여전히 지지하는 고대의 기독교 신앙을 지칭하는데 하나님이 각 사람의 영혼을 출생이나 수정 시에 새롭게 창조하신다고 믿고 있습니다. 셋째, 자연의 선택은 생명의 기원이나 새로운 종의 기원을 설명할 수 있다는 주장을 부인하면서 다윈주의 진화론을 부정하는 사상을 지금도 믿고 있다는 겁니다. 이해가 잘 안갈 것입니다! 인간은 동물과 달리 감정이 있고 마음이 있고 의지가 있습니다. 이성이 있다는 뜻입니다. "즉" 깨달음이 있는 것입니다. 사람은 감정이 먼저 통하고 마음이 먼저 맞고 의지가 먼저 합쳐져야만 같이 일할 수 있는 존재지. 아무리 생산 활동이 긴요해도 감정 마음 의지가 서로 어긋나면 일시적으로 같이 일할 수 있을 뿐 끝내 헤어지고 말 것입니다. 따라서 사람이 일시적으로 같이 모여서 생산 활동을 펴는 데는 "반드시" 이 감정과 마음과 뜻이 하나가 되는 "공유가치"의 형성이 선행되어야하고 그렇게 해서 사회도 비로소 만들어졌다고 생각하고 있습니다. 유물론자가 맞느냐 유심론자가 맞느냐는 닭이 먼저냐 달걀이 먼저냐의 논쟁처럼 무의미한 말입니다. 하지만 주목할 것은 유심론자들이 말하는 공유가치입니다. 공유가치는 그 사회 내에 함께 사는 대다수 사람들이 함께 가지고 있는 가치인데, 가치는 선과 악의 불의의 미추美醜에 대한 사람들의 믿음이지. 우리가 흔히 말하는 38선 이남은 선善 38선 북쪽은 악惡 이라는 말처럼 사람들이 가지는 가치는 보편성도 크지만 지역과 인종의 차이에 따른 특수성도 많이 부분적으로partially 가지고 있습니다. 설혹 그렇다 해도 함께 모여 사는 자기들끼리는 가치가 대개 하나로 일치되는 공유가치라는 것입니다. 이 공유가치는 어느 사회 없이 도덕성을 띄고 있고 해야 할 일과해서는 안 될 일이 엄격히 구분되어 있는 것입니다. 그래서 인간 사회는 본질적으로 도덕사회道德社會 여야 합니다. 어떠한 인간사회이든 도덕성道德性을 지향해야만 성립될 수 있고 도덕성을 증대해가야만 유지 될 수 있는 것입니다. 도덕이 무너지면 극단의 경우 소돔과 고모라 성처럼 되는 것이 인간사회가 되는 것입니다. 그런데 이같이 중요한 도덕성이 어느 사회 없이 사람들이 바라는 수준만큼 높지 않은 것이 인간 사회 특징 아닙니까? 어느 시대 어느 사회 없이 부서지고 있다고 늘 개탄하는 것이 이 도덕성이지요! 그래서 어느 사회 없이 이를 증대시키려 끊임없이 노력하지만 말입니다. 현 우리정치는 보수 진영인 우파에선 정제되지 않은 대다수 국민들의 요구가 그대로 반영되는 것은 문제라고 하고 있습니다. 민주화를 공산당처럼 인민민주주의 혁명으로 오인한 좌파세력이 이 사회를 이념갈등으로 몰아넣고 있다고 볼멘소리를 하고 있습니다, 1990년 대 말부터 2000년대 초중반까지 우리나라에서 사회 문제가된 "기러기 가족"도 삶은 녹녹치 않았습니다. 미국워싱턴포스터는 기러기가 먼 거리를 여행하며 먹이를 구해오듯 자녀교육을 위해

부부가 헤어져 산다. 고 그 유래까지 친절하게 설명해 비정상적인 조기유학 열풍이 많은 부작용을 동반하고 있다는 지적을 했습니다. 단칸방에서 홀아비 생활을 하면서 소득의 대부분을 송금해야 하는 가장은 펭귄아빠로 불렸다. 캐나다에 유학중인 아들이 학업에 몰두하지 않는다고 수백 대의 회초리질을 한 아버지가 현지에서 유죄판결을 받는가 하면 외로움을 견디지 못한 기러기 아빠가 스스로 목숨을 끊는 이러한 비극적인 잇따랐다는 보도를 접하고 이는 우리의 현실이 암울합니다. 외국인들은 우리나라에서 일하고 싶어 불법채류를 하기 위해 몰려들고 북한 주민들의 수많은 인원이 들어오고 있는데……. 막 정치에 힘써야할 우리 정치인은 당골래 무당도 아니고 필리버스터무제한 토론→filibuster ↔ 無制限 討論 대회를 열어 가릴 급한 국정을 잡을 때도 있습니다. 저도 몇 년 전에 비례 당선권 안에 주겠다고 입당을 하라 했으나 포기를 했습니다. 우리 각시가 60이 넘어 초선의원을 하여 무슨 일을 하겠냐? 강력하게 반대를 하여 추천을 하겠다는 단체에 정식사과를 했습니다. 몇 일 전 산악대장 엄홍길 대장 말이 또다시 가슴에 울림을 주더군요. 공천에서 탈락 됐다고 눈물을 찔끔 거리는 것을 보니…… 정치인들이란!

그동안 좌파세력이 대한민국의 건국이념을 근본적으로 부정하는 등 정체성이 크게 훼손했고! 포퓰리즘populism에 대중 영합주의 발흥했다는 비판을 하고 있습니다. 지금이 어느 시대인데 그런 치졸한 말이 나오는지 모르겠습니다. 국민을 허세비로 알아도 분수가 있지…… 현 정부는 종교 문제를 비롯하여 좌파니 우파니 이념논쟁한

창입니다. 시대가 어느 때인데 그런 시시콜콜한 이야기가 국회서 여·야 간 시비 거리로 삼고 있습니다. 종교나 국가나 정치집단이나 심지어 노숙인 집단도 우두머리 자리를 놓고 싸우고 있습니다. 사회 어느 곳에서도 자기의 이익이 우선이고 자기가 우선권을 가져야 한다는 것입니다. 이세상의 생물은 언젠가 소멸 됩니다. 나라는 정신 이 없습니다. 북한의 철부지 김정은 때문에 세계경찰이라는 미국도 어찌하지 못하고 있습니다. 앞서 출간한 책 서문에 말했듯 저의 어리석은 판단도 국민을 괴롭히고 있습니다. 일마가 젊은 놈이 사람 죽이는 무기개발에 수조원의 돈을 투자하고 있습니다. 또한 정부고위급인사들에게 테러를 하겠다고 어름장을 놓고 있습니다. 그래서 정부는 테러방지법을 통과 시켜달라는데 야당은 "국민의 목숨"을 외면한 채? 필리버스터 ↔ 의사방해연설 ↔ filibuster 하면서 정쟁政爭을 하고 있습니다. 그 지랄하지 말고 안면생체인식顔面生體認識 미사일을 만들어 김정은 사진을 미사일 머리에 장착하여 발사하면 살아있는 생면체인 김정은을 끝까지 찾아 죽이는 미사일을 개발한다면 다시는 서울 불바다소리는 하지 않을 것입니다. 무인자동차에 드론에 이르기까지 달나라에도 가는 세상에 세계최고의 전자기술을 가진 대한민국에선 가능한 일입니다. 북한이 세계의 지탄을 받고 수많은 제재를 받아도 핵폭탄을 만드는 이유는…….

『프란시스코 피사로가 이끄는 기병과 200명이 총으로 무장한 스페인 원정대가 8만 명이 넘는 잉카 제국 군대를 이기고 제국을 멸망시켰습니다. 인구도 압도적으로 많았고 또한 찬란한 문명을 자랑했던 잉카제국이 단 200명의 스페인 군대에 멸망한 이유를 흔히 들 스페인들이 잉카제국 수도인 쿠스코로 쳐들어가면서 각지에 퍼진 천연두와 흑사병 같은 질병에 의해서 멸망했다고 하지만……그렇다면 스페인 군은 천연두와 흑사병에 면역이 있었다는 것인데 그 병들은 그 후에 인류에게 정복된 병입니다. 잉카제국의 폐망은 스페인 군의 압도적인 화력과 잔인한 살상에 항복하였다는 것입니다. 창과 화살로는 총과 상대하기 어렵습니다.』

위와 같은 세계전사世界戰死를 알고 있는 김정은이 핵무장을 않할 수 없는 것입니다. 우리나라는 북한보다 경제는 몇 십 배나 우위이고 일반 화력도 몇 배나 강합니다. 그러나 핵폭탄 몇 방이면 대한민국은…….

김정은이 절대로 핵무기 포기를 안 할 것입니다! 우리나라 정치인들을 보십시오. 서로가 그 자리를 지키려고 아우성입니다. 미국의 트럼프 대통령의 추잡한 꼴을 보면……. 북한이 핵무기를 포기하고 남북한이 자유로이 오고가면 북한 정권은 끝이 나는데!!!!

우리의 경제는 끝없이 추락하고 사회는 더욱 어렵습니다. 이러한 원인을 제공한 사람들은 1940년대에서 1970년대에 태어난 흔히 말하는 꼰대들에 의해서 입니다. 한국전쟁으로 세계에서 인도다음으로 가난하고 피폐한 나라에서 경제성장이 급속도로 발전되자 노조가 생기고……. 수많은 불법파업으로 국내서 생산이 어려워지자 해외로 나간 업체가 얼마입니까? 나간 업체도 70%이상은 실패를 했습니다. 나의 친구도 중국으로 회사를 이전하였는데 처음에 사업이 잘되더라는 겁니다. 북경대 출신이 몇 명 왔는데 일을 열정적으로 배우고 잔업을 자처하더라는 겁니다. 이들의 기술이 완숙될 무렵 사흘이 멀다않고 정전이 일어나고 단수가 되더라는 겁니다. 이 회사제품은 비닐과OPP 필름을 생산하는 업종인데 정전이거나 단수가 되면 기계 안에 있는 필름재료가 굳어버리는 것입니다. 굳어버린 필름 재료를 해체하기 위해 기계를 분리하여 정상가동하면 2~3후 그러한 사태가 발생되어 제품을 원하는 날 자에 납품을 하지 못해 결국 거래처가 끊어지는 사태에 부도를 내고 몸만 빠져 나왔다는 겁니다. 마산 자유수출 단지도 노조 데모 때문에 철수를 했습니다. 하루는 납품업체에 가보니 포크레인으로 기계를 부수고 있었습니다. 중고 기계만 산산이 부수는 것입니다. 이유를 묻자 철수를 한다는 것입니다. 우리가 사용하지 못 하도록 새 기계는 일본으로 가져가고……

나는 언젠가 개성공단도 그렇게 될 줄 알았습니다. 귀족노조만 살고 우리나라 미래인 놀고 있는 젊은이 들이 1백 5십여 만 명이라는데 또한 9포니 캥거루족이니 하는 유행어에는 우리 꼰대들의 잘못도 있고 어리바리한 정치인도 책임이 있습니다. 정말로 걱정입니다. 그래서인가 입에 담지 못한 인륜범죄도 많아지고 있습니다.

인류에게 고통을 안겨주는 코로나 19와 화사한 봄 전령 발걸음을 반대하고 게으름을 피우고 겨울이 잠이든 김해시 북부동 화정 글 샘 도서관에서.

저자 강평원

참고 자료와 문헌

산해경山海經 주석가註釋歌에 대한 소개

1. 곽박郭璞. AD. 276~324 동진의東晋 문인 주석가. 하동河東 문희현聞喜縣 사람 자는字 경순景純 동진을東晋 대표하는 시인이며 신비주의자로 원제元帝 때에 저작좌랑을著作佐朗 지냈다. 유명한 유선시遊仙詩 14수를 남기고 있으며 산해경 목천자전穆天子傳 이아爾雅 등에 주를 달았음.

2. 원가袁珂 중국의 신화학자 사천성四川省 성도시成都市 출신이며 화서대학華西大學 졸업 1948생이며 산해경내의 여러 신들을山海經裏的諸神 대만문화에臺灣文化 발표한 이래 지금까지 다수의 신화관계 논문과 저서를 발표해옴 저서로는 중국고대신화中國古代神話 신화논문집神話論文集 등이 있고 고신화선석古神話選釋 신화선석백제神話選釋百題 산해경교주山海經校誅 등의 주석 및 해설서가 있음.

3. 학의행. A.D. 1757~1825 청대의淸代학자이다. 산동山東 서하樓霞 출신 호는號 난고로蘭皐 가경제嘉慶帝 때 진사進士 시험에 합격하여 호부주사를戶部主事 역임하였음. 처는妻 왕조원과王照圓 함께 부부학자로 이름이 높았으며 저술로는 개인 문집과 이아의소爾雅義疏 춘추설략春秋說略 산해경전소山海經箋疏 등 20여종이 세상에 전해지고 있음.

4. 이중재. 1932년 경남 통영 욕지 출생하셨고 상고사학회 회장이었으나 작고하셨다. 단국대 경영학교 수료·역사·도학·수학 등 5번득도得道 한민족 대학 학장 을 지내셨다. 저서는 현대인상론·한민족우주철학사상·한민족사·오성공론·상고사의 새 발견·처음으로 밝혀진 새 고려사·고조선과 일본의 역사·가야사와 삼국열전·기란? 물과 빛의 소리·오행신법론·새사주신법·산해경 상하·새로 밝혀진 불교뿌리역사·노자 서승경·노자 도덕경 등 수많은 논문과 방송출연을 비롯하여 세미나 강연을 했다.

※ 한국 상고사학회 율곤 : 이중재회장님이 국회의사당지하 강당에서 2명의 국회의원의 초청으로 신라가 한국에서 태동 된 것이 아니라? 이 책에 상재된 내용과 같이 중국에서 처음 태동이 되었다는 강의를 하는데? 2시간의 강의인데 원고도 없이 무려 4시간! 동안 강의를 하면서 물 한 모금도 마시지를 않는 것이다. 얼마나 강의를 잘하는지! 강당에 꽉 들어찬 방청객이 단 한사람도 움직이지를 않고 경청을 하는 것이다. 필자도 많은 강의와 방송출연을 했지만……. 그리고 74년을 살면서 강의와 발표를 하는 곳에 초청되어 방청을 했지만? 단 한 번도 버벅거림없이_{첫 마디에 생강이 나지 않아 자주 더듬거리는 짓} 강의를 긴 시간 동안 하는 연사는 내 생에 처음 보았다. 강연 시간이 2시간이었는데 4시간 정도! 되는 바람에 김해 구포역을 지나는 ktx 못타고 경주로 돌아서 부산역에 도착하는 ktx를 타서 결국은 늦은 밤이라 할 수 택시를 타고 김해로 왔다. 나는 국가 유공자이기 때문에

무임승차인데 택시는 요금을 지불하게 법으로 되어 있다.

5. 정재서. 1952년 충남 온양출생 서울대 문리대 및 동대학원 중문과 졸업문학박사 Harvard-Yenching Institute에서 연구 현재 이화여대 중문과 교수 저서「불사의 신화와 사상」「동양적인 것의 슬픔」「산해경」 번역함

참고문헌과參考文獻 그 외 자료 목록

① 청조강역도淸朝彊域圖 ② 일본고사기日本古事記 ③ 미즈노 유水野祐 교수논문 ④ KBS 1TV특집 다큐멘트리 중국에도 전주가 있다. 방송자료 ⑤ 아리므스 기요이치 : 有光敎씨 학술자료 ⑥ 광개토 경호 태왕비문廣開土境好太王碑文 ⑦ PSB-knn 대가야 12부 자료 ⑧ 가야사와 삼국열전 : 아리랑 1절 가사 인용 ⑨ 고사기古事記 ⑩ 일본서기日本書紀 ⑪ 동국여지승람東國與地勝覽 ⑫ 오오노 스즈무의 일본어세계日本語世界 ⑬ 이노우에 미쓰오井上光郎 ⑭ 편역논길전집編譯論吉全集 ⑮ 후쿠자와 유키치 시사소언時事小言 ⑯ 데러모또 가쯔유끼寺本克之 위지한전魏志韓傳 상고사 번역문 ⑰ 백제본기百濟本紀 ⑱ 통전通典 ⑲ 중국고금지명대사전中國古今地名大辭典 ⑳ 삼국사기 ㉑ 조선일보 ㉒ 중앙일보 ㉓ 경남신문 송윤환 글 ㉔ 국제신문 ㉕ 인제대학교 이영식 역사고고학 교수 글 ㉖ 국립김해박물관 ㉗ 세종실록 지리지世宗實錄地理志 ㉘ 강평원 쌍어속의 가야사 ㉙ 강평원 아리랑 시원지를 찾아서 ㉚ 강평원 임나가야 ㉛ 고려사절요高麗史節要 ㉜ 괄지지括地志 ㉝ 신찬팔도지리지新撰八道地理志 ㉞ 백제기百濟伎 ㉟ 유양잡조선집 : 신라편 ㊱ 삼국사기 : 신라본기 ㊲ 중국요령

364

성 치안현 대고려 방진 고씨가보高氏家譜 ㊳ 해내경 ㊴ 대항경 ㊵ 사기1~3권 ㊵ 산서경 ㊶ 역대신선통감 1권 ㊷ 백제의자왕본기 ㊸ 자치통감 1권 ㊹ 일본서기 7권 ㊺ 일본서기 19권 ㊻ 양서洋書 ㊼ 송서宋書 ㊽ 진전 씨의 본문 : 소화21년 3월호 참고 1966년 1월 20일 출판 ㊾ 유학수지. 사요취선 : 조선왕조 때 간행 참고 ㊿ 세종실록지리지 김해도호부金海都護府 (51) 사기史記 (52) 진서晉書 (53) 후한서後漢書 (54) 한서漢書 (55) 삼국지三國志 (56) 남제서南齊書 (57) 주서周書 (58) 삼국유사三國遺事 (59) 수서隋書 (60) 남사南史 (61) 북사北史 (62) 신당서新唐書 (63) 구당서舊唐書 (64) 통지通志 (65) 글란국지契丹國志 (66) 한원翰苑 (67) 태평어람太平御覽 (68) 자치통감資治通鑑 (69) 안양한지按兩漢志 (70) 가락국기駕洛國記 (71) 부상략기 (72) 숭선전지 (73) 중국 사천성 내강시 문물관리소 비디오테프 사진자료 (74) 중국 사천성 안악현 허황옥 관련자료 (75) 공주시 무녕왕릉 자료 (76) 후한의 역사연대표 (77) 산국사기 백제 제6의자왕편 (78) EBS 위성박물관기행 (79) 이점호: 잊혀진 왕국 (80) 오제하본기五帝夏本紀 (81) 신선성시록新選姓氏錄

저자 후기

   2021년 국립김해박물관 대강당에서 제27회 가야사국제학술회의를 하였다. 주제는? 『가야사의 인식변화』에 대하여 라는 내용이다.

   인제대학교 가야문화연구소와 그 산하 단체 등 국립김해박물관이 협조한 자리였다. 내가 집필한 가야사에 관한 책 4권을 주었던 인제대학교 이영식 교수가 가야사의 인식변화와 연구방향에 대하여 기조 강연으로 시작되었다.

   홍보식 공주대학교·이동희 인제대학교·조신규 함안군청·하승철 가야고분 세계유산등재추진단·박천후 경북대학교·백승옥 국립해양박물관·조성원 부경대학교박물관·오재진 경남연구원 역사문화센터 등이 모인자리였다. 이런 자들이 가야사에 대하여 무엇을 알겠는가! 참으로 한심한……. 갑자기 왜? 가야사에 대하여 난리인가? 그것은 문재인 정부의 100대국정과제의 하나인 가야사 복원 비돈 때문이다. 2017년 문재인 국정과제로 선정 된 후 2020년 5월 민주당 주도로 국회본회의를 통과하며 제정된 "가야문화특별법"의 입법 취지와 의미를 성명하고 지원을 아끼지 않겠다는 발표를 하였다. 그러자 "잊혀진 가야사 영호남 소통의 열쇠로 거듭나다."란 주제로 2017년 8월 31일 가야사 세미나가 국회의원회관 대회의 실 국토 교통부 문화재청 후원으로 열렸다. 발제 문 가야사

연구와 복원 가야문화권이 나아가야 할 방향 신경철 부산대학교 명예교수의 글로 시작이 되었다는 것이다. 신경철 교수의 이야기는 이 책에 상재되어 있다. 김대중 정부 때 1,290억을 가야사 복원을 하기 위해 지원처가 선정을 했는데? 당시 대통령과 총리가 연고가 있는 김해에 집중 돼 다른 지역은 소외됐다. 재미있는 이야기를 해 본다. 김대중씨가 대통령 후보로 된 후 김해에 와서 자기도 김해 김씨라고 하자 달걀을 얼굴에 던지며 김해 김씨 아니라고 욕을 하는 것을 내가 직접 목격을 하였다. 영호남 지역감정에서 나온 행동이었다. 특히 김해지역이 더하다. 대통령이 당선된 후 김해에 와서 가락국 시조대왕 승선전 춘향대제에 제복을 김해 허씨 허영호씨가 입혀주었다. 그 사진을 내가 가지고 있다. 그래서 1,290억을 지원해 준 것이다.

이번 정부에서도 그런 조짐이 보이고 있다. 지자체에서 요구하는 사업비가 3~4조억 규모라는 것이다. 문재인대통령이 가야사란 말을 떼자 각 지자체에서 몇 날을 굶주린 하이에나 같이 덤벼들고 있다고 한다. 가야 유적은 경남에 5개 시군 뿐만 아니라 18개 시와 군 지역에 분포 돼 있다고 난리다. 충남과 경남일대를 비롯하여 전남 순천도……. 홍성의 가야문화 복원에 대하여 충청남도가 적극적으로 나설 것을 주문하였다고 한다. 이런 자들이 국가를 다스리고 지자체장이 되어 있으니 혈압이 오른다. 국민의 세금이 허투루 쓰인다는 게!

2000년 전에 있었다는 나라를 찾아서 무엇이 우리 국민에게 도움이 될 것인가! 그렇다면 우리나라에 가야라는 나라가 몇 곳인가

가늠이 안 되는 것이다. 그 남편에 그 아내라고 했던가! 김정숙은 김해 김씨라고 자기 시조 할머니 고향을 찾아간다고 인도까지 갔으니……. 이 글을 읽는 독자님들? 잠시 읽기를 중단하고 인도에서 2만 5,000여리 험난한 뱅만을 거쳐 자기 아버지 꿈속에서 점지해준 가야국 수로왕과 결혼을 하러 왔다는 설화를 역사로……. 김해 구지봉에 하늘에서 줄에 매달려 내려온 금합에서 알이 6개 있었는데 마을 촌장들이 노래를 부르자 알에서 사람이 태어나 왕이 되었다는 설화를 역사를 만들어 유네스코 문화유산으로 등재를 한다고 지랄병을 하는 지자체 장들의 형태를 보면……. 이러한 엉터리 이야기는 1970년대에 아동문학가 이종기 씨가 「1929~1995」 "가락국 탐사"라는 책을 집필하여 허 황후가 실제로 인도에서 온 사람이라고 주장을 했다. 이에 동조한 사람은 『김수로 왕비 허 황옥』 책과 『허황후 루트』 집필한 고고학자 김병모 한양대 명예교수이다. 그는 20세기에 들어와 만들어진 이야기가 마치 『가락국기』 기술 당시의 원형인 것처럼 말을 하여 수로왕 시대의 역사를 만들었다. 그러나 그도 잘못 역사 탐방이라고 술회를 했다. 사실 허 황후의 역사적 실체화는 조선조 양반 가문의 정치의 산물인 것이다. 당 시대는 격이 높은 성씨의 구성원들은 본관을 명예로움에 생각 하에 두고 그 격을 더 높이기 위해 온갖 치졸한 방법을 동원했다. 이러한 현상이 조선 중기 이후 더 본격적으로 심화된 것이다. 바로 허 황후가 역사적 실존 인물이 되든 때가 바로 이 시기였던 것이다. 조선에서 상당히 지체 높은 가문으로 자리 잡은 양청 허 씨가 허 황후를 적극적으로 역사화하기 시작을 한 것이다. 허 황후는 15세기 이후에 실존 인물로 굳어진 것이다. 김해 남능 수로왕 정문에 쌍어 문물고기 두 마리가 마주보고 있는 문양은 조선 정도 때 그려서 넣은 것이어서 시대가 맞지 않은 것이다. 쌍어에 대한 이야기는 2001년에 내가 집필 출간한 『쌍어속의 가야사』 책을 읽어보면 자세히 나와 있다. 그 책은 국사편찬위원회에서 자료로 사용했다고 한다. 수로왕의 부인이면 황후하고 하는 것은 잘못된 것이다. 황후는 황제의 부인을 황후라고 하는 것이다.

장편·역사소설

中國

2021. 6. 15. 1판 1쇄 인쇄
2021. 6. 30. 1판 1쇄 발행

지은이 강평원
발행인 김미화 **발행처** 인터북스 **표지디자인** 오동준 **편집** 조연순
주소 경기도 고양시 덕양구 통일로 140 삼송테크노밸리 A동 B224 **전화** 02.356.9903
팩스 02.6959.8234 **이메일** interbooks@naver.com **홈페이지** hakgobang.co.kr
출판등록 제2008-000040호 **ISBN** 978-89-94138-73-2 03800 **정가** 19,000원

■ 파본은 교환해 드립니다.